Le défi d'Emma

*

Le secret de Barcelone

*

Au risque de te perdre

TRACI DOUGLASS

Le défi d’Emma

Traduction française de
C. DUTEIL

BLANCHE

HARLEQUIN

Collection : Blanche

Titre original :
A MISTLETOE KISS IN MANHATTAN

HARPERCOLLINS FRANCE
83-85, boulevard Vincent-Auriol, 75646 PARIS CEDEX 13
Service Lectrices — Tél. : 01 45 82 47 47 - www.harlequin.fr
ISBN 978-2-2804-8955-3 — ISSN 0223-5056

Composé et édité par HarperCollins France.
Imprimé en novembre 2023 par CPI Black Print (Barcelone)
en utilisant 100% d'électricité renouvelable.
Dépôt légal : décembre 2023.

FSC www.fsc.org MIXTE Papier issu de sources responsables FSC® C159065

Pour limiter l'empreinte environnementale de ses livres, HarperCollins France s'engage à n'utiliser que du papier fabriqué à partir de bois provenant de forêts gérées durablement et de manière responsable.

1

Pataugeant dans la neige, Emma Trudeau quitta le parking des employés et traversa la rue en courant. Elle dénoua le foulard qu'elle portait autour du cou en arrivant enfin devant l'entrée latérale du Manhattan West General Hospital. Le ciel était dégagé un peu plus tôt, mais le temps changeait rapidement à New York fin novembre.

Elle passa son badge devant le lecteur et poussa la porte en entendant bourdonner l'Interphone. Assaillie par une vague de chaleur et une odeur d'antiseptique, elle s'engouffra dans le couloir brillamment éclairé menant au hall d'entrée, ses semelles couinant sur le linoléum luisant. Aujourd'hui, elle ne travaillait pas aux urgences, pour une fois. En tant qu'infirmière chef, elle avait fait beaucoup d'heures supplémentaires dernièrement à l'approche des fêtes de fin d'année. Elle déboucha bientôt dans le vaste hall. Un immense sapin de Noël se dressait dans un angle, décoré d'étoiles de toutes tailles et de toutes couleurs venant d'une association caritative locale. Elles avaient été fabriquées par des enfants handicapés ou malades qui y avaient noté leur souhait le plus cher, que des personnes ou des entreprises décideraient d'exaucer. Tous les ans, Manhattan West sélectionnait une étoile particulière, et cette année, c'était Emma qui était chargée de réaliser le rêve magique d'un enfant.

Elle était ici aujourd'hui – son jour de repos – pour rencontrer le chef du personnel de l'hôpital et la directrice des ressources humaines, et leur exposer son projet. Et elle était en retard.

Après le contrôle de sécurité, Emma piqua un sprint dans le long couloir desservant l'autre aile de l'hôpital et parvint à la petite salle d'attente des ressources humaines avec trente secondes d'avance. Elle eut à peine le temps de reprendre son souffle que Jane Ayashi, la directrice du service, passait la tête par la porte de son bureau.

— Bonjour, Emma. Venez.

Emma fourra son foulard dans la poche de son manteau, lissa ses longues nattes, et entra dans le bureau. Elle salua le chef du personnel de Manhattan West.

— Bonjour, docteur Franklin.

— Emma.

Âgé de soixante-deux ans, il en faisait vingt de moins et ressemblait à s'y méprendre à Denzel Washington, avec une voix grave à la James Earl Jones.

— J'espère que cette réunion vaut la peine d'être en retard au spectacle de Thanksgiving de ma petite-fille...

— Je crois, monsieur. Je voulais vous annoncer qui j'ai choisi comme partenaire pour le rêve de cette année, avant la conférence de presse de ce soir, dit-elle, posant son manteau sur le dossier de sa chaise avant de s'asseoir, le ventre noué. Cette personne sera un gros atout pour le projet.

— Merveilleux ! s'exclama Jane en joignant les mains sur son bureau. Elle va venir ?

Le sourire d'Emma se crispa. L'homme qu'elle avait en tête n'assisterait pas à la réunion, car elle ne lui en avait pas encore parlé, ce qu'elle ferait dès qu'elle aurait l'accord de Jane et du Dr Franklin. Elle agrippa le dossier sur ses genoux pour s'empêcher de trembler. Elle n'était pas vraiment nerveuse, habituée au stress dans l'atmosphère effrénée des urgences où elle travaillait. Non, c'était plutôt une histoire d'adrénaline. Ce projet était capital pour elle. Si elle s'en sortait bien, elle pouvait se retrouver en tête de liste pour la prochaine grosse promotion de son service. Ce qui signifiait plus d'argent, plus d'avantages et, espérait-elle, de meilleurs horaires de travail. Elle avait juste à convaincre l'homme avec qui elle voulait travailler sur ce projet. Une tâche ardue compte tenu de sa réputation de médecin le plus acariâtre de l'hôpital. Mais il possédait les ressources et l'influence nécessaires pour réaliser le souhait le plus extravagant qu'un enfant puisse imaginer, et c'était le plus important.

— Euh, non, il ne viendra pas, répondit Emma en déglutissant. Il doit être en train d'opérer en ce moment.

— Qui est-ce ? demanda le Dr Franklin, sourcils froncés.

— Le Dr Thad Markson.

Un long moment, Jane et le Dr Franklin la fixèrent, abasourdis. Puis le médecin éclata de rire.

— Vous nous faites marcher ? Le Dr Thaddeus Markson ? Le plus grand chirurgien cardio-thoracique de la ville ? Navré, infirmière Trudeau, mais vous feriez mieux de choisir quelqu'un d'autre. Jamais il n'acceptera de participer à ça.

Emma carra les épaules.

— Je sais que le Dr Markson est très occupé, mais...

— Ce n'est pas ça, coupa le Dr Franklin, amusé. Même si je vous souhaite bonne chance pour trouver un créneau dans son planning... Mais en dehors du travail, cet homme est un véritable ermite. Il a le charme d'un ours polaire enragé et il ne fera qu'une bouchée de vous.

— Ce que John essaye de vous dire, intervint Jane, c'est qu'il y a sûrement des candidats plus appropriés avec qui vous pourriez collaborer, Emma.

— Non. Je veux le Dr Markson, martela Emma, butée. Je connais sa réputation, je sais qu'il est désagréable avec le personnel, mais j'ai fait mes recherches et je ne pourrais pas rêver meilleur partenaire.

— Le Grincheux de la Cinquième Avenue ? Réaliser des vœux de Noël ? marmonna le Dr Franklin entre deux gloussements. Il déteste cordialement Noël. Je n'ose imaginer sa tête quand vous lui en avez parlé...

Emma n'avait jamais reculé devant un défi et elle n'allait certainement pas commencer maintenant, pas avec cette promotion à la clé. Elle releva le menton.

— Il n'est pas encore au courant.

— Quoi ? s'écria le Dr Franklin, retrouvant son sérieux.

— Je compte m'entretenir avec lui quand il aura fini d'opérer et redescendre avec lui dans le hall pour la conférence de presse, déclara calmement Emma. Je voulais juste vous prévenir avant.

— Infirmière Trudeau, je vous aime bien, dit gravement le Dr Franklin en se penchant vers elle. Vous êtes intelligente, bosseuse, toujours prête à réaliser ce qu'on vous demande, et avec le sourire. Mais je vous en prie, choisissez quelqu'un d'autre. Faites-moi confiance, j'ai déjà essayé de travailler avec lui. Le Dr Markson va transformer votre vie un enfer si vous l'impliquez là-dedans. C'est un chirurgien brillant, mais il est exécrable en dehors du bloc. Pour ce genre de chose, il faut quelqu'un doté d'un cœur et d'une âme, et on prétend qu'il n'a rien de tout ça. Je ne le tolère que parce que nous avons besoin de ses compétences et du financement privé des clients qu'il amène à notre hôpital universitaire.

— J'entends ce que vous dites, docteur Franklin. Vraiment. Mais j'ai l'habitude des personnes difficiles. La plupart des patients que nous voyons aux urgences traversent le pire moment de leur vie, argua Emma.

Elle était persuadée que le Dr Thad Markson était l'homme de la situation, qu'il avait juste besoin qu'on le pousse dans la bonne direction et qu'on éclaire son chemin. Emma était une optimiste invétérée.

— Il sera mon partenaire. Ne vous inquiétez pas. J'ai juste besoin de temps.

— Ce projet doit être finalisé le soir de Noël, lui rappela Jane. Dans un mois seulement.

— Je sais. C'est pourquoi je tiens à ce que le Dr Markson travaille avec moi. Nous avons besoin des donateurs fortunés et des réseaux qu'il apporterait pour que le vœu de notre petit malade puisse se réaliser en un délai aussi court.

Il y eut un long silence, puis le Dr Franklin secoua la tête.

— Vous êtes obstinée, hein, infirmière Trudeau ? Je pense toujours que c'est risqué, voire impossible, mais peut-être acceptera-t-il juste pour se débarrasser de vous.

Ce fut au tour d'Emma d'éclater de rire.

— Peut-être.

Jane sourit malicieusement.

— Eh bien, si quelqu'un peut le faire, c'est vous, Emma. Vous avez travaillé deux fois plus avec la moitié du salaire de vos amis étudiants infirmiers pour décrocher votre premier poste dans l'équipe du soir des urgences. Quand vous avez un objectif en tête, vous ne lâchez rien tant que vous ne l'avez pas atteint.

— Jamais.

Les deux femmes échangèrent un regard. Emma était opiniâtre, oui. Elle avait été forcée de l'être. Élever sa sœur cadette depuis l'âge de dix-huit ans l'avait rendue ainsi. Elle avait acquis sa force au prix d'une perte immense.

En outre, elle avait travaillé trop dur pour arriver où elle en était, elle ne se laisserait pas piétiner par un ours mal léché revêche, fût-il chirurgien.

— Alors, ça veut dire que je peux monter à l'étage de chirurgie attendre le Dr Markson ? demanda-t-elle.

Le Dr Franklin et Jane se regardèrent, puis le médecin eut un bref signe de tête.

— Allez. Mais ne dites pas que je ne vous ai pas prévenue. On se voit à la conférence de presse dans une demi-heure.

Huit heures plus tôt

Fusillant du regard l'enceinte de l'ascenseur qui diffusait jusqu'à la nausée des chants de Noël plus niais les uns que les autres, le Dr Thaddeus Markson écrasa de nouveau le bouton de l'étage de chirurgie, comme si cela pouvait abréger ses tourments.

Noël n'était qu'un prétexte pour dépenser à outrance, s'adonner aux excès en tous genres, et plus généralement, compenser les autres jours de l'année, tristement décevants. Il détestait cette fête et son cérémonial outré. Et il espérait pouvoir encore l'ignorer cette année, car il comptait travailler toute la journée du 25 décembre, comme toujours.

Il était venu à Manhattan West pour une opération délicate qu'il était le seul à pouvoir réaliser. Meilleur chirurgien cardiothoracique de la ville, il avait l'habitude d'être appelé lorsque des vies étaient en jeu.

Enfin, l'ascenseur s'arrêta à l'étage de chirurgie avec un ding, et les portes s'ouvrirent dans un chuintement.

— Qu'est-ce qu'on a ? demanda Thad au Dr Imrani, le chirurgien venu l'accueillir, comme ils se dirigeaient vers le vestiaire du personnel.

Originaire du Royaume-Uni, son collègue iranien s'était récemment installé à Manhattan pour rejoindre l'équipe cardiovasculaire innovante de Manhattan West.

— On est sûr qu'il s'agit d'une dissection aortique ?

Assez rares, les dissections aortiques impliquaient une déchirure de la paroi interne de l'artère aorte. Faute d'intervention chirurgicale, l'aorte pouvait se rompre complètement, entraînant une hémorragie interne fatale pour le patient. C'était une procédure longue et délicate nécessitant une main sûre et des compétences irréprochables, qualités que Thad possédait à profusion.

— Oui, répondit le Dr Imrani tandis qu'ils franchissaient les portes automatiques du vestiaire.

Il l'informa sur le patient pendant que Thad troquait son élégant costume sur mesure contre une tunique et un pantalon de bloc en coton bleu.

— C'est un homme de soixante ans apparemment en bonne santé qui s'est présenté aux urgences en se plaignant d'une gêne à la poitrine et de difficultés respiratoires.

Une fois changé, Thad sortit son téléphone. Il alla sur une application lui permettant de contrôler sa glycémie grâce à un capteur fixé à même la peau relié à la pompe à insuline qu'il portait pour les longues opérations comme celle-ci, pouvant durer jusqu'à huit heures. Atteint d'un diabète de type 1 depuis des années, il veillait scrupuleusement à ce que sa maladie n'entrave pas ses capacités professionnelles. Il avait mangé juste avant d'être appelé pour cette intervention et serait tranquille un bon moment.

Il rangea son portable, ferma son placard, et rejoignit son collègue devant le long lavabo en métal.

— Des antécédents de traumatisme violent ? D'accident de voiture ? demanda-t-il, pressant du pied la pédale du robinet avant de se laver les mains et les avant-bras au savon antibactérien et à l'eau chaude.

— Non, répondit le chirurgien traumato avec un petit rire. Le patient descendait une piste à skis quand il a été heurté de plein fouet par un snowboardeur. C'est la saison...

Thad grogna en se savonnant la main et l'avant-bras gauches. Une autre raison de détester la période des fêtes, où on pouvait mourir bêtement d'un accident de ski.

— Quoi d'autre ?

— Après le choc, le patient s'est relevé sans incident, et environ trente minutes plus tard, il a senti une douleur le long du sternum, qui s'est vite calmée. Il est alors rentré chez lui en voiture, ce qui a pris entre deux et trois heures. Plus tard dans l'après-midi, il s'est plaint à son épouse d'une « sensation de creux » dans la poitrine qui empirait à l'inspiration, et d'un léger essoufflement à l'effort. Il s'est présenté cet après-midi sur l'insistance de sa femme. Lors de l'évaluation initiale, il n'avait ni nausées, ni vomissements, ni suées, ni douleurs au dos, ni fièvre, et se sentait bien au repos. Pas de plaintes neurologiques. Il avait constaté une contusion à la jambe gauche après une chute sur la glace une semaine avant. Pas d'antécédents médicaux, pas de traitements, il ne fume pas, fait régulièrement de l'exercice, et n'a aucun antécédent familial de maladie du cœur ou du tissu conjonctif.

Le médecin continua à lire les notes sur sa tablette pendant que Thad finissait de se laver.

— Au triage, sa tension était à 10/8, son pouls à 70, sa fréquence respiratoire à 20. Température 37,6 °C. Le cœur semble normal à l'examen, sans murmure, les poumons sont clairs, pas de sensibilité à la palpation du sternum ou des côtes ni de signes extérieurs de trauma. Abdomen non sensible. Petit hématome observé au mollet gauche. Examen neurologique normal.

Thad releva le pied pour stopper l'arrivée d'eau dans l'évier et secoua les mains pour les égoutter.

— Et l'ECG ?

— Rythme sinusal normal. Pas d'évidence de pneumothorax, de contusion pulmonaire, de fractures de côte ou de médiastin élargi à la radio.

Thad inclina la tête, conscient que les radios n'étaient pas fiables pour diagnostiquer un traumatisme aortique.

— Et qu'a montré l'angiographie ?

— Crosse aortique avec les deux carotides issues de l'artère brachiocéphalique, et dissection aortique de type A de la base de l'aorte jusqu'au-delà des artères rénales bilatérales.

En clair, cela signifiait que deux artères avaient le même point de départ, comme deux branches d'un même tronc. Ce n'était pas rare, surtout chez les patients d'ascendance africaine, comme le leur. La déchirure de l'artère s'était produite à l'endroit précis où les reins recevaient leur apport sanguin. Et ce n'était pas bon.

Les bras levés, Thad poussa la porte d'un coup d'épaule et entra en salle d'opération. Une aide-soignante lui enfila une blouse, un masque et des gants stériles, puis il s'approcha de la table où le patient était déjà anesthésié, prêt à être opéré.

Il fallait toute une équipe pour réaliser les longues interventions comme celle-ci, et Thad salua ses collègues réunis autour de la table et prit le scalpel que lui tendait l'infirmière. Compte tenu de la localisation de la blessure, ils devaient d'abord réaliser une dérivation pour permettre à Thad de réparer l'aorte abîmée sur un champ propre dépourvu de sang. L'équipe comprenait aussi un autre chirurgien cardiaque, des cardiologues, un chirurgien thoracique, et des radiologues vasculaires et d'intervention. Tous avaient un rôle à jouer dans le déroulement de la procédure.

— Commençons, déclara Thad en s'avançant.

Cinq heures plus tard, il avait posé un tube en Dacron pour remplacer la partie lésée de l'aorte et il reconnectait les vaisseaux sanguins pendant que le cœur du patient battait contre sa main droite, à l'écart du champ opératoire. Le patient avait été placé en arrêt circulatoire hypothermique, c'est-à-dire qu'on avait baissé sa température corporelle pour ralentir l'activité cellulaire et stopper temporairement le flux sanguin. Le bruit blanc de la machine de dérivation cœur-poumon qui maintenait l'homme en vie aidait Thad à rester concentré et vigilant durant cette course contre la montre.

Il n'avait jamais perdu de patient et n'allait pas commencer aujourd'hui.

Quand enfin ils refermèrent, le cœur battait de nouveau seul, et les poumons fonctionnaient bien. Le patient resterait encore sous anesthésie générale quatre à six heures, puis on le transférerait aux soins intensifs pour un jour ou deux. S'il n'y avait pas de complications, il passerait entre sept à dix jours à Manhattan West avant de rentrer chez lui.

Thad alla de nouveau se laver, puis regagna le vestiaire pour se changer. La nuit avait été longue, et un coup d'œil à sa montre lui indiqua que la matinée était déjà avancée. Il aspirait à une bonne douche chaude et un sommeil réparateur. Mais contre toute attente, une femme l'attendait devant son casier. Tout sourire, elle portait un pull vert pomme orné d'un renne et semblait sortie tout droit d'un conte de Noël. Thad se demanda s'il n'était pas victime d'une hallucination.

— Docteur Markson, le salua-t-elle avec la jovialité d'un lutin du Père Noël, faisant grincer les dents de Thad.

Elle lui parut familière mais peu importait. Après cette journée éprouvante, il voulait juste rentrer chez lui.

— Comment êtes-vous entrée ? demanda-t-il sèchement, passant devant elle pour atteindre son casier. L'accès est réservé au seul personnel hospitalier, je pourrais vous faire arrêter pour intrusion.

Nullement découragée par sa grossièreté, elle garda le sourire.

— Je travaille ici, docteur Markson. Emma Trudeau, dit-elle en lui tendant une main qu'il dédaigna. Je suis infirmière aux urgences de Manhattan West. Nous avons travaillé plusieurs fois ensemble.

Cela expliquait son côté familier. Thad se détourna pour sortir ses vêtements du placard.

— Qu'est-ce que vous voulez ?

Confrontés à sa rudesse, la plupart des gens s'enfuyaient ou capitulaient. Thad était à la fois impressionné et irrité par l'insistance de ce petit bout de femme. Il n'avait ni le temps ni la patience pour ça. Normalement, il ne se serait jamais déshabillé devant une inconnue, mais comme elle n'avait aucun scrupule à envahir son espace personnel, il l'ignora et retira sa tunique de bloc, se retrouvant torse nu.

Le sourire de la femme se figea, ses joues s'empourprèrent. Elle détourna vivement les yeux, s'éclaircit la gorge, et retrouva son ton guilleret.

— Je suis chargée de l'événement caritatif de l'hôpital pour ce Noël, et nous allons exaucer le vœu d'un enfant malade.

— Toutes mes condoléances.

Elle continua, imperméable au sarcasme.

— Je dois trouver un partenaire pour m'assister dans cette tâche. Quelqu'un avec des qualités complémentaires des miennes, qui va m'aider à faire le bonheur d'un bambin.

Thad s'arrêta de boutonner sa chemise pour la dévisager. Il n'aimait pas du tout ce qui se préparait.

— Et en quoi suis-je concerné ?

— Je vous ai choisi comme partenaire, répondit-elle avec un sourire radieux, comme si c'était un honneur.

En d'autres circonstances, Thad aurait pu trouver cette femme attirante et son sourire joli. *Très* joli. Mais en l'occurrence, c'était un désagrément dont il n'avait que faire.

— Non, dit-il en dénouant la ceinture de son pantalon de bloc. Et à moins que vous ayez envie d'assister à un strip-tease en règle, je vous suggère de vous retourner.

Les grands yeux sombres le fixèrent avant qu'elle se détourne vivement, le visage en feu. Il y avait longtemps que Thad n'avait pas vu une femme rougir. Le spectacle aurait été charmant si la situation n'avait pas été aussi déplaisante. Sa pompe à insuline bipa pour signaler que sa glycémie était basse et qu'il devait manger bientôt. Il enfila rapidement son pantalon de costume, y glissa sa chemise, et remonta sa fermeture Éclair avant de boucler sa ceinture en cuir. Il n'avait pas le temps pour ces sottises.

— Non ? répéta-t-elle d'une voix aiguë.

— Non, dit-il, s'asseyant pour se chausser.

Il profita de ce qu'elle avait le dos tourné pour l'examiner. Mince, avec des courbes où il fallait, de longs cheveux noirs tressés. Il se demanda si ses nattes étaient aussi douces au toucher qu'elles en avaient l'air. Il chassa cette pensée idiote. La fatigue et la faim lui donnaient des idées stupides.

— Je n'ai ni le temps ni l'envie de participer à votre petit projet, infirmière...

— Trudeau, dit-elle plus fermement. Emma Trudeau.

Prenant une grande inspiration, Thad enfila sa veste de costume et récupéra son téléphone avant de fermer son casier et, jetant sa tenue de bloc dans la panière à linge sale, il se dirigea vers la sortie. Cette fille voulait probablement de l'argent. Il avait l'habitude des gens comme elle.

— Je vais vous faire un chèque. Combien ?

— Pardon ? demanda-t-elle, lui emboîtant le pas.

— Si ça dépasse 100 000, ce sera plus long, car mes comptables devront liquider des actifs, dit-il, sortant dans le hall brillamment éclairé et fonçant vers les ascenseurs, sans ralentir le pas. Si c'est moins, je vous ferai parvenir un chèque demain. À quel bénéficiaire dois-je le rédiger ? L'hôpital ou l'œuvre caritative ?

— Je ne veux pas de votre argent, docteur Markson, répondit l'infirmière Trudeau, attendant l'ascenseur avec lui.

Elle était tenace, et sa voix avait pris un ton plus dur.

— J'ai besoin de votre aide pour ce projet. Sa planification, sa préparation, son exécution.

Thad soupira, les yeux fixés sur les portes de l'ascenseur.

— Et je vous ai dit ce que je pouvais faire.

— Non, répliqua-t-elle en avançant d'un pas vers lui, envahissant son espace de son parfum troublant. Docteur Markson, j'ai conscience que le concept peut être étranger à un homme comme vous, mais parfois, une participation active est une bonne chose.

— Une participation active ? dit-il, sourcils froncés.

— Être présent. Impliqué. Se salir les mains.

L'ascenseur tinta, et Thad s'engouffra dans la cabine dans l'espoir d'échapper à ce nouveau désagrément, mais il n'eut pas cette chance. La femme le suivit à l'intérieur, et les portes coulissèrent, l'enfermant avec elle.

— J'ai besoin de votre aide. J'en ai déjà parlé un peu plus tôt avec la directrice des ressources humaines et le chef du personnel, et ils pensent que ce serait bien que vous participiez. Vous avez des relations en ville qui permettraient d'accélérer les choses, et c'est ce dont j'ai besoin. Le souhait doit être réalisé le soir de Noël, dans un mois seulement. Ce n'est pas beaucoup pour aider un enfant en détresse.

Noël, encore. Pourquoi cette fête le hantait-elle cette année ? Il regarda son reflet dans le miroir de la cabine. Des relations. Elle avait besoin de ses relations. Bien sûr. Il avait appris dès son plus jeune âge que richesse était synonyme de pouvoir, et que le pouvoir faisait ressortir le pire chez les gens. Tout le monde attendait quelque chose de lui, même si c'était pour disparaître de la surface de la Terre, comme son père. Mais Thad en avait assez d'accorder des faveurs.

— Un chèque. Voilà tout ce que je peux vous offrir, infirmière Trudeau. C'est à prendre ou à laisser. Je n'ai pas le temps pour autre chose.

Les portes de l'ascenseur s'ouvrirent sur le hall d'entrée. Thad sortit, l'infirmière Trudeau sur les talons, et il se dirigea vers l'issue après l'atrium. Comme il passait devant le grand sapin de Noël, il fut propulsé vers un petit groupe rassemblé là, dans le crépitement des flashs et le ronronnement des caméras.

— Que diable… ? protesta-t-il, tentant de dégager son bras de la poigne de fer de l'infirmière Trudeau. Lâchez-moi !

Elle s'exécuta et retrouva son sourire en face du Dr John Franklin et de Jane Ayashi, des relations publiques.

— Je voudrais porter plainte contre cette femme, dit Thad en désignant l'infirmière. Depuis que j'ai quitté le bloc opératoire, elle me harcèle au sujet d'un projet caritatif dont je ne veux pas entendre parler.

— Plus tard, dit John, forçant Thad à se tourner vers un pupitre, face à la foule. Après la conférence de presse.

— La conférence de presse ? répéta Thad en s'étranglant, dépassé par les événements. Je ne participerai à aucune conférence de presse. Je n'ai pas donné mon accord. Mon temps est trop précieux pour que je le perde en achat de jouets ou en pizza-partie débile.

Il fusilla du regard l'infirmière Trudeau qui se tenait à côté de lui derrière le pupitre.

— Et vous pouvez oublier le chèque.

— Je n'en voulais pas, rétorqua-t-elle, tout sourire, les yeux fixés droit devant elle. Aider, docteur Markson. Vous allez m'aider, moi et un enfant malade, que ça vous plaise ou non. Ça vous fera du bien.

— Comment osez-vous... ?

Thad fut interrompu par le Dr Franklin qui se planta devant le pupitre.

— Merci à tous d'être venus, dit-il, sa voix grave résonnant dans le grand hall. Cette année, nos deux représentants, l'infirmière Emma Trudeau et le Dr Thaddeus Markson, feront équipe pour exaucer le vœu d'un enfant chanceux au nom du Manhattan West General. Infirmière Trudeau, si vous voulez bien choisir une étoile...

Tous les yeux se tournèrent vers la femme qui se tenait à côté de Thad, et elle déglutit. Était-elle nerveuse tout à coup ? Thad l'espérait, après ce qu'elle lui avait fait subir. Il vivait comme un ermite pour une bonne raison : éviter de telles situations. Comment osait-elle s'imposer ainsi à lui ? Pour qui se prenait-elle ?

Il la regarda marcher vers l'immense sapin dressé dans l'atrium. Il devait mesurer dans les neuf mètres de haut, et sa partie inférieure était décorée d'étoiles confectionnées par les enfants des soins intensifs de l'hôpital. De toutes les couleurs, toutes les tailles, toutes les formes, recouvertes de papier cadeau ou ornées de paillettes. Le cœur de Thad se serra tandis que de douloureux souvenirs lui revenaient. Lui aussi avait créé une étoile comme celles-ci quand il était petit. Sur l'insistance de ses soignants...

En un instant il se revit dans cette chambre d'hôpital froide et solitaire, regardant la neige tomber par la fenêtre et souhaitant être n'importe où ailleurs…

Des applaudissements crépitèrent comme l'infirmière sélectionnait une étoile, ramenant Thad au présent.

Elle rejoignit le Dr Franklin devant le pupitre.

— De quel enfant vient-elle ? demanda un journaliste. Quel est son souhait ?

L'infirmière s'approcha du micro.

— L'heureux gagnant de cette année est Ricky Lynch. Il a neuf ans et souffre d'une tumeur au cerveau, répondit-elle, fixant l'étoile qu'elle tenait où l'inscription figurait en lettres capitales. Il rêve d'une fête foraine, avec des friandises, des jeux, et un manège gratuits pour tous les enfants du service de soins intensifs pédiatriques de Manhattan West.

Les paroles mirent un moment à pénétrer l'esprit troublé de Thad. *Oh mon Dieu. Une fête foraine* ?

Il avait noté le même vœu sur son étoile tant d'années plus tôt. Il eut un petit pincement au cœur.

Non. Non, non, non.

Il avait mis longtemps à enterrer son passé au fond de sa mémoire. Il refusait de le laisser encore dominer sa vie. Surtout pas pour une femme qui l'avait conduit ici par la ruse. Cela n'arriverait pas.

Les flashs crépitaient, et les journalistes posaient des questions, mais Thad s'en moquait. Il ne pensait qu'à fuir cette horrible mascarade, en particulier la femme qui lui tenait le bras en souriant, comme s'il était venu de son plein gré. Le pire, c'est qu'il trouvait ce contact agréable, curieusement réconfortant. Comme s'il n'était plus seul. Il sut alors qu'il devait partir. Immédiatement.

Avec une brusquerie qui n'était pas nécessaire, Thad dégagea son bras et s'éloigna de la foule, ignorant les appels. Il voulait retrouver la sécurité de sa maison, fuir ces gens, s'enfermer dans son bureau, et ne plus jamais en sortir. Il était Thad Markson, des Markson de New York, et il n'avait pas le temps d'organiser un événement caritatif, réaliser le vœu d'un gamin, ou consacrer une seconde à la femme la plus fâcheusement attirante qu'il ait jamais croisée.

— Docteur Markson ! cria l'infirmière Trudeau derrière lui.

Mais il était déjà dehors.

Quelle fumisterie...

2

Le trajet en métro entre l'appartement qu'Emma partageait avec sa sœur Karley à Richmond Hill, dans le Queens, et l'Upper East Side de Manhattan fut un vrai cauchemar, comme toujours à cette période de l'année. Son voisin s'était endormi et avait ronflé, bavant sur son épaule presque tout le voyage. Emma avait fait de son mieux pour l'ignorer en se concentrant sur sa liseuse.

Son téléphone tinta au moment où elle descendait sur le quai de la station de la 59e Rue. Peut-être le Dr Markson la rappelait-il enfin. Elle essayait de le joindre depuis le tirage de l'étoile de Noël une semaine plus tôt, sans succès. Pas la moindre réponse. Thanksgiving était passé, et le temps filait. Bien sûr, elle avait travaillé à Thanksgiving pour compenser le sous-effectif des urgences. Karley et elle l'avaient fêté après, chez elles, devant des jeux vidéo et des sandwichs à la dinde achetés en bas de la rue.

Malheureusement, elle n'avait pas de message du Dr Markson. C'était juste un nouveau rappel que le paiement automatique de son prêt étudiant était dû la semaine suivante.

Génial.

Avec un soupir, elle remit le téléphone dans sa poche, resserra son écharpe autour de son cou pour se protéger du vent piquant, et se mit en route pour la demeure du Dr Markson, à l'angle de la 63e Rue et de la Cinquième Avenue, en face de Central Park. Assurément l'adresse la plus chic de tout New York. À l'évidence, il ne souhaitait pas entendre parler d'elle ni du projet, mais Emma n'était pas femme à se décourager.

Si le Grincheux ne voulait pas venir à elle, elle irait à lui.

Remontant la Cinquième Avenue, Emma sourit devant les décorations festives des vitrines des magasins, et les vieilles façades en pierre ornées de lanternes rouges et vertes à l'approche des fêtes. Magnifique. Aucun endroit ne célébrait Noël comme sa chère ville natale de New York.

Elle s'arrêta bientôt et leva les yeux vers une belle bâtisse dont les deux étages supérieurs étaient en brique rouge et le reste en pierre grise. Elle avait aussi un sous-sol à en juger par la porte noire à gauche du perron. Elle valait probablement plus que ce qu'Emma gagnerait en une vie. Se transmettait-elle de génération en génération dans la famille Markson, comme tant de demeures du quartier ? La plupart avaient été construites pendant l'âge d'or des années 1910 par les gros industriels de l'époque qui avaient fait fortune. Férue d'histoire, Emma connaissait bien sa ville.

Elle chassa ces pensées. Qu'importait quand et comment le Dr Markson était entré en possession de sa belle maison. L'essentiel était qu'il apporte sa contribution à son projet pour que cette fête foraine puisse se tenir.

Prenant une inspiration, Emma gravit le perron de granite et souleva le lourd heurtoir en forme de tête de lion de la porte en bois laquée noir. Des crépitements se firent entendre dans l'Interphone.

— Oui ? demanda une arrogante voix masculine qui n'était pas celle du Dr Markson.

— Je viens voir le Dr Markson, s'il vous plaît, répondit Emma, levant son visage vers la caméra et s'éclaircissant la gorge. Merci.

Après plusieurs secondes, le cerbère reprit :

— Je regrette, mais vous n'êtes pas attendue. Si vous avez une livraison, l'entrée de service est dans la ruelle derrière.

— Je ne livre rien. Le Dr Markson et moi travaillons sur un projet pour le Manhattan West General. Je m'appelle Emma Trudeau et je suis infirmière à l'hôpital. Je dois lui parler. C'est urgent.

Elle allait peut-être un peu loin, mais le temps pressait.

Nouveau silence. Au point qu'Emma se demanda si son interlocuteur n'avait pas raccroché. Puis enfin, il y eut un déclic, et la porte s'ouvrit sur un septuagénaire en tenue de majordome. Emma se rembrunit. Elle croyait que ce genre de personnage n'existait que dans les films.

Le regard du vieillard était glacial, son visage impassible.

— Veuillez patienter dans le vestibule pendant que je vais prévenir le Dr Markson.

Les pieds gelés, Emma s'empressa d'accepter l'invitation et pénétra dans le hall d'entrée. Elle resta bouche bée pendant que le vieux domestique disparaissait dans l'escalier en bois sculpté desservant les étages.

D'après ce qu'elle pouvait voir, le premier niveau devait abriter un ancien boudoir décoré de marbre ivoire et de boiseries en merisier. En face, de hautes fenêtres donnaient sur un grand jardin derrière la maison, avec des sculptures et des bancs de pierre. Il devait être splendide au printemps.

Jetant un coup d'œil sur sa droite, Emma découvrit un salon plus vaste que son appartement. Des murs jaune pâle, un sol en marbre incrusté de marqueterie, et un énorme poste de télévision sur une élégante cheminée qui occupait pratiquement tout un mur. Deux immenses canapés ivoire lui faisaient face. Sur la gauche, elle aperçut ce qui ressemblait à une salle à manger traditionnelle, avec une grande table entourée de douze chaises stylées dignes de Buckingham Palace. Emma essaya d'imaginer dans ce cadre l'irascible Dr Markson, mais elle avait du mal à se le représenter détendu, où que ce soit. D'un autre côté, la maison tenait plus du musée que du logement, et peut-être se contentait-il d'y dormir.

Avec un gloussement, Emma fourra ses gants dans ses poches. Les riches appartenaient à un autre monde. Elle espérait apprivoiser celui-ci pour qu'il l'aide à réaliser son projet.

— Monsieur, quelqu'un demande à vous voir, annonça le majordome du seuil du bureau, situé au deuxième étage.

Thad leva les yeux de son ordinateur, les sourcils froncés.

— Qui est-ce ? Non. Peu importe. Débarrassez-vous-en.

Everett, son assistant et domestique devenu son ami, affichait son éternelle expression stoïque.

Le majordome était avec la famille Markson depuis aussi longtemps qu'il s'en souvienne. Parfaitement qualifié dans tous les aspects de la tenue d'une maison, il possédait des compétences rares très recherchées dans la haute société new-yorkaise. Malgré ses soixante-dix ans passés, il avait une tête distinguée surmontée d'une épaisse toison blanche et une élégante moustache, et un penchant pour les costumes sur mesure quand il ne travaillait pas. Sa personnalité et ses qualités avaient le don d'apaiser Thad. De bien des façons, il était plus un père pour lui que ne l'avait jamais été le sien.

En vérité, il avait besoin d'Everett. La présence du majordome l'empêchait de se retrouver complètement isolé entre ses consultations chirurgicales. Il n'était pas vraiment asocial, il avait juste ses raisons de préserver sa vie privée.

Il y eut un geignement, et Thad caressa machinalement le labrador noir couché à ses pieds.

— Qu'est-ce qu'il y a, Baxter ? Hein, mon garçon ?

La truffe humide du chien se pressa contre sa paume, et Thad sourit. Entre son majordome et son chien, il avait toute la compagnie dont il avait besoin. Il ne pouvait pas se sentir seul. Qu'importait ce pincement au cœur. Tout allait bien. Il allait bien. Il avait plus qu'assez de tout pour une vie entière.

— J'ai essayé de lui faire comprendre que vous n'étiez pas disponible, monsieur. Plusieurs fois, déclara Everett d'un ton contrarié. Elle dit que vous travaillez ensemble à l'hôpital sur un projet, et que c'est urgent. Comme il fait très froid aujourd'hui, je l'ai laissée patienter dans le vestibule.

Bon sang. Il avait pourtant cru avoir échappé à cette histoire de projet caritatif l'autre soir.

— Dites-lui que je me suis absenté. Qu'elle doit trouver quelqu'un d'autre pour l'aider, car je suis indisponible.

Si elle ne voulait pas de son argent, il ne pouvait rien lui offrir de plus. Il n'avait pas de temps à perdre avec les opérations délicates programmées pour le mois prochain. Il avait de nouvelles procédures à étudier, des théories et des pratiques de pointe à mémoriser.

Toute une vie de chagrin et de regrets à garder enfouie.

Thad chassa cette pensée. Il songeait rarement à son enfance ces temps-ci, à ses efforts dérisoires pour grappiller des bribes d'affection de son père. À l'immense douleur qui avait submergé sa vie d'enfant après l'horrible accident qui avait emporté sa mère quand il avait dix ans.

Il serra si fort son stylo entre ses doigts qu'il se brisa.

Everett toussota.

— Vous voulez que je la mette dehors, monsieur ?

Oh ! que diable. Thad inspira profondément et jeta les éclats de plastique sur son bureau. Il regarda d'un œil noir l'article médical affiché sur son écran. Il n'avait pas de temps pour tout ça. Les distractions n'étaient pas un problème pour lui, car il avait la capacité de se concentrer, mais cette situation l'agaçait au plus haut point.

Baxter pencha la tête, son pelage noir luisant à la lueur vacillante du feu dans la cheminée. Thad s'épousseta les mains. Elles tremblaient légèrement, signe que sa glycémie chutait. Absorbé par sa lecture, avait-il ignoré les alarmes de son capteur et de sa pompe ? Il mangerait plus tard, quand il pourrait. Sa cuisine était bien approvisionnée, avec tout le nécessaire pour faire face à une hypoglycémie. Jus de fruits, friandises, et même du gel de glucose à action rapide à dissoudre sous la langue. Everett savait où trouver tout ça rapidement. Il était devenu aussi son infirmier au fil des ans, en plus de ses autres fonctions. Thad n'avait pas idée de ce qu'il ferait quand le vieil homme prendrait sa retraite.

Il regarda Baxter lui lécher la main. S'il n'était pas un gros nounours, il l'aurait envoyé effrayer sa visiteuse. Mais le chien était du genre à lui faire la fête en agitant la queue.

Thad pianota sur son clavier et afficha les enregistrements des caméras de surveillance de la demeure, jusqu'à ce qu'apparaisse l'image pixélisée d'une jeune femme noire coiffée d'un bonnet ridicule plantée dans son entrée. Les mains dans les poches, elle sautillait sur place, se penchant d'un côté puis de l'autre pour jeter un coup d'œil aux pièces du rez-de-chaussée. Qu'est-ce qu'elle ne comprenait pas ? Il ne la recevrait pas. Ni aujourd'hui. Ni jamais.

— Laissez-la attendre. Elle finira par se lasser et s'en aller.

Le majordome inclina la tête sans conviction.

— Comme vous voudrez, monsieur.

Bon. C'était réglé. Thad ne se posait jamais de questions, qualité qui faisait de lui un grand chirurgien. Il reprit la lecture de son article. Quand il eut fini, il se connecta sur un site spécial pour visionner la vidéo de l'opération dont il venait de lire le déroulement, mémorisant chaque étape. Les yeux fermés, il s'imagina au travail, réparant pas à pas les dommages du système cardiovasculaire. Il étudiait cette procédure depuis près d'un an, faisant les ajustements nécessaires pour l'adapter à la situation du moment, et repassant encore et encore chaque étape pour se préparer.

Le mois prochain, il la réaliserait enfin pour sauver la vie d'une femme.

Effectuer cette intervention avec succès était pour lui un honneur suffisant. Il ne demandait aucun paiement pour ses services. La famille de la patiente ne possédait pas grand-chose, et Thad s'était arrangé pour régler les frais d'hôpital et autres dépenses liées à l'intervention – y compris le vol depuis l'Amérique centrale – par l'entremise de la fondation privée qu'il avait créée des années plus tôt. Le tout dans un parfait anonymat. Une façon de laver la souillure des péchés de sa famille. Il ne pouvait pas sauver le monde, mais il pouvait offrir à ses patients un avenir meilleur.

Le temps passa rapidement pendant qu'il absorbait les images détaillées qui défilaient sur l'écran. Enfin il s'adossa à son fauteuil, la nuque raide, le dos douloureux.

— J'ai terminé, Baxter.

Le labrador bâilla.

— À présent, allons manger, dit Thad, se levant et s'étirant.

Ils descendirent à la cuisine, située au premier étage. Thad avait la démarche incertaine. La pompe qu'il portait à la taille, glissée dans sa ceinture, bipa de nouveau de façon inquiétante. Il jura. Il avait besoin d'une dose rapide de sucre pour stabiliser sa glycémie. Il était médecin et n'aurait pas dû laisser la situation lui échapper ainsi, mais il était en train de travailler. Et son travail était tout pour lui. Baxter dans les jambes, il pénétra dans l'immense cuisine, ouvrit le réfrigérateur pour prendre une bouteille de jus de pomme, jeta un coup d'œil à l'écran mural, et se figea.

L'horloge numérique du moniteur indiquait qu'il s'était écoulé près de deux heures depuis qu'il avait dit à Everett de faire patienter la femme, sûr qu'elle finirait par partir. Mais elle était encore dans le vestibule et fixait obstinément l'objectif de la caméra. Malgré la mauvaise qualité de l'image, sa beauté lui coupa le souffle. Des yeux noirs ourlés de cils épais. Des lèvres pleines entrouvertes comme dans l'attente d'un baiser. Elle sautillait toujours sur place, comme si elle ne pouvait pas contenir l'énergie qui l'habitait. Il sentit un trouble naître au creux de son ventre et envahir son corps.

Non. Impossible. Il refusait d'être attiré par cette femme.

Il éprouvait un intense sentiment de frustration. Pourquoi ne pouvait-on pas le laisser tranquille ? Dehors, la neige tombait, le vent hurlait. Une tempête s'annonçait.

Furieux, il reposa sa bouteille de jus de pomme sans l'ouvrir. Elle voulait le voir ? Fort bien. Il allait s'assurer qu'elle n'oublie jamais l'expérience. Il tremblait tant qu'il agrippa le bord du comptoir pour garder l'équilibre.

Sur le seuil, Everett le regardait.

— Monsieur, avez-vous besoin…

— Faites-la monter, grogna Thad, conscient que sa colère était en partie due à son hypoglycémie.

— Monsieur, je…

Everett fit un pas vers lui, visiblement inquiet.

— Non ! cria Thad avant de baisser la voix. Faites-la monter ici maintenant. Je veux en finir une fois pour toutes.

Il tremblait de plus en plus, et le majordome le fixa un instant avant de s'engouffrer dans l'escalier pour gagner le rez-de-chaussée.

— Bien, monsieur.

Baxter poussa du nez la jambe de Thad en gémissant plus fort, et la situation dérapa…

— Suivez-moi, dit Everett en précédant la jeune femme dans l'escalier menant au premier étage. Dépêchez-vous.

L'urgence qui perçait dans la voix du vieil homme surprit Emma, mais pas question de perdre cette occasion de voir le Dr Markson. Pas après l'avoir attendu aussi longtemps. Elle emboîta le pas au majordome, n'osant toucher à la rampe de peur de laisser une trace sur le bois ciré. Ils étaient presque à l'étage quand ils entendirent un fracas de verre brisé.

— Vite, madame, répéta le vieil homme en se hâtant, étonnamment agile pour son âge.

Le cœur d'Emma battait à tout rompre pendant qu'ils gravissaient les dernières marches au pas de course.

— Qu'est-ce qui se passe ?

Ils firent irruption dans une cuisine immense qui devait être un bijou du genre, mais où régnait un désordre indescriptible. Placards ouverts, aliments éparpillés partout sur les plans de travail. Planté devant un énorme réfrigérateur grand ouvert, le Dr Markson leur tournait le dos. Il fouillait dedans, inconscient de leur présence et de la pagaille ambiante. Un chien était recroquevillé à ses pieds, parmi les éclats de verre.

Everett se précipita vers un tiroir et en sortit un paquet de gel de glucose.

— Il a un diabète de type 1, madame. Il ne prend pas toujours soin de lui comme il devrait.

Emma entra en action. Repoussant les éclats de verre du bout de sa botte, elle posa la main dans le dos du Dr Markson, remarquant la bosse d'une pompe à insuline au niveau de sa taille.

— Asseyez-vous, docteur Markson. Everett va vous aider à vous sentir mieux.

Il se retourna, les yeux vitreux, le visage hagard, des signes classiques d'hypoglycémie. Négliger son traitement était une chose, mais laisser sa glycémie chuter à des niveaux trop bas pouvait être fatal.

— Ne me touchez pas ! Laissez-moi tranquille, marmonna le Dr Markson, balayant des aliments du comptoir.

Une banane frôla la tête d'Emma, suivie d'un pot de confiture qui se brisa en un tas gluant sur le sol en marbre.

Le chien glapit de surprise, et Emma lui caressa la tête, remarquant son collier brodé des mots « chien-guide ».

— Tout va bien, mon chien. On va prendre soin de lui.

— Pas besoin qu'on s'occupe de moi, cracha le Dr Markson, écartant brutalement Emma qui trébucha en arrière, manquant écraser la patte du chien. Besoin de personne !

— Le gel de glucose nous serait utile ici, dit-elle au majordome. Et du jus de fruits. Il lui faut des sucres rapides.

Everett lui tendit le paquet de gel et prit le jus de pomme que Thad avait sorti du réfrigérateur.

— Je suis prêt, madame. Quand vous voulez.

— Bon, dit-elle avec autorité, passant en mode infirmière urgentiste. Aidez-moi à l'asseoir sur un tabouret.

Pendant que le domestique éloignait le Dr Markson du réfrigérateur, Emma ouvrit la bouteille de jus de pomme en tenant le chien à distance. Everett fit asseoir le patient, et elle s'accroupit devant lui en souriant.

— Bonjour. Vous vous souvenez de moi ? Emma Trudeau, infirmière à l'hôpital. Pouvez-vous boire une gorgée de ce jus de fruits, je vous prie ?

Elle approcha la bouteille de ses lèvres, mais il la repoussa.

— Non ! Je ne veux pas de votre boisson. Je ne veux pas de vous ici ! Laissez-moi tranquille !

Son ton cruel la blessa, mais elle tint bon. L'agressivité était un effet secondaire courant de l'hypoglycémie. Ce n'était pas vraiment lui qui parlait. Il avait besoin de sucre dans le sang. Mais c'était plus facile à dire qu'à faire, car le Dr Markson possédait une force insoupçonnée.

— S'il vous plaît, insista-t-elle. Juste une petite gorgée.

Il avait les yeux dans le vague, comme s'il était ailleurs. C'était le moment de lui donner du gel. En général, Emma s'en servait en dernier recours aux urgences, car c'était du sucre pur et cela pouvait entraîner une hyperglycémie sans une surveillance adaptée, mais à situation désespérée mesures désespérées. Elle ouvrit un sachet et se prépara à en verser le contenu dans la bouche de Thad.

— Tenez sa tête.

Le vieil homme s'exécuta, le visage tendu d'inquiétude, et elle vida le sachet dans la bouche du patient. Pour le dosage, elle avait tenu compte de sa taille, mais ils géreraient les conséquences plus tard. Elle maintint sa bouche fermée jusqu'à ce qu'il avale.

Peu à peu, Thad se calma. Cinq minutes passèrent, et elle put lui faire boire un peu de jus de pomme. Elle aurait voulu vérifier son taux de glycémie sur son capteur, mais elle hésitait à le brusquer tant qu'il n'était pas stabilisé.

— Il va s'en remettre, madame ? demanda Everett, qui reprenait des couleurs. Je ne l'ai pas vu aussi mal depuis longtemps.

Emma se redressa et s'appuya contre le grand îlot central recouvert de granite.

— Ça devrait aller. Attendons de voir...

3

Un ange flottait devant lui, avec de longues tresses brunes et des yeux noirs brillants. Il portait un bonnet rose avec un pompon qui s'agitait quand il se mouvait. Étrange. Cela ne ressemblait pas à ses rêves habituels.

L'ange lui tapota la main et lui parla d'une voix douce et apaisante. Celle qu'il avait tant désiré entendre les longues nuits après la mort de sa mère, quand son père était devenu froid et distant. Une voix paisible, bienveillante. Thad sourit.

— Monsieur ?

Une nouvelle voix coupa court à son fantasme, dissipant les nuages cotonneux qui lui embrumaient la tête. Thad remua et grimaça, le dos douloureux. Il avait si froid. Parcouru d'un frisson, il se redressa, tentant de secouer sa torpeur.

— Vous vous sentez mieux ?

Everett. Il reconnaissait sa voix. En revanche, son ton effrayé était inhabituel. Thad pouvait être brusque et désagréable, mais Everett n'avait jamais eu peur de lui. Sans doute parce qu'il l'avait vu porter des couches.

Une truffe froide titilla la jambe de Thad. Baxter. Il tendit la main pour lui tapoter la tête et le rassurer. Ce bon vieux Baxter. Son père ne l'avait pas autorisé à avoir un animal domestique dans leur demeure new-yorkaise, et après sa mort cinq ans plus tôt, il s'était empressé d'adopter Baxter. Et le chien lui rendait son affection au centuple.

Flottant toujours en périphérie de son champ de vision, le mystérieux ange parla :

— Bonjour, docteur Markson. Contente de vous voir de retour parmi nous.

La bouche sèche et pâteuse, il lécha ses lèvres et sentit un goût de pomme. Il ne se rappelait pas avoir bu du jus de fruits.

Il resta immobile, attendant que son cerveau fonctionne de nouveau et que les pièces du puzzle reprennent leur place. Il avait travaillé dans son bureau au second. Un peu trop longtemps. Puis il était descendu à la cuisine se restaurer.

L'ange lui frôla le bras, et les sens de Thad se réveillèrent. Normalement, il n'aimait pas qu'on le touche. Trop invasif. Cela le déstabilisait, lui donnait une impression de vulnérabilité. Il détestait se sentir vulnérable.

Il repoussa la main et battit des cils pour éclaircir sa vision. Il tourna lentement la tête.

— Qui êtes-vous ?

La femme sourit, ses belles dents blanches tranchant sur sa peau noire, et elle lui tendit la main.

— Emma Trudeau. Nous nous connaissons déjà. Je suis infirmière aux urgences de Manhattan West, et votre nouvelle partenaire pour le projet de Noël de l'hôpital.

Thad reporta son attention sur son majordome qui se tenait près du réfrigérateur avec Baxter, un balai à la main.

— Everett, qu'est-ce qui se passe ici ?

Ses paroles sonnèrent bizarrement à ses propres oreilles. Pâteuses comme s'il avait bu, mais Thad ne consommait jamais d'alcool, qui engourdissait les sens et ralentissait les réflexes. Son froncement de sourcils s'accentua quand il découvrit la pagaille régnant dans la cuisine. Il se leva, les jambes flageolantes, se tenant à l'îlot pour garder l'équilibre.

— Quelqu'un va-t-il m'expliquer ce qui s'est passé ici ?

Son dernier souvenir était d'avoir ouvert le réfrigérateur. Il passa une main tremblante sur son pull à col roulé en cachemire noir et considéra Emma Trudeau d'un air perplexe. Elle l'avait aidé apparemment, et il ne savait pas qu'en penser. Thad n'aimait pas les surprises. Ni les changements.

Ce soir, il avait eu droit aux deux.

Il sentit son estomac se nouer en réalisant ce qui s'était passé. Seigneur. Il n'avait pas autant négligé sa glycémie depuis l'adolescence, après qu'on lui a diagnostiqué un diabète de type 1 à l'âge de douze ans. À l'époque, sa vie était déjà sens dessus dessous. Sa mère adorée était morte subitement deux ans plus tôt, et son père s'était jeté à corps perdu dans le travail, laissant le jeune Thad seul avec sa douleur. Puis Thad était tombé malade. Il avait été hospitalisé pour un problème de glycémie et avait été diagnostiqué diabétique. Dès lors, son père l'avait rejeté, méprisant ce fils que la maladie rendait déficient, bon à rien. Profondément meurtri par ce rejet, Thad avait mis toutes ses forces dans une volonté acharnée de réussir et d'exceller. Son père était mort depuis cinq ans, mais la blessure ne s'était jamais refermée, même s'il l'avait enfouie au plus profond de lui, car c'était plus facile ainsi. Il allait bien. Tout allait bien.

Du moins jusqu'à maintenant.

Bon sang. Pourquoi n'avait-il pas pris deux secondes pour contrôler sa glycémie ? Il connaissait la marche à suivre, les symptômes annonçant une crise. Il gardait même des collations partout dans la maison pour de telles urgences.

Brûlant de honte, il crut entendre la voix de son père.

Déficient, faible, bon à rien.

— Docteur Markson ? dit gravement l'infirmière, lui tapotant le bras pour capter son attention. Où est votre glucomètre ? On doit vérifier votre glycémie après ce qui s'est passé.

Il le savait. Bien sûr. Exaspéré de l'entendre lui parler comme s'il avait cinq ans, il ne répondit pas et marcha jusqu'à l'évier, le verre brisé crissant sous ses pas.

— Qui a cassé ça ? demanda-t-il avec colère.

Thad détestait le désordre. Une des raisons pour lesquelles il préférait vivre seul. Personne pour mettre la pagaille.

Everett se précipita, armé d'un balai et d'une pelle à poussière, et entreprit de balayer les éclats de verre.

— Je n'étais pas là quand c'est arrivé, mais nous croyons que c'est vous, monsieur.

— Nous ? s'écria Thad, à bout de nerfs.

Que diable se passait-il dans sa maison ? Et depuis quand Everett se liguait-il contre lui ? Ils se connaissaient depuis des décennies. Puis cette infirmière débarquait, et soudain, ils formaient une équipe ? Il n'aimait pas ça.

Le vieux domestique jeta les débris de verre dans la poubelle et se tourna vers lui.

— Oui, monsieur. J'ai fait monter Mme Trudeau ici comme vous me l'avez demandé, et quand nous sommes arrivés, nous vous avons trouvé en train de fouiller dans les placards et le réfrigérateur. On s'est demandé ce que vous faisiez.

La dernière pièce du puzzle se mit en place, portant l'humiliation de Thad à son comble.

— C'est moi qui ai fait ça...

Ce n'était pas une question.

Emma s'approcha de lui.

— Il y a un endroit où on peut parler, docteur Markson ?

— Non, madame Trudeau, répliqua-t-il sèchement, furieux d'avoir perdu le contrôle. Nous n'avons rien à nous dire. Je ne participerai à aucun projet avec vous et je veux que vous quittiez ma demeure sur-le-champ. J'exige que vous me laissiez en paix. C'est compris ?

Quand Thad perdait son sang-froid, les gens étaient généralement intimidés. Pas Emma Trudeau. Elle ne semblait pas surprise ni décontenancée. Elle campait sur ses positions, les bras croisés, nullement décidée à bouger.

— Ce que je comprends, docteur Markson, c'est que nous sommes tous deux très occupés, et pour ma part, je n'ai pas de temps à perdre avec ces simagrées. *Nous* avons un projet important à concevoir afin d'exaucer le souhait d'un enfant malade. Et j'ai trop à faire pour vous laisser vous mettre en travers de mon chemin. Vous saisissez ?

Il la fixa, trop interloqué pour répondre. Personne ne lui avait jamais parlé ainsi. Personne.

— À présent, reprit-elle en se penchant, exhalant une subtile senteur de rose et de cannelle, nous allons parler. Ici ou ailleurs, à vous de décider. Mais vous n'y couperez pas.

Quand avait-on monté le chauffage de la cuisine ? Emma retira son manteau, son bonnet et son écharpe, et remit le tout à Everett qui semblait impatient d'échapper à la tension ambiante, comme le labrador noir roulé en boule aux pieds de son maître. Un bon chien-guide pour un malade chronique. Les joues brûlantes, Emma aurait aimé s'éventer, mais il n'en était pas question avec le Dr Markson qui la scrutait. Il émoustillait ses sens. Malgré son regard glacial.

S'associer avec lui, même temporairement, serait sans nul doute une épreuve. Mais Emma n'avait jamais reculé devant un défi et elle n'allait pas commencer aujourd'hui. Au-dessus de la magnifique cuisinière, l'horloge indiquait presque 8 heures, ce qui signifiait qu'elle attendait cet homme depuis des heures. Des heures qu'elle aurait pu passer à se détendre avec sa sœur, en regardant les derniers épisodes de la nouvelle comédie romantique en streaming, par exemple. Emma avait peu de temps libre, ce qui le rendait d'autant plus précieux, et le Dr Markson allait l'accaparer au cours des trois prochaines semaines.

Elle désigna la pompe qu'il portait à la taille et le capteur dissimulé sous sa manche.

— Il semble que vous ayez un matériel dernier cri, alors je suppose que votre glycémie est contrôlée par une application sur votre téléphone ? Bien. Où est-il ?

Sans répondre, il la dévisagea, comme pour la jauger. Elle lui rendit son regard et prit l'impact en pleine face. Des yeux perçants d'un bleu glacier, une mâchoire taillée au burin. Des cheveux bruns bien coiffés. Une barbe naissante. Les lèvres bien dessinées étaient pincées, mais elle n'avait pas de mal à les imaginer détendues, pulpeuses et douces...

Arrête ! Ce n'est pas le moment, et c'est le dernier homme sur lequel tu dois fantasmer.

Elle n'avait pas le temps. Une relation amoureuse était le cadet de ses soucis. Surtout avec un homme inaccessible.

Elle prit une inspiration et attendit qu'il réponde, en espérant qu'il ne devinait pas ses pensées osées.

Enfin, le Dr Markson tendit la main vers le comptoir.

— Il est en charge, là-bas.

Elle s'efforça de se ressaisir.

Tu es là pour parler du projet. C'est tout. Prends le téléphone, et finissons-en.

Elle alla chercher l'appareil qu'il déverrouilla avant de cliquer sur l'application. Il jura entre ses dents et s'empourpra en faisant défiler les informations. À l'évidence, il était gêné. Elle eut presque pitié de lui. Presque.

Leurs bras s'effleurèrent quand elle s'assit sur le tabouret voisin. Les nerfs à fleur de peau, elle remarqua qu'il avait tressailli.

— Je n'ai pas eu de crise aussi sérieuse depuis des années, admit-il, les sourcils froncés. J'utilise la dernière pompe à insuline sur le marché. Cela n'aurait jamais dû arriver.

— À quand remonte votre dernier repas ? demanda-t-elle, croisant les mains sur ses genoux pour éviter de le frôler par inadvertance, le Dr Markson n'aimant visiblement pas être touché. Même les meilleures pompes sont faillibles si le patient ne respecte pas les directives alimentaires adaptées.

— Je sais, aboya-t-il en cliquant plusieurs fois sur son écran. Je gère mon diabète depuis mes douze ans. Ça revient à la normale.

— Bien.

Il reposa son téléphone, et ils restèrent silencieux pendant que, dehors, la neige tombait sans discontinuer, recouvrant peu à peu la ville. Puis le Dr Markson baissa la tête.

— Je ne veux pas participer à votre projet, infirmière Trudeau. Je n'ai pas le temps. Je prépare une intervention chirurgicale très délicate le mois prochain et j'ai besoin d'y consacrer toute mon énergie et mon attention.

— Ça ne prendra pas beaucoup de votre temps, affirma-t-elle. Je suis prête à faire le plus gros du travail. Ce sont surtout vos relations en ville qui m'intéressent. Pour lancer le projet et faire avancer les choses jusqu'à Noël. Je me chargerai du reste.

Il la fixa, les yeux étrécis, les lèvres pincées. Des lèvres qui attiraient les baisers. Non qu'elle ait remarqué. Elle ne les regardait pas.

— Et qu'est-ce qui vous fait croire que j'ai des relations ?

Elle faillit rétorquer qu'il était riche, mais c'était grossier. Elle choisit ses mots avec soin.

— Le nom de votre famille est bien connu à New York. Il a de l'influence auprès de gens fortunés et puissants. Vous avez accès à des personnes et des endroits que je ne pourrais jamais approcher. Vous ne voulez pas que le petit Ricky Lynch réalise son rêve ?

— Avant tout, infirmière Trudeau, dit-il en se redressant, il est inutile de me culpabiliser pour me faire participer à votre petit projet.

— Emma.

Le Dr Markson eut un geste dédaigneux.

— Comme vous voudrez. *Emma*. Il m'est arrivé des choses dans la vie que vous ne pouvez même pas imaginer. Je sais mieux que personne ce que traverse Ricky. Ne croyez pas un instant que vous me connaissez ou que vous me comprenez… Pour ce qui est des relations dont vous parlez, la plupart étaient celles de mon père, et jamais je ne me servirai de ce qui vient de cet homme. Si vous aviez bien effectué vos recherches sur moi, vous le sauriez. Et vous n'auriez jamais sollicité mon aide.

Il glissa lentement du tabouret, comme pour s'assurer que ses jambes le soutenaient.

— Maintenant, si vous voulez bien m'excuser, Everett va vous raccompagner.

Il était à mi-chemin de la porte quand Emma déclara :

— Je sais que votre père a spolié beaucoup de gens de leurs biens avec ses transactions immobilières douteuses. Et que, s'il n'était pas mort il y a cinq ans, il aurait probablement fait de la prison pour escroquerie. Et vous avez raison, j'ignore ce que c'était que de grandir avec un tel père. Mais j'ai bien fait mes recherches, docteur Markson. Et je sais qu'après son décès vous avez créé une fondation pour dédommager les victimes de ses agissements frauduleux. Cette fondation existe toujours, même si les personnes lésées ont été indemnisées depuis longtemps, et aujourd'hui, elle finance toutes sortes de programmes d'aide sociale pour améliorer la vie des gens. De plus, vous avez gardé cette maison pour empêcher sa destruction et vous avez fait le nécessaire pour qu'elle figure sur la liste de préservation du patrimoine historique.

Elle se leva à son tour et croisa les bras.

— Croyez-moi, docteur Markson, j'ai bien travaillé. Vous intimidez peut-être le personnel de Manhattan West, mais j'ai affronté des situations bien pires, et vous ne me faites pas peur. J'ai travaillé trop dur pour renoncer à ce projet. D'abord, parce que Ricky Lynch mérite d'être heureux le temps qu'il lui reste à vivre. Ensuite parce que, si je mène à terme ce projet – et j'y arriverai –, j'ai des chances d'obtenir une promotion aux urgences qui m'apportera un meilleur salaire et un logement plus décent, et me permettra de passer plus de temps avec ma sœur. Alors, je camperai sur votre perron s'il le faut, mais nous exaucerons ce vœu, et vous m'aiderez. Vous comprenez ?

Le Dr Markson resta immobile si longtemps qu'Emma se demanda avec angoisse s'il n'allait pas avoir un nouveau malaise. Mais il se passa la main sur le visage, et ses épaules se détendirent pendant qu'il murmurait entre ses dents.

— Pardon ? dit-elle, s'avançant pour l'aider le cas échéant.

— Thad, répéta-t-il plus fort. Si nous devons travailler ensemble, appelez-moi Thad. Au moins chez moi.

Un lent sourire éclaira le visage d'Emma. On progressait.

Il se tourna vers elle.

— J'ai besoin de manger quelque chose, dit-il en passant devant elle. Everett !

— Je peux vous l'apporter. Que voulez-vous ?

— C'est son travail, répliqua-t-il, contrarié, retournant s'asseoir en tremblant sur son tabouret. Everett aime s'occuper de moi.

— Le pauvre doit être fatigué après l'épreuve que vous lui

avez infligée, remarqua-t-elle, l'aidant à s'asseoir avant d'aller inventorier le réfrigérateur. Il a quel âge, au fait ?

— Soixante-douze ans. Je vais juste prendre un toast avec du beurre de cacahuète.

Emma acquiesça avant de lui jeter un regard interrogateur.

— S'il vous plaît, murmura Thad.

— C'est mieux.

Avec un sourire malicieux, elle prit le pain complet et un pot de beurre de cacahuète, et s'approcha du grille-pain noyé au milieu de tout le fatras. Elle mit deux tranches à griller et s'adossa au comptoir pour patienter.

— Vous devriez contrôler de nouveau votre glycémie pour voir si elle est bien stabilisée.

— Vous êtes toujours aussi autoritaire dans le travail ?

— Toujours, répondit-elle en riant.

Pendant une seconde, l'atmosphère changea, la tension s'évanouit. Il lui sourit, et elle en fut éblouie. Elle doutait que Thad se déride souvent, et l'instant n'en était que plus précieux. Dommage, car il avait un très joli sourire.

Ding !

Les toasts sautèrent, l'arrachant à sa rêverie. Elle les tartina de beurre de cacahuète et posa deux assiettes sur l'îlot, une pour lui et une pour elle. Elle remarqua son air surpris.

— Quoi ? Vous m'avez fait attendre si longtemps que j'ai manqué mon déjeuner. Vous me devez bien ça. Vous voulez boire quelque chose, Thad ?

— Du thé, répliqua-t-il d'un air absent, fixant son assiette comme si elle allait lui sauter à la figure. Les sachets sont dans le placard à droite de la cuisinière. La bouilloire est sur la plaque de cuisson.

Elle fit chauffer de l'eau et se mit en quête de tasses. Appeler le majordome aurait sûrement été plus simple, mais elle avait pitié du vieil homme. Et puis, en préparant de quoi manger à Thad, elle apprenait à mieux le connaître. Elle n'aimait pas spécialement être avec lui et côtoyer son monde, mais c'était important pour le projet.

Son regard glacé suivait ses mouvements, et elle frissonna, troublée. Il mordit dans son toast.

Dans le reflet de la porte vitrée du four à micro-ondes, elle le vit passer sa main dans ses cheveux et les ébouriffer, et son souffle s'accéléra. Le geste était sexy, assurément. Mais il le rendait aussi moins parfait, plus vulnérable. *Comme nous tous.* Elle aspirait à le faire sourire, à le voir abattre ses défenses et être juste heureux un moment. Vu ce qu'il avait accompli à l'âge de trente-six ans, il devait travailler très dur. Trop dur, sans doute. Mais elle comprenait son envie de réussir, sa peur de décevoir ceux qui comptaient sur lui. Peut-être n'étaient-ils pas si différents, finalement ?

Le sifflement de la bouilloire la fit sursauter. Elle mit une goutte de lait au fond de chaque tasse avant de verser l'eau bouillante sur les sachets de thé et posa les deux tasses sur l'îlot avant de reprendre sa place à côté de Thad.

— On pourrait en profiter pour définir les bases du projet ?

Il porta lentement sa tasse à ses lèvres et but une gorgée.

— Plus tard, si ça ne vous dérange pas.

Avec un soupir, elle avala un bout de toast.

— D'accord, mais on a déjà pris du retard à cause de Thanksgiving et on ne peut pas se permettre de perdre plus de temps.

Thad parut sur le point de protester, mais il se pencha pour donner un morceau de pain à Baxter.

— Bon chien, murmura-t-il, le grattant derrière les oreilles.

Et il sourit de nouveau. Cette fois, Emma se força à détourner les yeux et prit une gorgée de thé.

Thad se redressa et la regarda gravement.

— Je crois que vous allez être source de problèmes, Emma.

— Les problèmes sont ma spécialité, répliqua-t-elle avec un clin d'œil avant de se figer, consternée.

Flirter ne faisait pas partie du plan, même si Thad s'était adouci. Baxter vint à son secours, agitant la queue et sautant sur place dans l'espoir d'avoir du supplément de pain.

— Tu en as eu assez, mon gars, dit Thad en riant.

Son timbre grave apaisa le chien qui se coucha docilement.

Hélas il eut le même effet sur Emma qui soupira de plaisir. Si elle n'y prenait pas garde, elle allait finir étalée à ses pieds, comme Baxter. Il avait une voix enivrante, sensuelle, faite pour chuchoter des mots coquins au cœur de la nuit, avant de…

Stop !

Une sonnette d'alarme tinta dans la tête d'Emma. Elle ne comprenait pas ce qui clochait chez elle. Elle n'était pas du genre à se pâmer devant les hommes. Surtout quand ils étaient inaccessibles. Pourtant, elle ne put s'empêcher d'étudier Thad à la dérobée. De son jean moulant ses longues jambes à son pull à col roulé noir – probablement en cachemire – qui épousait à la perfection ses larges épaules, le Dr Thad Markson était un homme vraiment splendide. Même si les gens ne le voyaient pas derrière son comportement désagréable. Même dans cette cuisine, il dégageait une énergie et une intelligence grisantes. Emma avait toujours eu un faible pour les hommes compétents, et Thad était le meilleur chirurgien cardio-thoracique de New York, alors…

Elle leva les yeux, et leurs regards se soudèrent.

Prise sur le fait.

Les joues en feu, elle se pencha sur son tabouret pour récupérer son téléphone dans sa poche et chercher les informations sur Ricky Lynch transmises par l'association caritative. Elle poussa l'appareil vers Thad pour lui montrer la photo affichée sur l'écran.

— Je vous enverrai tous les documents, mais voici Ricky Lynch, le garçon dont nous allons réaliser le vœu. Il a une tumeur au cerveau.

Thad déglutit devant la photo du petit garçon souriant, privé de ses cheveux par la chimiothérapie. Il avait perdu une dent de lait, et sa peau avait une teinte bleutée. Mais ses yeux pétillaient de vie et d'enthousiasme, reflétant un bonheur joyeux remarquable pour un enfant qui avait déjà tant souffert dans sa courte existence. À côté du garçonnet sur son lit d'hôpital se tenait un labrador noir portant un maillot de chien-guide. Emma songea à Baxter.

— Quel genre de tumeur ? dit Thad d'une voix rauque.

— Glioblastome de stade 4.

Il grimaça.

— Pauvre gosse.

— Oui. Il a été diagnostiqué à huit ans et en a neuf aujourd'hui. Il a passé la moitié de l'année dernière à l'hôpital. Il rêve d'une fête foraine et veut inviter tous les gamins des soins intensifs pédiatriques de Manhattan West avec leurs familles.

Thad changea de position pour étudier l'écran du téléphone, dérangeant Baxter qui leva la tête pour s'assurer que son maître n'allait pas disparaître.

— Alors, on fait quoi ? Je ne connais rien aux fêtes foraines. Il faut un grand espace, et ce sera difficile à trouver à la période de Noël, surtout dans un délai aussi court.

— J'y travaille. Ça devra probablement se faire en intérieur, car nous recevrons des enfants malades. Et il faudra que ce soit accessible aux handicapés, bien sûr.

— Si on organisait une visite à Disney World ? On pourrait réserver une semaine de faste et de plaisir pour lui et sa famille. Ça résoudrait tous nos problèmes.

Elle prit une inspiration.

— J'y ai pensé, mais Ricky ne peut pas voyager dans son état. De plus, il veut partager sa fête avec ses amis malades. J'ai passé la matinée à appeler les entreprises de la liste que l'association m'a donnée pour obtenir des dons, mais nous manquons de temps, et ça va être dur de tout faire d'ici Noël.

— Il va nous falloir un miracle, dit-il, les sourcils froncés.

— Je ne crois pas aux miracles, Thad. J'ai grandi dans la pauvreté et j'ai appris à croire au pouvoir des gens et à leurs choix. Vous ne connaissez peut-être rien aux fêtes foraines, mais vous avez des ressources. Et avec de l'argent, tout est possible. J'ai une liste de forains prêts à venir installer leurs baraques et leurs manèges avant le soir de Noël. Votre fondation peut peut-être coordonner tout ça. Je m'occuperai de l'organisation et des invitations, et je demanderai aussi des dons au personnel de l'hôpital. Mais honnêtement, vous êtes la seule personne de ma connaissance à pouvoir mener à bien un tel projet. C'est pourquoi je vous ai choisi.

L'air horrifié, il semblait sur le point de sortir de ses gonds, et elle s'empressa de le rassurer :

— On ne va pas faire un miracle, mais travailler ensemble pour organiser une fête foraine pour Ricky et les petits malades des soins intensifs. Leur offrir quelques heures de bonheur et d'amusement avant qu'ils retrouvent la dure réalité, et pour certains, qu'ils nous quittent. Vous pourrez ensuite vous réfugier dans votre manoir et reprendre votre vie privilégiée, vous n'entendrez plus jamais parler de moi. Je vous demande juste de m'aider maintenant.

Elle inspira profondément avant d'ajouter :

— Cette fête n'aura pas de prix pour ces bambins. Elle leur offrira de jolis souvenirs qu'ils se rappelleront en souriant quand ça n'ira pas fort. Vous ne croyez pas qu'ils le méritent ?... Vous n'avez pas de tels souvenirs, Thad ?

Emma en avait. De lumières scintillantes, de manèges festifs, de gens qui riaient et s'amusaient. Mais pas Thad, apparemment. Il posa sur elle son regard glacial.

— Non, Emma, je n'en ai pas.

Elle eut envie d'en savoir plus, mais cela ne la mènerait nulle part. Du reste, il commençait à se faire tard, et elle n'aimait pas laisser Karley seule le soir. Elle se leva et rajusta son jean et son pull. En parfait majordome, Everett l'attendait avec son manteau, son écharpe et son bonnet.

— Bien, c'est déjà un bon début, dit-elle en s'habillant. Il faut... hum, nous revoir rapidement pour fixer les prochaines étapes. Je travaille aux urgences demain, mais je ferai une pause l'après-midi. Vers 15 heures. Ça vous ira ?

— D'accord, acquiesça-t-il en scrutant son thé, les sourcils froncés. Mais disons plutôt 15 h 15. Je vous trouverai.

— Rendez-vous est pris. Enfin, vous voyez ce que je veux dire...

Mais tais-toi donc !

Elle se détournait pour suivre le majordome quand Thad précisa :

— Je veux que mon nom n'apparaisse nulle part. Utilisez celui de ma fondation. Je vais leur demander d'effectuer des recherches sur les cadres possibles pour cette fête et je vous informerai des résultats demain.

— Parfait, déclara-t-elle du seuil de la cuisine en réprimant un sourire triomphant. À demain après-midi.

Les choses allaient devenir intéressantes.

4

— Trauma 1, probable infection urinaire, annonça Emma à un résident en refermant derrière elle le rideau d'un box. Leucocytes à douze mille, avec neutrophiles un peu élevés. Traces de sang et bactéries dans les urines. La patiente se plaint d'une sensibilité à l'abdomen et au dos.

Le résident hocha la tête et regarda vers le bureau des infirmiers.

— Il y a, euh... Quelqu'un veut vous voir, infirmière Trudeau.

Emma s'assombrit. Ils étaient débordés aujourd'hui. Rien de sérieux pour l'instant, heureusement. Elle tendit sa tablette au résident avec le dossier de la patiente et se dirigea vers le bureau en vérifiant l'heure à sa montre. Seulement 14 h30, trop tôt pour Thad.

Mais en tournant à l'angle du couloir, elle l'aperçut planté devant le tableau d'affectation du service, l'air sombre.

Elle soupira. Depuis la veille, elle ne portait plus le même regard sur lui. Oh ! il était encore intimidant. Tout le service semblait le penser, à en juger par la façon dont on l'évitait. Mais sa vulnérabilité dans sa cuisine la soirée dernière avait tout changé. Elle ne le voyait plus comme un moyen de réaliser son projet de fête foraine. Quand elle était enfant, ses parents l'avaient toujours mise en garde contre son bon cœur qui, prétendaient-ils, finirait par lui attirer des ennuis, pourtant son empathie était devenue son meilleur atout dans le travail. Elle comprenait les autres et compatissait à leurs problèmes, et ils lui accordaient leur confiance et se livraient à elle. Bien sûr, elle avait dû fixer des limites pour se protéger de ceux qui exigeaient trop et pompaient son énergie. Et peut-être au fil des ans était-elle devenue trop douée pour garder ses distances, ce qui expliquait qu'elle soit encore célibataire à vingt-huit ans. Mais Emma était heureuse de sa vie et reconnaissante pour ses bienfaits. Même si, à cet instant, son partenaire du projet fête foraine la foudroyait de ses yeux bleu glacier.

Malgré elle, une attirance irrésistible lui comprima le cœur. La froide inaccessibilité de cet homme ne le rendait que plus séduisant. Était-il étrange de désirer un grincheux comme lui ? Peut-être. Probablement.

Ressaisis-toi, ma fille.

Elle s'obligea à sourire poliment.

— Vous êtes en avance, docteur Markson.

— Quoi ? grommela-t-il sans quitter le tableau des yeux.

— Nous devons nous retrouver à 15 h 15, dit-elle, habituée à ses manières brusques.

Fronçant le nez, il la regarda et secoua la tête.

— Je ne suis pas là pour ça. J'ai été appelé en consultation pour une possible insuffisance cardiaque aiguë.

— Oh. D'accord. Ça doit être Mme Lovelace, en trauma 4.

— Bien, dit-il, s'éloignant déjà avant de s'immobiliser. J'aurai besoin d'assistance, infirmière Trudeau.

Emma briefa une infirmière sur le dossier qu'elle venait de confier au résident pour qu'elle le seconde, puis elle suivit le Dr Markson. Habituée à sa rudesse, elle pressa le pas pour entrer avant lui dans la chambre de Mme Lovelace et s'efforcer d'adoucir l'examen.

Comme il fallait s'y attendre, Thad s'adressa sans préambule à la patiente avec sa brutalité coutumière.

— Vous avez du mal à respirer et les pieds enflés. Montrez-moi.

Réprimant une grimace, Emma sourit à la vieille dame.

— Le Dr Markson est un chirurgien très talentueux.

— Il a intérêt, rétorqua la femme en jetant à Thad un regard sceptique.

Mme Lovelace était une fidèle habituée des urgences.

Naturellement mince, elle était aujourd'hui carrément décharnée, la mine pincée, ses cheveux gris ébouriffés, Emma se demanda si elle se négligeait. L'octogénaire n'avait personne pour s'occuper d'elle. Elle était célibataire et n'avait jamais eu d'enfant.

Pendant que Thad examinait et palpait ses chevilles, Emma essaya d'en savoir plus.

— On vous livre votre épicerie, madame Lovelace ? Dois-je appeler un service de livraison de repas à domicile pour vous ?

— J'ai toute la nourriture qu'il me faut, ma fille, répondit la vieille dame, focalisée sur le Dr Markson. Quel genre de médecin êtes-vous, déjà ?

Emma réprima un sourire.

— Il est chirurgien cardiaque.

— Chirurgien cardio-thoracique, corrigea Thad.

— En tant que spécialiste, il est là pour évaluer votre cœur, reprit Emma. À en juger par vos symptômes aujourd'hui, vous avez de nouveau des problèmes ?

— Oh oui, haleta la vieille dame. Et je suis constamment fatiguée.

— C'est normal, acquiesça Thad. Vous avez un œdème des membres inférieurs.

Il prit son stéthoscope pour écouter sa respiration.

— Bon sang, mon garçon ! protesta-t-elle, indignée. Prévenez une dame quand vous avez les mains gelées !

Emma toussota pour masquer son amusement.

— Vous buvez bien, madame Lovelace ? demanda-t-elle, prenant la tablette pour cliquer sur le dossier de la patiente et entrer les signes vitaux que Thad lui donnait. Lors de votre dernière venue, le résident vous avait dit de boire au moins un litre et demi par jour.

— Eh bien, non, répondit la vieille femme avec un soupir. Je bois quand j'ai soif, mais après, je dois souvent aller aux toilettes alors que j'ai du mal à me déplacer. Et puis je ne dors pas bien la nuit, et parfois, je m'assoupis la journée et je manque les repas. C'est peut-être aussi bien, vu que l'association qui m'apporte de la nourriture chaque mois reçoit moins de dons et qu'elle ne vient plus aussi souvent.

Emma entra toutes les informations dans son dossier, avec celles que lui fournissait Thad au fur et à mesure de l'examen, comme s'ils étaient une équipe.

— Quand vos problèmes respiratoires ont-ils empiré ? demanda Thad en se redressant.

— Il y a deux nuits. Au début, j'ai cru à une bronchite, mais ce matin, je n'arrivais plus à reprendre mon souffle.

Thad sortit de la salle sans un mot. Emma s'excusa auprès de la patiente et lui courut après.

Dans le couloir, elle remarqua que le personnel les suivait des yeux, y compris sa meilleure amie Danielle, également infirmière. Emma lui avait parlé de son intention de recruter le Dr Markson pour son projet. Mais le regard inquisiteur de Dani lui fit regretter de l'avoir mise dans le secret.

— Quelles sont vos consignes, docteur Markson ? demanda-t-elle comme ils atteignaient le bureau des infirmiers.

— L'objectif immédiat est de rétablir une bonne oxygénation des organes de la patiente, dit-il, comme s'il remarquait seulement sa présence. Tête relevée, administration d'oxygène, morphine si elle souffre, Lasix et énalapril en IV, et nitrates et digoxine pour la légère arythmie décelée à l'examen. Si ça ne marche pas, nous envisagerons des traitements plus drastiques.

— Plus drastiques ?

— Oui, répondit-il en se lavant les mains au lavabo voisin pendant qu'elle entrait les consignes sur la tablette. En cas de défaillance rénale, il faudra aussi gérer ce problème.

Emma déglutit. Une défaillance rénale impliquerait des dialyses, donc des visites régulières à un établissement de santé et de nouveaux tracas pour la pauvre Mme Lovelace. Absorbée par ses pensées, elle sursauta en sentant le souffle tiède de Thad sur sa nuque.

— Mais je ne crois pas que ce soit aussi alarmant, dit-il à son oreille d'une voix basse et grave, d'une intimité troublante. Je vous remercie de m'avoir assisté, Emma.

— De rien, prononça-t-elle avec effort en jetant un coup d'œil par-dessus son épaule.

Il était proche, si proche que s'ils avaient été seuls et si elle avait osé, elle l'aurait embrassé. Il sourit, et elle ne vit plus que ses dents blanches, parfaites, ses lèvres douces scandaleusement sexy, et…

Oh ! Seigneur.

Elle se retourna pour regarder droit devant elle, les joues brûlantes, la bouche sèche.

— Je vous tiendrai au courant de l'évolution de la patiente.

— Parfait, commenta Thad en s'éloignant, visiblement inconscient de son trouble. Je vous revois à 15 h 15, infirmière Trudeau.

Mais le destin en décida autrement car, les urgences étant débordées, Emma et Thad durent de nouveau travailler ensemble, cette fois sur le cas d'un homme en surpoids souffrant de douleurs thoraciques aiguës. Thad refusa net sa suggestion de se faire remplacer par un résident.

À sa connaissance, il évitait les urgences comme la peste. Or aujourd'hui, il y multipliait les interventions. Avec elle. Elle ne voulait pas s'attarder sur la cause de ce revirement, car le service manquait de personnel, et toute aide était la bienvenue.

Prenant en charge le patient obèse, ils lui firent un électrocardiogramme qui mit en évidence une hypertrophie ventriculaire gauche et une possible obstruction. Ils le stabilisèrent en attendant les résultats des tests d'enzymes cardiaques.

— J'ai examiné votre radio thoracique, monsieur Trotter, dit Thad vingt minutes plus tard. Votre cœur est hypertrophié. C'est dû en partie à votre tension élevée et votre insuffisance cardiaque congestive, mais vous ne devriez pas avoir ces douleurs. Une des enzymes cardiaques de votre sang, la troponine, est anormalement élevée, suggérant un manque d'oxygénation du muscle cardiaque.

Il se tourna vers Emma.

— Nous allons transférer le patient à l'unité de soins coronariens pour une observation plus poussée. Et programmer un cathétérisme cardiaque pour demain matin. Ainsi, s'il y a des obstructions, je pourrai les réparer immédiatement.

Emma prépara le transfert pendant que Thad répondait aux questions de l'épouse du malade. Il était presque l'heure de la pause d'Emma et de leur réunion. Son travail terminé, elle prit congé de M. Trotter et de sa femme, et descendit avec Thad à la cafétéria pour discuter en privé des plans pour la fête foraine.

S'installant à une table dans un coin tranquille pendant qu'il allait se chercher à boire, elle sortit son téléphone pour prendre des notes. Quand il la rejoignit, elle vit avec surprise qu'il portait un plateau chargé de victuailles.

Il étala une serviette sur ses genoux et la regarda.

— Quoi ? Il faut que je mange, et je ne voulais pas me montrer grossier en me restaurant devant vous. Alors j'ai pris assez pour deux, sans connaître vos goûts. Végétarien, sans gluten, pesco-végétarien, vegan... il y a un peu de tout.

— Oh... Hum. Je ne suis pas de régime particulier, mais merci quand même.

— De rien.

Une fois de plus, sa voix caressa sa peau comme du velours, et Emma lutta contre le trouble qui l'envahissait. Elle était là pour parler de la fête foraine, pas pour baver devant lui. Elle se recentra sur ses notes.

— Tenez, dit-il, lui tendant un sachet de croustilles de pita avant d'attaquer sa salade César au poulet. Mangez ça.

— Je n'ai pas vraiment faim.

— À quelle heure avez-vous pris votre service ? demanda-t-il entre deux bouchées.

— 7 heures ce matin. Pourquoi ?

— Et à quand remonte votre dernier repas ?

Emma dut réfléchir une seconde.

— À mon dîner, hier soir. Mais j'ai mangé un hamburger-frites et je suis encore calée.

Il secoua la tête.

— Vous devez prendre soin de vous, comme vous le faites pour les autres.

— Je…

Emma fronça les sourcils. Elle prenait soin d'elle. Elle mangeait bien, du moins elle essayait, entre ses horaires de travail déments et les activités scolaires de Karley. Et elle faisait de l'exercice en courant toute la journée dans les couloirs des urgences. Sur la défensive, elle s'efforça de revenir à l'objet de la réunion.

— Nous sommes là pour parler du projet.

— Vous faites toujours ça ?

— Quoi donc ?

— Détourner de vous la conversation, répondit Thad, s'essuyant la bouche avec sa serviette avant de la scruter, les yeux plissés. Vous n'aimez pas être au centre de l'attention.

— Je n'ai aucun problème avec…

— Ce n'était pas une question, la coupa-t-il. Vous préférez laisser les autres briller. C'est évident.

— Vraiment ?

Le visage empourpré, elle pinça les lèvres. Il avait touché un point sensible et l'avait déstabilisée. Elle avait envie de l'envoyer promener, mais en même temps, elle se sentait exposée, vulnérable. Elle n'aimait pas monopoliser l'attention, il avait raison. Mais c'était plutôt bien, non ? Pourtant sa sœur n'était pas de cet avis. Karley la poussait constamment à s'affirmer et se valoriser. Si elle l'avait écoutée, elle n'en serait peut-être pas là, à attendre une promotion qui lui était due depuis longtemps. Mais elle se sentait plus à l'aise au second plan. Toutefois il ne fallait pas que Thad le sache. Elle agita son téléphone.

— Je n'ai plus que vingt minutes de pause, et nous avons beaucoup à faire. D'ailleurs, pourquoi êtes-vous tout à coup si gentil avec moi et m'apportez-vous à déjeuner alors qu'hier vous ne vouliez pas entendre parler de moi ?

Haussant les épaules, Thad piqua une feuille de salade avec sa fourchette.

— Je n'aime pas déjeuner seul.

— Mais vous vivez seul.

— Everett est là.

— Votre majordome mange avec vous ? dit-elle, incrédule.

— Quelquefois. Et il y a Baxter…

Maudit soit-il. Il avait encore réussi à l'apitoyer sur son sort. Le cœur serré, elle l'imagina dînant en solitaire sur l'îlot central de sa cuisine de compétition. Apparemment, le vieil adage avait raison. L'argent n'était pas tout. Machinalement, elle tendit la main vers le sachet de croustilles, effleurant involontairement la sienne sur la table. Elle tressaillit, mais cette fois, Thad ne s'écarta pas. Leurs yeux se rencontrèrent, et dans son regard, elle vit qu'il partageait son émotion.

Oh mon Dieu.

Elle ouvrit le sachet et engloutit une croustille en détournant vivement les yeux. Et, surprise, elle s'aperçut qu'elle avait faim.

— Quel âge avez-vous ? interrogea Thad de but en blanc, le visage impénétrable.

— Hum. D'abord, c'est impoli de demander ça. Et j'ai vingt-huit ans. Et vous ?

— Trente-six, dit-il, écartant son assiette vide pour attaquer un bol de yaourt aux myrtilles. Vous avez toujours vécu à New York ?

— Oui, répondit-elle en prenant une autre croustille, désespérant d'en venir au sujet de leur réunion. Et vous ?

— Pareil. Qu'est-ce qui vous a poussée à devenir infirmière ?

— Je n'avais pas le temps de faire des études de médecine, admit-elle en grignotant. Mes parents ont été tués dans un accident de la route quand j'avais dix-huit ans. J'avais décroché une bourse pour une prépa en médecine, mais avec ma petite sœur à élever je n'ai pas pu en profiter, car j'ai dû subvenir à nos besoins. J'ai renoncé à mon rêve de devenir médecin et suivi des cours du soir dans un collège communautaire pour travailler à plein temps le jour. Il m'a fallu plus de temps pour obtenir mon diplôme, mais je l'ai eu. Et j'ai trouvé un poste ici, à Manhattan West, où j'ai gravi les échelons.

Les gens réagissaient différemment à son histoire. Certains la plaignaient. D'autres admiraient son courage. Pourtant rares étaient ceux qui voyaient qui elle était, derrière son apparence, sa couleur de peau, son passé tragique.

Mais quand Thad la regarda, elle sut qu'il voyait au plus profond d'elle-même. C'était embarrassant, déconcertant, et proprement incroyable. Parce que l'homme qui parvenait enfin à la percer à jour était le seul avec qui elle ne pourrait jamais être.

Le silence se prolongea jusqu'à ce qu'il change de sujet.

— Dites-moi où vous en êtes de nos plans.

Pendant qu'elle lui parlait des appels aux fournisseurs qu'elle avait passés le matin, Thad luttait contre un torrent d'émotions. Il ne savait pas à quoi s'attendre sur la vie et le passé d'Emma, mais il n'était pas préparé à la vérité. Même si sa mère était morte d'un cancer quand il avait dix ans, et s'il avait vécu ensuite avec un père froid et distant, il avait conscience d'avoir eu une existence privilégiée.

Mais l'entendre évoquer son rêve perdu suite au drame qu'elle avait traversé, et les choix qu'elle avait été contrainte de faire pour survivre… Thad déglutit péniblement. C'était poignant. Pourtant, elle restait positive, optimiste, heureuse en dépit des cicatrices laissées par le chagrin. Elle avait persévéré, trouvant de nouvelles opportunités pour avancer quand d'autres se fermaient à elle. Elle avait transformé ses problèmes en triomphes, et Thad l'admirait pour ça.

Aujourd'hui, elle mettait la même détermination farouche à aider un enfant malade et triste à réaliser son rêve. Il se remémora l'image du petit Ricky Lynch enlaçant son chien-guide. Un chien qui ressemblait étonnamment à Baxter. Et il n'avait pas que ça en commun avec Ricky. Thad avait passé beaucoup de temps à l'hôpital dans son enfance, effrayé, seul et malade pendant qu'on s'efforçait de contrôler son diabète. En fermant les yeux, il croyait encore entendre le bip des moniteurs et sentir l'odeur du désinfectant.

— Thad ? demanda Emma, le ramenant au présent.

Il sursauta au son de son nom sur ses lèvres, tendre et doux, un brin sensuel. Au fond de lui, un verrou céda.

— Oui ?

Elle semblait inquiète.

— Tout va bien ?

Il retrouva sa brusquerie habituelle, comme toujours quand il se sentait vulnérable.

— Oui. Je crois que nous devons veiller particulièrement au cadre de l'événement, car nous aurons affaire à des enfants très malades. On ne pourra pas les laisser crapahuter dehors dans la neige et le froid glacial. Je dois effectuer des recherches plus poussées pour trouver un lieu convenable.

Il gardait les yeux fixés sur son bol de yaourt pour éviter de regarder Emma, comme un collégien amoureux. Ridicule. Ce n'était pas son genre. Il était un Markson, que diable.

— D'accord, dit-elle en pianotant sur l'écran de son téléphone. J'y ai pensé aussi. Mais il faut un grand espace pour contenir les manèges, les stands, et tout le reste. Avec une bonne ventilation et un accès aux toilettes. Pas facile à dénicher si près de Noël.

Thad réfléchit un moment.

— J'ai mis ma fondation sur le coup. Ils devraient me faire bientôt leur rapport.

Il sentit son pouls s'accélérer devant son regard chargé d'espoir. Il avait vu son père user de son influence financière, avec des conséquences dramatiques après ses transactions immobilières louches. À cause de lui, des gens avaient perdu leurs maisons, leurs économies de toute une vie. Marqué par cette expérience, Thad hésitait à utiliser sa fortune et son influence pour faire avancer les choses, mais c'était pour une bonne cause, et Emma l'avait convaincu.

— Et je passerai quelques coups de fil, pour accélérer les choses, reprit-il en posant son bol vide sur le plateau, avec son assiette et ses couverts. J'essayerai aussi d'assurer la coordination entre les gestionnaires des manèges, puisque vous avez commencé à travailler sur la liste des vendeurs. Quelles attractions nous faut-il ? Une grande roue, un palais du rire, une maison hantée ? Peut-être un château gonflable ou un toboggan géant ?

— On aura du mal à caser une grande roue dans une salle, remarqua Emma avec un grand sourire qu'il trouva charmant. Contrairement à un manège de chevaux de bois.

— C'est votre attraction préférée ?

— Oui, avoua-t-elle, son sourire s'effaçant tandis qu'elle détournait les yeux. Je me souviens de tours de manège avec mes parents quand j'étais petite. On était si heureux et insouciants.

Il étudia son expression nostalgique, sa peau lisse, ses beaux yeux noirs, ses lèvres si douces appelant les baisers…

Non.

Chassant ces pensées importunes, Thad se leva avec effort et alla déposer son plateau, puis ils retournèrent au travail. Devant les ascenseurs, Emma s'étira, et sa tunique se souleva légèrement, dévoilant la peau nue de sa taille. Il s'empressa de détourner les yeux, la gorge serrée.

— Je crois que nous disposons déjà d'un bon début, dit-il d'une voix rauque.

— En effet, répondit-elle, entrant dans l'ascenseur et lui tenant la porte. Je vous envoie un texto pour vous donner l'heure de notre prochaine réunion ?

— Très bien, répliqua-t-il en s'éclaircissant la gorge, les yeux fixés devant lui. J'attendrai votre message. Et merci d'être venue à mon aide hier soir, dans ma cuisine…

Avec un tintement, les portes de l'ascenseur s'ouvrirent au premier étage. Emma descendit et se tourna vers lui.

— J'étais ravie de vous aider. Et merci pour les croustilles.

Immobile, il tint les portes jusqu'à ce que retentisse un signal sonore.

— Eh bien…

— Peut-être…

Ils éclatèrent de rire.

— Vous d'abord.

— Je pensais qu'on devrait rencontrer Ricky pour l'informer de nos plans et voir s'il a d'autres idées à proposer. La semaine prochaine peut-être ? Si vous êtes libre, précisa-t-elle en rougissant, les yeux rivés sur ses pieds.

— Hum, oui, dit-il en toussotant. Je suis disponible mercredi autour du déjeuner.

— Bon. Moi aussi, répondit-elle avec un sourire qui lui donna le vertige. Rendez-vous mercredi donc.

5

En arrivant au sixième étage de Manhattan West la semaine suivante, ils eurent l'impression de pénétrer dans un autre monde. Un peu comme un cocon rassurant. En dehors du bloc opératoire, les services pédiatriques faisaient partie des rares endroits où Thad se sentait complètement détendu, vraiment lui-même. Ici, la température était différente, l'atmosphère aussi. Même la lumière n'était pas la même. Il se dégageait une impression de douceur, de chaleur, de bienveillance. Même si ce n'était qu'une illusion.

D'immenses sapins de Noël ornaient les lieux. L'un à l'entrée, près des ascenseurs. Un autre au bout du couloir principal. Le troisième occupait un angle de la salle de jeux, chargé de guirlandes de couleurs vives à effet arc-en-ciel. Sous chaque arbre, une multitude de cadeaux attendait les petits patients, présents des familles, des amis et du personnel. Des dessins réalisés par les jeunes malades du service ornaient les murs, Pères Noël, rennes, bonshommes de neige de toutes formes et de toutes tailles. Même les bambins en quarantaine à cause du risque d'infection avaient droit à un sapin en fibre optique dressé dans le couloir devant leur fenêtre, dont les lueurs changeantes se reflétaient joyeusement dans leur chambre. Le personnel des soins intensifs pédiatriques se pliait en quatre pour que chaque enfant se sente spécial à cette époque de l'année.

Oppressé, Thad s'approcha de l'accueil des infirmiers et s'éclaircit la gorge.

— Je suis le Dr Markson, et voici l'infirmière Emma Trudeau. Nous venons voir Ricky Lynch.

La quinquagénaire hispanique dont le badge portait le nom de Perla lui adressa un grand sourire.

— Il vous attend. Vous travaillez aux urgences, n'est-ce pas ? Vous m'avez aidée il y a quelques mois quand je vous ai amené ma mère.

— En effet, répondit Emma en souriant. Je me souviens de vous. Comment va-t-elle ?

— Beaucoup mieux, merci. On a fini par réguler sa tension artérielle, non sans mal. Elle s'est mise au régime et à l'exercice, et elle est en très bonne forme, répliqua Perla en finissant de pianoter sur le clavier de son ordinateur. Bien. Allons voir Ricky. Suivez-moi.

Ici, l'atmosphère était à l'opposé du monde stressant et compétiteur de la chirurgie spécialisée auquel Thad était habitué. Les membres du personnel des soins intensifs pédiatriques ne prenaient pas de grands airs. Ils ne rivalisaient pas pour décrocher un poste et ne se criaient pas après. À une époque, Thad avait envisagé de s'orienter vers la chirurgie pédiatrique. Mais ce n'était pas assez bien pour son père, qui insistait pour que Thad soit le meilleur, fasse le meilleur, ait le meilleur, faute de quoi il serait un incapable. Dans cet environnement apaisant et bienveillant, il se trouvait à des années-lumière de l'univers familier où il avait grandi auprès de son horrible père. Cependant, au fond de lui, il n'avait jamais oublié cet endroit et il sentait une douce chaleur percer la carapace durcie de son âme. Peut-être son cœur n'était-il pas complètement mort, après tout.

Perla désigna l'extrémité du couloir.

— Ricky est à la chambre 3. Ses parents travaillent aujourd'hui, mais ils vous autorisent à lui parler. Oh ! et McCoy est là aussi.

— McCoy ?

— Son chien de soutien émotionnel, répondit Perla, assombrie. Il l'aide à affronter les moments difficiles.

— Très bien. Merci.

Thad s'engagea dans le couloir. Le sol avait été changé depuis son dernier séjour entre ces murs, mais il se rappelait encore la disposition des lieux. Emma lui emboîta le pas, étrangement silencieuse.

Thad ouvrit doucement la porte de la chambre pour ne pas déranger Ricky au cas où il dormirait. La chimiothérapie et la radiothérapie avaient tendance à vider le malade de toute son énergie. Mais le garçonnet était bien réveillé et parlait au grand labrador vautré sur son lit. L'émotion serra le cœur de Thad, lui coupant le souffle. Baxter comptait tellement pour lui aujourd'hui, avec son amour et son soutien inconditionnels. À l'âge de Ricky, quand il était coincé ici sans voir personne à l'exception d'Everett, il aurait tout donné pour avoir un ami comme McCoy à ses côtés.

Ricky et son compagnon levèrent la tête quand Thad et Emma entrèrent, et le chien geignit à la vue des étrangers. Ricky était tel que sur sa photo du projet. Chauve, le teint diaphane légèrement bleuté. Mais il affichait un grand sourire éclatant, et le cœur de Thad se serra de plus belle.

— Bonjour, Ricky, dit-il d'une voix enrouée. Nous sommes là pour parler de ton vœu de Noël.

Les yeux bleus du petit garçon étincelèrent.

— Ouiiii !

— Je suis le Dr Markson, mais tu peux m'appeler Thad. Et voici l'infirmière Trudeau.

— Emma, précisa-t-elle. Je peux caresser ton chien ?

— Bien sûr, Emma. McCoy adore ça.

Ils flattèrent l'animal et approchèrent deux chaises pour s'asseoir près du lit.

— À propos de la fête foraine que tu désires…, dit Thad.

— Je veux du gâteau, le coupa Ricky, rabattant les couvertures pour balancer ses jambes au bord du lit.

— Du gâteau ? répéta Thad, perplexe. On n'en a pas apporté.

— Ben non, déclara l'enfant d'un air indulgent. Il y en a dans la salle de télévision. Viens, McCoy.

Le chien sauta du lit et nicha sa truffe humide dans la main du garçon pour le rassurer de sa présence, comme Baxter le faisait avec Thad. Sur le seuil, Ricky les invita à approcher d'un signe de la main.

— Vous voulez du gâteau ? Je suis sûr qu'il y en a assez.

Emma interrogea Thad du regard.

— Ça me semble une bonne idée, dit-il.

Ils reprirent le couloir jusqu'à une salle meublée de plusieurs tables rondes, avec un grand écran de télévision qui diffusait des dessins animés. Sur une desserte, le personnel avait disposé des assiettes de cookies et des bouteilles de boisson, ainsi qu'un gâteau en forme de fusée découpé en tranches. Emma installa Rick et McCoy, puis rejoignit Thad devant le buffet.

— Ouah, dit-elle, impressionnée par l'assortiment des mets présentés. Je me demande si on fête un anniversaire.

— J'en doute. On propose des aliments à tout moment dans ce service. Des enfants ne peuvent pas manger aux heures de repas habituelles à cause de leurs traitements. La plupart du temps, on prépare des encas sains comme des légumes, des céréales ou des fruits. Mais compte tenu de l'état de santé de certains bambins, on est plus tolérant et on met aussi à leur disposition des bonbons pour leur faire plaisir.

Thad s'interrompit pour s'emparer d'une assiette qu'il garnit de légumes frais et de houmous pendant qu'Emma prenait du gâteau pour elle et Ricky.

— Si le patient est en traitement de chimiothérapie et ne peut pas se nourrir normalement, le personnel lui donne tout ce qu'il demande pour qu'il absorbe des calories. Je me souviens quand j'étais ici une fois, une infirmière s'est lancée dans une course folle en pleine nuit juste pour dénicher une confiserie spéciale réclamée par un gosse...

Thad se figea. Il regrettait de s'être autant confié à Emma. Les yeux sur son assiette, il ajouta des biscuits aux céréales complètes à son assortiment de collations en espérant qu'elle ne l'avait pas entendu.

Il n'eut pas cette chance.

— Vous passez beaucoup de temps ici maintenant ? demanda-t-elle, le scrutant de son regard intense. Ou cela remonte-t-il juste à votre enfance ?

Thad prit une bouteille d'eau.

— C'était il y a longtemps.

Elle ouvrit la bouche pour dire quelque chose.

— Pas maintenant, s'il vous plaît, l'arrêta-t-il. Nous sommes là pour Ricky. Il passe un bon moment, et je ne le gâcherai pas en parlant de moi et de mon passé.

Il alla rejoindre le petit garçon à table, et elle le suivit. Ils ne tardèrent pas à discuter de la fête foraine.

Ricky se révéla bavard, posant beaucoup de questions tout en glissant à McCoy des petits morceaux de gâteau.

— On pourra faire des tours de poney ? suggéra-t-il.

— Impossible, répondit Thad. Trop de risques et de règlements sanitaires. Sans parler du nettoyage et des déchets…

— On pense à des jeux à la place, Ricky, intervint Emma. Tous gratuits, avec des lots pour tout le monde.

— Oh ! j'adore les prix ! s'écria l'enfant, battant des mains et se tortillant sur sa chaise. De quel genre ?

Pendant qu'Emma discutait avec lui du choix des jouets, Thad mangea ses légumes, émerveillé par son aisance avec les autres. Sa mère était comme elle. Mais Thad n'avait pas cultivé ce talent. D'abord à cause de son enfance isolée après la mort de celle-ci, et plus tard, parce qu'il tenait plus à sa vie privée qu'aux interactions sociales. Il savait que certains se plaignaient de son comportement distant avec les malades, mais quand les patients guérissaient de troubles prétendus incurables, ils oubliaient sa froideur. Et oui, peut-être se sentait-il seul parfois, même en compagnie d'Everett et Baxter. Mais c'était le lot commun, non ? Cela faisait partie de la vie. Rien à voir avec l'irruption d'Emma Trudeau dans son existence, ni avec les émotions que sa présence éveillait en lui. Ça passerait. Ça passait toujours.

Au bout d'une heure, Ricky bâilla et s'affaissa sur sa chaise.

— J'ai envie de dormir.

Thad et Emma s'empressèrent de nettoyer la table et raccompagnèrent le jeune garçon à sa chambre. S'assurant qu'il était confortablement installé dans son lit avec son chien à ses côtés, ils sortirent dans le couloir. Mais au lieu d'appeler l'ascenseur, Emma entraîna Thad derrière un grand sapin de Noël et tapota la chaise à sa droite.

— Parlez-moi de votre séjour ici quand vous étiez petit.

Il fronça les sourcils, sur la défensive.

— Pourquoi ? Ça n'a aucun rapport avec ce qu'on fait ici.

— Ça pourrait en avoir, objecta-t-elle. Vous avez une vision personnelle de ce que ces enfants traversent. Nous pourrions nous en servir pour rendre la fête plus amusante.

— Je ne vois pas comment, grommela-t-il, s'asseyant à contrecœur.

Voilà pourquoi il ne parlait pas aux gens, ne s'ouvrait pas à eux. Parce qu'ils exigeaient toujours plus. Le titillant, insistants, jusqu'à ce qu'il se sente nu et vulnérable, et se réfugie dans le coin sombre où il se terrait enfant pour échapper à la colère de son père et, plus tard, à l'ingérence de la presse et la rancœur de ses victimes. Il leur avait remboursé chaque centime, mais ils continuaient à s'acharner sur sa fondation. Non. Tendre la main aux autres, c'était leur prêter le flanc. Il avait retenu la leçon de son père.

À en juger par l'air déterminé d'Emma, elle ne lâcherait pas l'affaire tant qu'il n'aurait pas dit quelque chose.

Thad soupira et se pinça le nez entre le pouce et l'index.

— Très bien. Que voulez-vous savoir exactement ?

— Vous étiez ici à cause de votre diabète ?

— Oui, répondit-il laconiquement, espérant que ça suffirait.

Elle continua à le dévisager, attendant la suite.

— Pourquoi fait-on ça, Emma ? Je ne crois vraiment pas que ça servira à notre projet, et je n'aime pas parler de moi.

— À cause de votre famille ?

— À cause de plein de choses.

Ils gardèrent le silence un moment, les yeux fixés sur le grand sapin devant eux. Puis Emma poussa un soupir.

— Je pensais que parler de nous pouvait faciliter notre travail sur le projet, c'est tout, déclara-t-elle en haussant les épaules.

Sinon on peut essayer un autre sujet, moins personnel ? Dites-moi pourquoi vous n'aimez pas Noël.

Thad réprima une grimace. Cette question était encore plus intime que l'autre. Il tenta de botter en touche.

— Je n'ai jamais prétendu que je n'aimais pas Noël.

— Sérieux ? s'écria-t-elle avec ironie. Vous savez qu'on vous surnomme le Grincheux de la Cinquième Avenue ?

— C'est puéril.

Et vrai. Le cœur de Thad se serra sous l'effet d'une vieille douleur familière. L'enfant malingre qui devait constamment contrôler sa glycémie avait été victime de harcèlements, et ses cicatrices intérieures en témoignaient. Mais comparé aux noms d'oiseaux dont on l'avait affublé toute sa vie, en particulier son père, l'adjectif « grincheux » était plutôt soft.

Emma soupira et le dévisagea.

— Mais ce n'est pas vrai. Vous êtes...

— Je suis quoi ? demanda-t-il, impassible.

— Compliqué ?

Il pinça les lèvres pour réprimer un sourire. *Compliqué*. Il pouvait s'en accommoder.

Ils contemplèrent les guirlandes lumineuses qui clignotaient sur le grand sapin. Il était très rare que Thad passe du temps à ne rien faire, mais c'était plutôt... agréable. Il était d'astreinte, mais à part ça il n'avait aucune obligation, sauf rentrer chez lui.

— Alors, dit Emma dans une nouvelle tentative, qu'est-ce que vous détestez tellement dans ces fêtes ?

— En dehors du mercantilisme ? Pourquoi ça vous intéresse autant ?

— Parce que je...

— Laissez tomber.

Elle était toujours si prompte à parler, à s'ouvrir à tout un chacun, qu'il avait presque peur pour elle. On ne l'avait donc jamais mise en garde contre le danger de se livrer aux autres ? Animé d'un étrange élan protecteur, il avait envie de la défendre contre ceux qui pouvaient lui faire du mal. Bizarre. Il n'avait ressenti cela qu'avec Everett et Baxter. Et sa défunte mère. Mais Emma l'observait, l'incitant à répondre à ses interrogations.

— J'ai vécu un drame vers Noël il y a des années, c'est pour ça que je hais les fêtes, lâcha-t-il.

— Oh ! Thad, murmura-t-elle en lui prenant la main. Je suis vraiment désolée. Noël peut être une période difficile pour certaines personnes. Si je peux faire quelque chose...

— Impossible, à moins de pouvoir ressusciter ma mère.

Gêné, il essaya de libérer sa main, furieux d'en avoir tant dit. Il n'évoquait jamais la mort de sa mère. Il avait enfoui ce souvenir si profondément qu'il y pensait rarement. Il avait cru laisser tout ça derrière lui, mais apparemment il s'était trompé. Qu'avait donc cette femme pour faire remonter à la surface les douloureux tourments qui avaient émaillé sa vie ?

Emma se tut, se contentant de lui tenir la main pendant qu'il luttait contre le torrent d'émotions qui le ravageait. Un chagrin brûlant lui comprimait la gorge. Il s'obligea à sortir les mots avant qu'ils l'étouffent.

— J'avais dix ans quand un cancer l'a emportée. C'est arrivé très vite. Elle est partie six mois après le diagnostic. Je n'ai pas eu le temps de l'accepter, ni de me préparer.

Voilà. Il avait répondu à sa question. Maintenant ils pouvaient partir d'ici.

Mais son cœur tambourinait dans sa poitrine, ses tempes palpitaient, il avait une boule au ventre. Les yeux fixés sur le sapin, Thad se remémora l'horrible jour de la mort de sa mère. Noël. Période de réjouissances pour le monde. Mais pas pour les Markson. Il entendait encore le téléphone sonner, la voix de son père accueillant l'effroyable nouvelle, il sentait l'odeur du café, la souffrance brute empestant l'air.

— Elle n'avait que vingt-huit ans.

— Oh ! Thad.

Étouffant un sanglot, Emma lui pressa la main, sa peau si chaude sur ses doigts glacés.

— Pardon. Je ne vous aurais pas questionné si j'avais su.

Il enlaça ses doigts, mû par le besoin de la réconforter.

— J'associe les fêtes de Noël à sa mort. Les décorations, la joie ambiante, tout me rappelle ce que j'ai perdu. Ma mère, le centre de mon univers… Après, mon père a sombré.

Au fond de lui, une voix lui hurlait de se taire, d'arrêter de dévoiler ses secrets à cette femme qu'il connaissait à peine, mais quelque chose chez Emma le poussait à se confier, à se mettre à nu. C'était irrésistible et terrifiant.

Quelques secondes s'écoulèrent, puis elle se tourna vers lui et caressa doucement sa tempe.

— Merci de m'avoir parlé, Thad. Je sais que ça n'a pas été facile et j'apprécie votre confiance.

Confiance ? Thad la dévisagea comme s'il voyait pour la première fois cette femme qui avait surgi du néant pour bousculer sa vie et l'avait soudain rendue… meilleure. Il prit conscience avec surprise que, oui, il lui faisait confiance. Mais il ignorait encore tant de choses sur elle.

— Et vous ? l'interrogea-t-il.

— Quoi moi ? J'adore Noël, à l'évidence, répondit-elle avec un sourire en s'écartant.

— Non, je me demandais comment c'était d'élever votre sœur cadette. Lui en voulez-vous d'avoir dû renoncer à vos rêves pour elle ?

— Quoi ? Non, bien sûr que non. Karley est ma sœur, et je l'aime. Elle est la seule famille qui me reste, et nous devons rester soudées. Elle n'est pas responsable de l'accident qui a emporté nos parents. Elle n'avait que sept ans à l'époque.

— Ça a dû être dur pour vous de songer à ce qui aurait pu être…

— Honnêtement, ce genre de pensée ne m'a pas effleurée.

— Comment est-ce possible ?

— C'est un luxe que nous ne pouvions pas nous offrir. À dix-huit ans, j'ai dû prendre mes responsabilités et devenir adulte. Je ne pouvais pas m'apitoyer sur mon sort. Bien sûr, je souffrais et je pleurais mes parents qui me manquaient, surtout à cette période de l'année. Mais je devais avancer pour Karley. M'occuper d'elle et lui montrer l'exemple.

— Onze ans est un grand écart d'âge entre deux enfants. Vos parents l'avaient voulu ?

— Pas vraiment, admit-elle en souriant. Ils ont longtemps essayé d'avoir un second enfant, sans succès. Et un jour, Karley est arrivée. C'est drôle, n'est-ce pas ?

— Comment vous faites ? dit-il, le cœur serré.

— Comment je fais quoi ?

— Comment pouvez-vous rester aussi positive alors que vous avez tant perdu ?

Elle haussa les épaules.

— On finit toujours par perdre quelque chose dans la vie, non ? C'est la façon d'affronter cette épreuve qui compte. J'imagine que j'ai choisi d'être heureuse.

Thad n'arrivait pas à détacher les yeux d'elle, plein de chaleur et de compassion pour cette belle femme courageuse qui avait été là pour les autres. D'abord sa sœur, puis lui. Ils étaient proches maintenant, si proches qu'il sentait son souffle tiède sur son visage. Il l'entendit inspirer, vit ses lèvres roses s'entrouvrir, et son cœur desséché bondit d'excitation, se gonflant dans sa poitrine oppressée au point qu'il crut mourir d'anticipation. Fermant les yeux, il chuchota son nom comme une prière.

— Emma...

Ils s'embrassèrent. Il ne sut pas qui avait commencé, mais rien ne pouvait plus l'arrêter. Il prit son visage entre ses mains, savourant sa peau douce et chaude sous ses doigts. Au début, Emma se figea, puis elle agrippa sa chemise dans son poing fermé contre son cœur. Le temps parut suspendu, le monde s'effaça, réduit à un instant d'éternité. À un baiser.

Ding !

Les portes de l'ascenseur voisin s'ouvrirent dans un chuintement, leur rappelant où ils se trouvaient, qui ils étaient. Thad s'écarta et, le front contre celui d'Emma, il écouta leurs souffles trembler à l'unisson.

Qu'est-ce que je fous, bon sang ?

Il n'avait pas la réponse à la question. Il était désorienté, déstabilisé, mais il ne pouvait pas la lâcher. Pas encore.

Ils restèrent longtemps silencieux, cachés derrière le grand sapin. Puis Thad se redressa et prit une inspiration. Les mots se coincèrent dans sa gorge, ce qui valait mieux que de dire des sottises. Embrasser Emma n'avait pas de sens. Ni lui parler de son passé. Mais il ne regrettait rien. Pas encore, en tout cas. Il fixa ses mains sur ses genoux.

— Merci d'avoir organisé cette réunion aujourd'hui.

Elle leva les yeux, visiblement aussi nerveuse que lui.

— Ricky est un garçon génial. Je me réjouis qu'on puisse réaliser son rêve.

Vous pourriez réaliser mon rêve.

Alarmé par cette pensée, il s'empressa de se lever.

— Nous devrions... euh...

« Cesse de bégayer, idiot ! » gronda la voix froide de son père du fond de sa mémoire.

— Nous devrions y aller.

Elle le suivit jusqu'aux ascenseurs.

Pendant la descente jusqu'au premier étage, Thad ne cessa pas de se réprimander. Ses bonnes intentions, les barrières qu'il avait mis des années à ériger autour de sa vie et de son cœur, tout avait été anéanti par un baiser. Cela en valait-il la peine ? Son cœur ressuscité pensait que oui. Mais son esprit toujours méfiant n'en était pas si sûr.

Fébrile après son départ de l'hôpital, Emma n'était pas prête à rentrer chez elle, même si elle avait sa journée. Elle avait besoin de temps et d'espace pour réfléchir à ce qui s'était passé aux soins intensifs pédiatriques, en particulier au baiser échangé avec Thad. La journée étant douce et ensoleillée, elle prit le train pour Brooklyn et décida de se rendre sur la tombe de ses parents.

Descendant à la station de la Neuvième Avenue, elle s'arrêta acheter deux jolies petites couronnes de poinsettias à un vendeur ambulant avant de pénétrer au cimetière de Green Wood. Le parc était paisible, minuscule oasis de sérénité au cœur du bouillonnant quartier de Brooklyn. Une couche de neige fraîche recouvrait le sol, enveloppant les monuments historiques qui ornaient les lieux. Ses parents adoraient l'endroit, et quand elle était petite, ils l'emmenaient souvent y faire de longues promenades en lui montrant les sépultures des victimes de la guerre d'Indépendance. Certaines étaient énormes et chargées, d'autres simples et modestes. Mais toutes représentaient des vies qui avaient compté. Des concerts étaient organisés dans le parc le printemps et l'été, de même qu'une exposition permanente d'œuvres d'art où les gens étaient invités à noter leurs petits secrets sur un papier qu'ils glissaient dans la fente d'une stèle spéciale, prétendument pour se libérer de leurs tourments.

Emma suivit les sentiers de l'immense parc de deux cents hectares, passant devant une mare gelée et de splendides sculptures avant d'arriver au petit monticule où ses parents reposaient côte à côte. Déposant les couronnes de fleurs sur la pierre tombale, elle essuya la neige de la stèle en granite et s'assit sur le petit banc voisin. Depuis leur mort, elle venait ici au moins une fois par mois, parfois avec sa sœur, parfois seule, juste pour leur parler et se vider la tête et le cœur.

Bercée par le gazouillis des oiseaux et le clip-clop des sabots des chevaux d'attelage qui parcouraient le cimetière, elle s'absorba dans ses pensées et sourit doucement.

— Bonjour. C'est encore moi.

On devait la prendre pour une folle en l'entendant parler à ses chers disparus, mais cela la réconfortait. Comme s'ils étaient toujours là et veillaient sur elle.

— Tout va bien, dit-elle, repoussant la neige du bout de sa botte. Karley a fait sa demande pour entrer à l'université. On croise les doigts pour qu'elle intègre Howard cet automne.

Elle s'interrompit le temps de laisser passer un petit groupe de touristes qui visitaient le parc.

— À l'hôpital, on est très occupés, reprit-elle quand ils se furent éloignés. Je travaille sur un projet spécial pour réaliser le souhait d'un enfant malade. J'ai un partenaire, Thad, et il est… différent. Surprenant, plutôt.

Oui, Thad l'avait surprise. Pas juste à cause du baiser, même si ce n'était pas rien. Ses lèvres la picotaient encore rien que d'y penser. Elle y porta sa main gantée en se rappelant la caresse de sa bouche, la chaleur de son contact, la sensation de sa langue sur la sienne.

Ses joues s'enflammèrent en dépit du froid ambiant.

D'autres choses l'étonnaient chez lui. Elle avait toujours eu une idée personnelle du mode de vie des riches, forgée par la télévision et les médias. Elle les imaginait entourés d'une horde de laquais serviles. Mais Thad avait de l'argent, beaucoup à en juger par sa belle demeure new-yorkaise, et pourtant, il vivait seul dans la plus parfaite discrétion.

Mais le plus étonnant était sa vulnérabilité derrière son apparence froide et dure. Une carapace forgée par sa maladie, mais aussi par les épreuves qu'il avait traversées. Il tenait les gens à distance, et elle se sentait privilégiée d'avoir pu l'approcher. Cela la touchait, la terrifiait et l'excitait à la fois. Elle était indépendante depuis si longtemps, pouvait-elle se permettre de baisser sa garde maintenant ?

— Est-ce que je le veux ? dit-elle à voix haute.

Elle prit conscience que oui. Thad Markson lui plaisait. Il était brillant, intéressant, et parfois têtu comme un âne, mais il n'était pas le seul. Il lui arrivait de se comporter en parfait crétin, et il pouvait aussi être très gentil et bienveillant. Il sauvait des vies. Et il avait besoin de se sauver lui-même.

Emma. En fermant les yeux, elle l'entendait presque chuchoter son nom, hésitant, plein d'espoir. Il éveillait les mêmes émotions en elle.

Un vent léger bruissait à travers les branches dénudées d'un arbre, et une feuille pourpre atterrit sur ses genoux. Elle la ramassa en riant et la tendit vers la tombe de ses parents.

— C'est censé être un signe ?

— Cui-cui, pépia un cardinal rouge perché sur une croix.

Le rouge avait toujours été la couleur préférée de sa mère.

Emma n'était pas spécialement croyante, mais elle était sensible à la spiritualité et attachait de l'importance aux signes.

— D'accord. Je l'aime bien. Plus que je ne devrais. Je vais peut-être lui donner une chance. Pour voir ce qui se passe.

— Cui-cui ! chanta le cardinal avant de prendre son envol, comme s'il avait rempli sa mission.

Emma sourit et se leva pour arranger joliment les couronnes de fleurs, puis recula.

— Eh bien, je vais y aller. Il fait froid, et je dois rentrer retrouver Karley. Je reviendrai vers les fêtes. Je vous aime, et vous me manquez.

Elle envoya des baisers à la tombe et reprit le chemin de la sortie. Elle passa sous la grande arche gothique et, laissant derrière elle le havre de paix de Green Wood, elle rentra chez elle. Elle se sentait plus apaisée, comme si elle avait des anges gardiens pour veiller sur elle.

Thad était une énigme. Elle découvrait sans cesse de nouvelles choses chez lui. Mais plus elle passait de temps avec lui, plus elle aspirait à le connaître. Et s'ils s'embrassaient encore ? Elle n'était pas du genre à coucher avec le premier venu, mais il y avait quelque chose entre eux, de précieux, bien réel. Et elle n'était pas prête à y renoncer.

6

Ce samedi après-midi, planté devant la fenêtre de son bureau, Thad contemplait Central Park. Au loin, il apercevait la patinoire Wollman, et des petites taches de couleur glissant tout autour. Puis il y avait l'aire de jeux Heckscher, avec les terrains de base-ball actuellement couverts de bâches et couronnés de neige. Et l'immeuble octogonal abritant le vieux manège de chevaux de bois du début des années 1900. Enfant, Thad passait des heures à regarder jouer les autres bambins pendant qu'il était coincé ici à étudier, jugé trop malade pour sortir par les médecins.

Il songea au petit Ricky Lynch si frêle, si délicat. Il se rappelait cette sensation de fragilité éprouvée durant ses multiples hospitalisations. Il ne voulait plus jamais se sentir aussi vulnérable.

Il se força à se concentrer sur les plans pour la fête foraine et les choses qu'il devait faire. Il en parlerait à Emma quand elle serait là, dans quelques minutes.

Emma.

Son passé avait prédisposé Thad à fuir les longues relations. Bien sûr, il avait des besoins, comme tout le monde, besoins satisfaits par de brèves rencontres soigneusement orchestrées où les deux parties connaissaient les règles et où les sentiments n'avaient pas de place. On se séparait ensuite, comblé, sans attache ni rancune. On était loin du conte de fées, mais cela fonctionnait pour lui.

Du moins avant qu'il connaisse Emma.

Il avait du mal à penser à leur baiser. S'il n'avait pas encore senti le goût de ses lèvres, il aurait pu jurer que cela n'était jamais arrivé. Le plus déconcertant, c'était la façon dont elle l'avait regardé après. Comme si elle le voyait vraiment pour la première fois. Et qu'elle le comprenait. C'était effrayant d'être ainsi mis à nu. Déstabilisant.

Mais peut-être son trouble venait-il de sa visite aux soins intensifs pédiatriques et des émotions intenses que les enfants malades éveillaient en lui. Il n'avait pas mis les pieds dans ce service depuis des années, veillant à laisser son douloureux passé soigneusement enfoui. Mais la présence d'Emma semblait avoir encore fragilisé le bloc de pierre qui scellait son cœur. Et il ignorait comment combler cette nouvelle fissure dans sa carapace longtemps inviolable.

Avec un soupir, Thad tourna le dos à la fenêtre et alla s'asseoir devant la cheminée où crépitait un bon feu. Il consulta l'application de son téléphone pour vérifier sa glycémie en songeant que sa sensiblerie venait peut-être de son diabète. Depuis son malaise dans la cuisine, sa glycémie avait beaucoup fluctué, et l'épuisement le rendait fou. Il avait des choses à faire. Des procédures à perfectionner. Il ne pouvait pas dormir toute la journée. Pour un homme habitué à se lever aux aurores et veiller jusqu'à des heures indues, c'était inacceptable. Avant, quand il avait pris son insuline et respecté ses horaires de repas, les choses se régulaient rapidement, mais son diabète jouait au yoyo en ce moment. Peut-être vieillissait-il. Trente-six ans n'était pas un âge canonique, mais peut-être les effets de sa maladie commençaient-ils à se faire sentir.

La voix de son père résonna dans sa tête. *Faible. Bon à rien...*

Il se passa la main sur le visage pour chasser ces souvenirs pénibles. Ce méprisable individu était mort d'une crise cardiaque en Amérique du Sud cinq ans plus tôt, échappant à la justice jusqu'au bout. Il avait réussi à éviter une arrestation, mais avait quand même été puni, car il n'avait pu poser ses valises nulle part et avait toujours dû surveiller ses arrières.

Dans un coin du bureau étaient empilés plusieurs grands cartons marqués *décorations de Noël* de l'écriture de sa mère. Thad avait demandé à Everett de les descendre du grenier en se disant qu'ils pourraient peut-être servir à la fête foraine, mais l'idée lui semblait stupide à présent.

— Monsieur, annonça le majordome, comme surgi des pensées de Thad. Mme Trudeau demande à vous voir.

Emma lui avait envoyé un texto pour lui dire qu'elle avait sa journée et pouvait le voir pour parler de leurs plans.

— Merci, Everett. Faites-la monter.

Elle arriva quelques instants plus tard et, foulant le moelleux tapis persan, elle s'assit dans le fauteuil en face du sien. Les cheveux tressés, elle portait un jean moulant qui attira irrésistiblement son regard sur le balancement de ses hanches. Il scruta le feu pour détourner son attention des lèvres roses dont la douceur le hantait encore.

Seigneur, qu'est-ce qui ne va pas chez moi ?

— Bon, dit-elle, les mains posées sur le dossier sur ses genoux, l'arrachant à ses pensées inappropriées. Maintenant qu'on a rencontré Ricky, je crois qu'on doit prendre en compte ses désirs concernant la fête foraine.

Thad changea de position dans son fauteuil.

— On ne fera pas de balades en poney. Rien que leurs déjections seraient trop difficiles à gérer.

— D'accord, répondit-elle en riant. Mais il faut rapidement déterminer le lieu de la fête, pour que je dise aux forains de quel espace ils disposeront. De plus, vu l'état de santé de Ricky, la fête devra se dérouler dans une salle pas trop grande, pour que les petits malades n'aient pas de mal à se déplacer. Votre fondation a pu trouver un emplacement ?

— Pas encore. Ils ont plusieurs pistes, mais rien n'est encore fait.

Il lui parla des endroits sélectionnés en ville par la fondation Markson, et Emma prit des notes. Puis le silence retomba, embarrassant.

Elle referma son dossier et cala ses nattes derrière ses oreilles. Thad se souvenait de leur douceur contre sa peau et il brûlait d'y glisser les doigts, de l'attirer à lui et de l'embrasser à perdre haleine. Il serra les poings.

— Comment allez-vous depuis votre malaise de l'autre jour ? demanda-t-elle finalement en triturant le petit diamant qui brillait à son oreille. Vous avez retrouvé vos horaires de repas habituels ? Je n'aimerais pas que ça recommence...

Il s'imagina glisser sa langue sur la zone sensible derrière son oreille et crut la sentir frissonner, l'entendre gémir...

Oh mon Dieu. Arrête !

— Je vais bien, répondit-il d'une voix enrouée, secoué par sa réaction, avant de se lever et d'arpenter la pièce. Cessez de vous inquiéter pour moi.

— Je suis infirmière. C'est mon travail de me soucier des patients, répliqua-t-elle en croisant les bras, bombant ses seins sous son pull rouge comme si elle les lui offrait.

Non. Ne les regarde pas.

Sauf que Thad n'arrivait plus à voir autre chose.

— Non que vous soyez mon patient, reprit-elle vivement. Ce serait bizarre. Mais je me sens quand même responsable parce que j'étais là quand c'est arrivé et je tiens à vous... à cause du projet, bien sûr.

Je tiens à vous...

Souvent dans le passé, Thad aurait tout donné pour entendre ces paroles dans la bouche d'une autre personne qu'Everett. Et il avait bâti un mur de protection autour de lui justement pour ne pas en avoir besoin. Mais maintenant qu'Emma les prononçait, réalisant à son insu son vœu le plus secret, il se sentait complètement déboussolé.

Il se détourna et, le visage en feu, il alla à la fenêtre pour fuir la tentation et le désir gênant qui sourdait en lui. Il avait survécu à de longues années d'efforts et ne pouvait pas renoncer maintenant, pas avec Emma qui menaçait ses certitudes sur lui-même et le monde. C'était trop, trop tôt, trop terrifiant.

Il se tourna vers elle.

— Nous sommes ici pour parler de la fête foraine, alors on s'en tient là, s'il vous plaît, dit-il d'un ton dur.

Les yeux d'Emma flamboyèrent. Elle s'approcha, et il sentit son pouls s'affoler. Si elle le touchait, tout serait perdu. Il s'effondrerait entre ses mains. Mais elle ne le toucha pas. Plantée devant lui, elle le dévisagea comme si elle avait percé à jour le lâche qu'il était, qui refusait d'admettre ce qui se passait entre eux.

— Très bien. Alors mettons-nous au travail.

Au bout d'une heure et demie d'échange, ils firent une pause pour que Thad contrôle sa glycémie et s'injecte une petite dose d'insuline. Quand il eut fini, il leva les yeux et vit qu'Emma examinait les livres de sa bibliothèque, un large assortiment d'ouvrages allant du documentaire au thriller, en passant par les œuvres de fiction et les romans.

— Vous devez beaucoup lire ? remarqua-t-elle pour détendre l'atmosphère. J'adore les livres, moi aussi. Ma mère m'en lisait beaucoup quand j'étais enfant, et ça m'est resté. À mon adolescence, nous avons commencé à lire les mêmes bouquins et nous en discutions ensuite, comme dans notre propre petit club de lecture... jusqu'à sa mort, en tout cas, dit-elle, la gorge serrée de tristesse.

Seigneur, ce type la rendait nerveuse. Pourquoi ? Certes ils s'étaient embrassés, mais c'était une erreur. Une erreur terrible, inexplicable, car elle ne le souhaitait pas. *Si ?*

Ses doutes étaient encore plus déstabilisants. Car si elle était honnête avec elle-même, peut-être avait-elle un peu voulu embrasser Thad Markson. Peut-être le désirait-elle encore maintenant, malgré les signaux contraires qu'il lui envoyait. Il y avait en lui quelque chose de brisé, d'attendrissant, qui touchait au cœur la soignante en elle. Le fait qu'il se soit livré intimement ce jour-là aux soins intensifs pédiatriques prouvait qu'il n'était pas irrécupérable, quelle que soit l'image qu'il s'efforçait de donner aux autres.

Emma sentait que le vrai Thad était toujours là, quelque part, le petit garçon triste, malade, effrayé, qu'il était avant de perdre sa mère et d'être abîmé par son monstre de père. Elle voulait l'aider à retrouver cet enfant, s'il le permettait.

Mais à en juger par la façon dont Thad évitait le sujet, ce n'était pas le moment. Il était mal à l'aise, et elle aussi. Mieux valait se concentrer sur le projet pour l'instant et suivre leur planning. Ils repenseraient à tout cela plus tard, s'ils en avaient envie.

Elle sourit devant les caisses entassées dans un coin.

— Vous vous préparez à décorer ?

— Hein ? Ah, ça... J'ai demandé à Everett de descendre ces cartons du grenier en pensant qu'ils pourraient nous être utiles à la fête foraine, mais c'était une mauvaise idée.

— Pourquoi ? Vous avez regardé à l'intérieur ? On pourrait peut-être se servir de certaines choses.

Elle se leva et alla jeter un coup d'œil dans les cartons. Il y avait de tout. Un sapin, des décorations, des guirlandes, des couronnes de l'avent, tout le nécessaire pour rendre une maison festive. Probablement pas le meilleur choix pour une fête foraine, mais pourquoi ne pas s'en servir ici ?

— Je parie que cette maison serait charmante parée pour les fêtes. Si nous faisions une pause pour installer ces décorations dans votre bureau ? Je vous aiderai.

— Oh ! je ne...

Mais Emma avait déjà sorti d'un carton la moitié d'un sapin artificiel dont elle fixa le support avant de secouer les branches basses pour leur redonner leur forme.

— Venez. Ce sera amusant, dit-elle en souriant, toute sa nervosité envolée. Croyez-moi.

Thad la regarda fixement un moment avant de la rejoindre, récriminant contre les traditions stupides et les extravagances ridicules pendant qu'ils redressaient le sapin. Il était plus grand qu'ils ne s'y attendaient, au moins deux mètres cinquante, et le pousser dans le coin où Thad voulait l'installer ne fut pas chose aisée, les forçant à travailler de concert pour ne pas se retrouver ensevelis sous une masse de faux branchages désagréablement piquants.

Enfin, après une dernière poussée, Thad se releva, le visage empourpré par l'effort.

— Voilà. Satisfaite ?

Le sapin se dressait d'un côté de la cheminée, un peu bancale, mais ils remédieraient à cela plus tard.

— Pas encore mais bientôt, répondit-elle avec un clin d'œil, commençant à ouvrir d'autres cartons dont jaillirent des mètres de guirlandes rouges, vertes et dorées. On peut les installer sur le sapin, et nous draperons le reste sur le manteau de la cheminée. Ce sera magnifique.

Les sourcils froncés, Thad sortit des poignées de guirlandes lumineuses, d'étoiles dorées et de boules scintillantes d'une autre caisse.

— C'est mon bureau privé, pas le pôle Nord. Je ne veux rien de tapageur.

— Pourquoi ? C'est Noël. Tout est tapageur, bruyant et pompeux à cette époque de l'année. C'est ce qui fait le charme des fêtes.

Lui lançant un coup d'œil, Thad entreprit de jeter pêle-mêle les guirlandes lumineuses sur les branches.

— Non, non, ça ne va pas, protesta-t-elle en les arrachant. Vous devez d'abord les brancher pour vous assurer qu'elles fonctionnent. Vous n'avez donc jamais décoré de sapin ?

Il hésita un instant.

— Pas depuis la mort de ma mère.

Bon sang. Le cœur serré, Emma s'éclaircit la gorge.

— Alors il est temps que nous reprenions la tradition, non ?

Thad haussa les épaules et alla brancher les guirlandes. Elles clignotèrent d'abord, puis brillèrent d'une belle lueur dorée, faisant scintiller l'étoile d'argent et les ornements empilés sur le sol.

— Ouah, c'est magnifique. Laissons-les là pendant qu'on décore le sapin, dit Emma en disposant les guirlandes autour de l'arbre. Vos parents travaillaient tous les deux ?

— Juste mon père, répondit-il en lui tendant de nouveaux ornements lumineux. Ma mère appartenait au conseil d'administration de plusieurs œuvres de bienfaisance de la ville, mais la plupart du temps, elle restait à la maison, avec moi. Du moins jusqu'à ce qu'elle tombe malade.

Sa voix s'étrangla, et Emma le regarda du haut de l'escabeau où elle était juchée pour atteindre le sommet du sapin.

— Ça a dû être affreux pour vous de perdre son soutien.

— En effet, dit-il, s'approchant pour tenir l'échelle et prévenir une chute éventuelle, tout en l'approvisionnant en décorations électriques.

Emma se surprit à rêver qu'ils étaient dans une série télé mièvre où l'héroïne tombait, atterrissant dans les bras du héros avant d'échanger avec lui un premier baiser sous le gui…

Thad et elle s'étaient déjà embrassés derrière un sapin de Noël. Et cela avait été agréable. Délicieux, excitant…

— Tenez, dit-il en lui tendant le reste des guirlandes. Je vais en chercher une autre.

Emma se tourna vers le sapin, un peu secouée. Ils n'étaient pas dans un film, et Thad Markson n'avait rien du héros romantique, malgré son air maussade et mélancolique.

Arrête, se réprimanda-t-elle. *Tu es là pour Ricky, pas pour toi. Ne gâche pas tout pour un homme. Sois responsable.*

L'échelle vacilla un peu quand Thad grimpa derrière elle.

— Celles-ci sont multicolores, dit-il en lui tendant une nouvelle parure lumineuse, si proche qu'elle sentit sa chaleur et le parfum boisé de son après-rasage. Ce sont les dernières du carton.

Emma commit l'erreur de regarder par-dessus son épaule. Seigneur, le visage de Thad était tout près, assez près pour qu'elle l'embrasse. Mais elle ne le ferait pas. Pas maintenant. Peut-être plus jamais. Pour penser à autre chose, elle attrapa la guirlande de petits lampions et l'entremêla aux autres, se rapprochant du sommet de l'arbre. Chaque fois qu'elle gravissait un échelon, Thad en faisait autant derrière elle. Elle seule semblait consciente de la tension ambiante, car il fixait obstinément les décorations du regard.

Quand le sapin fut entièrement illuminé, ils descendirent de l'escabeau. Comme elle reculait pour admirer leur travail, son épaule effleura incidemment le torse de Thad.

— Pardon, bredouilla-t-elle en s'écartant.

Elle souleva une caisse contenant de ravissants sujets en verre irisé rouge et or. De belle qualité, ils étaient probablement faits à la main et hors de prix. Mais ils lui rappelaient un peu les bricoles d'occasion dont ses parents habillaient chaque année leur sapin, tout aussi féeriques.

— Ces parures sont superbes. Je n'en ai jamais vu de telles.

— Ma mère les avait achetées sur un marché bavarois. Elle en était très fière, dit-il avec une tendresse qui fit monter les larmes aux yeux d'Emma.

Il leva un petit sujet qui réfracta les lumières du sapin, projetant des éclats multicolores dans toute la pièce.

— Comme tout ceci lui appartenait, c'est à vous que revient l'honneur de poser la première décoration, dit-elle.

— Faisons-le ensemble.

— Mais ça comptait manifestement pour votre mère, et...

Il la fixa en silence, dans l'expectative.

— Très bien. Ça me rend triste, d'accord ? s'écria-t-elle, exaspérée. Vous n'êtes pas le seul à avoir de doux souvenirs de parents disparus. Ça me rappelle quand mon père et ma mère décoraient le sapin avec Karley et moi. Mais ce n'est pas parce que ces fêtes nous évoquent des moments douloureux qu'on ne doit pas les célébrer.

Comme si en parler à voix haute ouvrait les vannes de son passé, les souvenirs affluèrent, abolissant les années. Le parfum de l'encens de pin brûlé par son père. Les notes joyeuses des chants de Noël à la radio. Le goût exquis des cookies et du lait de poule destinés au Père Noël. Des instants de vie aujourd'hui doux-amers. Elle avait tenté de les recréer pour Karley après la disparition de leurs parents, mais cela n'avait jamais plus été pareil.

Thad parut comprendre qu'elle avait besoin d'espace, car il se tut et commença à décorer le sapin. Tenant le carton, elle lui tendit les ornements festifs qu'il accrocha aux branches. Ils travaillèrent avec efficacité jusqu'à ce que la dernière caisse soit vide. Puis, côte à côte, ils contemplèrent leur œuvre. Féerique.

Et l'atmosphère changea. Le bras de Thad heurta le sien, suscitant en elle un regain de désir.

— Mon père n'a pas été très présent après la mort de ma mère, lui confia-t-il. C'était aussi bien, car il me détestait.

Choquée, Emma le dévisagea, remarquant pour la première fois les minuscules taches de rousseur sur son nez.

— Je suis sûre que non. Aucun parent ne déteste son enfant.

— Lui, si, répliqua-t-il d'une voix basse dénuée d'émotion, les yeux fixés sur le sapin. Il ne ratait jamais une occasion de me dire quelle déception j'étais pour lui. Que la maladie m'avait rendu faible et déficient, et qu'il aurait préféré que je ne vienne jamais au monde. Ce sont ces paroles qui m'ont fait avancer. Le désir ardent de lui prouver qu'il se trompait sur moi.

Un déclic se fit dans l'esprit d'Emma. Voilà donc la raison pour laquelle il tenait les autres à distance.

— Vous n'êtes ni faible ni déficient, affirma-t-elle. Et vous n'avez rien à prouver, Thad. À personne.

— Peut-être, répondit-il, fixant toujours le sapin illuminé. Mais mes blessures ne guériront jamais.

Une lueur rouge et or baignait la pièce à présent, prêtant au bureau une intimité douce et chaleureuse. Emma sentait que les derniers obstacles entre eux étaient tombés, et que pour la première fois, elle avait devant elle le vrai Thad.

— Je me rappelle un séjour aux soins intensifs pédiatriques après la mort de ma mère, reprit-il d'une voix monocorde alors que remontaient ses souvenirs amers. Il leur a demandé de me garder, ne voulant pas de moi à la maison tant que je n'étais pas redevenu normal. Même alors, je savais que c'était son chagrin qui parlait, car il était anéanti par la mort de ma mère. Je l'aimais. Il était mon père. Je refusais de penser au pire. Mais même après la stabilisation de ma glycémie et mon retour à la maison, rien n'a changé. Sauf mon père, qui ne s'est plus soucié que de son travail et a développé une obsession pour l'argent. Le gagner, le dépenser. Et quand sa fortune a été menacée, il a tout fait pour la garder en piétinant et escroquant les autres. S'il n'était pas mort d'une crise cardiaque, il aurait sûrement fait l'objet d'une enquête et été reconnu coupable. En l'occurrence, il m'a légué un gigantesque gâchis et un scandale à gérer. Mais je n'ai pas pris un centime de son argent sale. La totalité est revenue à ses victimes et à la fondation qui œuvre en faveur des démunis et pour le bien dans le monde. Même cette maison appartient à la fondation. À ma mort, j'ai donné comme instruction qu'elle soit léguée à la ville qui en fera un musée, une école, ou ce qu'elle jugera bon. L'héritage de mon père était fait de souffrance et s'arrêtera avec moi.

— Oh ! Thad, murmura-t-elle en enlaçant ses doigts. Vous avez vécu des choses terribles et ne méritiez pas ça. Mais le bien que vous faites rachète les méfaits de votre père.

Il ne la regardait pas, mais elle vit ses yeux briller.

— Après le décès de ma mère, seul Everett a été là pour moi. Il m'aidait à faire mes devoirs, jouait avec moi… Il est plus un père pour moi que le mien le fut jamais.

Elle avait senti dès le premier soir que les deux hommes avaient des liens plus profonds qu'employeur/employé, et tout s'expliquait maintenant.

— Je m'en réjouis pour vous, Thad. Les enfants ont besoin de quelqu'un pour s'occuper d'eux. J'ai essayé d'être cette personne pour Karley, même si je doute d'avoir fait assez. Curieusement, il est plus facile pour un soignant de prendre soin des autres que de ses proches.

Thad consentit enfin à la regarder.

— Je ne connais pas votre sœur, Emma, mais je parie que vous avez fait un travail merveilleux avec elle. Vous êtes une des personnes les plus bienveillantes que j'aie rencontrées.

— Merci. Vos paroles me touchent.

Glissant un bras maladroit autour de ses épaules comme s'il n'avait pas l'habitude de montrer son affection, il l'attira contre lui. Stupéfaite, elle resta pétrifiée, puis se tourna lentement vers lui. La plupart des gens le craignaient, mais pas elle. Plus après ce soir.

Les flammes crépitaient dans la cheminée, et les ombres jouaient à cache-cache dans la lueur ambrée qui baignait le sapin, rendant l'instant mystérieux, romantique. Elle passa la langue sur ses lèvres sèches, et le geste n'échappa pas à Thad.

Le souffle court, il inclina la tête comme pour l'embrasser. Mais il enfouit son visage dans ses cheveux et inspira profondément.

— Je suis content que vous soyez là, Emma, dit-il d'une voix grave et rauque.

— Moi aussi…

Les mots s'étranglèrent dans sa gorge, car Thad promenait ses lèvres autour de son oreille et le long de sa joue, descendait vers sa bouche. Leur baiser fut différent du chaste baiser qu'ils avaient échangé aux soins intensifs pédiatriques. Il était ardent, affamé, au point de la faire chavirer. Thad la serrait contre lui, comme s'il craignait qu'elle disparaisse. Et peut-être le redoutait-il après sa triste enfance. Emma voulait guérir ses blessures, faire de ses fêtes de Noël un moment heureux, pour une fois. Elle glissa les doigts sur sa nuque et les enfouit dans ses cheveux…

Elle mit plusieurs secondes à sentir le courant d'air frais. Thad l'avait lâchée pour regagner la fenêtre, seul. Les lèvres meurtries, elle serra ses bras autour d'elle en frissonnant.

— Thad, je…

— Je crois que vous devriez partir, dit-il en regardant dehors, embuant la vitre de son souffle. Demandez à Everett de vous apporter vos affaires et de vous appeler un taxi pour rentrer chez vous. Je payerai la course.

— Mais…, bredouilla-t-elle, hébétée.

Il passa devant elle en marchant vers la porte.

— À l'occasion des fêtes, ma fondation organise une collecte de fonds à la fin de la semaine prochaine pour toutes les œuvres de bienfaisance que nous soutenons, y compris le projet « rêve de Noël ». J'aimerais que vous m'accompagniez à cette soirée.

Elle battit des paupières, déconcertée par son brusque changement d'humeur et son étonnante proposition.

— Je, euh…

— Je vous enverrai un message pour vous préciser la date et l'heure, dit-il, s'arrêtant sur le seuil pour la regarder. Ce sera une soirée de gala, et je ferai livrer chez vous une tenue habillée. Vous n'aurez qu'à donner vos mensurations à Everett, et je m'occuperai du reste. Bonne nuit, Emma.

Et il sortit, la laissant se demander, sidérée, quand exactement elle était devenue Cendrillon dans leur incroyable conte de fées de Noël.

7

— Ouah ! s'écria Karley quand sa sœur émergea de sa chambre le vendredi soir suivant.

Emma portait une robe fourreau rouge aux épaules dénudées qu'un grand styliste de la Cinquième Avenue avait fait livrer à la demande de Thad, avec des escarpins, des bijoux, et même un petit sac du soir orné de perles.

Emma se demandait à quel jeu il jouait, et si elle aurait l'audace de s'y prêter. Ils n'avaient pas beaucoup parlé depuis leur baiser, en dehors de quelques SMS rapides et de brefs échanges téléphoniques concernant la fête foraine, et elle ignorait où tout cela menait. Elle avait pensé se décommander, mais y avait renoncé. Le gala de ce soir était important pour leur projet, elle se devait d'y assister.

D'un autre côté, pourquoi ne pas profiter du moment ? Elle travaillait dur et méritait de s'amuser un peu. Car il s'agissait juste d'amusement, non ? Une relation entre eux ne pouvait conduire nulle part. Leurs vies étaient trop dissemblables. Ils aspiraient à des choses différentes. Et elle appréciait trop son indépendance.

Pivotant sur elle-même sur ses talons aiguilles rouges, Emma sourit à son reflet dans le miroir. Parfait. Elle avait l'impression d'avoir reçu la visite d'une bonne fée cet après-midi, pas d'un livreur. Et elle adorait ça.

Elle pénétra dans le salon et toussota pour attirer l'attention de sa sœur.

— Alors, ça te plaît ? Tu ne me trouves pas ridicule habillée ainsi ?

— *Ridicule* est le dernier mot qui me viendrait à l'esprit pour te décrire, sœurette, répondit Karley qui pianotait sur son portable, assise devant la télévision. Tu es digne de fouler le tapis rouge !

— Merci, dit Emma en s'empourprant.

Elle lissa de la main le tissu soyeux de sa robe. Elle n'avait jamais porté de tenue aussi coûteuse, et elle avait rarement l'occasion de se mettre sur son trente et un, alors cette soirée était spéciale. Et importante. Sur bien des plans. Il fallait convaincre les donateurs de participer généreusement à la collecte de fonds, et pour ça, elle devait jouer les coordinatrices de projet riches et performantes. Et elle espérait aussi secrètement plaire à Thad.

Ils avaient juste échangé quelques SMS depuis le soir où ils avaient décoré son bureau… et son corps frémissait encore à la pensée de leur baiser.

Cela avait été bon. *Tellement* bon.

Puis l'ambiance s'était refroidie.

D'abord blessée, elle s'était rappelé les confidences de Thad sur son passé et avait compris ses hésitations. En toute franchise, elle n'était pas prête non plus à se lancer dans une aventure. Elle était sortie avec d'autres hommes, mais rien de sérieux. Elle était trop focalisée sur sa carrière, trop occupée à se construire une vie avec sa sœur pour craquer pour quelqu'un. Puis Thad était arrivé, et pour une raison étrange, il avait tout chamboulé. Il avait contourné ses défenses, mis à nu ses fragilités. À première vue, il n'était pas le type d'homme qui lui plaisait, drôle, gentil, sociable. Mais ses fêlures touchaient la soignante qu'elle était. Et sa brusquerie et sa mélancolie qui faisaient fuir les autres l'attiraient comme un aimant. Peut-être parce qu'elle aussi avait subi une lourde perte quand elle était jeune. Ou parce qu'elle savait ce que c'était qu'avancer seule dans la vie. Ou simplement parce qu'au fond d'elle elle savait qu'il souffrait et voulait lui faire comprendre qu'il n'était pas tout seul…

— Prête à affronter les donateurs à ton gala de bienfaisance ? demanda Karley, coupant court à ses pensées.

— Je crois, répondit Emma en allant s'asseoir sur le canapé pour attendre l'arrivée de son chauffeur. La flatterie n'est pas mon fort, mais pour réaliser le souhait de Ricky, je ferai mon possible. Tu es d'accord pour rester seule quelques heures ?

— Tout va bien, répliqua sa cadette en réprimant un soupir. Cesse de t'inquiéter pour moi, Em. J'aurai dix-huit ans dans quelques mois, l'âge que tu avais à la mort des parents. Je suis pratiquement adulte. À cette époque l'an prochain, je serai à l'université et je me débrouillerai toute seule.

— Inutile de me le rappeler.

— Alors, dit Karley en se tournant vers elle, tu aimes bien ce type, hein ?

— Quoi ? Non, protesta Emma, s'efforçant vainement de cacher son sourire. Nous sommes juste partenaires sur ce projet, c'est tout.

— Mais bien sûr, commenta ironiquement Karley. Quoi qu'il en soit, je suis heureuse pour toi. Je ne t'ai pas vue aussi radieuse depuis longtemps.

— Je ne suis pas radieuse ! s'écria Emma, choquée. Si ?

— Oh ! oui. Sans le moindre doute. Tu le mérites, frangine. Alors, fonce.

Emma allait répondre quand on frappa à la porte de l'appartement. Zut. Son chauffeur. Elle inspira et se leva, troublée que son attirance pour Thad soit aussi évidente. Elle sortit son manteau et l'enfila.

— Je serai de retour d'ici 11 heures.

— Ne te fais pas de souci pour moi, dit Karley comme sa sœur prenait son sac et ouvrait la porte. Amuse-toi bien !

— J'essayerai. Sois sage.

Emma descendit au rez-de-chaussée avec le chauffeur et le remercia quand il ouvrit la portière arrière de la limousine noire. Thad était dans la voiture, assis en face d'elle. Avec son smoking sur mesure et sa chemise blanche amidonnée, il semblait sorti tout droit d'un shooting de haute couture. Puis le chauffeur referma la porte, et le plafonnier s'éteignit, les plongeant dans le noir.

— Bonsoir, Emma, dit Thad dans la pénombre. Vous êtes ravissante. Je savais que cette couleur vous irait à ravir.

— Vous l'avez choisie vous-même ? demanda-t-elle comme la limousine s'insérait dans la circulation. Je croyais que vous aviez des opérations toute la semaine.

— C'est le cas, répondit-il, les yeux fixés sur les décorations des rues. Mais j'ai donné à une acheteuse personnelle des indications claires sur ce que je voulais, avec vos mensurations. Et elle a fait de l'excellent travail.

— Merci pour tout, murmura-t-elle, serrant sa pochette du soir sur ses genoux. C'est très généreux de votre part.

— Il faut faire bonne impression sur les personnes que nous allons rencontrer ce soir.

Ils s'arrêtèrent à un feu rouge, et il la regarda dans la pénombre, ses yeux glissant sur elle comme une caresse. Elle frissonna malgré elle et resserra son manteau autour d'elle.

— Non que vous ne soyez pas belle au quotidien, reprit-il. Mais je pense que l'image qu'on renvoie agit comme une armure de protection.

Je sais, se retint-elle de rétorquer. L'attitude discrètement méprisante de Thad parvenait à tenir les gens à distance. Sauf elle, qui voyait au-delà des apparences. Il se protégeait ainsi, préférant éloigner les autres avant qu'ils le repoussent. Emma n'en était que plus flattée de l'accompagner ce soir.

— Eh bien, j'apprécie que vous ayez pensé à moi.

— Je pense toujours à vous ces temps-ci, Emma.

Oh mon Dieu. Le cœur battant, elle bénit l'obscurité ambiante, car son visage devait être écarlate comme sa robe. Il ne pouvait pas vouloir dire… mais peut-être que si. Pensait-il aussi à leurs baisers ? Imaginant ce qui aurait pu arriver s'ils n'y avaient pas mis fin ? S'il l'avait invitée dans sa chambre et avait verrouillé la porte…

Elle s'efforça de respirer calmement.

Comme ils traversaient le quartier ouvrier du Queens, Thad regarda défiler les immeubles par la fenêtre.

— Alors, c'est votre quartier ?

— Oui, dit-elle, souriante. On est loin de votre élégante maison de la Cinquième Avenue, mais nous nous y plaisons.

— Nous ?

— Ma sœur et moi.

— Oui, Karley… Quel âge a-t-elle ?

— Dix-sept ans, bientôt dix-huit, répondit-elle fièrement. C'est une élève brillante. Elle a fait une demande de bourse pour Howard University après l'obtention de son diplôme.

— Impressionnant, déclara-t-il, la lumière des lampadaires illuminant sa veste de smoking qui mettait en valeur ses larges épaules. Que compte-t-elle étudier en faculté ?

— Elle veut faire une prépa en médecine. Je croise les doigts.

— C'est difficile, bien sûr. Mais ça en vaut la peine si on est fait pour ça.

— Je crois qu'elle l'est. Mais quoi qu'elle veuille faire, je la soutiendrai.

— Je n'en doute pas.

Le reste du trajet se déroula en silence. Nerveuse, Emma avait des papillons dans le ventre. Pas tant à cause de la collecte de fonds que de l'homme qui l'accompagnait. Elle avait beau se répéter qu'il ne s'agissait pas d'un rendez-vous galant, cela n'apaisait en rien sa fébrilité.

À leur arrivée, le chauffeur tint la portière de Thad, qui contourna la limousine pour aider Emma à descendre de voiture. Il lui prit la main et la garda dans sa poigne chaude et ferme. Rassurante.

Laissant leurs manteaux au vestiaire, ils gagnèrent la salle de réception transformée pour l'occasion en féerie hivernale. Sur les nappes en lin blanc, d'énormes bouquets de roses blanches, de lys et de narcisses ornaient le centre des tables. Depuis les flûtes à champagne et les couverts en argent jusqu'aux guirlandes lumineuses et aux banderoles irisées, tout n'était que luxe et opulence. Dans un coin, un petit quartet à cordes jouait même de la musique de Noël.

Sur le seuil, Emma hésita, des étoiles plein les yeux. Elle avait l'impression d'être dans un conte de fées.

— Tout va bien ? murmura Thad. Vous êtes un peu rouge.

Oui, elle avait chaud, à cause de son souffle qui chatouillait sa joue, de son corps qui la frôlait en marchant, de la rassurante pression de ses doigts. Elle craquait pour lui, et ce n'était pas bon du tout.

Arrête. Profite juste de la soirée.

Elle prit une inspiration et sourit.

— Ça va. Il y a tellement de monde ici.

Il lui décocha un clin d'œil.

— Mais vous êtes la seule avec moi.

Ils pénétrèrent dans la salle, et Thad la présenta à une personne après l'autre, à lui donner le tournis. Toute l'élite dirigeante de la ville était là. Au vu des scandales qui avaient sali sa famille, elle devinait que c'était dur pour Thad d'être là ce soir, et elle lui témoignait son soutien en restant à ses côtés. Il faisait bonne figure, visiblement au-dessus de tout ça. Tout le monde semblait vouloir le saluer, lui parler, le côtoyer, en évitant soigneusement d'évoquer son père. Il parvint même à obtenir de plusieurs invités la promesse d'apporter une contribution substantielle à leur projet de Noël.

Ils purent souffler un peu pendant le dîner, quand ils se retrouvèrent partiellement dissimulés par l'imposante décoration florale de leur table, loin des projecteurs. Comme elle le regardait à la dérobée, elle remarqua son visage tendu. Il semblait ébranlé. Elle posa la main sur ses doigts glacés et les pressa. Il chipotait avec le délicieux poulet aux légumes rôtis qu'on leur avait servi, un mets de luxe apparemment, mais elle aurait autant apprécié un hamburger-frites.

Elle lui tendit une panière de petits pains aux céréales complètes.

— Prenez-en un, ça contribuera à équilibrer votre glycémie. Et buvez de l'eau. Vous avez l'air stressé.

— Je vais bien. J'ai juste hâte de partir.

— Je comprends, dit-elle en pressant sa main. Et merci.

— De quoi ?

— D'être là ce soir. J'espère que nous recueillerons les fonds nécessaires pour réaliser le vœu de Ricky.

— Nous allons y veiller.

Après le dîner, le quartet joua des ballades sur le thème des fêtes, et des couples allèrent danser sur la piste dressée dans un coin de la salle. Emma les regarda se balancer au rythme de la musique pendant que Thad bavardait avec un donateur. Toute à cet agréable moment de quiétude, elle sursauta quand Thad lui tendit la main.

— Vous voulez danser ?

Elle battit des paupières, le cœur battant.

— Oh ! je ne crois pas...

Pas un rendez-vous galant. Pas un rendez-vous galant.

— Moi oui, dit-il.

Il prit sa main et l'entraîna vers la piste de danse, prolongeant le rêve en lui donnant la sensation d'être une princesse ravie par son prince charmant.

Thad l'enlaça comme l'orchestre attaquait la valse du film *Anastasia*, et elle leva les yeux vers lui.

— Vous ai-je dit combien vous étiez belle ce soir ? demanda-t-il en la contemplant. Car vous l'êtes, Emma. Les tenues d'infirmière ne vous rendent pas justice.

— Vous me l'avez dit. Et je vous remercie, Thad, répondit-elle comme ils glissaient sur le parquet parmi les autres couples. Vous dansez très bien.

— Ma mère m'a appris quand j'étais jeune. C'est comme le vélo, ça ne s'oublie pas, dit-il en esquissant un sourire.

La musique changea bientôt pour le célèbre et doux-amer *Have Yourself a Merry Christmas.* Avec un soupir d'aise, Emma posa la joue contre sa poitrine, savourant la magie de l'instant.

Ils évoluaient ensemble, leurs corps se frôlaient, la chaleur de Thad la faisait fondre.

— Vous sentez toujours si bon, murmura-t-il, le nez dans ses cheveux. Un subtil mélange de cannelle et de rose.

Elle sourit contre sa veste de smoking.

— Vous aussi vous sentez bon.

Du coin de l'œil, elle remarqua que plusieurs personnes les observaient avec curiosité. Elle se redressa.

— Qu'est-ce qu'il y a, Emma ?

— Faisons attention, ou on va croire qu'on est en couple.

Il se figea, sourcils froncés.

— Je ne suis jamais en couple, Emma.

Elle avait beau être au fait de la situation, son cœur se serra de déception.

— Je n'ai pas dit que nous l'étions, juste que les gens pourraient le croire.

C'était idiot d'être blessée par ses paroles, Emma en avait conscience. Elle n'avait aucun droit de se sentir offensée. Pourtant son cœur souffrait. Peut-être inconsciemment avait-elle cru que quelque chose était possible entre eux après leurs baisers. Qui ne l'aurait pas fait ? Mais elle n'était pas stupide. Elle n'appartenait pas à ce monde de paillettes, de galas, de vêtements de luxe. Elle était une femme normale, avec une vie banale. Si Thad ne s'intéressait pas à elle, pas question de le convaincre du contraire. Il pouvait la prendre ou la laisser. Elle ne changerait pas pour un homme. Elle n'avait pas besoin de lui. Elle était très bien comme elle était.

Elle s'arracha à son étreinte.

— Nous devrions y aller. Il se fait tard.

Il la dévisagea, visiblement perdu.

— Je ne sais pas ce qui se passe là…

— Moi non plus. C'est le problème, dit-elle en regagnant leur table, les yeux brûlants de larmes contenues.

Ils prirent congé des invités et remercièrent les personnes qui avaient fait un don pour Ricky, puis ils allèrent récupérer leurs manteaux. Thad l'aida à enfiler le sien, et ses mains s'attardèrent sur ses épaules.

— Vous avez raison, déclara-t-il.

Elle tourna la tête vers lui, perplexe.

— À quel sujet ?

— Nous. Ça. Quoi que ce soit, répondit-il, l'entraînant vers leur limousine stationnée le long du trottoir.

Il lui tint la portière pendant qu'elle prenait place, puis s'assit de nouveau en face d'elle.

— Nous sommes venus ici ce soir pour collecter des fonds, mais…

Il s'interrompit pour regarder par la fenêtre pendant que la limousine traversait en ronronnant la nuit new-yorkaise.

— Je ne sais pas. Quelque chose a changé.

— En quoi ? demanda Emma, consciente que s'ils ne crevaient pas l'abcès maintenant, ils ne le feraient jamais.

Il secoua la tête, les yeux fixés sur la foule rassemblée à la patinoire du Rockefeller Center.

— Je n'arrête pas de penser à vous, Emma. À ce baiser dans mon bureau.

Sa gorge était si serrée qu'elle avait du mal à parler, mais Emma réussit à articuler.

— Moi aussi.

Il se retrouva assis à côté d'elle, pressé contre son corps, le souffle court.

— J'ai envie de vous, Emma. Je n'ai pas cessé de vous désirer depuis le premier soir, dans mon bureau. Et en vous voyant si belle, en vous tenant dans mes bras pendant que nous dansions... Je sais qu'il ne faut pas car, je vous l'ai dit, je ne suis pas doué pour les relations amoureuses, et j'ai fait le choix de ne pas en avoir.

La douleur qui vibrait dans sa voix éclipsa la dureté de ses propos. Il était brisé à l'intérieur. Brisé et magnifique, extraordinaire, et il la fascinait complètement. Elle réalisa qu'il lui importait peu que l'histoire se termine bien comme dans les films de Noël ringards. Elle avait juste besoin de Thad. Comme elle n'avait eu besoin de personne depuis très, très longtemps.

Elle posa la main sur sa joue, l'obligeant à la regarder.

— Qu'est-ce que vous voulez ?

— Emma...

Il rencontra son regard, ses yeux couleur de glacier embrasés d'un feu primitif, possessifs, irrésistibles.

Elle glissa la main sur sa nuque pour jouer avec ses mèches douces, les enrouler autour de son doigt.

— J'ignore ce qui se passe, et comment tout ça va tourner, mais je sais que je veux le découvrir. Avec vous.

Pour la énième fois cette semaine, Thad se demanda ce qu'il était en train de faire. Pendant qu'Emma envoyait un message à sa sœur pour la prévenir qu'elle rentrerait plus tard, il dit au chauffeur d'aller chez lui au lieu de se diriger vers le Queens.

Mais il lui était difficile d'être rationnel, de garder son sang-froid, d'ignorer ses émotions quand Emma était si proche. Elle était d'une beauté renversante, douce, chaleureuse, généreuse. Et elle le désirait.

La gorge nouée, il s'efforça de conserver sa lucidité. Pour leur première fois, il refusait qu'ils se livrent à des ébats maladroits à l'arrière d'une voiture où tout le monde pourrait les voir. Non. Si cela devait arriver avec Emma, il voulait que ce soit parfait.

Pour ça, il devait détourner ses pensées du doux parfum d'Emma qui lui montait à la tête dans l'espace réduit de l'habitacle. Et son pantalon de smoking le gênait de plus en plus, comprimant certaine partie de son anatomie qui échappait à son contrôle au contact de la jeune femme. Cela ne l'aidait pas non plus de penser au regard qu'Emma avait posé sur lui quand ils dansaient, comme si elle l'admirait et ne voyait en lui que le bien et le bon. Il aspirait à être cet homme-là, pour elle. Comme si c'était facile.

Pouvait-il l'être avec elle à ses côtés ?

Non. Car leur histoire ne serait jamais qu'une aventure d'une nuit.

Emma méritait mieux que lui. Il craignait que, conformément aux dires de son père, il se révèle vraiment faible et bon à rien avec elle, au point de ruiner leur belle relation. Pas délibérément, bien sûr. Ça se passait toujours ainsi avec lui. Elle lui avait dit qu'on le surnommait le Grincheux à l'hôpital, et on avait probablement raison. Il vivait seul si on exceptait Everett et Baxter et il se laissait rarement approcher pour de bonnes raisons. Il s'était habitué à cet isolement volontaire.

Du moins jusqu'à l'arrivée d'Emma.

À présent, Thad n'était plus sûr de rien.

— C'est fait, déclara Emma, rangeant son téléphone dans son minisac avant de lui baiser la joue. Karley est prévenue.

Thad se demanda si l'adrénaline qui pulsait dans ses veines était un signe d'excitation ou une mise en garde.

Dix minutes plus tard, ils s'arrêtaient le long du trottoir de la Cinquième Avenue. Le chauffeur ouvrit la portière de Thad, l'arrachant à ses pensées.

— Nous sommes arrivés, monsieur.

— Merci.

Il descendit et rajusta son manteau, le cœur battant la chamade. Il avait connu bon nombre de femmes, mais avec Emma, c'était différent. Peut-être parce qu'il lui avait confié ses secrets les plus sombres, et qu'au lieu de s'enfuir elle l'avait accepté tel qu'il était. Il sentit son cœur se serrer à la pensée de ce que cela signifiait, pour lui et pour l'avenir.

Il contourna la voiture pour ouvrir la porte d'Emma et l'aider à descendre. Et soudain l'heure ne fut plus aux tergiversations. Il la voulait dans son lit. Maintenant. Ils se hâtèrent d'entrer, Thad dit à Everett de prendre sa nuit, puis il entraîna Emma dans sa suite privée au dernier étage.

Elle eut un cri d'admiration en découvrant son luxueux cadre de vie pendant qu'il verrouillait la porte. Avec son bureau, la chambre était son sanctuaire, et il y passait le plus clair de son temps quand il était chez lui. Il l'avait fait refaire quelques années plus tôt dans des teintes apaisantes. Everett avait allumé un feu dans la cheminée et ouvert l'immense lit en rabattant les draps de satin blanc.

— On se croirait dans un rêve, remarqua-t-elle d'un air coquin. Un fantasme...

Thad retira son manteau et prit celui d'Emma.

— Je n'amène pas beaucoup de gens ici.

— Je me sens honorée, répliqua-t-elle avec malice.

Thad n'aimait pas qu'on le taquine, sauf quand il s'agissait d'elle. Il adorait sa nature généreuse. Plus il passait de temps avec elle, plus il la désirait. Elle était comme une drogue dont il était accro, pour le meilleur ou pour le pire.

Emma croyait en la bonté de l'humanité. Elle donnait d'elle-même sans rien demander en retour. La cruauté de son père avait enseigné à Thad une leçon toute différente. Mais pendant quelques moments précieux, Emma le faisait se sentir mieux, moins seul. Même s'il en oubliait tout le reste.

Il devait maintenir ses distances avec elle. Car s'il n'y prenait pas garde, il allait se laisser contaminer, et ses défenses tomberaient. Mais n'était-il pas déjà trop tard ?

— Approchez.

Il l'attira dans ses bras et l'embrassa dans l'espoir d'endiguer l'impuissance qui le submergeait. Il devait reprendre le contrôle, malgré la pernicieuse douceur de ses lèvres. Elle haleta, et il glissa la langue dans sa bouche pendant que ses mains couraient sur son corps pour le toucher, le caresser, en prendre possession.

Mais au lieu de s'écarter, Emma rendait baiser pour baiser, se pressant contre lui, le serrant encore plus fort, comme pour imprimer dans sa chair chaque parcelle de lui. Elle lui enleva sa veste de smoking qui tomba sur le sol et défit son nœud papillon qu'elle jeta négligemment.

— J'ai tant envie de vous, chuchota-t-il quand ils s'écartèrent pour reprendre leur respiration.

Pour toute réponse, elle leva la jambe le long de sa cuisse, retroussant d'autant sa robe rouge.

— Seigneur, Emma, gémit-il.

Affolé par toute la peau douce hardiment exposée, il baisa sa gorge et descendit jusqu'à la base de son long cou. Sa chaleur lui brûlait les lèvres, attisant dangereusement son désir. Ses doigts de chirurgien cherchèrent la fermeture Éclair de sa robe qui s'ouvrit comme une fleur. Elle émit un grondement sourd, le visage dans son cou.

— Vite, je vous en prie..., supplia-t-elle comme il glissait la main sous le tissu soyeux pour palper son dos nu.

— Vous aimez ? demanda-t-il avec un sourire en faisant courir sa langue sur sa gorge, pour le plus grand plaisir d'Emma. Dites-moi ce que vous voulez.

— Vous. Je vous veux, vous.

C'était tout ce qu'il avait besoin d'entendre. La robe rouge glissa mollement aux pieds d'Emma, et pendant un instant, il contempla le spectacle de cette femme magnifique en lingerie et talons aiguilles pour le graver dans sa mémoire. Puis il l'attira à lui et couvrit ses épaules de baisers.

— Vous êtes parfaite, Emma. La beauté incarnée, gronda-t-il, conscient de n'avoir jamais autant désiré une femme.

Elle prit sa main et l'entraîna jusqu'au lit.

— Étendez-vous.

Thad s'exécuta et déglutit quand elle grimpa à califourchon sur lui. Elle lui ôta sa chemise en un tour de main et caressa son torse. Puis elle posa ses lèvres à l'emplacement de son cœur palpitant, et il crut défaillir.

Il pensa à des faits, des chiffres, des revues médicales, n'importe quoi pour maîtriser son désir et prolonger ce moment qu'il aurait souhaité éternel. Il avait envie d'embrasser chaque centimètre de son corps.

Mais Emma le voulait maintenant !

Mettant fin à sa douce torture, il se hissa sur elle et prit la direction des opérations, immobilisant ses mains au-dessus de sa tête tandis qu'elle enroulait ses jambes autour de sa taille, pressant son sexe ardent contre sa verge dure.

— J'ai besoin de vous, dit-elle, suppliante. Je vous en prie.

— Moi aussi, Emma…

Il s'empressa de lui retirer ses sous-vêtements, se débarrassa de son caleçon, et ils se retrouvèrent nus, brûlants et haletants. Prenant un sein dans sa bouche, il en taquina la pointe de sa langue, pendant qu'elle saisissait son pénis dans sa main, lui arrachant un frisson de volupté. Il fit courir sa bouche sur son corps, lui fit l'amour avec ses lèvres et sa langue jusqu'à ce qu'elle se cambre dans un cri de plaisir.

Thad s'écarta pour prendre un préservatif dans le tiroir de la table de chevet, l'enfila, et revint s'allonger sur elle.

Il plongea son regard interrogateur dans le sien.

— Je suis prête, répondit-elle, avant de lui voler un baiser.

Thad entra en elle d'un coup de reins, savourant sa chaleur autour de son sexe. Il s'immobilisa, la laissant s'adapter à lui jusqu'à ce qu'elle s'agite, impatiente.

Elle haleta quand il commença à aller et venir en elle. D'abord elle lui caressa lentement le dos, puis elle enfonça ses ongles dans sa chair en se déhanchant au rythme de ses coups de boutoir. Thad avait l'impression que chaque nerf de son corps était en feu, exigeant que soit enfin comblé le désir puissant, sauvage, qui lui coupait le souffle.

Emma cria sous l'effet d'un second orgasme, poussant Thad au bout de ses limites, jusqu'au point de non-retour. Il lâcha prise, et son corps se tendit sous les vagues de plaisir qui déferlaient sur lui.

Bras et jambes emmêlés, ils revinrent peu à peu au présent dans le grand lit défait, vidés de leur énergie. La tête de Thad reposait sur la poitrine d'Emma, et elle avait les doigts dans ses cheveux. À contrecœur, il l'abandonna un instant pour faire un saut dans la salle de bains puis il regagna la chambre et l'attira contre lui. Emma soupira et se blottit dans ses bras.

Elle embrassa la veine qui pulsait au creux de sa gorge.

— C'était… juste… ouah, murmura-t-elle.

Il ferma les yeux, la tête délicieusement claire et vide, au moins pour un moment.

— Hum. Je suis d'accord. Quand dois-tu rentrer chez toi ?

— Bientôt, chuchota-t-elle en lui donnant un baiser. Mais pas tout de suite.

— Bien.

Thad sourit en sombrant dans un bienheureux sommeil.

Plus tard, Everett appellerait un taxi, et elle retrouverait sa vie et lui la sienne, mais pour l'heure, Emma était ici, avec lui, et il comptait en profiter aussi longtemps que ça durerait.

8

La froide réalité se rappela à Thad tôt le lendemain matin, quand il fut réveillé par la sonnerie de son portable.

Avec un grognement, il roula sur le flanc pour attraper l'appareil sur la table de nuit et prit conscience que le lit était froid du côté d'Emma. Il ouvrit un œil et vit un message hâtivement griffonné posé sur l'oreiller de la jeune femme. *Merci pour cette nuit. T'appelle plus tard*, avait-elle écrit avant des x et des o symbolisant des baisers. Il eut un pincement au cœur et sourit.

Mon adorable, ma douce Emma.

Il se redressa dans le lit, bien réveillé maintenant. Bon sang. Quand avait-il commencé à avoir des... *sentiments*... pour Emma ? Plus que du désir, de l'attirance. Plus que ce qu'il avait ressenti pour quiconque depuis bien longtemps, et beaucoup plus dangereux...

La sonnerie insistante coupa court à ses pensées, fort heureusement. Thad Markson n'était pas homme à tomber éperdument amoureux. Oh non. Il était bien trop précis, trop méthodique et trop carriériste pour ça. Et personne ne le changerait, pas même une femme bienveillante, exquise, sexy et parfaite comme Emma Trudeau.

Peut-être l'avait-elle déjà changé...

Il jura. Son univers ordonné avait été bouleversé, et pour une fois dans sa vie, il avait envie d'ignorer cette sonnerie, mais il ne pouvait pas. Le devoir l'appelait. Littéralement.

Les sourcils froncés, il pressa la touche réponse du téléphone, rabattit les couvertures, et se dirigea vers la salle de bains attenante.

— Docteur Markson.

Il écouta son interlocutrice lui faire un compte rendu en passant les doigts dans ses cheveux ébouriffés, les yeux fixés sur son reflet dans la glace.

— Je serai là dans une demi-heure. Qu'on prépare une salle d'opération et qu'on monte la patiente au bloc.

Coupant la communication, il sauta sous la douche, puis se rasa rapidement et s'habilla. Il avait vu la patiente aux urgences la semaine précédente, une vieille dame du nom de Lovelace. Elle était revenue à Manhattan West la veille au soir, se plaignant de douleurs thoraciques et d'essoufflement. On lui avait fait des examens, pensant que ça pouvait être lié à son insuffisance cardiaque, mais Thad n'était pas de cet avis. Étant donné les antécédents médicaux de la patiente, il soupçonnait une embolie pulmonaire, qui pouvait lui être fatale si on ne réagissait pas rapidement. Thad quitta sa chambre et, descendant dans la cuisine, il appela Everett.

— Je dois me rendre à l'hôpital pour une urgence. Pouvez-vous demander au chauffeur de me retrouver devant la maison, je vous prie ?

— Certainement, monsieur.

Le majordome l'attendait déjà avec du café chaud, des flocons d'avoine aux fruits rouges, et la première édition d'un quotidien financier, le tout sur un plateau qu'il posa sur l'îlot en granite avant de se détourner pour sortir.

— Tout va bien, Everett ? demanda Thad, remarquant son teint terreux. Vous n'avez pas bonne mine ce matin.

— Ça va, monsieur. Ça va, répondit le vieil homme, balayant la question d'un geste. Un peu d'insomnie, c'est tout. Je préviens le chauffeur de votre départ imminent.

Thad reporta son attention sur son petit déjeuner. Sa pompe à insuline et son détecteur de glycémie étaient étanches, et il pouvait les garder sous la douche. Mais sous l'eau chaude, son corps absorbait plus vite l'insuline, et il fallait qu'il régule sa glycémie maintenant. De plus, s'il devait opérer Mme Lovelace, ce qui était probable, il n'aurait plus l'occasion de manger avant un moment.

Il parcourut rapidement l'état des marchés financiers, mais il avait l'esprit ailleurs. Il pensait surtout à Emma et à la nuit merveilleuse qu'ils avaient passée ensemble. Il y avait entre eux une alchimie rare, et ils s'étaient complétés comme deux pièces d'un même puzzle, devançant les besoins l'un de l'autre.

Baxter lui donna des coups de museau dans la jambe en agitant la queue, et Thad se pencha pour le caresser.

— Bonjour à toi, mon gars.

— La voiture vous attend, monsieur, annonça Everett en revenant.

— Merci.

Thad finit rapidement de manger et se leva.

— Je devrais être rentré pour dîner ce soir. À l'heure habituelle.

— Très bien, monsieur, répondit Everett, se détournant pour tousser.

— Vous êtes sûr que vous allez bien ? demanda Thad, posant la main sur son épaule. Vous voulez que je vous examine ? Vous couvez peut-être quelque chose.

— Non, monsieur. C'est juste un rhume. Rien d'inquiétant.

Thad observa attentivement son vieil ami et inclina la tête.

— Appelez-moi si vous changez d'avis.

— Oui, monsieur, dit le majordome, l'aidant à enfiler son manteau et lui tenant la porte quand il sortit. Je vous souhaite une bonne journée.

Malgré l'heure matinale, la circulation était déjà saturée à Manhattan. En se rendant à l'hôpital, Thad se concentrait généralement sur le travail qui l'attendait. Mais aujourd'hui, Emma occupait toutes ses pensées. C'était inattendu, perturbant. Quelque part, il aurait aimé qu'ils se réveillent ensemble et traînent au lit pour parler, profiter l'un de l'autre. Mais c'était impossible. Il devait travailler, et elle aussi. Et puis, en dépit des sentiments étranges qu'elle lui inspirait et de sa propension à fantasmer sur un éventuel avenir avec elle, cela ne pourrait jamais arriver.

Dormir ensemble était agréable. Plus qu'agréable. Magique.

Mais ça s'arrêterait là. Il était toujours déterminé à fuir toute relation amoureuse, même après leur nuit brûlante. Bientôt, Emma réaliserait ce qu'il savait depuis le début. Elle méritait mieux que lui. Mieux qu'un reclus revêche avec de sérieux problèmes. Elle était la lumière, il était l'ombre. Elle voyait le bien partout et faisait confiance à tout le monde, alors qu'il gardait ses distances avec les autres et ne se fiait à personne.

Ils étaient trop différents pour que leur relation marche sur le long terme.

Même si, l'espace d'un moment, Emma lui avait donné envie d'oublier la réalité.

— Je vous attendrai ici quand vous sortirez du bloc, madame Lovelace, déclara Emma, tenant la main de la vieille dame qu'on conduisait en salle d'opération. Et je vais me renseigner auprès des services sociaux pour voir de quelle aide vous pouvez bénéficier durant votre convalescence. Ne vous souciez de rien. Contentez-vous de vous requinquer.

— Je suis là. Préparons la patiente.

Au son de la voix grave familière, Emma sentit un frisson lui parcourir l'échine. Levant les yeux, elle vit Thad rejoindre l'équipe qui entourait la civière. Il avait les cheveux un peu ébouriffés et la casaque légèrement de guingois, mais il était toujours aussi beau. Leurs regards se rencontrèrent, et elle ne put s'empêcher de lui sourire.

Une lueur chaleureuse passa brièvement dans les yeux glacés de Thad avant qu'il retrouve sa brusquerie coutumière. Elle aurait dû y être habituée maintenant, mais après l'intimité qu'ils avaient partagée, son cœur se serra.

Elle se concentra sur la patiente qui agrippait sa main comme si sa vie en dépendait.

— Ne vous inquiétez pas, madame Lovelace. Aucun chirurgien de cette ville n'est plus compétent que le Dr Markson pour s'occuper de vous. Il est le meilleur.

Emma s'arrêta devant les doubles portes du bloc opératoire

pendant que les autres y entraient. Thad lui jeta un dernier regard, leurs yeux se soudèrent un instant, puis les portes se refermèrent, et elle se retrouva seule dans le couloir silencieux.

Sans attendre l'ascenseur, elle prit l'escalier en se disant qu'un peu d'exercice lui ferait du bien. Prétendre qu'elle n'avait pas beaucoup dormi la nuit précédente était un euphémisme, mais elle n'avait aucun regret. Depuis qu'elle avait recueilli sa sœur, sortir et coucher avec un homme était devenu un luxe pour elle. Entre son planning chargé à l'hôpital et la gestion de l'adolescente, elle n'avait guère de temps pour ses propres besoins. Cela ne la gênait pas. Des aventures passagères ici et là. Pas de lien, pas d'attache. Rien pour perturber la vie qu'elle avait bâtie pour elle et Karley.

Puis Thad était arrivé. Beaucoup le craignaient ou le détestaient, mais elle avait découvert un homme sensible et tendre derrière sa carapace froide et dure. Il pouvait être pénible, irritable, et même avoir tort, comme tout le monde, non ? Optimiste née, Emma n'était toutefois pas naïve. Elle savait qu'une relation « normale » avec Thad serait difficile avec les obstacles qui les séparaient. Mais leur connexion était forte, rare, et elle n'était pas encore prête à la remiser dans les aventures d'un soir. Il fallait qu'ils se parlent quand leur planning chargé le permettrait.

Ce n'était apparemment pas pour tout de suite. Car pendant qu'Emma s'occupait de Mme Lovelace, il y avait eu une fuite de gaz dans un immeuble du quartier, et les urgences étaient débordées par les nouveaux arrivants. Emma commença à les trier, les répartissant en deux groupes, ceux qui avaient besoin d'être admis, et ceux qui pouvaient être soignés avant de rentrer chez eux. Mais le manque de personnel compliquait les choses.

Le temps que les salles de trauma se vident, on était l'après-midi quand elle put enfin souffler. Quittant son service, elle alla en salle de repos chercher une bouteille d'eau. Elle prit des nouvelles de Mme Lovelace et apprit qu'elle était sortie du bloc et récupérait aux soins intensifs, mais était encore sous sédation. Elle ne se réveillerait pas avant le lendemain matin, et Emma la verrait à ce moment-là.

Le dos douloureux, elle se laissa choir dans un fauteuil dans la salle déserte et but une gorgée d'eau. Le manque de sommeil de la veille commençait à lui peser. Elle consulta sa montre connectée. Encore cinq minutes de pause avant de regagner son poste. Elle ferma les yeux un instant... et fut réveillée par une voix familière.

— Vous semblez fatiguée, remarqua Thad, appuyé au chambranle de la porte.

Emma ouvrit un œil.

— Vous aussi.

Ce n'était pas tout à fait vrai. Alors qu'elle était exténuée et avait probablement une tête de déterrée, Thad avait retrouvé son apparence habituelle, froide et parfaite, les cheveux peignés, la blouse immaculée sur sa tenue de bloc impeccable. Comment pouvait-il être aussi beau après avoir fait l'amour toute la nuit et passé la matinée à opérer ? Elle n'en avait pas la moindre idée. Seules les légères ombres sous ses yeux trahissaient sa fatigue, mais personne ne les verrait, la plupart des gens évitant de croiser son regard pour ne pas l'irriter.

— Vous devriez rentrer chez vous, dit-il en s'approchant. Vous ne pouvez pas tomber malade maintenant. On a trop à faire pour la fête foraine.

Elle bâilla et sourit.

— Je suis d'astreinte jusqu'à 17 heures. Et je ne tomberai pas malade, rassurez-vous. Je ne vous ferai pas faux bond. Asseyez-vous et restez avec moi pendant mes deux dernières minutes de pause.

Avec un soupir, il s'assit en face d'elle.

— Emma, à propos d'hier soir...

Oh ! Seigneur. C'était de mauvais augure. Elle se redressa, les doigts crispés sur sa bouteille d'eau.

— Thad, ce n'est vraiment pas le moment. On peut peut-être se voir plus tard, quand on sera plus tranquilles ?

Il inclina sèchement la tête, la mâchoire durcie.

— Je... j'ai beaucoup pensé à nous.

— Moi aussi, répondit-elle dans un élan de sincérité.

Il fronça les sourcils.

— Je ne sais pas ce qu'on est en train de faire, Emma. Tout ça n'a pas de sens.

Elle n'aurait pas dû être déçue, car il l'avait prévenue, et elle savait à quoi s'en tenir depuis le début. Mais elle l'était. Avec lui, elle avait senti que cette fois, c'était différent. Et elle avait cru que ça l'était peut-être pour lui aussi.

Elle s'efforça de masquer sa peine.

— Ce ne doit pas forcément en avoir. Nous sommes deux adultes consentants qui ont passé un bon moment la nuit dernière. C'est tout. Vous me plaisez, Thad. Et je pensais que c'était réciproque.

— Je vous aime bien, Emma, admit-il avec un regard affolé. Plus que je ne devrais. Plus que je ne voulais. Et ça me pose un problème, car je refuse toute attache, je vous l'ai dit. Je ne veux pas vous faire souffrir. Vous comprenez ?

Elle l'observa un moment, le front plissé.

— Je suis une grande fille. Je peux prendre soin de moi. Vous ne…

— Mais je vous ferai du mal, Emma, coupa-t-il avec désespoir. Inévitablement. Je ne peux pas satisfaire vos besoins. Je ne suis pas quelqu'un de bien. Je suis distant, réservé, asocial. Je déteste les soirées, auxquelles je préfère le calme de mon bureau et la compagnie de mon chien. Ce n'est pas le genre de vie que vous voulez, si ? L'isolement. La solitude. Les gens qui vous fuient. Parce que ce serait comme ça avec moi, et vous méritez mieux.

Elle voulut prendre sa main, mais il s'écarta.

— Écoutez, Thad, votre père vous a fait souffrir, et vous affrontez vos démons à la mesure de ce qu'il vous a infligé. Mais nous avons tous nos combats. On peut changer si on le souhaite. Je sais qui vous êtes au fond de vous. J'ai vu le vrai Thad. Et c'est un homme merveilleux.

— Non, s'écria-t-il avec véhémence en se levant. Vous voyez ce que vous voulez voir. Vous ne voyez que le bien chez les autres, Emma. Mais la vérité, c'est que la seule bonne chose en moi, c'est mon talent de chirurgien. Sans ça, je ne suis rien. Et mon travail passera toujours en priorité. C'est le plus important pour moi, et il n'y a pas de place pour autre chose. Je ne suis bon à rien d'autre.

Waouh. Assommée, Emma le fixait. Les mensonges de son père lui avaient laissé des cicatrices plus profondes qu'elle n'avait cru. Elle maudit ce père indigne qui avait convaincu son fils qu'il ne valait rien et n'avait rien à apporter au monde. Thad était extraordinaire, en salle d'opération comme en dehors, mais s'il n'y croyait pas lui-même, elle ne savait pas comment le persuader du contraire.

Sa montre bipa. Sa pause était terminée. Elle prit une inspiration et se leva.

— Je dois y aller. Nous devrions en reparler plus tard. Je vous enverrai un message quand j'aurai fini mon travail, et nous pourrons peut-être nous retrouver pour...

— Non, coupa-t-il résolument, les yeux baissés. Je ne pense pas qu'il y ait quoi que ce soit à ajouter. Tenons-nous-en à la fête foraine à partir de maintenant.

Fermant les yeux, elle compta jusqu'à dix avant de les rouvrir, profondément meurtrie. Thad n'était pas le seul à avoir pris un risque la veille. Jusqu'à maintenant, elle avait fui tout attachement sentimental, concentrée sur sa sœur, son travail et sa quête de promotion. Et si elle aimait bien Thad – plus que ça, en réalité –, elle était aussi effrayée par la rapidité avec laquelle leur relation s'était intensifiée. Dormir avec un homme était une chose. Lui ouvrir son cœur, comme elle l'avait fait avec Thad, en était une autre. Et si cela ne comptait pas pour lui, elle ne s'abaisserait pas à le supplier.

— Très bien, si c'est ce que vous voulez. Dans ce cas, il vaudra mieux éviter les rencontres en tête à tête et nous limiter aux SMS et aux échanges téléphoniques. On devrait pouvoir finaliser l'organisation de la fête de cette façon.

— C'est ce que je veux, et je trouve l'idée excellente, dit-il, visiblement soulagé. Je me réjouis que vous compreniez.

— Je ne comprends pas. Mais si vous ne me faites pas confiance pour gérer cette histoire, il est inutile de...

— Em...

— Stop, l'interrompit-elle, la main levée. Je dois aller travailler. Je conclurai juste en disant que je vous aime bien, Thad. Beaucoup, même. Et la nuit dernière a été fantastique pour moi. J'aurais aimé explorer ça avec vous, mais à l'évidence, vous ne voulez pas. Parfait. Fin de l'histoire.

Il ouvrit la bouche pour protester, mais baissa la tête.

— Vous vous en remettrez mieux que moi.

Elle acquiesça, affichant une assurance qu'elle était loin de ressentir.

— Vous avez parfaitement raison.

Elle quitta la salle de repos comme un automate, un pas après l'autre, les pas les plus durs qu'elle ait jamais réalisés. Car le lien rare qui les unissait était toujours là, l'exhortant à faire demi-tour pour le serrer dans ses bras, lui dire qu'il était un homme bien, qu'il y avait de l'espoir… Mais il avait pris sa décision, et il était inutile d'argumenter. Elle n'avait plus qu'à l'accepter et essayer de garder la tête hors de l'eau. Elle l'avait déjà fait maintes fois et avait survécu. Elle n'aurait jamais dû dévier du chemin qu'elle s'était fixé.

On ne l'y reprendrait plus. Si Thad aimait jouer les Grincheux de la Cinquième Avenue, grand bien lui fasse. Elle avait largement de quoi s'occuper entre la fête foraine pour Ricky, Mme Lovelace qui avait besoin d'elle à l'étage, et Karley à la maison. Et elle avait une promotion à décrocher aux urgences.

Mais elle n'avait pas Thad Markson. Et pour l'instant, il était le seul qui comptait.

9

— Qu'est-ce qu'il y a, frangine ? demanda Karley, accoudée au comptoir de la cuisine. Tu es bien silencieuse, ça ne te ressemble pas. Tu n'as même pas essayé de dérider ce vieux grognon de M. Lewis quand il a rapporté le courrier qui lui avait été distribué par erreur.

Emma soupira et regarda sa cadette qui attendait une réponse, les bras croisés. Avec les fêtes, elles avaient été très occupées, et c'était la première fois depuis des jours qu'elles étaient réunies. Emma avait espéré qu'un dimanche tranquille l'aiderait à se détendre avant le dernier coup de collier à donner pour finaliser les préparatifs de la fête foraine. Il restait moins d'une semaine avant Noël.

— Ça va, répondit-elle en s'efforçant de cacher sa tristesse.

Elle avait l'impression que son histoire avec Thad remontait à une éternité, comme un conte de fées dont elle s'était réveillée trop tôt. Ou trop tard. Quoi qu'il en soit, elle était encore sous le choc de leur rupture brutale et se sentait perdue. Sauf que parler de rupture était stupide puisqu'ils n'avaient jamais eu une vraie relation. Mais Thad lui manquait. Malgré son côté ombrageux, son asociabilité, son allergie à toute forme de gaieté. Ou peut-être à cause de ça.

Allez comprendre.

Il n'aurait pas pu être plus différent d'elle, et pourtant, ils partageaient une affinité profonde, et son cœur se serrait chaque fois que son portable vibrait, espérant secrètement que c'était lui.

Thad avait respecté leur accord, ne la contactant que par texto ou, plus rarement, par téléphone. La semaine passée, elle s'était souvent surprise à le chercher des yeux pendant son service. C'était idiot. Exaspérant. Absurde.

Elle, l'éternelle heureuse, la fille enjouée qui égayait les journées de ses collègues, avait laissé le Grincheux de la Cinquième Avenue étouffer sa joie de vivre.

Comment cela avait-il pu se produire ?

Elle l'ignorait.

Elle savait juste que depuis sa dispute avec Thad, elle passait ses nuits à se tourner et se retourner dans son lit, malgré son épuisement. Ses rêves étaient hantés par le souvenir de leurs baisers et du corps musclé de Thad l'entraînant vers des délices indicibles.

— Allô ? La Terre à Emma ? dit Karley, agitant la main sous son nez. C'est ton partenaire qui te met dans cet état ? Le charmant docteur qui t'a emmenée à ce bal ?

Elle scruta sa sœur, attendant une réponse qui ne vint pas.

— Oh ! Seigneur ! C'est ça, n'est-ce pas ?

— Quoi ? Non, bredouilla Emma, le visage empourpré, fuyant son regard trop perspicace. Bien sûr que non. Nous travaillons ensemble sur la fête foraine, c'est tout.

— Mouais..., commenta sans conviction sa cadette, s'asseyant en face d'elle. C'est pour ça que tu es rentrée plus tard après le gala, n'est-ce pas ? Tu étais avec lui.

— Cette conversation est déplacée, restons-en là, déclara Emma, s'efforçant de se recentrer sur la liste de forains qu'elle étudiait. Tu n'as pas des devoirs à faire ?

— Ils sont faits, répondit malicieusement Karley, accoudée à la table. Alors, ce type te plaît ? Je le vois à ton comportement.

— Je me comporte comme d'habitude, répliqua Emma, tranchante. Et ce que je ressens pour le Dr Markson n'a aucune importance.

Plus maintenant.

Sa sœur s'adossa à sa chaise, les sourcils froncés.

— Pourquoi ? Il t'a fait souffrir ? Tu veux que j'aille le gifler pour toi ?

— Non ! Il y a eu un malentendu entre nous, c'est tout, dit-elle, refoulant ses larmes.

Elle ne pleurerait pas, surtout pas devant Karley.

— J'ai juste beaucoup de pression en ce moment pour faire aboutir ce projet et décrocher cette promotion au travail. Tout reprendra son cours normal après Noël. Promis.

Karley l'observa avec gravité.

— Tu travailles plus dur que n'importe qui, Em. Et tu fais toujours passer le bien des autres avant le tien. Si ce type n'apprécie pas, c'est qu'il ne te mérite pas. Fin de l'histoire.

— Le Dr Markson m'apprécie, protesta Emma, le défendant sans savoir pourquoi.

— Bien sûr...

— Je t'assure. C'est un homme vraiment bien.

Sa sœur haussa un sourcil sceptique.

— S'il est si bien, pourquoi es-tu assise ici avec cet air malheureux au lieu d'être avec lui dans sa belle maison de Park Avenue ?

— Cinquième Avenue, corrigea machinalement Emma. Et tu ne dois pas juger les gens sur les apparences. Ce n'est pas parce que sa famille a de l'argent qu'il n'a pas de problèmes.

— Peut-être. C'est chouette là-bas ?

— Chez lui ? Oui, très.

— Il a des domestiques ?

— Un majordome. Un vieux monsieur nommé Everett. Pourquoi ?

— Alors, il n'y a que lui et son majordome dans cette immense et luxueuse demeure ?

— Oui. Et un chien-guide appelé Baxter.

— Un chien-guide ? Pourquoi ? Il est malade ?

Oups. Consciente d'avoir trop parlé, Emma se leva et rassembla les papiers destinés aux forains.

— Je crois que je vais faire une sieste.

— Hé, ne te vexe pas, frangine. J'essaie juste de comprendre pourquoi il t'a autant chamboulée.

— Je ne suis pas…

Emma s'interrompit. Elle était fatiguée. Épuisée même. Elle se laissa choir sur le canapé du salon et enfouit son visage dans ses mains.

— S'il te plaît, oublie tout ça, OK ? dit-elle d'une voix sourde.

Karley vint s'asseoir à côté d'elle et l'enlaça pour lui faire un câlin bien mérité.

— Hé, tout va bien, d'accord ?

— Non, ça ne va pas, répondit Emma dans un sanglot, incapable de contenir ses larmes. C'est un terrible gâchis.

Malgré sa réticence initiale, elle se surprit à raconter à sa sœur ce qui s'était passé avec Thad ces dernières semaines, omettant toutefois de préciser qu'ils avaient couché ensemble. Certaines choses devaient rester privées. Mais sa cadette était assez futée pour comprendre.

Le récit terminé, Karley s'écarta et repoussa des mèches folles du visage de son aînée.

— Oui. Un sacré gâchis, apparemment.

Emma rit à travers ses larmes et essuya ses joues humides.

— Merci pour ton approbation, dit-elle en reniflant. Ce serait plus facile si nous n'avions pas à rester en contact. Mais le petit Ricky compte sur nous, et je ne le laisserai pas tomber, alors…

Avec un sourire, Karley se leva et alla chercher une boîte de mouchoirs en papier qu'elle lui tendit, avant d'en prendre un pour sécher ses joues mouillées de larmes.

— Voilà l'Emma que je connais. Optimiste, avec un mental d'acier. Honnêtement, je ne connais pas grand-chose aux hommes…

— C'est bon à savoir.

— Sérieusement, il me semble que tu devrais prendre les choses en main si tu veux tout arranger. Et tu dois le faire face à face. Aller chez lui pour lui parler.

— Oh ! je ne sais pas, dit Emma, en triturant un Kleenex, la mine sombre. Nous sommes convenus de ne pas nous revoir, et il vit en reclus, je ne sais même pas sous quel prétexte je pourrais m'y rendre.

Karley s'adossa au canapé, l'air songeur.

— Et ces papiers sur lesquels tu travailles ?

— Les forains ? Il ne m'a pas encore donné les détails sur le site choisi pour la fête, et on approche de la date fatidique.

— C'est parfait, ça, commenta sa sœur avec un sourire. Va sonner chez lui et invente une histoire. Prétends avoir essayé de le joindre toute la journée sans succès. Dis-lui qu'un forain te harcèle pour avoir toutes les informations. Et quand tu seras entrée, asseyez-vous et discutez…

Karley fut interrompue par la sonnerie de son téléphone.

— Je dois prendre l'appel. Ma meilleure amie est en pleine crise sentimentale, elle aussi.

Elle déposa un baiser sur la joue de sa sœur et se leva.

— Bonne chance, frangine. J'ai hâte de savoir comment ça va se passer.

Restée seule, Emma se laissa aller contre les coussins, les yeux au plafond. Elle détestait rompre l'accord passé avec Thad, mais comment les choses s'arrangeraient-elles entre eux s'ils se limitaient à des communications téléphoniques ? De plus, elle avait besoin d'informations sur le lieu de la fête. À une semaine de Noël, il était temps que la fondation de Thad leur confirme le site choisi. Jusqu'ici, Thad avait éludé la question, mais ils faisaient équipe sur ce projet, et elle avait le droit de savoir. Elle n'osait pas se présenter chez lui, mais ne voulait pas attendre pour être fixée.

Elle prit son téléphone et scruta l'écran, l'estomac noué. Devait-elle lui envoyer un SMS ? Ce serait plus facile. Mais il pouvait l'ignorer. Il valait mieux l'appeler et en finir. Elle écouta la sonnerie retentir une fois, deux fois…

— Quoi ? gronda la voix grave de Thad, lui arrachant un frisson.

Un court instant, elle fut incapable de proférer un son. Puis elle lâcha précipitamment :

— C'est Emma.

Silence. Thad inspira lentement, comme épuisé.

— Qu'est-ce que vous voulez ?

Toi. J'ai besoin de toi.

Elle agrippa le téléphone, le cœur battant, la gorge sèche.

— Les forains ont besoin de renseignements sur le site choisi pour pouvoir préparer leur installation. On n'a plus qu'une semaine devant nous.

— Je suis au courant, Emma, dit-il sèchement. Le moment est mal choisi, là...

— Vous êtes à l'hôpital ? Pardon...

— Quoi ? Non. Je suis chez moi. Mais je...

Elle entendit craquer le cuir de son fauteuil, et l'imagina se lever de son bureau et arpenter la pièce devant le sapin qu'ils avaient décoré ensemble.

— Très bien, dit-il. À quelle heure pouvez-vous être là ?

— Dans une demi-heure ?

— D'accord. J'appelle ma fondation pour avoir tous les détails. Vous avez dîné ?

— Euh, non, bafouilla-t-elle, prise au dépourvu.

— Bon. Everett sert le dîner à 18 heures. Ça ira ?

— Bien sûr.

— À tout à l'heure, Emma.

Il raccrocha, et elle fixa le mur du salon, sonnée. Cela avait marché. Ils allaient parler. De la fête foraine, mais c'était mieux que rien. Le cœur battant la chamade, elle alla frapper à la porte de sa sœur. Au téléphone, Karley s'interrompit quand elle passa la tête dans sa chambre.

— Tu peux te commander à dîner ?

Karley acquiesça et leva le pouce.

— Va lui parler, sœurette.

À 17 h 45, Thad disposait de toutes les informations collectées par sa fondation. Ils avaient tiré de nombreuses ficelles pour trouver un lieu approprié et avaient réussi à dénicher le site parfait pour l'événement. Si tout marchait comme prévu, ils pourraient inviter, outre les enfants des soins intensifs pédiatriques de Manhattan West, tous les petits malades des autres hôpitaux de la ville. Perfectionniste, Thad ne faisait pas les choses à moitié, et ce projet apaisait aussi une vieille blessure en lui. Réaliser le souhait du petit Ricky était un peu comme organiser la fête dont il avait vainement rêvé quand il était enfant.

Ce problème étant réglé, il devait en affronter un autre. Emma.

La convier à dîner avait probablement été une erreur. Il aurait dû s'en tenir à leur accord et insister pour traiter par téléphone les questions concernant la fête. Mais bon sang, son cœur meurtri chantait à la pensée de la revoir.

Cela n'avait aucun sens. Pour une fois depuis qu'il la connaissait, il avait fait preuve de raison en lui disant qu'il valait mieux qu'ils travaillent séparément. Mais il avait suffi qu'elle l'appelle une fois pour ruiner ses bonnes résolutions. Comment survivrait-il s'il la repoussait encore ? Comment survivrait-il s'il ne le faisait *pas* ?

Il en était là de ses réflexions quand Everett frappa à la porte de son bureau.

— Mme Trudeau est en bas, monsieur.

— Merci. Je descends.

Thad regarda sortir son vieil ami d'un air soucieux. Everett boitait légèrement et avait toujours mauvaise mine. Il avait encore voulu l'examiner la veille, mais le vieil homme avait balayé son inquiétude, prétendant qu'il avait pris rendez-vous avec son généraliste le lendemain et qu'il se sentait déjà mieux.

Thad s'efforça de maîtriser son anxiété. Pas seulement à cause d'Everett, mais aussi de la présence d'Emma sous son toit. Pas pour une visite ni un rendez-vous, mais pour affaire. Il devait s'en souvenir et chasser toute émotion. Même si, en fermant les yeux, il se rappelait la sensation de sa peau contre la sienne. Même s'il sentait encore son parfum épicé et le goût de ses lèvres. Il devait oublier tout cela. Emma n'était pas destinée à un homme comme lui. L'amour n'était pas fait pour lui.

Résigné, il descendit au rez-de-chaussée et la trouva assise dans la grande salle à manger où Everett servirait le dîner ce soir. En général, Thad prenait ses repas dans la cuisine, plus intime. Mais après ce qui s'y était passé avec Emma le premier soir, il ne voulait pas que ce souvenir embrouille les choses en donnant un mauvais signal.

— Bonsoir, Emma, dit-il du seuil, rencontrant son regard au bout de la longue table en acajou.

Elle portait un pull rouge ridicule à l'effigie du Père Noël et était plus belle que jamais. La gorge étranglée de désir, il déglutit pour contrôler ses émotions. Depuis qu'Emma Trudeau était entrée dans sa vie, toutes ses certitudes avaient volé en éclats. Pour elle, il n'était pas un homme brisé ni un monstre. Elle ne lui avait rien demandé, excepté son soutien et sa bienveillance. Elle avait souffert et en gardait des cicatrices, mais elle se servait de ses souffrances pour éclairer les autres, pas pour se terrer. À son contact, il remettait en question ses décisions, et pour un homme dont les choix étaient vitaux pour ses patients, c'était terrifiant.

— Thad ?

La voix d'Emma l'arracha à ses réflexions. Il alla s'asseoir en face d'elle.

— Oui ?

— Vous allez bien ?

Elle l'observait avec méfiance, comme si elle redoutait une nouvelle crise d'hypoglycémie. Bon sang. Il était dans la même pièce qu'elle depuis moins de cinq minutes, et sa résolution de s'en tenir à une brève rencontre informative déraillait déjà.

— Très bien, merci, répondit-il avant d'adresser un signe de tête à Everett. Nous sommes prêts à dîner.

Le majordome disparut dans la cuisine, Baxter sur ses talons. C'était curieux, le chien ayant plutôt l'habitude de coller aux basques de Thad quand il était à la maison, mais il avait d'autres soucis en tête. Dans le silence gêné qui s'installa, il étudia Emma à la dérobée. Les cernes qui marquaient ses beaux yeux suggéraient qu'elle aussi dormait mal. Mais déjà, Everett revenait avec le repas, du saumon grillé accompagné de quinoa, Baxter trottinant à côté de lui.

— Alors, attaqua-t-elle après avoir remercié le majordome, vous avez parlé à votre fondation ?

— Oui, répondit-il. Ils ont trouvé le site idéal. J'espère que vous serez de cet avis.

Elle lui jeta un regard surpris.

— Bon… Où est-ce ?

— Ils avaient le choix entre deux endroits qui répondaient à nos exigences. Spacieux, bien ventilés, et chauffés. J'ai opté pour le second. Le Madison Square Garden.

Elle se figea, la fourchette en l'air.

— Le « Madison Square Garden » ?

— Oui ?

— Comment… Que…

Emma posa sa fourchette et s'essuya la bouche.

— On a les donations pour couvrir ces dépenses ? J'imagine que ce n'est pas bon marché.

— Loin de là, répondit-il en souriant, content de l'impressionner. Oui, nous avons les fonds pour couvrir la location. Et ma fondation a dû magouiller un peu pour qu'on nous réserve la salle le soir de Noël. Initialement, il devait s'y dérouler un événement sportif, mais j'ai tiré quelques ficelles, et on a obtenu gain de cause. Avec un tel espace, nos forains ne devraient pas avoir de mal à installer leurs stands et leurs manèges. Et on pourra inviter plus de gens.

— Qui ?

— Je pense aux enfants des soins intensifs pédiatriques d'autres hôpitaux de la ville, avec leurs familles.

— Ouah… d'accord.

Elle prit une bouchée de saumon et mastiqua lentement, pensive. Puis elle s'adressa au majordome.

— C'est délicieux, Everett.

— Merci, madame, répondit-il, s'inclinant maladroitement.

— Vous pouvez m'appeler Emma, dit-elle en riant.

— Comme vous voudrez, mad… Emma.

Thad observait leur échange avec stupéfaction. Pendant toutes les années où Everett avait vécu avec lui, il ne lui avait jamais demandé de l'appeler Thad. Et il s'en voulait maintenant. Renfrogné, il reporta son attention sur Emma.

— Je peux vous poser une question ?

Elle dégustait une carotte rôtie, et il s'efforça de ne pas imaginer la douceur de ses lèvres.

— Bien sûr. Si je peux vous en poser une à mon tour.

— Très bien. Comment faites-vous pour être tout le temps heureuse ? Pour rester toujours aussi aimable, ouverte et joyeuse, compte tenu de l'état du monde ?

Elle ne répondit pas immédiatement, le visage grave.

— Tout d'abord, je ne suis pas toujours heureuse, Thad. Certains jours sont plus durs que d'autres.

Il parvint à ne pas grimacer à cette allusion à peine voilée à leur conversation en salle de repos une semaine plus tôt.

— Mais alors, je me dis que je ne peux pas résoudre tous les problèmes du monde, juste me lever chaque matin et améliorer mon petit coin à moi. Le reste est l'affaire de l'univers.

— L'univers ?

— Ou Dieu, ou l'intelligence divine en laquelle on croit.

Il secoua la tête, fou d'angoisse à la seule idée de laisser le hasard décider pour lui.

— Votre concept me rend perplexe.

— Je sais, répondit-elle avec un petit sourire bienveillant. Mais je me rappelle toujours ce que me répétait ma mère quand j'étais petite : il est parfois plus courageux de renoncer à ce qu'on ne peut pas contrôler.

Il savait qu'elle essayait de lui faire passer un message. Mais le Thad conditionné par son père à croire que sa valeur ne tenait qu'à ses performances renâclait.

Emma pouffa.

— Je crois que c'est la première fois que je vous vois muet.

Il secoua la tête.

— Votre réponse m'a surpris, c'est tout.

Elle s'écarta pour laisser Everett ramasser son assiette vide, et attendit qu'il ait pris celle de Thad et regagné la cuisine.

— À mon tour de vous poser une question, dit-elle.

Le cœur manquant un battement, Thad but un peu d'eau.

— Très bien.

— Je veux connaître la vraie raison pour laquelle vous m'avez repoussée.

Dis-lui. Dis-lui la vérité. Montre-lui qui tu es vraiment. Ouvre-toi à elle.

C'était ce qu'il y avait de plus dur pour lui. Plus dur que la perte de sa mère, la violence psychologique de son père, les longues nuits solitaires et angoissantes à l'hôpital dans son enfance. Mais il voulait être honnête avec elle, il le fallait, il avait besoin d'elle dans sa vie.

— Je...

Il fut interrompu par un grand fracas venant de la cuisine, suivi d'aboiements frénétiques. Thad fronça les sourcils.

— Qu'est-ce qui se passe ? Everett ?

Pas de réponse.

Inquiet, il se rua dans la cuisine.

— Everett, tout va b... ?

Non. Tout n'allait pas bien. Il embrassa la scène d'un regard. Inerte, Everett gisait sur le sol, pâle comme la mort. Baxter lui donnait de petits coups de museau en gémissant plaintivement. Emma rejoignit Thad et s'immobilisa.

— Aidez-moi, Emma ! s'écria-t-il, passant en mode médecin et s'agenouillant parmi les débris de vaisselle. Appelez le 911. Il nous faut une ambulance maintenant !

Retournant son vieux majordome, il remarqua la teinte bleutée de ses lèvres et son teint gris. Il vérifia son pouls et sa respiration. Rien.

— Aidez-moi à lui faire un massage cardiaque en attendant leur arrivée, dit-il.

Son sang se glaçait dans ses veines.

Ne mourez pas, Everett. Vous êtes comme un père pour moi. Restez avec moi.

Il déchira le gilet et la chemise du vieil homme pour dénuder son torse. Puis il plaça les mains sur son sternum et commença les compressions thoraciques en comptant en silence. En même temps, il se rappela son boitement des derniers jours, sa pâleur malsaine. Étant donné son âge et son surpoids, Everett avait de fortes chances d'avoir une tension élevée et une cardiopathie. Il pouvait faire un AVC. Thad se maudit de ne pas avoir insisté pour le conduire plus tôt chez le médecin.

— Les secours arrivent, annonça Emma.

Elle s'agenouilla de l'autre côté d'Everett, lui renversa la tête pour dégager ses voies respiratoires, et entreprit de lui faire du bouche-à-bouche.

— Il ne se sentait pas bien ces temps-ci ? demanda-t-elle entre deux insufflations.

— C'est ma faute, grogna-t-il, cherchant de nouveau un pouls et en trouvant un, faible et filant. Il boite depuis quelques jours et n'a pas l'air bien. Mais je me suis laissé endormir au lieu de le forcer à voir le médecin. S'il meurt...

Non. Cette pensée était trop horrible à supporter. Il ne pouvait pas, ne voulait pas, laisser mourir Everett.

Des sirènes se firent entendre, de plus en plus proches, et Emma courut ouvrir la porte aux ambulanciers, tenant Baxter par son collier pour le garder à l'écart. Pendant que les auxiliaires médicaux s'affairaient pour stabiliser Everett et l'allongeaient sur un brancard, Thad leur donna son évaluation. S'il s'agissait d'un AVC, ce qu'il soupçonnait, il fallait agir vite.

— Conduisez-le à Manhattan West. Je vais appeler un de mes collègues pour qu'il nous retrouve sur place.

Emma les accompagna jusqu'à la porte.

— Je vous suis.

— Non.

Thad s'en voulut de lui répondre aussi durement. Mais il était stressé, fou d'inquiétude, et il regrettait amèrement d'avoir été centré sur lui-même au point de négliger la santé de son cher vieil ami. Il se tourna vers Emma accablée.

— Je dois y aller, dit-il, regardant par la porte ouverte les ambulanciers charger le brancard dans le véhicule d'urgence. Je vous appellerai plus tard pour vous donner des nouvelles.

Il descendit l'allée en courant, prenant à peine le temps d'enfiler son manteau avant de monter à l'arrière de l'ambulance qui fonça vers l'hôpital, sirènes hurlantes.

La vie de celui qui lui avait appris à devenir un homme et qui aimait les autres plus que lui-même était en grand danger...

10

Son téléphone à la main, Emma regardait la neige tomber en scintillant sur Central Park depuis la fenêtre du bureau de Thad. Elle était en ligne avec Karley, qui semblait aussi interloquée qu'elle.

— Il a *quoi* ? demanda sa cadette.

— Il a loué la salle de spectacle du Madison Square Garden pour notre fête foraine, répéta Emma.

Cela lui semblait toujours aussi incroyable. Ou peut-être était-elle juste choquée d'avoir vu le pauvre Everett sans vie sur le sol de la cuisine. On avait beau être professionnel de santé, quand le drame nous touchait de près, on n'était pas immunisé.

— Ça doit coûter affreusement cher ?

— Probablement. Mais je t'appelle pour te prévenir que je ne rentrerai pas à la maison ce soir. Je vais à l'hôpital pour être auprès de Thad et Everett.

— Alors, ça s'est arrangé entre vous ?

— Pas exactement, dit Emma en se massant la tempe. Mais Thad n'a qu'Everett au monde, et s'il ne s'en sort pas, il aura besoin de tout le soutien possible, même du mien.

— Emma, c'est bien de vouloir l'aider, mais s'il ne veut pas de toi là-bas…

— De toute façon, je suis de garde demain matin, dit-elle, tournant la tête pour contempler le sapin qui clignotait gaiement, comme si le monde de Thad ne s'était pas écroulé autour de lui ce soir. Dès que je l'aurai vu, je prendrai mon service en avance. Tu pourras rester seule cette nuit ?

— Bien sûr. Mais n'en fais pas trop, d'accord ? Je sais que tu es animée des meilleures intentions, mais ne va pas trop loin. Laisse-lui le temps d'accepter ton aide.

— Promis. Verrouille bien la porte avant de te coucher.

— Je n'ai plus sept ans. J'ai compris.

— Je sais... je t'aime.

— Moi aussi, répondit Karley. Donne-moi des nouvelles quand tu en sauras plus. Je ne connais pas ce vieil homme, mais je suis navrée pour lui.

Emma raccrocha et se laissa tomber dans le fauteuil de Thad. Baxter s'approcha pour lui lécher la main. Le pauvre était probablement aussi traumatisé qu'eux. Elle lui sourit et le gratta derrière les oreilles.

— Je sais. Tu as été un bon chien de nous avertir, Baxter.

Baxter renifla et gémit, puis se coucha, la tête sur ses pieds.

Elle réfléchit à tout ce qu'ils pourraient faire dans le lieu exceptionnel que la fondation leur avait trouvé. Thad avait parlé d'inviter tous les bambins des soins intensifs de New York et leurs familles, et c'était une merveilleuse idée. Il faudrait qu'ils prévoient le nécessaire en fonction de la pathologie de chaque enfant, et peut-être qu'ils les regroupent en conséquence. Ils pourraient aussi échelonner les heures d'arrivée pour éviter qu'il y ait trop de monde ensemble en même temps. Il y avait encore beaucoup de choses à régler, mais elle pouvait s'en charger. Thad en avait fait assez en dénichant le site.

Et quel site.

Elle ne voulait pas que ses efforts et son sacrifice aient été vains et, consciente que les prochains jours seraient durs pour lui, elle commença à dresser des listes de tâches à effectuer. Dans ce vaste espace, il faudrait prévoir plus de projecteurs pour bien éclairer les lieux. Initialement, la fête foraine devait durer environ quatre heures, mais s'ils invitaient plus de monde et échelonnaient les entrées, il faudrait prolonger les festivités. Elle demanderait à Thad de lui trouver un contact au Madison Square Garden pour pouvoir préparer un schéma prévisionnel de l'événement. Elle avait du mal à croire que, dans moins d'une semaine, cette salle mythique serait transformée en féerie hivernale, et que le rêve du petit Ricky deviendrait réalité.

Je n'arrive pas non plus à croire que je suis tombée amoureuse du Grincheux...

La pensée la prit au dépourvu. Ce soir, devant l'angoisse de Thad pendant l'attaque d'Everett, elle avait compris que ses sentiments pour lui étaient plus profonds qu'elle n'imaginait. Elle ignorait jusqu'à quel point. Mais les émotions étaient là, la chaleur, l'émerveillement, l'espoir d'un avenir. Seul le temps dirait si cela menait quelque part, et si Thad éprouvait pour elle le même attachement.

Elle était sûre d'une chose après avoir travaillé avec lui ces dernières semaines : il n'était pas celui que tout le monde croyait. Ce n'était pas un Grincheux. À l'hôpital, le personnel avait été sincèrement surpris d'apprendre combien il s'était investi dans le projet avec Emma, et elle espérait que l'événement marquerait pour lui un nouveau départ à Manhattan West, sans les fardeaux et les peurs hérités de son monstre de père. Il méritait d'être jugé pour ce qu'il était aujourd'hui, un brillant chirurgien hautement qualifié et un généreux philanthrope, pas pour le comportement antisocial qui lui avait servi d'armure contre son douloureux passé.

Emma comptait contribuer à la transformation de son image, même si Thad ne voulait plus la voir après la fête foraine. Simplement parce que c'était juste.

Regagnant la cuisine pour s'assurer que Baxter avait assez de nourriture et d'eau jusqu'au lendemain matin, elle le sortit faire ses besoins dans le jardin, puis alla prendre son manteau dans le placard de l'entrée où Everett le rangeait. Everett... Elle pria silencieusement pour qu'il se rétablisse. Il était la seule personne vraiment proche de Thad. Avec elle maintenant. Et elle ne partirait nulle part. Pas sans se battre.

Après avoir fermé la maison, elle profita de la marche vivifiante pour affiner ses dernières idées concernant la fête. Elle avait parcouru un pâté de maisons quand son téléphone sonna. Le numéro de Thad s'affichait sur l'écran.

— Que se passe-t-il ? demanda-t-elle, le cœur au bord des lèvres.

— On lui fait encore des examens, mais on pense qu'il s'agit d'un AVC, répondit Thad, un peu essoufflé, et elle l'imagina faisant les cent pas dans les couloirs de l'hôpital, les cheveux en bataille. Mon collègue le Dr Kinkaid s'occupe de lui. C'est le meilleur, et j'ai confiance en lui.

J'ai confiance en lui.

Des paroles douces-amères pour Emma. Elle espérait qu'un jour, Thad lui ferait confiance aussi. Mais ils n'en étaient pas encore là.

— Je me réjouis de savoir Everett entre de bonnes mains, déclara-t-elle avec sincérité.

Le vieux majordome avait toujours été bienveillant avec elle, et il l'avait beaucoup aidée lors de la crise d'hypoglycémie de Thad. Et malgré leur relation formelle, il était resté aux côtés de Thad pendant toutes ces années, lui témoignant une loyauté et une affection sans faille. Thad devait vivre l'enfer en ce moment.

— Comment vous allez, Thad ?

— Ça va, répondit-il trop vite.

— Je n'en crois rien, dit-elle d'une voix calme mais ferme. N'essayez pas d'être fort. J'étais là pendant sa réanimation, j'ai vu la peur sur votre visage. Everett est votre ami, votre confident, votre plus proche compagnon. Son attaque a dû vous traumatiser.

Le couinement des chaussures de Thad sur le lino cessa, indiquant qu'il s'était arrêté.

— C'est ma faute, murmura-t-il. J'ai vu qu'il n'était pas dans son assiette ces derniers jours et je l'ai laissé minimiser les choses. Je suis médecin et son employeur. J'aurais dû insister pour qu'il consulte.

— Quoi ? Non, rien de tout ça n'est votre faute.

Elle avait déjà vu nombre de personnes battre leur coulpe aux urgences à grand renfort de « si seulement... ». Mais elle craignait que l'attaque d'Everett ne pousse Thad à se réfugier de nouveau dans une solitude froide et distante.

— Everett est un homme adulte, et même s'il travaille pour vous, vous n'êtes pas vraiment son patron, quoi que vous pensiez.

Il a besoin de vous maintenant, Thad. Soyez là pour lui, comme il est là pour vous depuis toujours.

Thad garda le silence, et elle crut qu'elle était allée trop loin. Puis il soupira.

— Je dois retourner à la salle d'examen. On va bientôt l'emmener au bloc.

— Je suis en route pour les urgences. J'ai décidé de commencer ma garde plus tôt puisque j'étais prête. J'essaierai de vous rejoindre plus tard pour avoir des nouvelles. Si vous avez besoin de moi d'ici là, vous savez où me trouver.

— Merci, Emma, dit-il d'une voix rauque, tendue. Merci pour tout.

Il mit fin à la communication. Emma resta figée en haut des marches qui descendaient à la station de métro, luttant contre les larmes. L'aube ne serait pas là avant un bon moment, mais en ces heures sombres, elle priait pour voir poindre la lumière.

L'opération d'Everett s'avéra longue et complexe, avec une craniotomie pour soulager la pression de l'hémorragie sous-arachnoïdienne sur son cerveau et la réparation par le neurochirurgien des vaisseaux rompus. Les heures suivant l'intervention seraient cruciales pour déterminer si Everett reprendrait conscience.

Durant les deux heures de l'opération, Thad avait arpenté la salle d'attente en réfléchissant à ses relations avec Emma et à sa vie avec Everett. Les sentiments de culpabilité, de honte, d'espoir et d'envie lui inspiraient une profonde méfiance. Mais Emma avait raison. Everett avait été là pour lui toutes ces années. Il ne pouvait pas l'abandonner maintenant. Il ne le voulait pas.

S'il vous plaît, Everett, ne me quittez pas.

Thad resta assis au chevet du vieil homme dans la chambre particulière qu'il avait réservée pour lui. Les moniteurs bipaient autour de lui, et par la porte ouverte, il entendait des conversations étouffées venant du bureau des infirmiers. Fermant les yeux un moment, il imagina Emma en train de soigner des malades aux urgences du rez-de-chaussée. Lui-même se sentait mieux de la savoir là, à Manhattan West. Par les fenêtres, il voyait les premiers rayons du soleil colorer l'horizon de traînées roses, dorées et mauves. Un nouveau jour se levait.

Les heures passant, les paupières de Thad s'alourdirent. Il ne dormait pas, il se souvenait. De toutes les fois où Everett l'avait soutenu quand il était petit, lui apprenant comment gérer sa glycémie, l'aidant à faire ses devoirs scolaires, le consolant après les interminables disputes avec son père.

Ces souvenirs cédèrent bientôt la place au présent et aux moments passés avec Emma. Le premier soir où il l'avait vue dans sa cuisine et l'avait prise pour un ange. La soirée de gala avec elle, époustouflante dans sa robe rouge. La décoration du sapin de Noël de son bureau. La visite au jeune Ricky aux soins intensifs pédiatriques. Leur premier baiser derrière le grand sapin du hall. Le second dans son bureau. Leurs préparatifs pour la fête foraine. Leurs ébats passionnés dans son lit.

Emma s'était faufilée dans sa vie, dans son cœur, sans qu'il s'en aperçoive, et il ignorait comment il pourrait un jour la laisser partir. Il ne restait plus que quelques jours avant la fête, puis elle s'en irait, et il retrouverait son existence triste, morne et solitaire.

Il ouvrit les yeux et se redressa.

Le voulait-il ? Non. Mais que faire ? Les circonstances n'avaient pas changé. Thad s'était ouvert davantage, mais il était toujours un chirurgien très occupé avec un planning chargé et un penchant pour la solitude. Il ne pouvait pas demander à Emma de changer pour lui. Elle adorait les autres, aimait expérimenter de nouvelles choses, des idées innovantes. Il préférait la sécurité de son bureau et les recherches sur son ordinateur. Et il devait aussi tenir compte de sa sœur. Emma avait une famille, une vie distincte de la sienne. Voudraient-ils, pourraient-ils, combiner les deux ? Si Everett survivait, il aurait besoin d'assistance, de soins à domicile pendant sa convalescence. Thad y pourvoirait ou il engagerait quelqu'un, mais il devrait prendre sur son précieux temps et en aurait encore moins à consacrer à Emma.

Mais surtout, il craignait qu'elle soit lassée de lui. De son isolement et de sa mauvaise humeur. De sa méfiance vis-à-vis de la nouveauté. Au fond, il savait que ce n'était pas à elle de changer, mais à lui. En était-il capable ? Même pour elle ?

« On finit toujours par perdre quelque chose dans la vie. C'est la façon d'affronter cette épreuve qui compte. J'imagine que j'ai choisi d'être heureuse. »

Les paroles d'Emma tournaient dans sa tête, l'incitant à se lancer. Mais était-ce aussi simple ?

Thad en doutait. Une seule chose était sûre, Emma incarnait tout ce dont il avait besoin sans l'avoir jamais su. Le destin les avait réunis avec ce projet de Noël, et maintenant qu'il l'avait trouvée, il ne voulait plus la laisser partir. Mais pouvait-il la rendre heureuse ? Pouvait-il se montrer à elle tel qu'il était, sans filtre, sans barrière, sans peur ?

Ce serait sans doute l'épreuve la plus difficile de sa vie, mais il voulait essayer. Pour Emma. Pour lui-même. Pour l'avenir qui les attendait peut-être.

Si elle voulait toujours de lui.

— Thad ? demanda la voix douce de celle qui occupait ses pensées, apparue sur le seuil comme par magie.

Il se redressa sur son siège et, lui adressant un sourire hésitant, il l'invita à s'asseoir à côté de lui, le cœur battant.

— Entrez, Emma.

— Comment va-t-il ? demanda-t-elle, désignant Everett bardé de tuyaux et de fils sur son lit d'hôpital, dans le chuintement du respirateur qui le maintenait en vie. J'espère que l'opération s'est bien passée.

— Aussi bien qu'on pouvait l'espérer, répondit-il.

Sa chaleur bienveillante lui fit du bien quand elle s'assit près de lui. Elle portait encore sa tenue d'infirmière, et ses tresses étaient attachées sur sa nuque. Elle était fatiguée, surmenée, si belle que l'émotion lui comprima la poitrine. Il reporta son attention sur Everett avec effort.

— Il a été conduit ici très vite après l'attaque, ce qui était crucial, et on l'a mis tout de suite sous anticoagulant. De plus, on espère que l'opération limitera les dégâts de l'hémorragie cérébrale. Mais nous ne connaîtrons l'étendue de ses séquelles que quand il se réveillera.

S'il se réveille...

Thad déglutit et regarda fixement les moniteurs pour ne pas craquer. C'était comme revivre la perte de sa mère. Sauf que cette fois, il savait ce qui se passait, et il n'avait pas d'Everett pour le réconforter...

Puis Emma lui prit la main, enferma ses doigts froids dans sa paume chaude, et les pressa doucement.

— Je sais que ce doit être effrayant et douloureux pour vous, Thad. Mais sachez que je suis là. Si vous avez besoin de quoi que ce soit, dites-le-moi.

Normalement il n'attachait pas d'importance à ces phrases toutes faites qu'on prononçait pour se donner bonne conscience quand on ne savait pas quoi dire. Thad ne les prenait jamais au mot, mais maintenant...

Montre-toi tel que tu es... sans filtre, sans barrière, sans peur...

Il voulait s'ouvrir à elle, compter sur elle, accepter son soutien, sa gentillesse. Mais son angoisse était forte.

Fais-le quand même.

En vérité, Everett et elle étaient devenus sa famille. Une famille étrange, mais une famille quand même. Ils étaient les seuls au monde qu'il avait laissés l'approcher. Et la famille n'était pas forcément forgée par les liens du sang, elle se fondait sur la confiance. La confiance en celui qui était là quoi qu'il arrive. Celui sur qui on pouvait compter et qui pouvait compter sur vous.

Des gens comme Everett et Emma.

— Je veux que vous soyez là, lâcha-t-il sans plus réfléchir. Je... j'ai besoin de votre aide, de votre amitié, de tout ce que vous voudrez m'offrir, Emma. Et j'ai envie de vous le rendre au centuple. Pour vous, je ferai tout, n'importe quoi. Je... je ne veux pas que ce soit fini.

Emma le dévisagea un long moment, et il eut envie de disparaître sous terre. Il était vraiment nul. Sans doute parce qu'il n'avait aucune expérience en la matière. Et son conseiller ès questions affectives était actuellement indisponible.

Emma finit quand même par réagir et se mit à rire. C'était la dernière chose à laquelle il s'attendait, mais il en avait terriblement besoin à cet instant. L'horrible tension et la tristesse ambiantes s'évanouirent, laissant place à un souffle d'espoir qui envahit la chambre silencieuse. Même les signes vitaux d'Everett s'améliorèrent, et pour la première fois de sa vie, Thad ressentit une bouffée de quelque chose qui ressemblait fort à l'optimisme.

Il sentit son cœur se gonfler de bonheur, de joie et de sérénité en dépit des circonstances. Ce n'était pas déplaisant. Mais c'était très différent de sa réserve habituelle.

— Oh ! Thad, murmura-t-elle, prenant son visage entre ses mains pour l'embrasser. Je resterai aussi longtemps que vous voudrez de moi. Promis.

Il lui rendit son baiser, parce que c'était bon et qu'il en avait envie, puis ils restèrent assis l'un contre l'autre en se tenant la main.

— Il a quelqu'un de proche qu'on devrait prévenir ? demanda Emma au bout d'un moment. Je pourrai m'en charger en revenant de ma pause.

— Pas à ma connaissance, chuchota Thad. Il m'a dit qu'il avait été marié quand j'étais bébé, bien avant la mort de ma mère.

— Qu'est-il arrivé à sa femme ? demanda-t-elle tristement.

— Cancer. Elle est morte à trente ans, bien trop jeune, répondit-il en se serrant contre elle, heureux de sa présence, espérant que son avenir serait différent de l'immense désert affectif qu'il imaginait. Je ne crois pas qu'il ait cherché une compagne après ça. Pour lui, elle était la seule et l'unique.

Elle leva la tête pour le regarder et l'embrassa doucement.

— Everett est un homme sage.

— Oui. Vraiment.

Emma finit par quitter la paix des soins intensifs pour regagner le chaos maîtrisé des urgences. La première personne qu'elle vit en entrant en salle d'examen fut sa vieille patiente.

— Madame Lovelace ? Qu'est-ce que vous faites là ?

— L'étoile au sommet de mon sapin était de guingois. C'était ce gentil jeune homme du centre social qui l'avait installée la semaine dernière, à mon retour chez moi après mon opération. Mais l'étoile était de travers, et comme je vis seule, il fallait que je la redresse.

— Oh ! Seigneur, pourquoi ne m'avez-vous pas appelée ? Ou Karley ? Nous habitons en bas de la rue.

— Parce que vous êtes occupée, ma chère, répliqua la vieille dame comme si c'était une évidence. Bref, j'ai sorti mon escabeau et je suis montée dessus. J'ai failli réussir, mais le sapin a basculé.

— Et vous avez fait une chute, dit Emma avec un soupir en parcourant la fiche sur sa tablette. Vous auriez pu vous blesser gravement.

— Je vais bien, rétorqua Mme Lovelace. Je suis ici parce que le type qui me livre mes repas m'a trouvée par terre et a paniqué. Il semble que j'aie un peu perdu connaissance.

Un peu ? Emma lut le récit que le travailleur social avait fait aux ambulanciers qui avaient amené Mme Lovelace. Apparemment, la vieille dame était restée inconsciente pendant une durée indéterminée. Ce n'était pas bon. Mais Emma se contenta d'incliner la tête.

— Très bien. Je vais chercher un médecin pour vous examiner. Je reviens tout de suite.

Le temps qu'elle s'entretienne avec un résident, fasse appel à un neurologue et à un chirurgien orthopédique, et prescrive tous les tests et radios ordonnés par les médecins, il s'était écoulé plus de deux heures. D'après la pendule murale, il était près de midi, elle allait pouvoir faire une autre pause, et aller voir Thad et prendre des nouvelles d'Everett. Ce qui s'était passé un peu plus tôt dans la chambre du vieux majordome avait été proprement… incroyable. Stupéfiant.

Mais elle craignait que Thad ait réagi sous le coup de l'émotion. Avec le sort d'Everett encore en suspens, il était bouleversé, à bout. Il arrivait qu'on regrette les décisions prises et les paroles prononcées quand on était sous pression. Elle ne voulait pas qu'il ait des regrets, alors elle serait patiente. Elle était douée pour ça.

Elle finit d'entrer ses notes dans le dossier de Mme Lovelace avant de prendre sa pause. Elle attendait l'ascenseur quand les portes s'ouvrirent sur Thad qui faillit la renverser dans sa hâte de sortir.

— Eh, dit-elle en l'attrapant par le bras, frappée par son expression tourmentée. Que se passe-t-il ? C'est Everett ?

— Oui, bredouilla-t-il. Il est réveillé.

— Oh ! Thad ! C'est merveilleux ! s'écria-t-elle en se jetant à son cou et en le serrant fort, indifférente à leur environnement.

Il l'étreignit un instant et recula.

— Oui. Le neurochirurgien est en train de l'examiner, et j'en ai profité pour venir vous le dire.

— J'allais justement vous rejoindre, dit-elle, s'écartant pour laisser sortir de l'autre ascenseur une civière poussée par deux hommes de salle. Oh ! madame Lovelace ! Vous vous souvenez du Dr Markson ?

— Bien sûr. Me voilà de retour, à temps pour les fêtes !

— Que vous est-il arrivé ? demanda-t-il. C'est encore votre cœur ?

— Non. Je suis tombée d'un escabeau, avoua Mme Lovelace. Je vais bien. Je suis un peu meurtrie et raide, et j'ai mal à la tête, mais je crois que ça va.

— Si on laissait les médecins en juger, hein ? suggéra Emma en souriant.

— J'ai plus de quatre-vingts ans, petite, la réprimanda la vieille dame. Je connais mon corps.

Thad l'étudia rapidement et demanda :

— Quel jour on est ?

— Le 19 décembre. Je le sais, car j'ai fait livrer des cadeaux cinq jours avant Noël, et ça m'a coûté un bras.

Thad jeta à Emma un regard amusé. Il semblait vraiment avoir changé. L'ancien Thad n'aurait jamais souri devant un patient.

— Parfait pour la date. Mais vous devriez être plus prudente, madame Lovelace. Vous n'êtes pas encore complètement remise de votre opération, et à votre âge, une chute peut être désastreuse. Plus d'escabeau pour vous.

— Je sais, je sais, dit-elle avec désinvolture. Mais je suis âgée, docteur. Pas morte. Je peux encore être active.

— J'en suis certain. Vous êtes robuste, madame Lovelace, mais pas invincible, dit-il en lui adressant un clin d'œil. La prochaine fois, attendez peut-être que ce garçon du centre social passe chez vous pour lui demander son aide.

— Il ne vient que trois fois par semaine, et je n'ai pas la patience, grommela Mme Lovelace.

— C'est dur de patienter, c'est vrai, dit-il, croisant le regard d'Emma. Mais les choses que nous attendons le plus longtemps sont souvent les meilleures.

Oui, en effet.

Les joues en feu, Emma détourna les yeux, mais son trouble n'avait pas échappé au regard affûté de la vieille dame. Elle scruta les deux jeunes gens d'un air entendu.

— Ah, d'accord. Oui, l'attente a indéniablement ses avantages. Je vois ce que vous voulez dire, docteur, et je vous promets d'y réfléchir.

Les deux hommes de salle ramenèrent le brancard de la vieille dame aux urgences, pendant qu'Emma et Thad s'isolaient dans une salle de consultation privée. À peine la porte se fut-elle refermée sur eux que Thad l'attira dans ses bras et l'embrassa. Ils restèrent un long moment enlacés. Puis il s'écarta, et ils s'assirent à une petite table, face à face.

— Vous semblez fatiguée.

— Merci bien...

— Mais cela n'enlève rien à votre beauté, Emma, dit-il, ses yeux bleu glacier brillant d'un feu ardent. Vous êtes la plus belle femme que j'aie jamais vue.

Elle n'avait pas l'habitude d'être complimentée de la sorte.

— Arrêtez de me flatter.

— Ce n'est pas de la flatterie, c'est la vérité, répondit-il, prenant ses mains dans les siennes. Je devrais probablement attendre pour vous parler de tout ça, mais c'est trop important.

— Quoi donc ?

— Ce que je ressens. Ce dont j'ai pris conscience quand je veillais sur l'homme que j'aime comme un père, en priant pour qu'il vive.

Sa sincérité éveilla en elle une bouffée de tendresse.

— Vous avez dit qu'Everett s'était réveillé. C'est une bonne chose, non ? Bien sûr, il mettra du temps à se rétablir...

— Non, non. Je sais. Et j'en suis extrêmement soulagé, croyez-moi. Mais il y a autre chose. Quand j'étais à son chevet, j'ai compris que, plus que mon employé, il était ma famille, Emma. Que, même si nous ne sommes pas du même sang, les liens qui nous unissent sont plus forts que tout. Everett est le seul à avoir toujours été là pour moi.

Emma eut un douloureux pincement au cœur. Elle était heureuse pour lui. Vraiment. Heureuse qu'il ait enfin compris qu'il n'était pas seul, qu'il avait un soutien qui tenait à lui et serait à ses côtés, quoi qu'il arrive. C'était si important. Mais elle aurait aimé que Thad et elle partagent la même chose. Que ses sentiments pour lui ne soient pas à sens unique. Quand il l'avait entraînée ici, elle avait espéré qu'il allait lui faire un tendre aveu. Mais elle cacherait sa déception. C'était une belle journée pour Thad, pas question de ternir sa joie.

— C'est merveilleux, dit-elle.

— Mais ? demanda-t-il, les yeux plissés.

— Mais rien, répliqua-t-elle avec une gaieté forcée. Je me réjouis que vous ayez trouvé une famille en Everett. Vous devrez compter l'un sur l'autre pendant les longs mois de sa convalescence.

— C'est vrai, dit-il en caressant doucement ses poignets, lui arrachant un frisson. J'espérais que vous pourriez m'aider aussi.

Bien sûr. Elle était infirmière. Elle aurait dû s'y attendre.

— Je serai ravie de vous assister quand vous en aurez besoin, Thad. Mais je risque d'être plus occupée si j'obtiens la promotion que j'attends.

Honnêtement, elle y avait à peine pensé les dernières semaines. Absorbée par les préparatifs de la fête foraine et hantée par Thad, elle avait perdu de vue la raison pour laquelle elle avait accepté ce projet. Elle avait fini par faire passer Thad avant ses objectifs personnels, mais elle réalisait qu'elle avait peut-être eu tort. Surtout si la seule place qu'il lui réservait dans l'avenir était celle d'infirmière d'Everett.

Profondément blessée, elle consulta sa montre et se leva.

— Je... euh, je dois retourner travailler.

— Emma, protesta-t-il, retenant ses mains. Ne partez pas, je vous en prie. Je sais que je suis maladroit, j'ai du mal à exprimer ce que je ressens. Mais tout ça est nouveau pour moi. Je ne cherche pas d'excuse, c'est vrai.

Rattrapée par l'émotion, le manque de sommeil et le stress, Emma sentit qu'elle était à bout de patience.

— Oh ! Thad. Vous me connaissez. Je ne vous jugerai jamais, et ne vous ferai aucun reproche. Après tout ce que nous avons vécu ici, ne pouvez-vous pas me faire confiance ?

— J'essaie, répondit-il en fixant leurs mains jointes d'un air sombre. Mais j'ai l'habitude de me protéger pour ne pas être vulnérable. C'est dur de faire confiance. Mais je me rends compte que j'ai vécu jusqu'ici sur pilote automatique. Que je n'ai pas vécu du tout, en fait. Et la vie est si courte. L'attaque d'Everett m'en a fait prendre conscience. J'étais si accaparé par mon passé, mon chagrin, ma carrière, que j'ai manqué des tas de choses...

Il la regarda et posa la main sur sa joue.

— Au point que j'ai failli ne pas voir la meilleure chose qui me soit jamais arrivée.

Emma s'efforçait de comprendre, le cœur battant.

— Je tiens aussi à vous, Thad. J'espère vous l'avoir prouvé ces dernières semaines. Je vous ai avoué que je souhaitais continuer à vous voir après la fête foraine, mais vous vous êtes refermé sur vous-même...

Malgré elle, des larmes coulèrent sur ses joues, et elle les essuya du revers de la main.

— Je ne peux pas tout faire, Thad. Une relation repose sur la confiance. Elle engage deux personnes qui s'impliquent pour que ça marche. Je suis là, mais seulement si vous êtes à mes côtés. Vous croyez que vous êtes le seul à avoir peur ? Moi aussi j'ai perdu des proches, vous le savez. Et je ne veux pas perdre un autre être cher, je ne veux pas vous perdre. Mais ça arrivera si vous n'êtes pas disposé à faire cet effort pour moi. Il faut qu'on soit deux pour que ça fonctionne. Vingt-quatre heures sur vingt-quatre.

Êtes-vous prêt à ça, Thad ? Dans le cas contraire, je vous prie de me respecter assez pour me le dire franchement.

Il prit une profonde inspiration, hésita, puis acquiesça.

— Oui, je suis prêt, Emma. Je suis terrifié, mais je ferai tout ce qu'il faudra pour que notre relation marche, car elle m'est très précieuse.

Il pressa son front contre le sien.

— J'ai la sensation de vaciller, de trembler, comme ce premier soir dans ma cuisine… Non, je ne suis pas hypoglycémique, dit-il en riant devant son air inquiet. Une infirmière m'a apporté un repas et a veillé à ce que je mange tout. Non, cette fois, c'est à cause de vous, Emma. Depuis que je vous connais, vous avez bouleversé mes croyances, chamboulé mes certitudes. Mes filtres ont disparu. Je sens, dis et fais des choses avant même que mon cerveau puisse réagir. Je perds le contrôle auprès de vous… et j'aime ça.

Il l'embrassa tendrement.

— J'aimerais continuer à ressentir ça avec vous aussi longtemps que vous voudrez de moi. Il est trop tôt pour dire où ça mènera, mais pour l'instant, sachez que je tiens énormément à vous, Emma Trudeau, et que j'aimerais beaucoup sortir avec vous.

Elle se mordit la lèvre et fondit en larmes. Des larmes de bonheur.

— Idiot… je tiens à vous, moi aussi. Et, oui, je serai ravie de sortir avec vous.

— Bon. Voilà qui est réglé.

Il l'embrassa en la serrant dans ses bras, et la tension d'Emma s'évanouit, laissant place à un soulagement indicible. Il avait pris des risques pour elle, et elle n'aurait pas pu demander plus. Elle n'aspirait pas à davantage. Pas encore, en tout cas.

11

En pénétrant dans la grande salle du Madison Square Garden le soir de Noël, Emma et Thad découvrirent avec émerveillement une éblouissante féerie hivernale. Les forains et les exploitants de manèges avaient travaillé main dans la main avec le personnel de la salle pour réaliser une incroyable prouesse d'ingénierie et d'enchantement. De la Grande Roue et du carrousel aux flocons qui voletaient doucement autour d'eux, soufflés par les machines à neige artificielle perchées dans les cintres, tout était magique. Et accessible à tous les enfants, quel que soit leur handicap.

— Nous avons réussi, chuchota Emma à Thad alors qu'ils regardaient les familles des jeunes patients déambuler parmi les attractions.

— Oui, murmura-t-il en lui donnant un tendre baiser.

Après toutes ces années, Thad s'était enfin prouvé qu'il valait quelque chose en dehors de ses talents de chirurgien, et il avait encore du mal à le croire. Ils avaient réalisé le rêve du petit Ricky, grâce au travail acharné et aux efforts de la femme extraordinaire qui l'accompagnait. Cette femme qui était maintenant sa compagne. Il avait passé tant de nuits solitaires devant la fenêtre de son bureau à regarder la vie s'écouler derrière lui en craignant de ne jamais en faire partie. Sans savoir comment y jouer un rôle. Mais Emma lui avait montré le chemin du retour à la vie.

— Regarde, dit-elle, désignant deux gigantesques bonshommes de neige qui accueillaient les clients du carrousel patientant dans la file d'attente. C'est toi qui les as engagés ?

— Oui, acquiesça-t-il en souriant. Ou plus exactement ma fondation, car j'ai eu des opérations toute la semaine. Je leur ai donné carte blanche pour dénicher le meilleur.

— Vraiment génial.

Ils suivirent le circuit qui faisait le tour de la fête foraine, saluant les familles au passage. Au centre de l'immense salle, une petite patinoire avait aussi été installée pour les enfants. Il avait suffisamment neigé maintenant pour permettre de façonner des boules et des anges de neige, et certains ne s'en privaient pas. Thad avait objecté que ça risquait d'être difficile à nettoyer après, mais le personnel du Madison Square Garden avait affirmé que ce n'était pas un problème.

Comme ils approchaient du carrousel, des chants de Noël leur parvinrent avec des tintements de clochettes, et ils s'arrêtèrent pour admirer le manège et écouter la musique. C'était une superbe œuvre d'art du début du XXe siècle, avec des chevaux de bois sculptés peints de couleurs vives caracolant sur des poteaux dorés joliment lustrés. Ils s'accompagnaient de calèches et de traîneaux assez grands pour accueillir des fauteuils roulants.

— C'est magnifique, s'écria Emma en battant des mains. Il faudra qu'on fasse un tour plus tard.

Thad l'enlaça, l'attira à lui, et posa son menton sur sa tête.

— Certainement. Tu trouves que la fête est réussie ?

— C'est parfait, dit-elle, les yeux brillants. Merci de m'avoir aidée.

— Non, Emma, murmura-t-il, la gorge serrée. Merci à toi. C'est toi qui as tout fait. J'ai juste trouvé la salle.

Malgré ses efforts et ses progrès méritoires, il avait dû se faire violence pour venir ici ce soir. Fréquenter autant de personnes était difficile pour lui, mais il avait rassemblé tout son courage, ne voulant pas laisser tomber Ricky et sa famille. Avec Emma à ses côtés, il pouvait tout affronter.

Ils continuèrent leur promenade, s'arrêtant à des stands pour déguster du chocolat chaud, participer à des jeux, ou examiner des articles à vendre. Emma gagna même un chien en peluche à un tir aux ballons. Thad s'efforçait de s'imprégner de toutes les images, de tous les sons de ce paradis des enfants qu'on lui avait interdit quand il était petit. Des odeurs de barbe à papa, de hot-dogs, de pop-corn et de beignets. Des baraques de jeux exhibant de multiples lots à gagner, dont d'énormes peluches. La musique rugissait dans les haut-parleurs, et il avait les yeux qui brillaient devant les manèges, les décorations et les guirlandes de Noël dont les lumières scintillaient sans relâche. Il était enchanté, subjugué.

On l'a fait. Ensemble.

Il n'avait qu'un regret, qu'Everett ne soit pas là pour en profiter avec eux. Mais il allait mieux, il avait retrouvé sa vivacité et recouvré la parole, même s'il avait encore un peu de mal à articuler. Les médecins lui prédisaient une récupération complète avec le temps et beaucoup de rééducation. Et Thad avait l'intention d'être à ses côtés jusqu'au bout.

— Oh ! regarde qui est là, remarqua Emma. Le Dr Franklin et Jane Ayashi, des ressources humaines. Ils sont avec Ricky et sa famille. Allons les saluer.

Elle voulut l'entraîner, mais pendant une minute, Thad fut incapable de bouger, assailli par un souvenir oublié. Sa mère l'avait emmené dans une fête foraine quand il était petit, avant que sa vie ne soit bouleversée. Ils s'étaient beaucoup amusés ensemble, et en dressant l'oreille, il aurait juré entendre son rire chantant, comme un signe qu'il était maintenant sur la bonne voie. Fermant les yeux, il remercia silencieusement sa mère, ou le destin, ou quelle que soit la force supérieure qui avait conduit Emma jusqu'à lui. Elle lui avait rendu son cœur. Son âme. Elle était tout pour lui.

— Eh bien, dit le Dr Franklin en les voyant approcher. Vous avez réussi, tous les deux. Félicitations.

— Merci, répondit Emma, pressant la main de Thad. Nous formons une bonne équipe. Comme je le pensais.

— Hum. Je n'aurais jamais cru que vous en étiez capable, docteur Markson.

— On est deux, répliqua Thad, déclenchant l'hilarité générale.

— C'est incroyable, observa Jane Ayashi en regardant autour d'elle, époustouflée. Je n'arrive pas à imaginer comment vous avez pu réaliser tout ça en si peu de temps.

— Il a fallu de l'huile de coude, répondit Emma avec un clin d'œil à Thad. Et une énorme dose de confiance.

— Exactement, dit-il en baisant la main gantée de la jeune femme, indifférent à la présence de leurs collègues.

— Docteur Markson, comment va votre ami aux soins intensifs ? demanda le Dr Franklin. Il paraît qu'il doit la vie à votre intervention rapide, à tous les deux.

— En effet, admit Thad avec un soupir. Everett est réveillé, alerte, et d'après le dernier rapport du neurochirurgien, il devrait se rétablir complètement. Je compte lui faire quitter Manhattan West dès qu'il sera prêt et lui installer une unité de réadaptation à mon domicile.

Une petite voix excitée se mêla à leur conversation.

— Docteur Markson ! hurla Ricky Lynch, accourant avec ses parents.

Thad fut stupéfait par l'énergie qu'il déployait malgré sa maladie. Mais c'était une nuit magique, et cette fête prouvait que les miracles existaient, si on avait suffisamment la foi. Le garçonnet étreignit Thad, puis Emma, ses joues pâles roses d'excitation.

— Merci, merci d'avoir réalisé mon vœu ! C'est encore mieux que ce que j'imaginais.

— C'était un plaisir, Ricky, répondit Thad, lui tapotant le dos avant de serrer la main de ses parents. Madame, monsieur, je suis ravi de vous connaître enfin.

— Nous de même, dit M. Lynch, enlaçant les épaules de son épouse. Notre fils vient d'être admis dans un nouvel essai clinique pour sa tumeur cérébrale spécifique. Les résultats sont prometteurs, et nous avons de l'espoir. Plusieurs enfants atteints du même type de cancer ont connu une rémission totale, et nous sommes prudemment optimistes.

— Un optimisme raisonné, c'est bien, dit Thad en souriant.

Il s'efforçait toujours de voir les choses positivement, comme Emma, mais certains jours étaient meilleurs que d'autres.

— J'ai lu les conclusions de l'étude dont vous parlez, et c'est génial que Ricky puisse participer aux essais. J'espère qu'il obtiendra les effets escomptés.

L'essai clinique résultait de plus de vingt ans de recherche. Il utilisait une immunothérapie virale injectée directement dans la tumeur du patient, qui provoquait l'attaque et la destruction du cancer par son système immunitaire, sans avoir à recourir à une chimiothérapie toxique. Jusqu'ici, ils avaient un taux de participation de 90 % chez les jeunes patients atteints de la même forme de tumeur que Ricky, et le taux de survie des participants à l'étude avait plus que doublé.

— Et que penses-tu de cet essai, Ricky ? demanda Emma en s'accroupissant devant lui, sans lâcher la main de Thad.

— Je suis juste content que mes parents ne soient plus aussi inquiets, dit l'enfant en regardant son père et sa mère qui souriaient d'un air heureux. J'essaie de leur dire que ça ira de toute façon, mais ils se mettent à pleurer, alors... Mais je n'ai pas envie d'en parler. Ce soir, on s'amuse !

Il se serra contre Emma et lui désigna un stand voisin.

— On peut avoir de la barbe à papa, s'il vous plaît ? Et après, je veux monter sur la Grande Roue avec tous mes amis des soins intensifs pédiatriques. C'est la meilleure soirée de toute ma vie !

Il courut s'amuser avec ses petits camarades, et Emma se redressa et enlaça la taille de Thad.

— Nous sommes très heureux pour vous et Ricky avec ce nouvel essai, dit-elle aux parents. C'est un enfant fort avec une attitude positive. Il ira loin dans la vie.

— Merci, murmura la mère. Nous l'espérons. Et merci encore à vous deux pour tout ceci. C'est une telle joie pour nous et toutes ces familles d'enfants malades. Ça nous fait un peu oublier nos problèmes pendant un moment, et c'est primordial. Vous nous avez vraiment offert le plus beau des Noëls.

Ils passèrent le reste de la soirée à se promener parmi les attractions, bavardant avec les gens, serrant des mains, traitant chacun avec la même gentillesse bienveillante. Emma devait encore se pincer pour s'assurer que tout cela était bien réel. Avec Thad, sa vie s'était métamorphosée. Avant lui, elle n'était pas si mal entre son travail, sa sœur et ses projets professionnels. Mais tout était plus beau, plus magique, avec une belle personne comme lui.

Des familles partaient, d'autres arrivaient. On venait les remercier personnellement et, oubliant son passé revêche, Thad s'épanouissait sous les yeux d'Emma, bavardant et jouant avec les enfants, soulevant même des bambins dans ses bras – avec l'accord des parents – pour les câliner. Il prit du temps pour discuter de la maladie des enfants avec leurs parents, les informer sur des études médicales qu'il avait lues, ou leur donner le nom d'experts à contacter. Toute trace de sa froideur et de sa maladresse initiales semblait avoir disparu. Même avec ses collègues, il se montrait plus ouvert et amical. Et quand Karley arriva avec des amis lycéens, il leur réserva le même accueil qu'aux autres enfants et se permit même de plaisanter avec eux. Emma était impressionnée. Enchantée par son nouveau comportement. Comme il accompagnait le petit groupe à un stand de chamboule-tout, Karley prit sa sœur en aparté.

— Je l'aime bien, dit-elle. Et je vois que toi aussi.

— C'est vrai, admit Emma. Je l'aime même beaucoup.

— Bon. Je suis contente.

— C'est vrai ?

— Oui. Je ne voulais pas que tu sois seule quand j'irai à Howard l'automne prochain. Je partirai tranquille.

— Tu sembles bien sûre de toi, remarqua Emma comme elles observaient Thad de loin. Ce n'est pas comme si nous étions fiancés.

Karley pouffa.

— Je vois comment il te regarde. Ce type t'adore. Il n'ira nulle part.

— Tu crois ? commenta Emma, les joues empourprées.

— Je le sais. Tu devrais peut-être l'emmener à Green Wood pour le présenter aux parents après les fêtes, dit Karley avec un clin d'œil. Bon, je vais l'arracher aux griffes de mes amis et je te le renvoie. Amuse-toi bien ce soir.

— Toi aussi !

Emma se sentait privilégiée d'avoir une sœur aussi formidable. Elle s'assit à une table pour attendre le retour de Thad. Oui, il fallait qu'elle l'emmène au cimetière. C'était un lieu spécial pour elle, qu'elle voulait partager avec lui. Elle lui en parlerait plus tard, quand ils seraient rentrés. Ils pourraient y noter leurs secrets et les ajouter à la collection. Les siens ? Eh bien, elle avait trouvé son prince charmant déguisé en Grincheux, et avait fait sa conquête. Ce n'était pas un vrai secret, mais il faisait chanter son cœur pendant ces fêtes de Noël.

Ouaf !

— Qu'est-ce que...

Emma eut à peine le temps de se retourner qu'un labrador noir familier surgi de nulle part posa ses pattes avant sur son jean, la langue pendante. Éclatant de rire, elle le gratta derrière les oreilles.

— Salut, Baxter. D'où sors-tu ?

— J'ai chargé quelqu'un de la fondation d'aller le chercher chez moi, dit Thad en la rejoignant. Il a besoin d'exercice, et comme je ne le sortirai pas ce soir, j'ai pensé qu'il pourrait se dépenser ici. Et les enfants semblent l'adorer.

— Ça ne m'étonne pas, répondit Emma en caressant l'adorable chien. Qui est un gentil toutou, hein ? Oui, c'est toi. Pas vrai, Baxter ?

— Tu passes un bon moment ? demanda Thad, s'asseyant à califourchon sur le banc en face d'elle.

— Le meilleur, dit-elle en souriant. On pourrait acheter quelques hot-dogs de plus pour gâter Baxter, si tu es d'accord ?

Elle leva les yeux vers lui et vit qu'il l'observait. Elle allait lui demander à quoi il pensait quand Ricky Lynch et ses parents croisèrent leur table, en chemin vers la Grande Roue. Elle n'avait jamais vu l'enfant aussi heureux. À leur passage, Baxter tira sur sa laisse, et avec l'accord de Thad, elle lâcha le chien qui courut vers Ricky ravi et le lécha copieusement, jusqu'à ce que Thad mette fin aux effusions en ramenant le chien à leur table.

Le reste de la soirée passa dans un tourbillon pour Emma, entre Thad, Baxter, et tous ceux qui tenaient à la remercier. Elle avait l'impression d'avoir parlé à plus de gens ce soir que pendant toutes ses années aux urgences. Et personne ne fit la moindre allusion à l'ancienne réputation de Grincheux de Thad. Comme si elle n'avait jamais existé.

La fête terminée, alors que les forains pliaient bagage et démontaient stands et attractions, Thad lui tendit la main.

— On le fait, ce tour de manège, Emma ?

Le cœur débordant de joie, elle lui sourit, radieuse.

— Oui, bien sûr !

Il l'entraîna vers le carrousel vidé de ses occupants, et ils prirent place dans une calèche avec Baxter. Ils tournèrent encore et encore, se tenant la main et riant comme des gamins, accompagnés par les aboiements joyeux du chien.

Quand le manège s'immobilisa, il se pencha pour l'embrasser.

— Je suis si heureux de t'avoir trouvée, Emma Trudeau. Je ne peux pas imaginer ma vie sans toi désormais.

Elle refoula des larmes de joie.

— Moi non plus, Thad. Moi non plus.

Ils échangèrent un long baiser tendre et voluptueux.

— Tu veux que j'achète le carrousel pour l'installer dans le parc derrière la maison ? murmura-t-il contre ses lèvres.

Elle éclata de rire.

— Non. Attendons qu'Everett aille mieux, et nous fêterons ça tous ensemble.

— Marché conclu, dit-il avant de l'embrasser encore.

Épilogue

Le matin de Noël, un an plus tard

Absorbé par la tâche entreprise dans son bureau, Thad fut distrait par la voix d'Emma montant du rez-de-chaussée. Il n'était que 6 heures. Emma ne se levait jamais aussi tôt quand elle était de repos. Bon sang, il n'avait même pas terminé...

Avec l'aide d'Everett, il finit de revêtir son costume de Père Noël, puis se contempla dans le miroir.

— Souhaitez-moi bonne chance, dit-il à son vieil ami.

Everett progressait de jour en jour, il pouvait marcher, parler et s'acquitter de la plupart de ses tâches de majordome. Mais Thad veillait à ne pas le surmener. Everett n'était plus un employé mais un membre à part entière de sa famille d'adoption, et il le traitait comme tel.

Le vieil homme secoua la tête.

— Vous n'avez pas besoin de chance. Allez la retrouver.

Les nerfs à fleur de peau, Thad descendit au rez-de-chaussée et lança un « Ho, ho, ho ! » plus timide qu'il n'aurait souhaité.

Il se sentait parfaitement ridicule, mais puisque Emma souriait, ça en valait la peine.

— Tu sais que ma sœur dort encore, hein ?

Elle le détailla des pieds à la tête depuis le canapé du séjour où elle était assise dans son pyjama écossais, les bras croisés sur son petit ventre qui commençait à s'arrondir.

— Et qu'est-ce que tu portes ?

— Je suis le Père Noël, répondit-il, remontant la hotte sur son épaule. Et je fais mon travail. Je distribue des cadeaux. Et oui, je sais que Karley dort encore.

Karley s'était installée dans la maison de la Cinquième Avenue avec Emma, les deux sœurs étant indissociables. Elle y logeait chaque fois qu'elle n'était pas à Howard University où elle suivait son cursus préparatoire en médecine.

Thad passa devant Emma pour aller déposer ses cadeaux. Des monceaux de cadeaux. Des paquets de formes et de tailles variées, tous joliment emballés, qui s'empilaient sous le sapin. Il avait payé une petite fortune pour engager des acheteurs personnels qui avaient écumé les magasins de New York pour trouver tout ce qu'Emma avait noté sur sa liste un mois plus tôt, mais quand on était prêt à mettre le prix, on pouvait presque tout avoir. Et il comptait sur Karley pour rester endormie encore un bon moment.

— Pourquoi fais-tu ça ? demanda Emma, visiblement déconcertée. Tu n'aimes même pas Noël...

— J'ai peut-être changé d'avis.

Contemplant les cadeaux, il fronça les sourcils en entendant *White Christmas* jaillir des enceintes pour la centième fois. D'accord. Il avait peut-être été un peu trop zélé en préparant la playlist de Noël. Et les cadeaux. Et les décorations. Mais bon, il avait beaucoup de temps à rattraper.

Il se redressa, posa sa hotte vide et haussa les épaules.

— Les hommes aussi ont le droit de changer d'avis. J'avais juste besoin qu'on me rappelle la vraie signification de Noël.

— Oh ! ça, c'est vrai, répliqua-t-elle, moqueuse, avant de demander d'un air soupçonneux. Et qu'est-ce qui t'a fait changer d'avis sur Noël ?

— Toi.

— Moi ? s'écria-t-elle en riant, ironique. Je t'ai fait revoir ton point de vue sur Noël ?

— Tu as modifié mon jugement sur tout, Emma. Sur l'existence. Ma vie. Celle que je veux construire avec toi.

— C'est adorable, dit-elle, allant le rejoindre et contemplant le sapin. Mais pourquoi maintenant ?

— Parce qu'aujourd'hui, je suis sûr d'être prêt à avancer vers l'avenir. Avec toi. Et notre petit bout.

Elle posa la main sur son ventre et sourit.

— C'est une excellente raison.

Il glissa un bras autour d'elle et l'attira à lui.

— Quelqu'un m'a dit une fois que le jour de Noël était le jour le plus magique de l'année, où les miracles sont possibles.

Il baisa sa tempe et cala sa tête sous son menton. De fait, cette magie l'avait effleuré l'an dernier en lui faisant cadeau d'une nouvelle vie, d'une femme qu'il aimait et d'une famille à lui. Un avenir qu'il n'aurait jamais pu imaginer avant.

— Je t'aime, Emma. Et je compte passer le reste de mes jours à te prouver à quel point. À toi et notre bébé. Chaque jour de ma vie.

Il avait été si malheureux avant qu'elle croise son chemin. Si stupide. Il repoussait les autres par peur. Peur d'éprouver des sentiments. Peur d'aimer et de perdre. Peur de ressentir, car cela voulait souvent dire souffrir.

Mais il fallait surmonter ses angoisses, courir le risque de souffrir et d'être rejeté, car l'alternative n'était simplement pas acceptable. Il prit sa main et sortit un petit écrin bleu de la poche de son costume de Père Noël. Ce cadeau n'irait pas sous le sapin, car si tout se passait bien, il finirait au doigt d'Emma.

Il mit un genou à terre, et elle porta une main tremblante à sa bouche.

— Qu'est-ce que tu fais ?

— Je t'aime depuis le premier instant où je t'ai vue dans ma cuisine, tel un ange descendu du ciel, Emma. Et je te veux à mes côtés aussi longtemps que tu voudras de moi. Laisse-moi une chance de devenir l'homme que tu mérites.

Il déglutit et ouvrit l'écrin, dévoilant un magnifique solitaire monté sur platine.

— Veux-tu m'épouser ?

Ses beaux yeux pleins de larmes, elle hocha la tête.

— Oui, Thad. Je veux t'épouser. Je t'aime, moi aussi.

Il glissa la bague à son annulaire, puis se releva et la prit dans ses bras pour sceller leurs fiançailles d'un baiser voluptueux.

Emma n'avait jamais vu autant de cadeaux de toute son existence.

Assise par terre, elle ramassa une boîte, la secoua avant de la déballer avec soin et découvrit une ravissante couverture de nourrisson vert tendre. Il avait acheté des cadeaux pour leur bébé. Émue, elle fondit en larmes en caressant le tissu duveteux.

— Comme elle est jolie.

— Je suis content qu'elle te plaise, dit-il en lui tendant une autre boîte.

Ils recommencèrent encore et encore, jusqu'à ce qu'elle se retrouve entourée d'articles de naissance. Des roses. Des bleus. Des pastels. Ils ignoraient le sexe du bébé et préféraient avoir la surprise pour le premier.

Dans la salle à manger, Karley et Everett faisaient une partie de Scrabble endiablée, et dans un coin, Baxter jouait gaiement avec ses nouveaux jouets. La petite famille était au complet, heureuse et détendue.

— Je t'aime.

Elle noua les bras autour de son cou pour l'embrasser et s'écarta en riant quand le bébé manifesta son approbation par de vigoureux coups de pied.

— J'ai l'impression que notre enfant partage nos sentiments.

— On dirait bien, acquiesça-t-il en souriant. Joyeux Noël, ma future femme.

— Joyeux Noël, mon futur époux.

Elle se blottit contre lui tandis que les enceintes diffusaient *It's the Most Wonderful Time of the Year*. Mièvre, sans aucun doute. Mais en entendant Andy Williams chanter en arrière-plan, Emma savait que c'était vrai. Noël était la période la plus merveilleuse de l'année. Et ces fêtes resteraient à jamais inoubliables pour eux, car elle leur avait apporté les plus inestimables des cadeaux, l'amour et une famille à chérir.

Et quoi que leur réserve l'avenir, ils l'affronteraient ensemble, aussi longtemps qu'ils vivraient.

AMY RUTTAN

Le secret de Barcelone

Traduction française de
GABY GRENAT

BLANCHE

HARLEQUIN

Titre original :
NURSE'S PREGNANCY SURPRISE

1

Barcelone, Espagne.

— Sharon, le bel étranger a encore les yeux fixés sur toi !

Sharon leva le nez du carnet qu'elle consultait pour regarder dans la direction que lui indiquait sa collègue. Son cœur fit un bond dans sa poitrine. Ah... en effet, il était bien là, assis au bar.

Depuis le début de la semaine au cours de laquelle elles assistaient ensemble à un congrès médical international, où que ce soit, son chemin n'arrêtait pas de croiser celui de ce bel homme brun au regard étincelant. La première fois qu'ils s'étaient rencontrés dans l'ascenseur de l'hôtel qui hébergeait les participants, il s'était présenté sous le prénom de Gus et avait déclaré faire partie du corps médical. Quoi de plus normal, étant donné la nature du congrès ? Par la suite d'ailleurs, ils avaient eu l'occasion de participer ensemble à certains des ateliers proposés.

Chaque fois, ils avaient bavardé un moment pour comparer les notes prises par chacun au cours de la conférence à laquelle ils venaient d'assister. Et chaque fois, Sharon s'était sentie troublée.

Quoi de plus normal là encore ? Jamais elle n'avait rencontré d'homme aussi séduisant.

Mais tout était bien clair dans sa tête : elle n'était pas venue à Barcelone pour s'amuser. Elle participait à un congrès professionnel, pas à une partie de plaisir. Soit. Sauf que... chaque fois qu'elle apercevait cet étranger aux yeux noirs brillant d'intelligence, son cœur battait la chamade.

Angelina lui donna un coup de coude en lui adressant un clin d'œil.

— Je sais bien que tu pars demain mais, franchement, tu devrais aller le rencontrer.

— C'est déjà fait, répondit Sharon en s'efforçant de détacher son regard du beau ténébreux.

— Ah bon ? demanda Angelina d'un air surpris.

— Oui. Nous avons suivi ensemble les ateliers de travail sur la surveillance des infections, les soins postopératoires, l'anesthésie et ses complications.

Angelina fronça le nez.

— Pas très rigolo tout ça !

Sharon se mit à rire.

— Tiens, je croyais que tu étais infirmière ?

Angelina ne prit pas la peine de relever la taquinerie.

— Il est médecin ou infirmier ?

Sharon haussa les épaules.

— Aucune idée ! Je sais seulement qu'il vient d'Amérique du Sud, mais pas de quel pays exactement.

— C'est lui qui te l'a dit ?

— Non, mais nos accents se ressemblent quand nous parlons espagnol. D'ailleurs, le sien est plus proche de celui de ma famille que le mien qui a pris des intonations new-yorkaises.

Cette remarque amena un sourire sur les lèvres de Sharon. Elle n'avait pas dit à son interlocuteur qu'elle était d'origine argentine alors qu'elle était née à Buenos Aires. De ce fait, son accent espagnol était à la fois teinté d'intonations américaines, puisqu'elle vivait à New York, et d'autres tout droit venues de la Terre de Feu d'où était originaire la famille de sa mère. Pour couronner le tout, comme son père était italien, elle parlait aussi couramment cette langue.

Quand on voyage beaucoup, ce qui était son cas à cause de son travail d'infirmière internationale, c'était bien pratique d'avoir autant de cordes à son arc linguistique.

Gus avait d'ailleurs été impressionné par cette compétence mais, fidèle à sa ligne de conduite, Sharon n'était pas allée plus avant dans les confidences. Jamais elle n'avait souhaité mélanger travail et distractions.

Pourtant, une petite voix fort dérangeante s'adressait à elle dans le secret de son cœur.

Voyons, Sharon, tu n'es vraiment venue ici que pour travailler ? Alors que cet homme est le premier qui t'attire depuis des années ? Allons... si tu prenais un peu de bon temps ?

Sharon secoua la tête pour mieux chasser cette idée de son esprit.

Une chaleur sournoise montait le long de sa nuque. Restait à espérer que la rougeur n'arriverait pas jusqu'à son visage... Jusque-là, jamais le projet de vivre une liaison sans lendemain ne lui était venu à l'idée. Pourtant, ces derniers temps, elle avait tendance à se remettre en question. Pourquoi ne pas changer un peu de style de vie ? Pourquoi ne pas décider de s'amuser ?

Une petite aventure en Espagne avec un bel étranger, voilà qui sortirait de son ordinaire.

Une petite aventure mais pas davantage ! Le prince charmant n'était pas près de débarquer dans sa vie, tout simplement parce qu'elle ne le souhaitait pas. Sharon ne croyait pas à l'amour éternel et encore moins au « Ils furent heureux et eurent beaucoup d'enfants ». Non, ces belles histoires ne la concernaient pas.

Par contre, étant donné qu'elle n'avait rien de prévu pour la soirée, l'idée de flirter un moment avec le dénommé Gus lui paraissait bien tentante.

D'autant plus qu'il ne lui était pas totalement étranger, puisqu'elle savait qu'il évoluait dans le milieu médical et qu'elle connaissait même son prénom.

Tout cela lui suffisait largement, elle n'avait pas besoin d'entrer dans les détails.

Angelina lui adressa un nouveau clin d'œil.

— Allez ! Puisque tu le connais, va donc lui parler !

— Tu crois ?

Angelina roula des yeux exaspérés.

— Bien sûr ! Depuis le temps que tu as envie de vivre une aventure de vacances... Tu as la chance de ta vie à dix mètres de toi. Arrête de te considérer comme la sage Sharon Misasi et pars à sa conquête.

Sharon fit la grimace.

— Tu plaisantes ? J'en suis bien incapable...

— Bien sûr que si ! C'est clair que tu lui plais. De ton côté, qu'est-ce que tu trouves à lui reprocher ?

Angelina avait parfaitement raison. Gus avait tout pour la charmer. Il était grand, d'une carrure athlétique, doté d'une épaisse chevelure sombre qui retombait en boucles autour de son front et une mâchoire volontaire. Pourtant, ce n'est pas cela qui avait retenu l'attention de Sharon lors de leur première rencontre, c'était son regard. Non seulement les yeux sombres de l'étranger brillaient d'intelligence, mais quand ils s'étaient fixés sur elle, elle avait eu l'impression d'être devenue le centre du monde. Ce regard l'avait fascinée au point de la persuader que quelque chose devait forcément suivre ce moment hypnotique.

Chaque fois qu'ils se croisaient, le même trouble s'emparait d'elle.

Oui. Chaque fois.

Pourtant, en plus de son évidente séduction, derrière la façade de confiance en soi qu'il affichait, quelque chose d'autre l'attirait chez Gus. Quelque chose de profond et de secret, qu'ils avaient en commun et qu'elle n'aurait su nommer.

Dans le fond, peu importait. En dépit du charme mystérieux qui émanait de lui, elle n'avait pas de temps à perdre en relations avec le sexe opposé. Sa carrière était ce qui comptait le plus dans sa vie. D'ailleurs, c'était bien là le reproche que lui avaient fait les rares hommes avec lesquels elle avait entretenu une liaison pendant quelque temps. Peu importait, elle avait choisi ses priorités.

À cela, déjà décisif, il convenait d'ajouter les inévitables effets négatifs de l'amour. Quand la personne que vous aimez de tout votre cœur sort de votre vie, c'est votre monde tout entier qui s'écroule. L'expérience s'avère dévastatrice au point de vous faire abandonner votre propre enfant parce qu'il vous rappelle trop votre compagne décédée. Son père le lui avait prouvé. Elle en avait souffert. À vrai dire, elle en souffrait encore.

Sharon ravala péniblement les souvenirs amers de son enfance, en passe d'assombrir son présent.

Non, l'amour, ce n'était pas pour elle. Point final.

Mais une aventure ? Gus lui donnait envie de tenter l'expérience. Pourquoi ne pas essayer ? Une passade d'une nuit, ce n'était vraiment pas prendre de risques. Ensuite, elle partirait vers une nouvelle mission pendant qu'il continuerait son chemin de son côté, voilà tout. Finalement, c'était très simple.

Sa décision était prise. Elle rangea son carnet dans son sac, attrapa son verre et, sous le regard encourageant d'Angelina, se décida à fendre la foule des consommateurs rassemblés au bar de l'hôtel pour se diriger vers Gus.

En la voyant approcher, le regard sombre de ce dernier se mit à étinceler. Il passa les doigts dans sa masse de cheveux bruns, ce qui n'empêcha pas une mèche rebelle de retomber sur son front bronzé.

— Salut, Gus ! lança Sharon d'une voix qu'elle aurait aimée plus assurée.

— *Holà*, Sharon, répondit-il en espagnol, en lui adressant un grand sourire.

Elle adorait la façon qu'il avait de prononcer son prénom.

— Ça te dérange si je m'installe un moment avec toi ? demanda-t-elle sur un ton aussi désinvolte que possible.

— Pas du tout !

Il se mit debout et rapprocha un tabouret du bar près du sien.

Comme il se penchait à côté d'elle, Sharon respira un effluve de son eau de toilette, fraîche, légère, et pourtant virile.

Une fois de plus, la chaleur troublante qu'elle commençait à bien connaître quand elle se trouvait proche de lui l'envahit. Elle s'éclaircit la voix afin de retrouver un peu de calme.

— Merci ! fit-elle en s'y installant.

Il reprit place sur son tabouret.

— Alors, est-ce que tu apprécies ton séjour à Barcelone ?

— C'est difficile à dire. Le travail ne m'a guère laissé de temps pour profiter de la ville.

Il afficha un regard surpris.

— Vraiment ?

— Oui. Les conférences étaient si riches d'enseignement qu'ensuite j'ai voulu prendre le temps de mettre mes notes au clair pour en tirer vraiment profit plus tard.

— Je comprends... tu es une bûcheuse...

Il leva vers elle un regard d'excuse.

— Ne prends pas ça pour une critique. C'est pareil pour moi, ma vie se résume à travailler.

— C'est un peu déprimant, non ? demanda Sharon en hochant la tête.

— Oui, un peu.

— Si tu commandais quelque chose à boire, histoire de me tenir compagnie ? ajouta Sharon en lui montrant son verre.

— Excellente idée, j'aurais pu y penser plus tôt.

Il adressa un signe au serveur.

— Nous pourrions convenir de ne pas parler de..., proposa Sharon.

Elle s'interrompit en voyant le barman arriver près d'eux. Il transpirait abondamment. Certes, la journée était chaude, mais pas au point de se trouver en pareil état.

Gus parut le remarquer aussi, car il fronça les sourcils.

Inquiète, Sharon ne put s'empêcher de réagir.

— Vous vous sentez bien ? demanda-t-elle gentiment à l'homme qui avait sorti son mouchoir pour s'éponger le front.

— Très bien, merci, répondit-il.

Mais son attitude démentait ses paroles. Il paraissait sur le point de perdre l'équilibre.

— Non, vous n'allez pas bien du tout, intervint Gus en se mettant debout.

— *Señor...*

Le visage du serveur se crispa. Le malheureux vacilla un instant et s'écroula brusquement.

Gus l'aida à s'allonger sur le sol.

Sharon s'accroupit à côté d'eux.

— Je pense qu'il fait une crise cardiaque, déclara Gus en posant les mains sur la poitrine de l'homme.

— Vous êtes médecin ? demanda Sharon.

— *Sí*, répondit Gus, l'air soucieux. Il ne respire plus.

Il commença tout de suite à pratiquer la respiration artificielle tandis que Sharon demandait à un autre serveur de lui amener un défibrillateur. Un autre, témoin de la scène, appelait une ambulance. Cela fait, elle retourna auprès de Gus pour l'aider à pratiquer les compressions.

— Et vous ?

— Je suis infirmière. J'ai souvent eu l'occasion d'utiliser un défibrillateur.

— Excellent !

Sharon plaça les électrodes sur la poitrine du patient. Aussitôt, la machine commença à faire l'analyse du rythme cardiaque afin de diagnostiquer si un choc était nécessaire.

— Je laisse le processus se poursuivre, expliqua-t-elle. Avec ce type de défibrillateur, ce n'est pas moi qui décide de la suite.

Effectivement, l'appareil entièrement automatique délivra directement le choc sans son intervention. Ensuite, les consignes qu'ils lurent sur l'écran leur demandaient de poursuivre les compressions.

Ils continuèrent ainsi jusqu'à ce que le cœur du serveur se remette à fonctionner et que sa respiration reprenne. Sur ces entrefaites, comme les urgentistes arrivaient, Sharon et Gus se mirent en retrait afin de leur laisser le champ libre. Le serveur fut installé sur un brancard et transporté dans l'ambulance qui le conduirait à l'hôpital.

Entretemps, les clients avaient été évacués et le bar fermé.

— Cet homme a eu de la chance d'avoir son malaise en présence d'un médecin ! commenta Sharon.

— Et d'une infirmière compétente, ajouta Gus. Tout le monde n'en a pas autant.

— C'est vrai, hélas...

— Si nous allions ailleurs prendre un verre ? proposa Gus.

— Volontiers ! Voilà qui nous changera les idées.

Gus ouvrait la bouche pour ajouter quelque chose lorsque son téléphone retentit. Comme il lisait le message affiché sur l'écran,

Sharon vit ses traits se contracter de contrariété. Il marmonna quelque chose à voix basse avant d'ajouter :

— Sharon, pardonne-moi, mais il faut que je parte.

— Pas de problème, répondit-elle malgré sa déception.

Mais Gus ne souhaitait pas en rester là.

— Je te propose que nous nous retrouvions pour dîner ensemble dans une heure ? Je connais un restaurant sympa à deux pas d'ici.

— Pour dîner ?

— Oui, si tu n'as rien de prévu.

— Non, je suis libre.

Un grand sourire éclaira le visage bronzé de Gus.

— Alors c'est parfait. On se retrouve à 20 heures au Café Pacifica, sur le front de mer.

— Parfait !

Comme il se rapprochait d'elle, elle serra plus fort son cardigan contre son corps. Elle réalisa combien Gus était plus grand qu'elle qui était pourtant d'une bonne taille.

— À tout à l'heure donc, souffla-t-il tout près de son oreille.

À tort ou à raison, Sharon imagina toutes sortes de promesses dans cette phrase pourtant bien anodine, murmurée d'une voix rauque.

Sur ce, Gus recula d'un pas et quitta le bar.

Une fois seule, Sharon s'appliqua à respirer profondément afin de se calmer. La présence de Gus la rendait nerveuse. C'était très agréable mais, en même temps, cela lui faisait un peu peur. Était-ce bien raisonnable de sortir dîner avec lui ce soir ?

D'ailleurs, fallait-il être raisonnable ?

Comme le disait Angelina tout à l'heure, c'était sa chance de vivre une aventure d'une nuit. Sans engagement. Juste une nuit de passion. Une nuit dont elle pourrait se souvenir plus tard comme un moment où elle avait osé prendre un risque.

Quel mal cela pouvait-il faire ?

Inviter Sharon à dîner avait été une erreur. Elle ne viendrait pas. Ce n'était pas dans ses habitudes de proposer à une femme de sortir avec lui. Quand il le faisait, il n'y avait aucun projet par-derrière. Il n'était pas à la recherche de l'amour. Cela, il l'avait déjà connu.

Une fois, c'était suffisant.

L'idée d'aimer une autre femme aussi profondément qu'il avait aimé son épouse décédée était tout simplement inimaginable. Le souvenir de la douleur atroce qu'il avait ressentie quand elle était morte alors qu'il était impuissant face à ses souffrances suffisait à lui glacer le sang. Il ne voulait plus jamais connaître pareille torture. Jamais, au grand jamais.

Afin de fuir ce terrible souvenir, il avait quitté Buenos Aires pour le bout du monde, Ushuaia, où il avait ouvert un cabinet médical. C'était le moyen qu'il avait trouvé pour mettre son passé derrière lui et prendre un nouveau départ.

Dans sa seconde vie, il lui arrivait d'avoir une liaison passagère avec des femmes charmantes, mais avec lesquelles il n'avait rien en commun. Sharon aussi était séduisante, mais il pressentait en elle quelque chose de différent. Il l'avait remarquée dès le premier atelier auquel ils avaient participé ensemble. Elle s'était présentée comme américaine, mais son accent lui laissait penser qu'elle était d'origine argentine.

Comme lui.

En fait, il n'avait pas vraiment envie de le savoir. Il avait essayé de garder ses distances, mais l'entreprise avait été difficile. Sharon était intelligente, belle et sexy. Sa longue chevelure châtaine qu'elle portait toujours attachée en tresse dans son dos l'attirait particulièrement. À plusieurs reprises, il s'était imaginé en train de défaire cette natte et de laisser couler entre ses doigts la chevelure soyeuse.

C'est à cela qu'il pensait souvent quand il la regardait. Et pour dire la vérité, ce fantasme était devenu récurrent chez lui. Il allait même jusqu'à imaginer qu'il embrassait ses lèvres pulpeuses. Dans la réalité, le sourire radieux de Sharon le faisait vibrer intérieurement, surtout quand elle le regardait et qu'il voyait sa peau mate rosir d'émotion.

Il y avait bien longtemps qu'une femme ne l'avait ainsi troublé.

La dernière à le faire avait été Luisa, son épouse bien-aimée, disparue dix ans plus tôt.

Sous l'apparence calme et réservée de Sharon, il pressentait un tempérament plein de passion. En dépit de toutes les barrières qu'il avait érigées autour de lui afin de se protéger contre le danger d'un nouvel amour, elle l'attirait. D'autant plus qu'elle ne paraissait pas se soucier le moins du monde qu'il flirte avec elle.

Gus, mon ami, tu es venu ici pour affaires, pas pour jouer les jolis cœurs !

Il était temps de redevenir raisonnable. Car depuis l'année précédente, il n'avait plus d'autre choix. À la mort de son père, son univers avait basculé brusquement. Cette disparition l'avait obligé à s'occuper de sa demi-sœur, Sandrine, une adolescente rebelle. La tâche lui paraissait lourde et ingrate.

Le congrès médical qui venait de se terminer devait se résumer à un rapide séjour en Espagne, destiné à donner un élan supplémentaire à sa clinique de chirurgie plastique en Terre de Feu. Son but était que cette dernière acquière une réputation internationale afin que les gens n'hésitent pas à prendre l'avion pour venir se faire opérer chez lui. Évidemment, tomber sous le charme d'une congressiste logée dans le même hôtel que lui n'était pas prévu au programme.

Tout à l'heure, il avait été tout content de la voir s'avancer vers lui pour prendre un verre. Malheureusement, leur rencontre avait été perturbée par le malaise du serveur. La rapidité avec laquelle elle avait réagi l'avait impressionné. Totalement étrangers l'un à l'autre, ils avaient néanmoins travaillé de conserve comme s'ils étaient collaborateurs de longue date. C'est cette entente qui avait permis au pauvre homme de survivre à son infarctus.

Malheureusement, c'est au moment où il invitait Sharon que Sandrine l'avait appelé. Une fois de plus, c'était pour lui répéter qu'elle ne supportait pas l'internat dans lequel il l'avait inscrite à Buenos Aires et où il avait exigé que son copain Diego soit interdit de visite.

Gus avait été d'autant plus agacé d'être dérangé à cet instant précis qu'il était tout heureux de pouvoir enfin passer un moment en tête à tête avec Sharon. Voilà pourquoi il l'avait invitée à dîner.

Il jeta un coup d'œil à sa montre. Pourvu qu'elle vienne ! C'était l'occasion ou jamais d'en apprendre un peu plus sur elle, même si, en même temps, la sagesse lui conseillait de ne pas trop nouer connaissance avec cette séduisante infirmière.

Au diable la prudence ! Il espérait ardemment sa venue. Chaque fois qu'il entendait un claquement de talons sur le trottoir ou apercevait une silhouette de femme avec sa couleur de cheveux, son cœur se mettait à battre plus vite.

— Salut !

Il se retourna, tout surpris.

Sharon se tenait derrière lui, vêtue d'une robe rose, ses longs cheveux dénoués retombant sur ses épaules nues. Il ne l'avait pas entendue arriver, car elle portait des chaussures de tennis blanches, parfaitement silencieuses.

Lumineuse ! Cette femme était lumineuse, tout simplement. Il en avait le souffle coupé.

Vite, il se mit debout pour l'accueillir.

— Ah, te voilà !

— Bien sûr. C'est ce que nous avions convenu, non ? J'ai l'habitude de respecter mes engagements.

— Tant mieux, approuva Gus en lui présentant une chaise.

Au moment où elle prenait place, les doigts de Gus frôlèrent le dos nu de son invitée. Ce simple effleurement lui fit l'effet d'une brûlure.

Inconsciente de ce qu'elle venait de provoquer en lui, Sharon s'installa tranquillement à leur table.

— Désolée d'avoir un peu de retard...

— Pas de problème ! Il fait tellement bon ces heures-ci que c'était un plaisir de t'attendre.

Il l'aurait attendue toute la nuit s'il l'avait fallu. Mais bien sûr, il se garda de l'avouer à haute voix.

Une fois installé en face d'elle, il s'accorda le plaisir de la regarder à la lumière du jour qui déclinait.

— Ce petit café est vraiment sympathique, déclara Sharon. Tu l'avais repéré à l'occasion d'un précédent séjour ?

— *Sí.* Je suis venu il y a quelques années et j'en avais gardé un excellent souvenir.

— En ce qui me concerne, je regrette de ne pas avoir eu le temps de découvrir la ville.

— Quand y es-tu arrivée ?

— Juste pour la semaine du congrès.

— C'est à peu près la même chose pour moi. Petite parenthèse dans le quotidien...

Sharon sourit et, un coude posé sur la table, laissa son menton reposer dans sa main.

— Quelle conversation ennuyeuse ! Tu crois que nous pourrions parler d'autre chose que de travail ?

Gus se mit à rire.

— Oui, elle mérite la palme de la banalité, je suis bien d'accord. Si nous la reprenions au point où nous l'avons laissée au moment du malaise du serveur ?

— Au fait, comment va-t-il ?

— Très bien. Tu as été d'une efficacité redoutable.

— N'exagère pas ! J'ai l'habitude de ce genre d'intervention. C'est toi le médecin.

Gus hocha la tête.

— Peut-être, mais rien ne surpasse le travail d'équipe. Et maintenant, on passe à autre chose ? proposa Gus.

Depuis la mort de sa femme, le travail occupait suffisamment de place dans sa vie pour qu'il se permette de l'oublier ce soir. Tant que Luisa était encore là, il avait réussi tant bien que mal à trouver un équilibre entre son métier et sa vie privée, mais depuis sa mort, il avait donné à son emploi chaque minute disponible. Au point de s'épuiser.

— Ça m'irait très bien, approuva Sharon.

Gus se redressa. Il n'avait pas envie de penser à Luisa. Encore moins d'en parler.

Pas ce soir.

Pas ici.

Après avoir adressé un signe au garçon, il commanda du vin et des tapas pour eux deux. Puis, pris d'un doute, il considéra son invitée.

— J'espère que tu ne vois pas d'inconvénient à ce que j'ai demandé ?

— Pas du tout. Tu connais le pays, je te fais confiance.

Gus se carra dans son fauteuil, content de ne pas avoir commis de faux pas.

— Dis-moi, Sharon, tu voyages souvent ?

— Heu... seulement pour mon travail, répondit-elle, un peu gênée. Je crois que nous avions décidé d'éviter ce sujet...

— Très juste.

— Alors, parlons vacances ! J'ai souvent envisagé d'en prendre pour aller retrouver de la famille que je n'ai pas vue depuis longtemps.

— Tu ne l'as pas fait ?

Sharon secoua la tête.

— Non.

— Pourquoi donc ?

— Je ne sais pas. En fait, je n'ai pas dû envisager assez sérieusement cette éventualité.

— Tu as tort. L'âme aussi a besoin de repos de temps à autre.

— Oh... je ne savais pas que tu avais la fibre poétique !

— Tu me taquines ?

— Peut-être...

Avec un sourire, il se pencha vers elle par-dessus la table.

— Ma personnalité comporte plusieurs facettes, Sharon. Tu les découvrirais si tu restais assez longtemps pour me connaître.

— Dis donc, tu ne serais pas en train de me faire une sorte de chantage pour m'inciter à rester plus longtemps à Barcelone avec toi ?

Gus afficha un sourire étincelant et un regard plein de malice.

— Et si c'était le cas ?

— Tu ne me connais pas. Qui te dit que je ne suis pas un monstre ?

— C'est le cas ?

Sharon ne répondit rien. Laisser planer un peu de mystère ne lui déplaisait pas.

Le garçon vint leur servir un verre de vin à chacun avant de se retirer.

Sharon en prit une gorgée. Gus la regarda faire, brusquement obsédé par son envie de découvrir le goût des lèvres de sa compagne.

— J'en doute sérieusement, reprit-il sur le ton de la plaisanterie afin de briser le charme dans lequel il se sentait pris. J'aimerais bien te connaître davantage.

— Dommage, je pars demain !

— Ça ne retire rien à ce que je viens de dire. On a dû souvent te dire que tu es très séduisante...

— La beauté n'est pas ce qui se voit au premier coup d'œil.

— Bien sûr, mais je devine que tu possèdes quelque chose de plus que cette apparence.

— Désolée, mais je ne peux pas t'en offrir davantage.

Gus comprit le message, mais cela ne changea rien à son désir, même si lui-même n'avait pas envie d'ouvrir son cœur à qui que ce soit. C'était sa ligne de conduite depuis la mort de Luisa et de leur enfant mort-né. Depuis que sa vie avait volé en éclats.

Pourquoi offrir au destin l'occasion de faire une nouvelle fois preuve de sa cruauté ?

Sharon menaçait les remparts qu'il avait édifiés autour de son cœur pour se protéger de toute nouvelle blessure. Et pourtant... quelque chose en elle l'attirait irrémédiablement. Dans le fond, il était peut-être maso ?

Ou tout simplement trop seul ?

— Je comprends. D'ailleurs, je ne suis pas moi non plus à la recherche d'une relation. C'est juste que... tu m'intéresses.

Il s'interrompit avant de corriger.

— ... que tu me plais ! Que tu me plais beaucoup.

Cet aveu ne désarçonna pas Sharon. Au contraire.

— Toi aussi, tu me plais, Gus. C'est juste que...

— Que quoi ?

Le teint mat de Sharon se teinta de rose.

— Je n'ai pas l'habitude de faire ce genre de choses.

Avec un sourire, Gus déclara sans ambages :

— Moi, si !

Elle baissa la tête, ce qui eut pour effet de faire glisser ses cheveux devant son visage de la plus délicieuse façon.

— C'est vrai ?

— Oui, assura Gus. Profitons de cette nuit tous les deux. Pas de promesses. Pas d'engagement. Pas de conversation sérieuse. Allons nous promener dans cette ville merveilleuse. Comme ça, quand tu partiras, tu auras d'autres souvenirs que tes notes de travail.

Sharon releva le visage, le regard brillant.

— Pourquoi pas ?

Ils levèrent leurs verres et trinquèrent à la décision qu'ils venaient de prendre. Gus avait envie de lui faire découvrir les trésors que recélait Barcelone. Et pour une fois, il n'allait pas chercher à protéger son cœur. Non, il allait prendre du bon temps et si une suite romantique se dessinait en fin de soirée, il ne la refuserait pas.

Simplement, il était hors de question de lui promettre un avenir commun. Par chance, Sharon ne paraissait pas souhaiter cela non plus. Autrement dit, ils étaient sur la même longueur d'onde et c'était très bien comme ça.

En fait, dans le secret de son cœur, un énorme trou demeurait béant, avide d'amour et de vie familiale, mais de cela, il n'était plus question. Jamais il n'essayerait de combler ce gouffre, jamais il ne courrait à nouveau le risque de perdre son amour.

Une nuit de sexe passionné lui suffirait largement.

2

Il y avait des siècles que Sharon ne s'était pas autant amusée.

En fait, dans la vie courante, elle ne s'amusait jamais vraiment. Son travail, sa maison, tout cela occupait sans cesse son temps et son esprit. Elle avait bien quelques amis, mais trouvait difficile de se confier aux gens. Son métier d'infirmière disponible pour travailler aux quatre coins du monde était son seul ancrage réel. Un ancrage bien mobile, évidemment, mais c'était celui qui lui convenait le mieux.

Autrement dit, le fait de passer la soirée avec Gus, un étranger rencontré au congrès quelques jours plus tôt, était quelque chose de tout à fait inhabituel. C'était aussi, d'une certaine façon, extrêmement libérateur pour elle qui aimait organiser ses activités à l'avance. Un de ses principes était de ne pas sortir avec des inconnus mais, avec Gus, elle n'avait rien à craindre, elle se savait en sécurité. Elle avait déjà beaucoup apprécié de participer aux mêmes ateliers que lui, mais leur balade nocturne dans Barcelone était autrement plus agréable !

Pourtant, la nouveauté de la situation la laissait quelque peu perplexe par moments. Elle se forçait alors à respirer en se disant : *C'est la chance de ma vie de prendre un peu de bon temps ! Je dois en profiter.*

Le mariage n'avait jamais fait partie de ses projets. Ni l'envie de s'installer où que ce soit. Elle adorait sa vie d'infirmière vagabonde qui lui permettait de découvrir le monde et elle ne rêvait pas d'autre chose.

De cette façon, elle ne courait pas le risque d'être abandonnée ni d'abandonner qui que ce soit. C'était extrêmement confortable même si parfois une certaine solitude était le revers de la médaille de cette tranquillité d'esprit.

Ce soir, une entorse à sa façon habituelle de vivre lui paraissait extrêmement tentante. Profiter de ce moment de folie lui permettait d'engranger un souvenir agréable qu'elle emporterait avec elle et garderait pour toujours.

Au moins, plus tard, quand elle serait bien vieille, elle pourrait se dire qu'elle avait vécu...

Une fois leurs tapas et leur verre de vin terminés au Café Pacifica, Gus l'entraîna dans une visite de Barcelone *by night*. Comme New York où elle avait grandi, Barcelone avait une riche vie nocturne. Avec ses illuminations, la musique et les rires qu'on entendait à chaque coin de rue, la ville palpitait d'animation. Sharon avait l'impression de se réveiller d'un long sommeil.

— Où aimerais-tu aller ? lui demanda Gus en haussant la voix pour se faire entendre par-dessus le brouhaha de la foule des fêtards.

— Je ne sais pas trop... Peut-être dans un quartier un peu plus calme ? suggéra-t-elle, submergée par toute cette agitation.

Gus devina sans doute qu'elle se sentait un peu inquiète de se trouver ainsi mêlée à tant de mouvement, car il lui passa un bras autour de la taille. Aussitôt, elle sentit la chaleur du corps de son compagnon à laquelle le fin coton de sa robe n'offrait guère de barrage. C'était une sensation si agréable et rassurante qu'elle redouta de se mettre à trembler de plaisir.

— Si nous descendions jusqu'à la mer ? proposa Gus. Une petite promenade au clair de lune sur la plage, ça te va ?

— Quelle plage ?

— La Platja del Bogatell. Elle est toute proche et très agréable.

Tout en parlant, il s'avança dans la rue pour héler un taxi.

Après avoir donné des indications au chauffeur, ils s'installèrent tout près l'un de l'autre, car le taxi était assez exigu. Cette proximité accentua le trouble de Sharon qui ne fit rien pour le chasser. Il faisait partie du charme du moment, voilà tout.

— Tu crois qu'il y aura beaucoup de monde ? demanda-t-elle avec un peu d'appréhension.

— Non, pas de ces heures-ci. Les amateurs de bronzette restent chez eux le soir, mais nous rencontrerons tout de même quelques promeneurs avides de calme. J'ai l'impression que tu n'aimes pas la foule, je me trompe ?

— Non. Je devrais pourtant y être habituée, puisque je suis de New York...

Gus la regarda d'un air surpris.

— Vraiment ? Je ne l'aurais jamais deviné.

— Et pour quelle raison ?

— À cause de ton accent. C'est un accent américain, mais avec quelque chose en plus.

— Ma mère est originaire d'Amérique du Sud. Nous nous sommes installées à New York quand j'étais jeune, mais tu as raison, je ne suis pas une New Yorkaise authentique.

— Personne n'est parfait..., répliqua-t-il en souriant.

— D'ailleurs, je n'ai pas tellement de bons souvenirs de cette ville.

— Alors n'en parlons plus ! Cette soirée ne s'y prête pas.

— Ah... à quoi se prête-t-elle à ton avis ?

— Au plaisir !

Il lui passa à nouveau un bras autour de la taille et rapprocha son épaule de celle de Sharon.

— Nous aurons peut-être encore un peu de la lumière du coucher du soleil.

Le taxi traversa le quartier gothique, passa devant le parc de la Ciutadella et les déposa sur une promenade qui s'étirait le long de la plage.

Comme l'avait prévu Gus, elle n'était pas totalement déserte. Plusieurs promeneurs déambulaient sur la grève et quelques joueurs de volley-ball s'amusaient encore malgré l'obscurité déjà bien avancée.

Ils s'avancèrent jusqu'au bord de l'eau. Gus retira ses chaussures, et Sharon en fit autant. Ils étaient arrivés à temps pour regarder le soleil finir de plonger dans la mer. L'énorme boule de feu projetait une lumière orangée sur les eaux turquoise et la blancheur du sable. Le spectacle était enchanteur.

— Quelle beauté ! s'exclama-t-elle en se tournant vers Gus.

— En effet, répondit-il.

C'est alors qu'elle constata que ce n'était pas le coucher de soleil qu'il regardait mais elle-même. Une fois de plus, son trouble fit naître une onde de chaleur sur sa nuque et dans son dos. Son cœur battait trop vite. Elle se sentait désemparée, ne sachant quelle suite imaginer à ce moment délicieux mais, très vite, elle réalisa qu'elle mourrait d'envie d'embrasser Gus.

Elle ferma les yeux.

Gus se pencha vers elle, posa la main sur son épaule pour la rapprocher de lui. Elle tremblait d'émotion, et il lui semblait sentir son cœur battre dans sa gorge.

Elle désirait ce baiser.

Juste une fois.

— *Querida*, j'aimerais t'embrasser, murmura-t-il en lui caressant la joue.

— Et moi, ça me plairait beaucoup que tu le fasses...

Sa voix tremblait un peu. Avait-elle perdu la tête ? Le côté raisonnable de son esprit lui recommandait de partir en courant car ce genre de comportement n'était pas pour elle. Et en même temps, l'autre côté, plus conciliant, lui enjoignait de rester parce que c'était exactement ce qu'il convenait de faire.

Parce que ce serait délicieux.

Après tout, pourquoi pas ?

Gus lui prit le menton, éleva son visage jusqu'au sien. Leurs regards se rencontrèrent. Il se pencha et déposa un baiser léger sur ses lèvres. Léger, mais suffisant pour mettre le sang de Sharon en ébullition. De sa nuque jusqu'à la pointe de ses orteils.

Elle désirait plus.

Tellement plus !

Alors elle entoura le cou de Gus de ses bras, passa les doigts dans ses cheveux épais et, une main sur sa nuque, l'attira tout contre elle.

Le baiser fut un océan dans lequel elle plongea.

Dans lequel elle se perdit, corps et biens.

Cette nuit, elle voulait tout oublier, se perdre complètement dans ce baiser.

— *Querida...* , murmura à nouveau Gus en recommençant à l'embrasser.

— Si nous retournions à l'hôtel ? proposa-t-elle d'une voix cassée par l'audace de sa proposition.

— Tu es sûre ?

— *Sì*, complètement sûre !

— *Querida...* tu sais, je ne peux rien te promettre au-delà de cette nuit. Tu l'as dit toi-même tout à l'heure, demain tu rentres chez toi. Moi aussi dans quelques jours. Si tu souhaites une relation, je ne suis pas l'homme qu'il te faut.

— Je veux simplement passer cette nuit avec toi, Gus. C'est tout, rien de plus. Je sais parfaitement que je repars demain et c'est très bien comme ça. Je ne cherche pas quelque chose qui dure.

Ils remirent leurs chaussures. Elle prit Gus par la main, et ils se hâtèrent de revenir dans la rue où ils prirent un nouveau taxi.

Sharon était un peu nerveuse, mais bien décidée à ne pas remettre sa décision en question.

Elle voulait emporter un beau souvenir de Barcelone.

Gus devait en faire partie.

En fait, ils étaient nerveux tous les deux. Gus, lui aussi, se sentait tendu sans en comprendre la raison. Depuis la mort de Luisa, il avait eu plusieurs relations éphémères. Aucune n'avait jamais été accompagnée du moindre attachement, exactement comme il le souhaitait.

Mais avec Sharon, c'était déjà différent. Il avait envie de prendre soin d'elle, et cela l'inquiétait énormément. Jamais il n'avait éprouvé ce genre de souci pour aucune de ses précédentes amies. Il avait peur. Il ne voulait pas aimer à nouveau.

Aimer était devenu impossible pour lui.

Et pourtant, ce soir, malgré les risques encourus, il souhaitait rester avec Sharon.

Le baiser qu'ils avaient échangé sur la plage avait été un

instant de pure magie. Le simple fait de tenir son corps souple serré contre le sien l'avait submergé de bonheur.

Il était tombé sous son charme.

Une fois de retour à l'hôtel, il s'inquiéta à nouveau de son consentement.

— Sharon, si tu n'es pas sûre de toi, nous pouvons très bien nous contenter de passer un moment ensemble au bar.

Elle se retourna vivement vers lui.

— Non. J'ai trop souvent regretté d'être trop sage. Passons la nuit ensemble, je le souhaite réellement.

— Tu te souviens de ce que je t'ai dit ?

— Parfaitement, et cela me convient à merveille. Je n'attends rien après cette nuit. Nous repartirons chacun de son côté, comme prévu. Sans engagement aucun, mais avec un bon souvenir.

D'un geste doux, elle lui caressa le visage.

Une voix intérieure criait à Gus de ne pas se laisser piéger, mais il était déjà trop tard. Il voulait la sentir contre lui. Lui aussi souhaitait passer cette nuit avec elle.

— Tu sais, reprit-il néanmoins, on s'arrêtera quand tu voudras si tu le désires.

— Merci, Gus. C'est très délicat de ta part.

Cela dit, elle posa ses lèvres sur celles de Gus, passa ses bras autour de lui. Alors, faisant taire la voix qui lui commandait d'arrêter, il se laissa aller à lui donner un baiser profond, parfaitement grisant.

Il était perdu.

Mais pour une seule nuit, est-ce que cela avait tellement d'importance ?

3

Ushuaia, Terre de Feu, Argentine, cinq mois plus tard.

Non, c'était impossible.

Sharon était arrivée à Ushuaia deux semaines plus tôt. Depuis pas mal de temps déjà, elle se sentait dans un état un peu bizarre, mais comment avait-elle pu ne pas comprendre ce qui lui arrivait ?

Elle s'assit sur le siège des toilettes, le regard fixé sur le test de grossesse qu'elle tenait à la main.

Voilà qui ne faisait pas partie de ses projets…

Elle était venue jusqu'ici pour prendre soin de sa grand-mère qui s'était cassé la hanche en tombant dans son escalier. La vieille dame vivait seule à Ushuaia et n'avait personne à proximité pour prendre soin d'elle. Étant libre et célibataire alors que sa tante avait famille et mari à New York, Sharon avait estimé être la plus apte à s'occuper d'elle en venant séjourner quelque temps à Ushuaia.

Elle le faisait avec plaisir mais, à coup sûr, un bébé ne faisait pas partie de ce plan.

D'ailleurs, comment allait-elle annoncer la nouvelle ? Comment avouer qu'elle était enceinte et pas mariée ?

Peu de temps après son arrivée, elle avait rapidement compris que son séjour auprès de sa grand-mère devrait se prolonger, car sa hanche se guérissait pas aussi vite que prévu. En outre, ce qui n'arrangeait rien, elle avait des trous de mémoire de plus en plus fréquents.

Assez désemparée, Sharon constatait que l'histoire de sa vie était en train de se compliquer sérieusement. Elle était née à Ushuaia, mais ses parents ayant émigré aux États-Unis à la suite de sa tante et de son oncle, elle avait grandi à New York. Sa mère était morte peu de temps après leur déménagement, et son père, sans doute profondément perturbé par ce deuil, était parti sans laisser d'adresse. Heureusement, sa grand-mère, *Abuela* Teresa, avait toujours été présente pour elle quand elle en avait eu besoin.

Sharon avait donc partagé son enfance entre Ushuaia pendant les vacances et le foyer de sa tante qui vivait à New York. De là sans doute tenait-elle son goût pour les voyages.

Sharon jouait son rôle de garde-malade depuis une quinzaine de jours et, déjà, elle se sentait épuisée. Elle avait d'abord mis sa fatigue sur le compte d'un méchant virus attrapé sans doute dans le métro à New York, qui minait ses forces et lui donnait de fréquentes nausées.

Mais comme elle était venue pour veiller sur Teresa, son *Abuela* bien-aimée, elle n'avait pas voulu s'appesantir sur sa propre santé.

Jusqu'à aujourd'hui tout au moins.

Plus exactement, jusqu'à ce que ce bâtonnet change de couleur, lui apprenant du même coup qu'elle était enceinte. Comment avait-elle pu aussi longtemps ignorer les symptômes qui l'accablaient ?

Parce que c'était la première fois de sa vie que, sur un coup de tête, elle avait passé la nuit avec un presque inconnu.

Parce que cet homme avait utilisé un préservatif.

Par conséquent, il lui paraissait absolument impossible de se retrouver enceinte.

— *Querida*, tout va bien ? appela sa grand-mère. Tu vas être en retard à ton travail !

— J'arrive, *Abuela*...

Dans quelques instants, Maria, la personne qui s'occupait de la vieille dame pendant la journée, allait arriver.

Avec un gros soupir, Sharon acheva de se préparer dans la petite salle de bains. Elle avait tout l'étage à sa disposition, car sa grand-mère ne pouvait pas encore monter les escaliers.

— Dépêche-toi, *Querida*... C'est ton premier jour au travail, il ne faut pas donner une mauvaise impression !

Très juste.

Quand elle avait compris la nécessité de prolonger son séjour, Sharon avait décidé de prendre un poste d'infirmière. Son salaire permettrait de payer les frais de garde de sa grand-mère et leur permettrait de vivre confortablement. Cette perspective lui plaisait beaucoup d'ailleurs, parce qu'elle adorait son travail et qu'elle avait été recrutée par la clinique esthétique la plus chic de toute la Terre de Feu. Les gens du monde entier venaient se faire opérer. C'est d'ailleurs l'idée de se trouver à la pointe de ce genre de soins qui avait consolé Sharon de quitter momentanément tout au moins son emploi d'infirmière itinérante.

Vite, elle se hâta de descendre les escaliers pour retrouver sa grand-mère installée dans son rocking-chair d'où elle regardait par la fenêtre.

— Il neige ! constata-t-elle. C'est tôt pour la saison...

Sharon regarda à son tour et ne put retenir un grognement de mauvaise humeur. Aux États-Unis, c'était le plein été... Sa tante devait s'apprêter à partir passer les vacances dans son cottage aux Finger Lakes. Sharon aurait bien aimé s'y trouver elle aussi car, ici, il fallait affronter l'hiver.

— Pas si tôt que ça, *Abuela*, répondit Sharon. Nous sommes déjà le 1er juin !

Abuela soupira.

— C'est vrai. J'avais oublié...

Sharon savait sa grand-mère inquiète de ces trous de mémoire. Elle l'embrassa tendrement sur le front.

— *Querida*, tu vas découvrir cette nouvelle clinique dont on dit tant de bien, reprit la vieille dame. J'ai hâte d'entendre ton compte rendu.

— Tu l'auras dès ce soir. Je vais sûrement y apprendre beaucoup de choses.

— Quand as-tu l'intention de faire part de ta grossesse à ton responsable ? s'enquit Teresa sur un ton anodin.

Le sang de Sharon se figea dans ses veines.

— Quoi ? Qu'est-ce que tu dis ?

— Allons, *Querida*, je suis vieille et j'ai oublié que l'hiver vient de commencer, mais je sais encore reconnaître quand une grossesse s'annonce. Ce n'est pas pour rien que j'ai exercé le métier de sage-femme pendant des années.

— Mais... je viens juste de le découvrir moi-même..., répondit Sharon d'une voix mal assurée.

— C'est normal. Tu avais trop à faire avec ton travail et ton installation ici pour faire attention à toi. D'ailleurs, laisse-moi te dire que j'apprécie énormément ta présence. Tu me manqueras quand tu seras repartie.

Sharon se pencha sur son aïeule et l'entoura de ses bras.

— Ne pense pas à mon départ, *Abuela*. Je t'aime de tout mon cœur !

— Moi aussi, je t'aime, *Querida*. Et l'idée de devenir arrière-grand-mère me réjouit ! J'espère que ton bébé naîtra ici.

Sharon se redressa.

Que répondre ?

Pour l'instant, rien.

— Il faut que je me dépêche maintenant. Maria va bientôt arriver pour te tenir compagnie jusqu'à mon retour.

— Bonne journée, *Querida*. J'ai hâte d'être à ce soir pour que tu me parles du père de ce bébé.

À ces mots, l'estomac de Sharon se noua. Que pouvait-elle dire au sujet du géniteur de son enfant ? Que c'était un bel homme rencontré à Barcelone avec lequel elle avait passé une nuit torride ?

Elle enfila son manteau, songeuse. Quitter Gus avait été difficile mais prévu, puisqu'ils avaient été parfaitement clairs l'un envers l'autre dès le départ. Ils avaient simplement respecté leur promesse de ne pas chercher à nouer de lien entre eux.

Une fois dehors, elle prit une profonde inspiration qui emplit ses poumons d'air frais. La clinique ne se trouvait pas très loin de chez sa grand-mère. Il lui suffisait de descendre la colline pour rejoindre le centre-ville. Cette petite marche lui ferait le plus grand bien.

La neige continuait à tomber, chapeautant de blanc les

montagnes environnantes. Par contre, une fois arrivée en ville, elle constata que le brouillard enveloppait les maisons et le port.

Il y avait longtemps que Sharon n'était pas revenue ici à cette période de l'année. Elle avait oublié ce que cela représente de vivre au bout du monde. Son enfance avait été émaillée de tragédies mais, pour elle, Ushuaia était pleine de souvenirs heureux. Et maintenant, elle avait bien de la chance d'avoir trouvé un travail dans cette clinique haut de gamme.

Si l'ambiance lui plaisait, peut-être envisagerait-elle d'y rester ? Il était trop tôt pour envisager pareille éventualité mais, après tout, c'était une possibilité qu'elle étudierait plus tard si la santé de sa grand-mère nécessitait sa présence.

Pour l'instant, l'urgence était de reprendre contact avec Gus pour lui apprendre qu'elle était enceinte. Même si elle n'avait passé qu'une nuit avec lui, il était le père de cet enfant et il avait le droit de le savoir.

À l'évocation de ce prénom, les souvenirs de leur nuit d'amour lui remontèrent en mémoire, troublants et délicieux. Gus l'avait embrassée si doucement, caressée si patiemment... Quand elle lui avait avoué qu'il y avait fort longtemps qu'elle n'avait pas fait l'amour, il s'était assuré une fois de plus qu'elle était bien d'accord pour continuer en lui assurant que l'essentiel pour lui était qu'elle éprouve du plaisir.

C'est exactement ce qui s'était passé. Elle avait connu un plaisir si fulgurant qu'elle s'était demandé comment elle avait pu s'en passer si longtemps. À vrai dire, jusqu'à Barcelone, ses expériences ne lui avaient jamais procuré la même ivresse sensuelle.

Néanmoins, jamais elle n'avait imaginé qu'un bébé puisse résulter de ce moment de bonheur, d'autant plus qu'ils avaient utilisé un préservatif. Et pourtant... Pour l'instant, mieux valait chasser cette pensée de son esprit. Elle allait découvrir son nouvel emploi. Plus que jamais il était important puisqu'il allait assurer son entretien, celui de sa grand-mère et celui du bébé.

Maintenant qu'était passé le choc de la découverte, sa situation l'enchantait. Bien qu'enceinte par surprise, l'idée de devenir mère la remplissait de bonheur. C'est quelque chose qu'elle avait toujours désiré, mais à force d'estimer que ses fréquentations amoureuses n'étaient pas dignes d'être poursuivies, elle avait fini par se persuader que cela ne lui arriverait jamais.

Spontanément, elle posa la main sur son ventre encore plat et se mit à sourire malgré le froid qui lui mordait les joues.

Elle était heureuse. Pour la première fois depuis très longtemps.

Une fois qu'elle eut pénétré dans la clinique, elle retrouva Carmen, l'infirmière en chef qui lui avait déjà fait visiter celle-ci lors de l'acceptation de son dossier. Elle l'attendait pour la guider vers la salle où chaque membre du personnel disposait d'un casier.

— Quel travail avez-vous prévu pour mon début dans votre établissement ? demanda Sharon, quelque peu émue.

— Vous allez vous occuper des soins postopératoires des patients du Dr Varela.

— Parfait, répondit Sharon. C'est tout à fait dans mes cordes. Il suffit que vous m'indiquiez où je dois le retrouver.

— Bien entendu. Comme il n'y a pas d'intervention aujourd'hui dans la clinique, il se tient au deuxième étage où se trouvent les bureaux des chirurgiens.

— Très bien. Je vais donc aller me changer.

— Je vous attendrai dans le bureau des infirmières. Je vous remettrai votre carte d'accès dans les différents services et les codes qui vous permettront de consulter les dossiers des patients.

— *Gracias*, dit Sharon.

Cela fait, et après quelques explications supplémentaires, Carmen partit faire ses visites pendant que Sharon se rendait à l'étage où se trouvaient les patients en soins postopératoires.

Mis à part le fait qu'elle se trouvait dans des locaux inconnus, elle n'éprouvait pas d'appréhension particulière, car elle avait déjà travaillé à plusieurs reprises dans ce secteur.

Après avoir rassemblé les dossiers des patients dont elle devait s'occuper, elle se dirigea vers le premier d'entre eux. Il s'agissait d'une femme venue pour une reconstruction du visage à la suite d'un cancer.

— Bonjour, madame Sanchez. Je suis la nouvelle infirmière, Sharon Misasi. Comment vous sentez-vous ce matin ?

La patiente répondit dans un grognement de douleur :

— J'ai mal…

— Oui, je comprends. Vous permettez que je regarde votre pansement ?

Mme Sanchez approuva d'un signe de tête.

Sharon souleva délicatement le bandage et découvrit que la plaie ne cicatrisait pas comme elle l'aurait dû. En outre, la température de la patiente était anormalement élevée.

Voilà qui paraissait inquiétant. Cette personne était sans doute en train de combattre une affection ou une allergie. Son devoir était d'entrer en contact avec le chirurgien qui l'avait opérée afin de lui exposer le cas.

— Comment se porte ma patiente ce matin ? demanda un homme dans son dos.

Cette voix fit sursauter Sharon. Elle l'avait déjà entendue. Ailleurs. Autrefois.

Elle se retourna et découvrit Gus, debout derrière elle.

Le Dr Agustin Varela qui venait de pénétrer dans la chambre n'était autre que Gus, son amant d'une nuit à Barcelone.

Autrement dit, son nouveau patron était le père de son bébé.

Agustin demeurait pétrifié sur le pas de la porte, paralysé de découvrir la nouvelle infirmière qui se tenait au chevet de Mme Sanchez. Normalement, il s'occupait lui-même du recrutement du nouveau personnel destiné à l'assister mais, au cours de la semaine précédente, il avait dû se rendre à Buenos Aires pour ramener Sandrine, sa demi-sœur, de l'internat où il l'avait inscrite afin de l'éloigner de son copain Diego.

Depuis qu'elle était dans cette école, Sandrine ne cessait de l'appeler pour se plaindre. À bout de patience, il avait décidé de la ramener à Ushuaia et confié la mission de recrutement à Carmen en qui il avait toute confiance.

Normalement, il n'avait pas besoin d'effectuer cette visite, mais l'état de santé de cette patiente lui donnant quelque inquiétude, il avait décidé de ne pas l'abandonner aux mains d'une infirmière qu'il ne connaissait pas encore. C'était d'ailleurs la raison pour laquelle sa clinique avait acquis une réputation internationale : il s'attachait toujours à ce que chacun de ses patients reçoive les meilleurs soins possibles.

Dans le fond, sa clinique était sa vie.

Simplement, ce matin, il était loin de s'attendre à retrouver la femme à laquelle il pensait trop souvent depuis cinq mois.

Après la soirée et la nuit passées ensemble, quand il s'était réveillé dans leur chambre à Barcelone, Sharon avait disparu. Bien sûr, ils ne s'étaient fait aucune promesse, mais constater qu'elle était partie comme un voleur, sans lui dire le moindre au revoir, l'avait affecté.

Malgré son désir de ne pas s'attacher, il n'arrivait pas à oublier Sharon. Pour la première fois depuis le décès de sa femme, il avait éprouvé avec son amante d'une nuit plus qu'une simple satisfaction physique. Ce moment de passion partagée l'avait touché au cœur encore plus que dans son corps.

Son départ trop discret l'avait donc blessé, mais soulagé aussi, car pendant qu'il la tenait dans ses bras, il avait compris qu'il avait commis une énorme erreur.

Sharon l'avait ensorcelé.

Quand elle avait atteint le paroxysme du plaisir, le rempart de glace qui enveloppait son cœur s'était liquéfié. Il aurait voulu la garder, mais puisqu'elle avait tenu sa promesse de quitter l'Espagne, il ne lui restait plus qu'à l'oublier.

Pendant une longue semaine, il s'y était employé. Hélas, sans cesse elle revenait à sa mémoire. On aurait dit que ses baisers restaient imprimés sur ses lèvres. Alors, pour tourner cette page devenue douloureuse, il s'était jeté à corps perdu dans le travail. Tout en travaillant dans sa clinique, il s'était occupé de Sandrine que sa mère avait abandonnée et dont il se sentait responsable depuis la mort de son père. Ce n'était pas rien, mais il ne s'en plaignait pas. C'était le meilleur moyen de ne plus penser à cette jeune femme brillante qui l'avait séduit lors d'un congrès pourtant on ne peut plus sérieux.

Hélas, c'était la nuit, surtout, que les souvenirs brûlants de leur nuit d'amour lui revenaient. Alors il avait pris l'habitude de venir de très bonne heure prendre des nouvelles de ses patients. Et voilà que ce matin, Sharon Misasi, son amoureuse d'une nuit, se tenait devant lui, vêtue de la blouse turquoise de sa clinique, le dossier de Mme Sanchez à la main...

Quel choc ! Il gardait le souvenir d'elle, cheveux flottant librement sur ses épaules nues. Ce matin, ils étaient attachés en chignon au-dessus de la blouse de travail boutonnée jusqu'au cou. Elle le regardait comme s'il était un fantôme. De toute façon, c'est ce qu'il lui semblait être devenu.

— Comment va ma patiente ? demanda-t-il, incapable de formuler autre chose.

Sur un ton très professionnel, Sharon répondit à la place de cette dernière.

— La température de Mme Sanchez est élevée, et le site de l'incision est enflé. Elle se plaint de souffrir alors que d'après sa fiche, elle a reçu des antalgiques il y a moins de trois heures.

Agustin se rapprocha pour consulter la fiche. Son cœur battait si fort qu'il avait l'impression qu'il résonnait dans toute la chambre.

— Il faut faire une numération sanguine complète, déclara-t-il. Une infection est possible.

Sharon reprit le dossier.

— Je vais la demander tout de suite.

— Avez-vous vu mes autres patients ? demanda Gus.

— Non, je commence juste ma tournée.

Gus considéra la patiente qui s'était rendormie. Il examina à son tour le site opéré et fit la même constatation que Sharon. La rougeur et l'enflure étaient anormales.

— Demandez donc cette analyse, je ferai moi-même la tournée des patients. Vous viendrez ensuite me rendre compte des résultats.

— Oui, dès qu'ils seront disponibles.

Agustin la regarda s'affairer autour du lit de la patiente sans réussir à en croire ses yeux, car Carmen avait pour mission de recruter une infirmière locale. Or, Sharon lui avait dit être originaire de New York. Il est vrai qu'elle avait aussi mentionné avoir de la famille en Amérique du Sud mais sans lui spécifier où exactement, ce qu'il ne lui avait pas demandé de préciser.

Se trouver assis à côté d'une femme aussi belle, sur une plage espagnole, au coucher du soleil, ne prédispose guère en effet à ce genre d'enquête.

L'esprit encore perplexe, il acheva sa tournée de visites. Les deux patients opérés quelques jours plus tôt se portaient très bien. Il pourrait les laisser sortir d'ici un jour ou deux.

Une fois dans le couloir, il vit Sharon s'avancer vers lui d'un pas pressé.

— Vous avez les résultats de l'analyse ?

— Oui. Mme Sanchez souffre d'une infection causée par un staphylocoque, ce qui est assez commun, je pense.

— En effet. Nous allons modifier ses antibiotiques.

Il rédigea l'ordonnance afin que Sharon puisse tout de suite commencer le traitement.

Lorsqu'il la lui tendit, il découvrit qu'elle avait le front couvert de sueur.

— Tu te sens bien ? lui demanda-t-il sur un ton amical cette fois.

— Oui.

— Si tu es malade, je...

— Je ne suis pas malade.

— Pourtant, je te trouve bien pâle. Tu as mal dormi ? Tu as les traits tirés.

Ce qui ne l'empêchait pas d'être aussi belle que dans son souvenir...

— Je vais bien, répéta-t-elle.

Gus refusait de le croire.

Son expérience de praticien l'avertissait qu'elle luttait contre un malaise.

— Sharon, si tu souffres de quoi que ce soit, il faut me le dire. Je ne veux pas que tu fasses courir le moindre risque à mes patients.

Sharon arbora un air offensé.

— Tu me crois capable de mettre sciemment tes patients en danger ?

— Non, mais dans le fond... je ne te connais guère.

C'était la stricte vérité. Ils avaient longuement fait l'amour cette nuit-là, mais n'avaient évidemment pas abordé la question de l'éthique au travail.

L'évocation intérieure de leur complicité physique déstabilisa Gus un instant. Heureusement, il revint rapidement à leur situation présente : ils n'étaient pas en Espagne. Il était le chirurgien en chef. Elle était l'infirmière qui le secondait. Point final.

Sharon laissa échapper un soupir.

— Je ne suis pas malade. Je sais pourquoi je suis fatiguée.

— Ah bon ? Il faut me le dire, Sharon. Cela me concerne aussi.

— Plus que tu ne crois...

— C'est-à-dire ?

— Gus, je suis enceinte.

Le sang se retira du visage du Dr Varela.

— Quoi ?

— Je suis enceinte.

— De combien ?

— Cinq mois, avoua-t-elle en rougissant.

— Cinq mois...

Gus eut vite fait le calcul.

— Je ne l'ai découvert qu'aujourd'hui, reprit Sharon.

— Mais... nous avons utilisé un préservatif !

— En tant que médecin, tu es bien placé pour savoir qu'un accident est toujours possible.

Le sol se dérobait sous les pieds de Gus. Quelles conséquences allaient suivre cette révélation ? Autrefois, il avait ardemment souhaité être père. Dix ans plus tôt, il avait failli le devenir avant l'accident qui avait emporté Luisa et le bébé à naître.

Tous ses espoirs s'étaient envolés à ce moment-là. Depuis, il avait renoncé à tout projet de paternité. D'autant plus qu'il refusait d'envisager d'aimer une autre femme que celle qui avait été son épouse.

Mais voilà que Sharon se tenait devant lui, à Ushuaia. Enceinte de son enfant.

Le téléphone de Gus retentit.

— Docteur Varela, on vous demande dans votre bureau...

— Il faut que j'y aille, Sharon. Nous reprendrons cette conversation plus tard.

— Oui, cela s'impose, répliqua Sharon calmement.

Elle se détourna.

— Je vais donner les antibiotiques à Mme Sanchez.

— Très bien. Tiens-moi au courant de l'évolution de son état.

Il partit en direction de l'ascenseur.

Pour l'instant, l'important était de retrouver son calme pour faire son travail à la clinique. Plus tard, il chercherait une réponse aux questions qu'il se posait.

D'abord, pour quelle raison Sharon se trouvait-elle à Ushuaia ?

Et ensuite, quelles décisions allaient-ils prendre au sujet du bébé ?

4

La réaction de Gus avait profondément déçu Sharon. Elle aurait aimé qu'il se montre davantage concerné par son état. En même temps, elle reconnaissait qu'il était difficile de le blâmer étant donné qu'il devait assumer le double choc de découvrir qu'elle se trouvait à Ushuaia et enceinte, de surcroît.

Elle-même d'ailleurs n'avait pas encore surmonté la surprise de retrouver le père de son enfant de façon aussi inattendue. Elle savait que Gus venait d'Amérique du Sud, mais elle ne lui avait pas demandé davantage de détails.

Son étonnement était grand aussi de découvrir qu'il était chirurgien esthétique. Elle l'avait imaginé cardiologue ou dans quelque autre spécialité en relation avec le cœur, car il lui avait paru tout à fait à son aise avec les problèmes cardiaques lors de l'incident du serveur dans le bar à Barcelone.

C'était assez déconcertant de découvrir que Gus, le séduisant étranger avec lequel elle avait eu une aventure d'une nuit, était désormais son patron : le Dr Agustin Varela.

Tout à l'heure, son soulagement avait été intense quand le coup de fil l'avait éloigné d'elle momentanément. Ils auraient tout le temps de parler plus tard, quand elle aurait retrouvé ses esprits. Et lui aussi, sans doute.

Ce qui était sûr et certain toutefois, c'est qu'elle n'avait pas changé d'avis. Elle ne voulait pas de relation amoureuse.

Si Gus avait envie d'occuper sa place de père dans la vie du bébé, elle n'y verrait pas d'inconvénient à condition qu'ils en discutent sérieusement ensemble.

Sharon, concentre-toi sur ton travail ! se dit-elle intérieurement. *Ressaisis-toi !*

Elle chassa toutes ces pensées qui ne pouvaient que la distraire.

Il était hors de question que ses problèmes personnels viennent interférer avec son travail. Au moins, maintenant que Gus était prévenu de la situation, elle n'avait plus à se torturer pour décider sous quel angle elle aborderait cette révélation.

C'était au moins un problème de réglé.

Après s'être occupée de Mme Sanchez, Sharon continua à assurer son service toute la journée. Avant de partir, elle mit à jour les fiches des patients dont elle s'était occupée.

Agustin n'était pas repassé à l'étage où elle travaillait. Elle ne lui en voulait pas. À Barcelone, il lui avait confié que son travail était tout pour lui, et elle n'en doutait pas, mais étant donné les circonstances très particulières de la journée, il était bien normal qu'il ait préféré rentrer chez lui pour réfléchir.

Sous cet angle, ils étaient pareils tous les deux. Pour elle aussi, son métier était son seul horizon. Enfin... il en avait été ainsi jusqu'à maintenant. Désormais, la petite vie qui grandissait en elle allait le faire rétrograder à la seconde place. Elle posa une main sur son ventre.

Submergée... Voilà le mot qui résumait le mieux l'état dans lequel elle se trouvait en ce moment, étant donné le maelström d'idées et de sensations qui virevoltaient dans son corps et dans sa tête. Elle avait tant et tant de problèmes à régler...

Sharon, un pas après l'autre...

Oui. C'est de cette façon qu'elle avait surmonté la mort de sa mère et l'abandon de son père. En affrontant un problème après l'autre, en vivant un jour après l'autre.

Sa journée de garde venait de se terminer. Les infirmières du service de nuit étaient arrivées, frissonnantes de froid. La neige tombait dru, dirent-elles, et la température avait sérieusement baissé. Sharon leur remit les fiches des patients afin que le relais soit correctement assuré et fila rejoindre le vestiaire où elle enfila sa parka. Par chance, c'était la plus chaude de sa garde-robe. Elle n'avait plus qu'une envie : rentrer chez elle.

Après avoir parcouru quelques mètres dans la rue, elle aperçut Agustin, occupé à glisser une clé dans la serrure d'une voiture noire garée sous un lampadaire.

— Tu parais gelé ! ne put-elle s'empêcher de lui crier au passage.

— C'est bien vrai. Comme je fais les trajets en voiture, je ne me suis pas suffisamment couvert.

Il leva le nez.

— Tu veux que je te raccompagne chez toi en voiture ? Ou alors, que nous allions passer un moment ensemble dans un endroit tranquille où nous pourrons parler sans être dérangés ?

Sharon consulta sa montre.

— Non, désolée, c'est impossible. Il faut que je rentre chez moi.

— Pourtant, nous avons des choses importantes à examiner ensemble.

— Bien sûr, mais il faut que j'aille prendre la relève de la dame qui tient compagnie à ma grand-mère.

Gus la considéra d'un air surpris.

— Je croyais que tu vivais aux États-Unis ?

— C'est vrai, mais je suis née ici et ma grand-mère n'a jamais quitté Ushuaia.

Elle jeta un nouveau coup d'œil à sa montre.

— Je... je suis désolée de t'avoir annoncé la nouvelle si brutalement, mais je n'avais pas tellement le choix. De toute façon, je voulais te mettre au courant le plus vite possible. Nous trouverons très bientôt un moment pour parler mais, maintenant, il faut vraiment que je rentre.

— Oui, je comprends. Allez, je te raccompagne !

— Ce n'est pas la peine, Gus.

C'était un mensonge pieux car, tout en prononçant ces mots de refus, Sharon sentait qu'elle avait les pieds gelés. Un retour en voiture serait le bienvenu...

— J'y tiens, insista Gus. Et demain, nous pourrions déjeuner ensemble si tu es libre.

— Parfait. Cela me convient très bien.

Agustin lui ouvrit la portière pour qu'elle s'installe dans sa voiture. Puis, une fois au volant, il se tourna vers elle.

— Où dois-je te conduire ?

— Près de Los Guindos. Ce n'est pas très loin d'ici.

Une expression étrange traversa le visage de Gus, comme un bref éclair de surprise pénible.

— Je connais bien ce quartier, se contenta-t-il de dire.

Un silence un peu gêné suivit cette réponse. Afin de le rompre, Sharon reprit la parole sur un ton léger :

— Alors finalement, nous nous sommes rencontrés en Espagne, mais nous sommes tous les deux d'Ushuaia ! C'est amusant, non ?

Gus laissa échapper un petit rire, mais la conversation retomba à nouveau. Ils étaient moins à l'aise qu'à Barcelone, sur la plage, ou dans leur chambre d'hôtel...

Sharon commençait à penser que Gus ne se sentait guère concerné par sa grossesse et bien qu'elle ait eu à cœur de l'en informer, dans le fond, cela lui convenait très bien.

Le trajet fut de courte durée, mais à peine furent-ils garés devant l'immeuble d'*Abuela* que Sharon aperçut Maria occupée à faire les cent pas dans la rue, visiblement bouleversée.

— Mon Dieu..., murmura Sharon.

— C'est une personne de ta famille ? demanda Gus.

— Non, c'est la dame de compagnie de ma grand-mère.

Sharon se hâta de sortir de la voiture.

— Maria, que se passe-t-il ?

— C'est votre grand-mère... Elle refuse de m'écouter..., expliqua Maria brièvement.

— Ah... ça lui arrive de temps à autre de se montrer obstinée. Il s'est passé quelque chose de contrariant ?

— Oui. Elle est tombée, sa tête a heurté le sol, mais elle s'obstine à dire qu'il s'agit d'une simple égratignure alors que la blessure saigne beaucoup. Je sais que c'est souvent le cas avec le cuir chevelu mais tout de même... J'ai peur qu'elle ait une commotion cérébrale. Figurez-vous qu'elle m'a pris mon téléphone et m'a interdit de vous prévenir sous prétexte que vous alliez bientôt rentrer. Du coup, je n'ai pas pu faire appel à une ambulance.

— Nous allons le faire tout de suite, assura Sharon.

— Le pire, c'est que, ensuite, elle ne m'a plus reconnue... Elle ne savait plus qui j'étais, ajouta la pauvre Maria, visiblement inquiète. J'ai voulu appeler les voisins, mais je n'ai trouvé personne. Ils sont encore au travail et la jeune fille qui habite ici n'est pas rentrée du lycée.

— J'espère bien qu'elle est au lycée ! déclara Agustin entre ses dents serrées.

Comme Maria et Sharon le considéraient d'un air surpris, il poursuivit :

— Je suis votre voisin. La jeune fille dont vous parlez est ma demi-sœur, Sandrine.

Ce fut au tour de Sharon d'être surprise.

— Tu... tu es notre voisin ?

— Oui. J'ai passé la quinzaine précédente à Buenos Aires, c'est pour cela que nous ne nous sommes pas rencontrés.

Sharon décida de ne pas s'appesantir sur cette coïncidence.

— Maria, où est ma grand-mère en ce moment ?

— Elle s'est enfermée dans sa chambre. En fait, elle est tombée il y a juste un instant.

— Bon, je vais m'occuper d'elle. Ne vous inquiétez pas, Maria. Je vais récupérer votre téléphone et vous pourrez rentrer tranquillement chez vous.

— *Gracias*, Sharon.

Sharon pénétra dans l'appartement et alla frapper à la porte de la chambre de sa grand-mère.

— *Abuela*, ouvre-moi, s'il te plaît !

— C'est toi, *Querida* ?

— Oui, *Abuela*. Maria a besoin de son téléphone...

— Je ne veux pas voir de médecin ! cria la vieille dame.

Sharon se demandait quel démon s'était emparé de sa grand-mère, précisément au moment où Agustin se trouvait avec elle et le jour où elle venait de lui annoncer qu'elle était enceinte. La coupe de ses soucis commençait à être bien pleine...

Heureusement, elle entendit la clé tourner dans la serrure. La porte s'entrouvrit, et *Abuela* tendit le téléphone à Sharon qui se hâta d'aller dans la rue le restituer à sa propriétaire.

Maria la remercia vivement et assura qu'elle reviendrait le lendemain matin à l'heure habituelle. Pour Sharon, ce fut un soulagement réel de constater que ce contretemps n'avait pas découragé la dame de compagnie de reprendre son service.

Une fois de retour à l'intérieur, elle constata que non seulement *Abuela* avait ouvert la porte de sa chambre, mais qu'elle était calmement assise sur son lit pendant qu'Agustin examinait sa blessure.

En entendant entrer sa petite-fille, *Abuela* leva le regard vers elle.

— Sharon, je te présente Agustin Varela. Son père était mon voisin et, maintenant, c'est lui qui occupe l'appartement.

— C'est ce que je viens d'apprendre..., marmonna Sharon entre ses dents.

Le visage d'Agustin ne se détendit pas à cette évocation. Son deuil était peut-être récent ? Beaucoup de choses échappaient à Sharon à qui son arrivée récente n'avait pas permis d'être informée autant qu'elle l'aurait souhaité.

Elle s'assit près de sa grand-mère et lui prit la main.

— Gus, est-ce que c'est sérieux ?

— Non, c'est superficiel, mais comme la blessure saigne beaucoup, le plus sûr serait d'aller à l'hôpital lui faire poser quelques points de suture.

— Non. Non et non ! se récria la vieille dame. Je refuse d'aller là-bas.

Cette réaction ne surprit pas Sharon qui laissa échapper un gros soupir.

— Voyons, *Abuela*, ma petite grand-mère, il faut être raisonnable...

— Non. Je vais très bien, il n'est pas question d'hôpital.

La vieille dame s'était redressée sur son lit. Les bras croisés, elle leur tenait tête.

Agustin se mit debout.

— C'est vrai, *Abuela*, vous allez très bien. Inutile d'aller à l'hôpital. Mais si vous voulez, je peux vous amener à ma clinique et j'effectuerai moi-même ce petit raccommodage.

— Mais Gus..., protesta Sharon.

— Tu sais, Sharon, expliqua ce dernier, c'est le moins que je puisse faire pour la personne qui m'a mis au monde il y a trente-cinq ans.

— Et ton père aussi ! ajouta *Abuela* qui n'avait pas de trou de mémoire dans ce registre-là.

— Est-ce que vous vous êtes aussi occupé de ma demi-sœur Sandrine ?

— Non. La mère de Sandrine a tenu à aller accoucher dans une clinique chic de Buenos Aires. Elle était un peu snob. Et irresponsable, puisqu'elle a abandonné cette pauvre petite. Franchement, Agustin, je suis bien contente que ce soit toi qui t'en occupes depuis que ton père est mort.

Maintenant qu'il avait persuadé Teresa de se laisser soigner, il alla se laver les mains dans la petite salle de bains du rez-de-chaussée. Ensuite, chacun passa un bras sous les épaules de la vieille dame pour la conduire jusqu'à la voiture qui les emmènerait à la clinique.

Bizarrement, la perspective de se rendre chez Agustin et pas à l'hôpital paraissait enchanter la vieille dame qui sourit tout le long du trajet. Ce changement d'humeur brutal inquiétait un peu Sharon mais, après tout, l'essentiel était que la blessure soit bien soignée sans trop la bouleverser.

Une fois sa voiture garée, Agustin alla chercher un fauteuil roulant.

— Qu'est-ce que c'est que ça ? se récria à nouveau la rebelle grand-mère qui avait oublié ses béquilles chez elle. Je peux très bien marcher toute seule !

— Désolé, *Abuela*, insista Agustin. Dans ma clinique, c'est un procédé obligatoire.

Abuela hocha la tête, puis se laissa docilement installer dans le fauteuil qui les amena à l'ascenseur, puis à la salle de soins.

— Je peux t'aider ? demanda Sharon. N'oublie pas que je suis infirmière !

— Bien sûr. Prends un kit de suture dans le placard pendant que je prépare l'anesthésie.

Les gestes professionnels qu'Agustin exécutait apaisèrent un peu Sharon, assez bouleversée de le voir soudain introduit dans sa vie alors que ce matin encore, elle le croyait au bout du monde.

— Voici, dit-elle en lui tendant le sachet. Je peux faire autre chose ?

— Non. Ou plutôt, si. Reste assise à côté de ta grand-mère en attendant que l'anesthésie fasse son effet. Quand j'aurai terminé les soins, elle va probablement faire une petite sieste. Elle sera contente de te découvrir près d'elle.

— En effet..., murmura *Abuela* d'une voix somnolente.

Sharon prit la main de sa grand-mère entre les siennes et leva son visage vers Agustin qui commença à recoudre habilement le cuir chevelu de la vieille dame.

— Alors Sandrine est ta sœur ? demanda Sharon. Je l'ai croisée quelques fois dans l'escalier de l'immeuble, mais elle ne m'a jamais parlé de toi.

— C'est normal. Elle a seize ans et elle tient à sa vie privée.

— Comme toute adolescente qui se respecte !

— Sans doute. Je l'avais envoyée dans une excellente école à Buenos Aires, mais elle n'a pas supporté l'éloignement. Je pense qu'elle est encore furieuse contre moi de l'avoir envoyée là-bas.

— Ton père est mort il y a longtemps ?

— Un an.

— Et où se trouve la mère de Sandrine ?

— Aucune idée. Elle s'est évaporée dans la nature après m'avoir confié sa fille.

Le cœur de Sharon se serra tandis que des souvenirs douloureux lui remontaient à la mémoire. Elle connaissait ce scénario par cœur.

— Querida..., *avait murmuré sa tante Sophia, des larmes dans les yeux, pendant que Sharon regardait, affolée, les policiers envahir sa maison.*

Elle se rappelait avoir gardé sa poupée serrée très fort contre elle, comme un bouclier destiné à la protéger de tout. C'est ce qu'elle ne cessait de se répéter depuis que son père était parti. Elle avait mangé ce qu'elle avait trouvé dans le réfrigérateur et dans le placard, sans toucher au gaz parce que son père le lui avait interdit.

— Cette enfant est en état de choc, avait décrété le policier responsable de l'équipe. Nous allons la conduire à l'hôpital pour enfants où on lui fera un bilan de santé.

— Est-ce que mon papa est mort lui aussi ? avait-elle demandé, se souvenant qu'à la mort de sa mère, les policiers étaient également entrés dans sa maison.

— Non, avait répondu sa tante. Nous ne savons pas où il se trouve en ce moment mais, après la visite à l'hôpital, tu pourras venir dormir à la maison. Tu es d'accord ?

— Mais mon papa m'a demandé de l'attendre ! Il me demande toujours de l'attendre. Il faut que je reste ici.

— Non, Querida, *viens avec moi, avait dit sa tante en la prenant par la main. Tu l'attendras chez nous.*

La gorge serrée, Sharon secoua la tête, pressée de chasser ces souvenirs atroces. Elle les avait profondément enfouis en elle et refusait qu'ils viennent interférer avec sa vie présente.

— Voilà, déclara Agustin en relevant la tête, les points de suture posés. Mission accomplie.

Il regarda Sharon.

— En fait, j'avais très peu de relations avec mon père et je ne connaissais pas ma demi-sœur. Quand Sandrine s'est retrouvée seule après l'abandon de sa mère, elle est entrée en contact avec ma propre mère qui vit à Buenos Aires, et nous avons décidé de nous occuper d'elle, c'était la seule chose à faire.

Il était clair qu'Agustin ne débordait pas d'affection envers son père, mais il avait accepté de faire passer sa colère ou sa rancune au second plan pour s'occuper de l'adolescente privée de tout soutien parental. Dans le fond, c'était ce qu'elle-même avait connu autrefois.

À l'époque des faits, elle était plus jeune que Sandrine et heureusement, sa tante et sa grand-mère avaient été là pour elle. Sa grand-mère était venue depuis la Terre de Feu pour mettre au point avec sa tante un arrangement satisfaisant pour la petite fille.

Sharon leur en était encore reconnaissante. Contrairement à Sandrine, elle ne s'était pas retrouvée seule pour affronter ce désastre affectif.

Agustin achevait le pansement qui enroulait la tête d'*Abuela*.

— Et voilà ! Dans quelques jours, il n'y paraîtra plus.

— Merci infiniment d'avoir pris soin d'elle, Gus. C'est la première fois qu'elle se comporte de cette façon. Jamais il ne lui était arrivé de prendre le téléphone de Maria et de s'enfermer dans sa chambre en refusant de se faire soigner.

— Tu exagères, Sharon. Elle a bien accepté que je m'occupe d'elle !

— C'est vrai, reconnut Sharon. Elle aussi a dû succomber à ton charme… Tu penses qu'elle va dormir longtemps ?

— Une heure ou deux sans doute. Ensuite, je vous ramènerai chez vous. Sandrine est prévenue que je rentrerai tard. Au fait, pendant que tu restes avec ta grand-mère, si j'allais chercher quelque chose à manger au foodtruck qui se tient dans la rue ?

Sharon mourait de faim.

— Volontiers !

— Je reviens tout de suite.

Une fois seule, Sharon se laissa aller dans son fauteuil. Quelle journée ! Elle rêvait de prendre une bonne douche chaude et de se mettre au lit dès qu'elle aurait couché sa grand-mère.

Comment agencer raisonnablement les différents paramètres de sa nouvelle existence ? Devait-elle démissionner de son poste à la clinique de Gus ? C'était tentant car, étant donné leur situation, travailler avec lui s'avérerait délicat. D'autre part, abandonner un poste de travail passionnant et bien payé serait certainement une erreur, étant donné qu'en plus d'elle-même, elle avait à sa charge sa grand-mère et le bébé.

Alors ?

Alors, elle allait s'arranger pour trouver une solution avec Agustin. Ils étaient adultes tous les deux. Responsables. Honnêtes. Elle n'avait pas le choix. Il fallait que leur collaboration fonctionne.

Debout devant le camion qui vendait des sandwichs, Agustin sentait le sang battre à ses tempes. Quel choc, quand il avait découvert que sa nouvelle infirmière n'était autre que Sharon ! Et quel choc encore plus violent quand elle lui avait annoncé qu'elle était enceinte... Depuis la mort de Luisa, il avait abandonné tout espoir de devenir père un jour. La perspective de demeurer seul jusqu'à la fin de ses jours était celle qui lui convenait le mieux. Ne pas éprouver de sentiments pour qui que ce soit lui paraissait être la meilleure assurance contre le chagrin. Depuis dix ans, c'est à celle-ci qu'il avait souscrit. Sans regret. Il n'avait jamais envisagé d'en changer.

Jusqu'à ce que Sharon arrive dans sa vie.

À Barcelone, mais surtout ici, à Ushuaia, et dans sa clinique même ! Son séjour à Buenos Aires l'avait empêché de découvrir plus tôt qu'ils étaient voisins. Il avait tant à faire avec Sandrine...

— Pourquoi veux-tu quitter ton école ? C'est une des meilleures de la capitale.

— Parce que je me sens seule. Ta mère est très gentille avec moi, je l'adore, mais... je ne suis pas chez moi.

Agustin avait compris à demi-mot.

— Tu veux dire que Diego est loin de toi, c'est ça ?

Une grande tristesse avait envahi le joli visage de Sandrine.

— Bon, d'accord, rentre avec moi à Ushuaia, avait fini par dire Agustin, mais tu sais, je n'aurai pas beaucoup de temps à te consacrer. J'ai beaucoup de travail.

C'était vrai. Après la mort de Luisa, le travail avait été sa bouée de sauvetage, son unique planche de salut. Le sexe, une simple distraction épisodique.

Jusqu'à l'arrivée de Sharon que le destin s'acharnait à placer sur sa route. Fallait-il en rire ou en pleurer ? Il ne savait pas.

Quand il rentra dans la chambre où se reposait *Abuela*, il trouva Sharon assoupie, paisible malgré ses traits tirés par la fatigue. Elle tenait une main posée sur son ventre doucement arrondi, comme pour lui assurer qu'elle était là pour protéger le bébé qui y grandissait.

Agustin hocha la tête tristement.

Alors qu'ils avaient été très clairs tous les deux sur leur désir de ne pas se lancer dans une relation suivie, voilà que cet enfant les liait irrémédiablement l'un à l'autre.

Allait-elle rester à Ushuaia ? La pensée qu'elle risquait de vouloir retourner vivre aux États-Unis lui déchira le cœur. Non ! Il voulait voir son enfant chaque jour.

Il s'efforça de chasser l'inquiétude de son visage.

— Ta grand-mère dort paisiblement. Allons dans mon bureau qui se trouve juste à côté, nous pourrons laisser la porte ouverte et la surveiller pendant que nous mangeons.

Sharon le suivit volontiers et le regarda avec plaisir déposer sur la table des empanadas, ces petits chaussons farcis, typiques de l'Argentine, qu'elle adorait.

— Humm... un festin ! déclara-t-elle d'un air gourmand. Tout cela me manque terriblement aux États-Unis.

Gus lui sourit, tout heureux de lui faire plaisir.

— Tu vois, finalement, nous avons réussi à trouver un moment pour manger ensemble et nous parler !

Il lui tendit une serviette en papier.

— Tu es ici depuis combien de temps ?

— Deux semaines. Je suis venue pour m'occuper de ma grand-mère qui était tombée et ne pouvait pas se suffire à elle-même. J'ai mis ma vie américaine en suspens pour venir ici et je ne le regrette pas. Elle a réellement besoin de moi. La faire sortir de l'hôpital a été toute une aventure avec toute cette paperasserie qu'elle aurait été bien incapable de remplir toute seule.

— Et ton travail là-bas ?

— Quand j'ai compris qu'il s'agissait de quelque chose de sérieux qui ne se réglerait pas en quelques jours, j'ai donné ma démission. C'est pour cela que j'ai cherché du travail ici.

— Tu vas t'installer à Ushuaia de façon permanente ?

— Je n'en sais rien. Pour l'instant.

— Ce n'est pas une réponse ! protesta Agustin.

Un long silence retomba entre eux. Puis, Agustin décida d'en venir au sujet le plus important de leur rencontre.

— Tu m'as dit que c'est seulement aujourd'hui que tu as découvert que tu étais enceinte ?

— Oui.

— Voilà qui me paraît incroyable.

— À moi aussi. Il faut dire qu'entre les préparatifs de mon départ, la prise en charge de ma grand-mère et ma recherche d'un emploi, je n'ai pas eu le temps de prêter attention aux signes qui auraient dû m'alerter.

— Ce qui signifie que tu n'as encore pas vu de gynécologue ?

— Exact. Je vais m'en occuper maintenant.

Un gémissement leur parvint de la chambre où se trouvait *Abuela*. Sharon se hâta d'aller la retrouver pendant qu'Agustin débarrassait les restes de leur repas. Cela fait, il passa la tête dans l'entrebâillement de la chambre.

— Je vais vous chercher un fauteuil roulant, Teresa, et je vous reconduirai chez vous.

— Merci beaucoup, Agustin, déclara Sharon, ton aide est précieuse.

Puis, avec un sourire, elle demanda :

— Comment convient-il que je t'appelle : Gus ou Agustin ?

— Comme tu voudras, cela n'a pas d'importance.

— Alors, ce sera Agustin, dit-elle en rougissant. J'aime beaucoup ce prénom.

Cette réaction spontanée réchauffa le cœur du médecin. Pourtant, il se hâta d'oublier le trouble qu'elle provoquait en lui. Non, pas de sentiments, Sharon était adorable, mais il ne devait pas se laisser attendrir. D'ailleurs, même s'il l'avait voulu, il n'en avait pas le temps. Trop de problèmes attendaient d'être réglés. Le plus important bien sûr concernait Sharon, mais il n'était pas le seul. Qu'allait-il faire de Sandrine ? Malgré sa tentative de l'éloigner de son copain Diego, l'adolescente n'avait pas renoncé à lui. De peur qu'elle ne commette des bêtises, une fugue ou pire encore, il avait fini par capituler et la ramener ici, mais la situation n'allait pas être simple à gérer.

Franchement, sa vie était bien moins compliquée quand il était seul et travaillait d'arrache-pied pour monter sa clinique.

À cette époque, il n'avait même pas le temps de penser à son deuil, et Sharon n'était pas encore entrée dans sa vie.

C'était tellement mieux alors !

Il passa la main dans ses cheveux.

Tellement mieux... Vraiment ?

5

Les vertèbres de son cou endolori firent un drôle de bruit quand Gus s'éveilla et se redressa. Où se trouvait-il ? Brusquement, la mémoire lui revint. Il plissa les yeux pour mieux percer l'obscurité dans laquelle il se trouvait. Il était chez lui et, la veille en rentrant, il s'était écroulé de fatigue sur son canapé sans même prendre le temps de se déshabiller.

Après avoir déposé Sharon et sa grand-mère chez elles, il avait voulu parler un moment avec Sandrine. Le hic, c'est qu'elle n'était pas rentrée. Encore une fois, elle avait dû aller retrouver ce garçon, ce Diego qu'il avait essayé d'écarter de sa vie. Alors il l'avait attendue… Longtemps.

Quand il l'avait entendue monter l'escalier, il s'était raisonné. Pas question de lui crier dessus. De toute façon, cela ne servirait à rien. Mais sa contrariété n'avait pas disparu pour autant.

Lentement, il s'assit sur les coussins avant de prendre le temps de s'étirer, encore surpris de s'être endormi là. Sa fatigue devait être encore plus grande qu'il ne le pensait. Pourtant, il avait l'habitude de travailler tard mais, cette fois, son futur proche comportait trop d'inconnues.

— Enfin, te voilà réveillé ! déclara la voix aiguë de Sandrine qui évoluait dans la cuisine. J'allais venir te secouer pour voir si tu étais toujours en vie !

— Merci, ma chérie ! Je te suis infiniment reconnaissant de ta délicatesse.

Il se frotta le visage avec les mains avant de regarder la jeune fille.

— Hier soir, tu étais où je pense ?

Sandrine haussa les épaules.

— Écoute, tu n'es jamais à la maison. Il faut bien que je vive ma vie !

— Sandrine, tu n'as que seize ans.

— Et alors ? J'en avais quinze quand mon père est mort. Depuis, je me débrouille toute seule.

Agustin ne releva pas ce qui était peut-être une accusation à son endroit, mais un fond de culpabilité commença à émerger.

Sandrine revint aussitôt à la charge, presque agressive.

— Et toi ? Tu étais où hier soir ?

— Chez ma nouvelle infirmière. Elle vit dans l'appartement voisin. Sa grand-mère était tombée et...

— Teresa est tombée ? sursauta Sandrine, soudain vivement concernée par ce qu'elle entendait.

— Tu la connais bien ?

Sandrine fronça le nez.

— Bien sûr ! Tout le monde la connaît ici. Elle est la grand-mère de tout le quartier.

Encore une fois, les souvenirs qu'il avait enterrés affluèrent à la mémoire d'Agustin.

Son père avait abandonné sa mère qui était venue vivre à Buenos Aires où il était étudiant. Ensuite, il n'était jamais revenu à Ushuaia. Il se sentait mieux chez sa mère. Malgré les efforts de son père pour rester en contact avec lui, il s'était de plus en plus éloigné de ce dernier et avait bâti sa vie dans la capitale.

Mais à la mort de Luisa, il n'avait plus supporté cette ville où il avait connu le bonheur et où tout lui était douleur désormais. Finalement, après le décès de son père, il était revenu vivre dans l'appartement de ce dernier pour repartir à zéro et prendre soin de sa demi-sœur. En réfléchissant, il se dit qu'il avait certainement eu autrefois l'occasion de croiser Sharon quand elle venait ici passer les vacances chez Teresa.

Il se mit debout, encore un peu chancelant, et considéra Sandrine.

— Tu es prête pour le lycée ?

— Yep ! répondit-elle sans le regarder, en consultant son téléphone.

Brusquement, il se rappela que tous ses costumes étaient restés au pressing pendant son séjour à Buenos Aires.

— Est-ce que par hasard tu serais passée chez le teinturier ?

— Ben non ! Qu'est-ce que tu veux que j'aille y faire ?

Elle n'avait pas tort, reconnut Agustin.

— C'est que... je n'ai plus de costume à me mettre...

Il fallait réellement qu'il trouve une employée de maison.

— Va voir dans la chambre de notre père, conseilla l'adolescente, pleine de bon sens. Les placards en sont pleins. Tu en trouverais sûrement un à ta convenance.

L'estomac d'Agustin se serra. Il n'avait jamais entretenu de bonnes relations avec son géniteur. Et encore moins quand ce dernier avait quitté sa mère pour une femme plus jeune, la mère de Sandrine.

Se retrouver ainsi dans la maison où il avait passé son enfance lui paraissait étrange et le mettait mal à l'aise. Il y retrouvait à la fois les bons souvenirs de l'époque où ses parents vivaient ensemble, mais aussi les moments douloureux qui avaient suivi leur divorce.

C'était pour Sandrine qu'il était ici, mais il n'en était pas heureux.

— Merci pour le conseil. Bonne journée, Sandrine. Je vais prendre une douche.

— Ça sera pas du luxe, si tu voyais ta tête !

Agustin laissa échapper un grognement et partit inspecter la penderie de son père où il trouverait certainement de quoi se rendre présentable au travail. Sur le chemin du retour ce soir, il passerait prendre ses costumes, et tout rentrerait dans l'ordre.

En entrant dans la chambre de son père, il reconnut tout de suite l'odeur familière de son eau de toilette qui imprégnait encore la pièce. Rapidement, il prit une chemise bleue et un costume gris un peu grand pour lui, mais peu importait. De toute façon, il se changerait en arrivant à l'hôpital.

Cela fait, il se dirigea vers la salle de bains dans l'espoir qu'une longue douche chaude l'aiderait à éclaircir ses idées. Tout se mélangeait dans sa tête. Sharon, le bébé... la rancune qu'il nourrissait encore à l'égard de son père, ce qui ne l'empêchait pas de choisir une de ses cravates, ni d'enfiler un de ses costumes...

Tout en s'habillant, il repassa dans sa tête le programme de sa journée. Sandrine venait de partir pour le lycée. Il avait quelques rendez-vous et deux interventions chirurgicales au cours desquelles Sharon l'assisterait certainement.

En sortant, il croisa la jeune femme sur le trottoir. Elle était enveloppée dans une grosse doudoune fuchsia qui lui donnait bonne mine. Cela le mit de bonne humeur.

— Bonjour, Sharon. Tu veux que je te conduise ?

— Non, merci. Marcher me fera du bien. Par contre, tu peux m'accompagner à pied si tu veux.

— D'accord, mais ça m'obligera à rentrer à pied pour ressortir en voiture afin de passer chez le teinturier.

— Tu n'as pas quelqu'un pour te soulager de ce genre de tâches ?

— Non. Pour l'instant, je me débrouille tout seul. Je ne suis plus un gamin.

— Sauf que tu ne sais pas t'habiller correctement en hiver.

— Je t'ai expliqué que normalement je me déplace en voiture.

Sharon tapa des pieds sur le trottoir pour se réchauffer.

— Alors, tu marches avec moi ou tu conduis ?

— Je marche avec toi. Je prendrai un taxi pour rentrer.

Ils commencèrent donc ensemble à prendre le chemin de l'hôpital. Au bout d'un moment, Agustin se tourna vers Sharon en souriant.

— Tu sais que je me souviens de toi ?

— J'espère bien ! se récria Sharon.

— Je veux dire que je me souviens de toi quand tu étais petite. Tu étais timide, avec des rubans bleus au bout de tes nattes. J'étais déjà adolescent, mais je me rappelle très bien la petite-fille américaine de ta grand-mère.

Sharon se mit à rire.

— Ah oui, je portais souvent des rubans bleus, mais j'en avais une collection de toutes les couleurs. Par contre, désolée, je ne me souviens absolument pas de toi.

— C'est parce que je suis bien plus vieux que toi, ajouta-t-il en riant.

— À vrai dire, j'ai un souvenir un peu confus des étés que j'ai passés ici.

Il y avait une intonation de tristesse dans la voix de Sharon. Il allait lui en demander la raison quand il la vit sortir un bonbon de sa poche et le déplier avant de le glisser dans sa bouche.

— Tu te sens bien ?

— Oui. Juste un petit malaise matinal.

— Tu en es à la vingtième semaine de ta grossesse. Tu ne devrais plus en avoir maintenant.

La gynécologie n'était pas sa spécialité, mais c'était là une des choses qu'il avait retenues de la quantité d'ouvrages que Luisa lui avait fait lire quand elle était enceinte.

— Dis-le au bébé ! conseilla Sharon. Ça me rendra bien service s'il t'écoute.

— Trêve de plaisanteries, déclara Agustin. Il faut que tu prennes rendez-vous avec un gynécologue ou une sage-femme. Tu es au milieu de ta grossesse et tu n'as encore vu personne !

— Je sais. Mais souviens-toi que pour moi, c'est tout nouveau. D'ailleurs, tu ne peux pas imaginer à quel point je suis mécontente de moi-même...

— Pourquoi donc ?

— Parce que moi, infirmière diplômée, je n'ai pas su interpréter les signes que m'envoyait mon corps.

La voix de Sharon s'était mise à trembler. Agustin crut même qu'elle allait se mettre à pleurer. Heureusement, elle se calma avant d'en arriver là, car il n'aurait peut-être pas su la consoler.

— Tu te rends compte que je ne l'ai même pas senti remuer ? reprit-elle.

— Et maintenant ?

Il avait posé la question en espérant que son anxiété ne transparaîtrait pas. Car plus il y réfléchissait, plus la pensée du petit être qui grandissait en elle l'enchantait et le terrorisait en même temps.

Un enfant... Sa seconde chance...

Des mots jamais prononcés lui montaient aux lèvres. Il lui fallut lutter pour s'empêcher de poser la main sur le manteau de Sharon, à l'endroit de son ventre.

— Maintenant, oui.

— C'est à cause des nausées que tu manges ce bonbon ?

— Oui, c'est un bonbon au gingembre. Assez efficace, bien que je n'aime pas le gingembre.

Ils continuèrent à marcher côte à côte, sans parler, mais ce silence n'était pas gênant. Agustin se sentait bien. Même le froid lui paraissait moins rude.

Devait-il s'inquiéter de ce bien-être ?

Comme toujours, ce fut la pensée de son travail qui le rassura.

— J'ai vu sur ton CV que tu as déjà travaillé en salle d'opération.

— Bien sûr. J'aime toutes les facettes de mon métier.

La façon enthousiaste dont elle lui répondait le fit sourire. Apparemment, elle était aussi passionnée que lui. Alors qu'elle était une personne calme et logique, dès qu'il était question de son métier, son regard s'allumait. Dans le fond, il avait bien de la chance d'avoir auprès de lui une collaboratrice aussi chaleureuse.

La sagesse serait de s'en tenir à cet aspect de sa personnalité. Pas de sentiments entre eux, et tout se passerait bien.

— Je dois assurer deux interventions aujourd'hui. Est-ce que je peux compter sur toi pour m'assister ?

— Tu veux tester mes compétences, c'est ça ? demanda-t-elle sur un ton taquin.

— Qui sait ?

— Eh bien, je relève le défi ! Avec plaisir par-dessus le marché.

— Parfait. On se retrouve dans mon bureau dans vingt minutes pour examiner le dossier de ces patients.

— Très bien. J'y serai.

Le vent fit voler une mèche de cheveux échappée de la capuche de Sharon et la plaqua sur son visage. Sans réfléchir, Agustin l'en écarta. Ce contact soyeux le bouleversa. Pendant leur nuit d'amour, il avait tellement aimé passer ses doigts dans la chevelure dénouée de Sharon...

Ils venaient d'arriver.

— À tout à l'heure, Agustin, dit-elle en pénétrant dans l'hôpital.

— À tout à l'heure, répondit-il.

Chacun faisait de son mieux pour maintenir avec l'autre une relation purement professionnelle mais, malgré cet effort, Agustin sentait monter en lui un attachement dont il ne voulait pas.

Il pouvait se raconter ce qu'il voulait, la nuit passée avec Sharon à Barcelone avait été plus qu'une passade.

Sharon s'efforçait de contenir sa nausée. Était-elle causée par le stress des événements de la veille ? Elle ne comprenait pas ce qui lui arrivait. Elle eut recours une nouvelle fois à un bonbon au gingembre pour la chasser. Elle allait travailler en salle d'opération, ce qu'elle adorait. Retirer des verrues ou faire des piqûres de botox était bien moins exaltant que travailler en chirurgie.

Pourtant, en ce moment, les odeurs lui soulevaient le cœur. Elle se tenait debout à côté d'Agustin qui travaillait à une liposuccion. Le bruit des appareils la gênait. Ses oreilles tintaient. Son estomac avait le mal de mer.

Elle s'efforça de ne pas tenir compte de ces sensations désagréables pour se concentrer sur son travail, mais c'était difficile. Encore plus difficile quand le souvenir de la main de Gus écartant les cheveux sur son visage lui revenait. Là encore, son estomac se manifestait, mais ce n'était pas du tout le même genre de trouble. Celui-ci était agréable mais signe de danger. Était-elle en train de s'attacher à lui ? Il n'en était pas question.

Parce qu'il y avait toutes les chances pour qu'Agustin reproduise le comportement de son père. Que ferait-elle quand il l'abandonnerait ?

Voilà qui n'aidait pas à faire disparaître ses nausées.

Elle se força à se concentrer sur son travail. Exactement comme l'avait fait Agustin la veille quand il avait recousu le front de sa grand-mère.

— Sharon, tiens cette pince à ma place.

— Oui, bien sûr.

Elle leva le visage. Au moment où son regard croisait celui d'Agustin, l'anesthésiste se racla la gorge. Elle baissa les yeux aussitôt. Il ne fallait surtout pas que l'on soupçonne qu'il y avait quelque chose entre elle et Agustin. À elle d'être vigilante pour éviter de donner du grain à moudre aux ragots qui courent volontiers dans les hôpitaux. Désormais, elle ferait attention. Personne ne devinerait. Cette fois-ci, il n'y aurait pas de conséquences.

De toute façon, elle ne voulait pas s'attacher à Agustin. C'est le meilleur moyen d'avoir le cœur brisé un jour ou l'autre. L'amour ne dure pas toute une vie, voilà tout. Mieux valait le savoir à l'avance.

Le problème, c'est qu'elle apprenait à connaître Agustin malgré elle. En le regardant travailler, s'occuper de sa grand-mère, parler de Sandrine... Tout cela faisait son chemin en elle, et elle en était contrariée.

Une nouvelle vague de nausées lui souleva le cœur. Elle ferma les yeux et réussit à reprendre le contrôle d'elle-même.

— C'est bon, dit Agustin. Je vais recoudre.

Sharon lui passa le matériel nécessaire pour refermer la petite incision qu'il avait faite afin d'effectuer la liposuccion. Ensuite, elle s'agrippa à la table sur laquelle étaient rangés les instruments qu'elle devait amener en stérilisation.

— Tu as été parfaite, déclara Agustin.

Elle tourna lentement la tête vers lui.

— Merci du compliment...

Elle avait chaud, très chaud, alors que la pièce était très fraîche.

— Je serai heureux de recommencer à travailler avec toi en salle d'opération.

— Je...

Elle s'efforçait de fixer son regard sur quelque chose qui l'aiderait à maintenir son équilibre, mais son champ visuel se rétrécissait de seconde en seconde.

— Sharon ?

La voix d'Agustin lui parut provenir du fond d'un puits.

Elle avait vraiment trop chaud.

Ses genoux ployèrent sous elle.

La dernière image qui lui parvint fut Agustin se précipitant vers elle, les bras tendus.

Ensuite, tout devint noir.

— Sharon ?

C'était la voix d'Agustin. Il pressait quelque chose de froid sur son front, et c'était agréable.

— Oui…, répondit-elle faiblement.

— Tu t'es évanouie.

— Quoi ?

— Tu viens de t'évanouir, répéta Agustin doucement. J'ai appelé un de mes collègues gynécologue.

Sharon laissa échapper un grognement.

— Comme ça maintenant, tout le monde saura que je suis enceinte.

— Et alors ? Oui, tu es enceinte. Reconnais que c'est purement logique de ma part d'avoir recours à un collègue plus compétent que moi en la matière.

Elle grogna à nouveau. Sa tête lui faisait mal. Agustin avait raison, mais savoir son secret éventé la contrariait. Pourtant, d'ici peu de temps, elle n'aurait pas pu le cacher. Tout le monde se serait aperçu de son état.

— Tu peux t'asseoir ? demanda Agustin.

— Oui, je crois.

Il l'entoura de ses bras et l'aida à se redresser sur le sol de la salle d'opération.

— Allons chez le Dr Perez. Elle t'attend pour t'examiner.

Sharon se laissa maintenir par Agustin. Ses jambes étaient incapables de la porter. Voyant cela, sans lui demander son avis, il la saisit à bras-le-corps pour la faire sortir de la salle d'opération.

Vexée d'en être réduite à se laisser transporter comme un paquet encombrant, elle se sentait aussi rassurée malgré ses appréhensions. Qu'allait penser le personnel qui les verrait ainsi déambuler dans les couloirs ? Difficile ensuite de s'en tenir à des liens professionnels…

Agustin l'installa sur la table d'examen. Elle entendit le papier de protection crisser sous elle.

— Si tu es d'accord, j'aimerais rester avec toi.

— Tu n'y es pas du tout obligé. Souviens-toi qu'il n'y a rien entre nous.

— Complètement d'accord, mais il s'agit de mon enfant. Je suis concerné moi aussi.

Parfait. Ce qui l'intéressait, c'était le bébé, pas elle. C'était ce qu'elle souhaitait. Tout allait pour le mieux.

— Comme tu voudras. Reste si tu veux.

On frappa à la porte et le Dr Perez fit son apparition. C'était une jeune femme au visage sympathique.

— Il paraît que vous vous êtes évanouie dans la salle d'opération ?

Sharon devint toute rouge.

— Oui.

— Vous êtes enceinte de vingt semaines ?

— Oui. Mais je n'ai appris qu'hier que j'attendais un enfant.

La docteure ne put dissimuler une expression de surprise.

— Vous êtes infirmière et vous n'aviez rien remarqué ?

— Eh bien... il m'est déjà arrivé d'avoir mon cycle perturbé par des événements stressants.

— Oui, cela arrive parfois.

— Ma grand-mère, Teresa Gonsalves, s'est cassé la hanche en faisant une mauvaise chute. Il a fallu que je donne ma démission à New York où je travaillais, bref, il m'est arrivé tellement de choses en si peu de temps que je n'ai rien remarqué.

— Vous avez dit que Teresa Gonsalves est votre grand-mère ?

— En effet.

— C'est elle qui m'a mise au monde ! s'exclama la docteure. J'espère que sa santé s'est améliorée.

— Oui. Elle va bien maintenant. Une personne de confiance s'occupe d'elle pendant que je travaille.

— Et qui s'occupe de vous ? demanda Christina. Le père, j'imagine ?

— Je... C'est moi le père..., répondit Agustin. Je viens tout juste d'apprendre la nouvelle.

Christina Perez les considéra à tour de rôle d'un air très stupéfait, mais s'abstint de tout commentaire.

— Très bien. Je vais prendre votre tension et vérifier le taux de sucre dans votre sang. J'ai mon Doppler avec moi, ce qui nous permettra d'entendre les battements de cœur du bébé.

À ces mots, Sharon se redressa.

— Vraiment ?

— Bien sûr. Vous les auriez déjà entendus si vous aviez été suivie normalement.

Sharon tendit le bras pour que le Dr Perez prenne sa tension.

— Elle est un peu élevée, mais c'est sans doute dû à la situation que vous affrontez avec votre grand-mère et à votre évanouissement. Après mon examen, je vais vous adresser à mes collègues pour qu'ils effectuent les tests courants dans votre état.

Après avoir piqué le bout d'un doigt de Sharon, le diagnostic fut vite fait.

— Tout me semble normal. Vous dites pourtant que vous avez des nausées ?

— Oui.

— À ce stade de la grossesse, il paraît que ce n'est pas normal, intervint Agustin.

— Ce n'est pas courant, mais c'est possible, répondit Christina. Je pense que Sharon s'est évanouie parce qu'elle est déshydratée. Il vous faut prendre des pauses, Sharon, conseilla-t-elle. Je vais tout de même prescrire une analyse de sang à jeun. Maintenant, nous allons écouter le cœur de votre bébé.

Sharon souleva son pull-over pour que la femme médecin puisse étaler le gel nécessaire à l'examen. Sharon frissonna. Il était glacé !

Tout de suite après, un battement de cœur, rapide, qui n'était pas le sien, lui parvint. Elle l'avait entendu à maintes reprises quand elle travaillait en obstétrique mais, cette fois, les larmes lui montèrent aux yeux. C'était celui de son bébé. Son bébé à elle. Et à Agustin, aussi.

— Le cœur bat vigoureusement, c'est bon signe.

Agustin souriait, émerveillé.

— Je n'arrive pas à le croire…

— Tu as tort ! répliqua Sharon.

— Je vous revois demain à 9 heures pour les examens complémentaires.

— Pas de problème, assura Agustin.

— Il faut que je trouve quelqu'un pour venir garder ma grand-mère, rectifia Sharon. C'est la matinée de repos pour Maria.

Agustin intervint aussitôt.

— Sandrine ira lui tenir compagnie.

— Tu crois qu'elle va accepter ?

— Je suis sûr qu'elle sera ravie de le faire. Elle adore *Abuela*.

Sharon ne répliqua rien. Apparemment tout s'arrangeait au mieux, mais elle voyait avec inquiétude Agustin franchir les limites qu'elle avait instituées pour se protéger. Il prenait des décisions sans la consulter… Ce n'était pas ce qu'elle souhaitait.

Certes, Maria lui avait dit que Sandrine était déjà venue s'occuper de sa grand-mère à plusieurs reprises mais, cette fois, c'est Agustin qui en avait décidé de son propre chef. Il intervenait dans sa vie alors qu'elle avait résolu de faire face seule à sa situation.

Depuis toujours, c'était sa ligne de conduite. Seule. Parce qu'elle était la seule personne au monde en qui elle pouvait avoir totalement confiance.

— À demain matin ! dit le médecin.

— Je vous raccompagne, proposa Agustin en lui ouvrant la porte.

6

Agustin demanda à Sharon de l'attendre à la clinique pendant qu'il allait chercher sa voiture. Cette fois, elle obéit sans mettre en avant la nécessité de l'exercice pendant la grossesse. Après son évanouissement, mieux valait qu'elle ne rentre pas chez elle à pied.

Tout en effectuant son trajet, Agustin ne pouvait s'empêcher de penser que Sharon avait l'air fâchée contre lui. Sans doute parce qu'il l'avait portée dans ses bras jusqu'à la salle d'examen ? Il n'avait pas réfléchi aux conséquences que ce geste pouvait avoir pour elle.

En fait, il ne souhaitait qu'une chose : assurer sa sécurité. Quand il l'avait vue perdre connaissance, la terreur s'était emparée de lui. Depuis, l'anesthésiste, le Dr Nunez, l'avait appelé pour prendre des nouvelles de Sharon. Il avait dû lui apprendre qu'elle était enceinte sans pour autant ajouter qu'il était le père du bébé, mais cela ne tarderait pas à se savoir dans l'hôpital.

Depuis qu'il avait entendu les battements du cœur de son enfant, il se sentait dans un état second. Un peu comme s'il flottait sur un nuage. Jamais il n'avait vécu cette expérience avec Luisa qui était morte au début de sa grossesse.

Quand la gynécologue avait demandé à Sharon qui s'occupait d'elle, il n'avait pas hésité à assurer le rôle qui lui revenait. Le contrat était clair entre eux. Ni l'un ni l'autre ne souhaitait entretenir une relation, mais le bébé était le lien qui les rattachait l'un à l'autre. Ce n'était pas les sentiments mais le sens de ses responsabilités qui dictait le comportement d'Agustin. Rien de plus, c'était clair. C'était bien.

Au moment où il s'arrêtait devant l'immeuble, ils aperçurent Sandrine. Qui n'était pas seule… Elle enlaçait un garçon et, de toute évidence, ils étaient en train d'échanger un baiser passionné. La colère envahit Agustin qui ne put s'empêcher de serrer les poings.

Diego. Encore !

Il n'appréciait pas le garçon. La principale raison de cette animosité était liée au fait que peu avant son décès, son père avait eu une altercation avec le jeune homme quand il avait tenté de lui expliquer que Sandrine était beaucoup trop jeune pour être sérieuse avec lui. Diego n'avait pas été de son avis.

Agustin signala sa présence par un raclement de gorge. Sandrine et Diego relâchèrent leur étreinte. Agustin jeta un regard furieux au jeune homme qui s'éloigna en faisant un signe de la main à l'adresse de Sandrine.

— Tu lui as fait peur ! reprocha Sandrine à son frère.

— Il n'a pas à traîner par ici.

— Il ne traîne pas, il est venu me voir. C'est mon copain, tu le sais très bien.

— Je ne lui fais pas confiance.

— Et pourquoi ? Tu ne le connais même pas.

— Il déplaisait à notre père.

— Comment tu sais ça ? Il n'est jamais venu ici quand notre père était présent.

Sandrine frappait juste. C'était vrai. Jamais leur père ne lui avait mentionné Diego pour l'excellente raison qu'ils ne se parlaient pas. Agustin n'arrivait pas à lui pardonner d'avoir brisé le cœur de sa mère. Du temps de Luisa, quand il vivait heureux avec elle à Buenos Aires, il lui était facile de ne pas penser à lui. Ensuite, à son retour à Ushuaia, il avait fait des efforts pour se rapprocher de lui, ne serait-ce que pour connaître Sandrine, mais la colère ne l'avait jamais quitté.

Donc, Sandrine avait parfaitement raison.

Ne voulant pas s'avouer vaincu, il croisa les bras dans une posture défensive.

— Notre père en avait parlé à ma mère qui m'avait rapporté leur conversation. Elle t'aime comme une mère bien que tu ne sois pas sa fille biologique, elle veut le meilleur pour toi et tenait à me mettre au courant de cette fréquentation.

Sandrine roula les yeux d'une manière qui signifiait clairement : *Qu'est-ce que ça peut te faire tout ça ?* Elle ne prononça pas les mots, mais le message était clair. En fait, c'était important pour Agustin, mais il avait bien du mal à établir une relation apaisée avec une adolescente rebelle qu'il n'avait rencontrée qu'une paire de fois quand il était un tout jeune homme.

— Où sont tes costumes ? s'enquit Sandrine en remarquant qu'il rentrait les mains vides. Tu n'es pas passé chez le teinturier ?

— Je viens chercher ma voiture. Ce matin, j'ai marché jusqu'à l'hôpital en compagnie de Sharon.

— Elle va bien ? demanda Sandrine sur un ton réellement concerné.

— Oui, très bien. Tu sais qu'elle est enceinte ?

— Oui. Sa grand-mère a deviné tout de suite. Elle a une grande expérience dans ce domaine et elle m'a mise au courant.

Agustin sourit d'un air embarrassé.

— Je comprends... je... C'est moi le père.

— Quoi ? Tu rigoles !

— Non. Nous nous sommes rencontrés à Barcelone il y a cinq mois... Bref, je t'épargne les détails, je suis le père de cet enfant.

Un sourire radieux s'épanouit sur le visage juvénile de Sandrine.

— Waouh !!! Ça veut dire que je vais être la tante de ce bébé ?

— Évidemment.

— C'est super !

L'adolescente rayonnait, son regard étincelait de bonheur.

— Ça te fait tant plaisir que ça ?

— Bien sûr, j'adore les enfants. Ah... que je suis contente !

Agustin hocha la tête, mais la réaction de Sandrine lui faisait chaud au cœur.

— Bon, maintenant, je vais chercher Sharon à l'hôpital et la ramener chez elle. Au fait, est-ce que tu pourrais rester avec

Teresa demain matin pendant que j'accompagne Sharon à un rendez-vous médical ?

Sandrine sourit à nouveau.

— Avec plaisir. Est-ce que je peux monter la voir pour lui annoncer la bonne nouvelle ?

— Elle ne sait pas encore que c'est moi le père. Il vaut sans doute mieux laisser Sharon le lui annoncer elle-même, mais tu peux très bien aller passer un moment avec elle et Maria.

Sandrine pivota sur elle-même en tapant des mains. Jamais Agustin n'avait vu sa sœur aussi heureuse.

Et au moins, pendant qu'elle était avec Teresa, c'était autant de temps qu'elle ne passait pas avec Diego...

Après avoir pris ses clés, il retourna à la clinique où Sharon l'attendait, le visage fermé.

— Tu te sens bien ? s'enquit-il, inquiet à la pensée qu'elle était peut-être encore contrariée par des nausées.

— Oui, ça va, répondit-elle, laconique.

Pendant le trajet, elle ne prononça pas un mot, se contentant de regarder par la fenêtre. Il avait de plus en plus l'impression qu'elle était fâchée contre lui.

— Sharon ?

— Tu vas me demander si je suis en colère contre toi ?

— Oui.

— Je ne le suis pas, mais je suis contrariée, répondit-elle sans tourner la tête.

— À tel point que tu ne peux même pas me regarder ?

— C'est mieux comme ça ? s'enquit-elle en pivotant sur son siège.

— Oui. Nettement. Pourquoi est-ce que tu es contrariée ? Qu'est-ce que j'ai fait pour te mettre dans cet état ?

— Eh bien, tu as pris toutes les initiatives à ma place, sans jamais me demander mon avis. Tu as pris les rendez-vous sans me consulter... et si je n'ai pas envie d'être suivie par le Dr Perez ?

— Elle ne t'a pas plu ?

Sharon soupira.

— Je n'ai pas dit ça. Elle paraît tout à fait compétente et

sympathique. Le problème, c'est que tu t'es comporté comme un parfait macho. Un gentil macho, oui, mais macho quand même.

Agustin tombait des nues. Jamais il n'aurait imaginé que son comportement attentif allait provoquer pareille réaction chez Sharon.

— C'est à moi de prendre les décisions qui concernent mon corps, mon bébé et ma grand-mère, tu comprends ? demanda Sharon, presque agressive.

Comme c'était compliqué... Agustin décida néanmoins de faire amende honorable.

— Je reconnais que je me suis un peu laissé emporter... mais tu comprends, ton malaise m'avait pas mal bouleversé moi aussi. J'ai voulu être efficace le plus vite possible.

Sharon haussa les épaules.

— Si tu veux, reprit Agustin, nous pouvons annuler le rendez-vous...

— Non. Je m'y rendrai si Sandrine peut aller tenir compagnie à *Abuela* demain matin.

— Oui, je viens de la voir. Elle est d'accord et disponible. Ta grand-mère lui avait déjà dit que tu étais enceinte. J'ai ajouté que je suis le père...

Sharon émit un grognement contrarié.

— Et voilà ! Tout Ushuaia va être au courant de ma vie privée...

— Parce que j'en ai parlé à ma sœur ?

— Mais non, je ne mets pas Sandrine en cause, mais maintenant que ma grand-mère est au courant, elle va se faire un plaisir de le crier sur les toits, je la connais !

Cela dit, elle éclata de rire, ce qui mit fin à la tension qui régnait entre eux depuis le départ de la clinique.

— Tu sais, reprit Sharon qui avait retrouvé sa bonne humeur, j'ai honte de m'être évanouie en salle d'opération. Heureusement que tu étais là.

Rasséréné par ce remerciement, Agustin se rappela qu'autrefois, il lui arrivait parfois de se disputer avec Luisa qui était la personne qu'il aimait le plus au monde. Alors avec Sharon qui n'était rien dans sa vie, c'était on ne peut plus normal.

— *Pourquoi est-ce que tu travailles tout le temps ? lui demandait Luisa, en sanglots.*

— *Pour gagner notre vie, Luisa. Je suis le dernier arrivé à l'hôpital, je dois faire mes preuves.*

— *Ton travail est plus important que moi !*

Alors, il l'attirait dans ses bras.

— *Non, ma chérie. Tu te trompes. Cela n'arrivera jamais.*

Pourtant, Luisa n'avait pas tout à fait tort. Il travaillait beaucoup et n'était que rarement disponible pour l'accompagner dans ses sorties. C'est pour cela qu'elle s'était acheté une voiture. S'il avait été davantage disponible... l'accident ne serait pas arrivé.

Hélas, on ne peut pas changer le passé.

Dès qu'ils arrivèrent devant la maison, Sandrine leur ouvrit grand la porte, tout sourires, et s'avança vers eux.

— Je n'ai pas dit à ta grand-mère qu'Agustin est le père du bébé, annonça-t-elle en se jetant dans les bras de Sharon.

Cet élan d'affection ne fut pas sans surprendre Sharon, mais lui fit un immense plaisir.

— Merci de m'avoir laissé ce privilège, et merci aussi d'avoir accepté de lui tenir compagnie demain matin.

— Pas de problème ! N'hésite pas à me demander chaque fois que je pourrai te rendre service ou dépanner Maria. J'aime ta grand-mère de tout mon cœur.

Les yeux noisette de Sandrine brillaient de bonheur. Agustin ne l'avait jamais vue aussi heureuse depuis qu'il était revenu en Argentine. Sa mère l'avait d'ailleurs prévenu que l'adolescente n'était pas du genre souriant, et que c'était parfois difficile d'affronter son visage maussade.

Ils entrèrent tous les trois retrouver Teresa qu'ils trouvèrent assise à la table de la salle à manger en train de faire un puzzle.

— *Querida*, te voilà de retour ! lança-t-elle joyeusement. Je suis sûre que tu as quelque chose à me dire.

Sharon retira son manteau qu'elle jeta sur une chaise.

— *Abuela*, tu te souviens du Dr Varela ?

— Évidemment, c'est moi qui l'ai mis au monde. D'accord,

j'ai fait une chute hier, mais j'ai encore toute ma tête, dit-elle en se touchant la tempe. Après tout, je n'ai que quatre-vingts ans !

Du haut de ses seize ans, Sandrine se mit à sourire d'un air amusé en entendant énoncer cet âge canonique.

Sharon se rapprocha de sa grand-mère.

— *Abuela*, tu as raison, j'ai une grande nouvelle pour toi.

— Dis vite, ne me fais pas languir !

— Eh bien... c'est Agustin le père de mon bébé. Nous nous sommes rencontrés à Barcelone, il y a cinq mois, à l'occasion d'un congrès médical.

Un sourire malicieux éclaira le visage de la vieille dame.

— Drôle de congrès, mais il faut de tout pour faire un monde, n'est-ce pas ?

Puis, se tournant vers Sandrine.

— Et toi, ma petite, qu'est-ce que ça te fait de recevoir bientôt le titre de tante ?

— Je suis folle de joie. Tu comprends, nous allons enfin être une vraie famille.

— Oui, et tu pourras m'appeler « *Abuela* » pour de vrai.

Un pincement de culpabilité se manifesta au cœur d'Agustin. Sans doute ne s'était-il pas suffisamment occupé de Sandrine ? Les mauvaises relations qu'il entretenait avec son père ne l'avaient pas incité à se manifester souvent auprès d'elle. Il le regrettait aujourd'hui où il prenait conscience du manque d'affection manifesté par l'adolescente.

Agustin se tourna vers Sharon.

— Si tu allais te reposer maintenant ?

— Oui, je sens que cela me fera du bien.

— Je vais chercher mes costumes au pressing et je ramènerai de quoi dîner.

— Ce n'est pas la peine, protesta Sharon.

— Si, parce que ça me fait plaisir, trancha-t-il. À tout de suite !

Il laissait Sandrine, Sharon et Teresa heureuses et complices. « *Une vraie famille* », avait dit Sandrine. Mais jusqu'à quel point ? Sharon ne voulait pas de relation avec lui. De son côté, il ne voulait pas davantage s'attacher sentimentalement à elle. L'idée de fonder sa propre famille le paralysait de terreur. Le bonheur était trop fragile pour s'y risquer. Ses parents avaient échoué dans cette entreprise, et lui aussi, malgré son amour pour Luisa que la mort lui avait arrachée. Il ne croyait plus au bonheur. Il avait passé l'âge des contes de fées.

Sharon s'en voulait d'avoir manifesté sa mauvaise humeur à Agustin. Il s'efforçait seulement de la soutenir, mais elle n'était pas habituée à cela.

En ce qui concernait le bébé, elle pouvait l'admettre, mais pourquoi tenait-il à leur ramener le dîner ? Sandrine et sa grand-mère s'entendaient à merveille, et Sharon s'en réjouissait, mais que se passerait-il le jour où Agustin rencontrerait quelqu'un avec qui fonder une vraie famille ? Une femme qui souhaiterait lier sa vie à la sienne ?

Tout cela la contrariait. C'était trop. Trop pour sa pauvre tête surmenée par tous ces événements. Le stress qu'elle éprouvait depuis son arrivée en Argentine était certainement en train de faire monter sa tension. Étant donné son état, ce n'était vraiment pas souhaitable.

Sandrine quitta la table où elle travaillait au puzzle pour aller chercher le courrier posé sur la tablette de l'entrée.

— Tiens, Sharon, il y en a beaucoup... Maria a oublié de le rentrer ces derniers jours.

— Ce n'est pas grave. Merci, Sandrine.

Sharon ramassa la pile d'enveloppes et y jeta un rapide coup d'œil. L'une d'elles lui glaça le sang. Elle était adressée à *Abuela* et provenait d'une banque. Sharon se hâta de l'ouvrir. Au fur et à mesure qu'elle en prenait connaissance, son estomac se nouait davantage. Il était question d'un retard d'impôts que sa grand-mère devait payer à propos d'un bien qu'elle possédait à Buenos Aires. La somme exigée était énorme. Elle n'en avait pas le premier centime.

Elle s'approcha de sa grand-mère.

— *Abuela*, tu possèdes toujours une maison à Buenos Aires ?

— Non, *Querida*, elle a été vendue.

Elle prit connaissance de la lettre.

— Je ne comprends pas. Je ne suis plus propriétaire de rien là-bas depuis longtemps.

— Tu en es bien sûre ?

— Oui. J'ai tout vendu il y a cinq ans. Mon comptable s'est occupé de tout.

— Ne t'inquiète pas, je vais m'en occuper.

Elle glissa la lettre dans sa poche, désolée de ce souci supplémentaire. Bien sûr, elle allait faire face une fois de plus. Seule comme toujours, car la seule personne sur laquelle elle pouvait compter était elle-même. Et c'était mieux comme ça.

La fatigue la terrassait tout à coup. Elle alla s'allonger sur le canapé et posa une main sur son ventre. Profitant de ce moment de calme, le bébé se mit à remuer.

— Je vais m'en sortir, lui murmura-t-elle. Tu ne manqueras jamais de rien, je te le promets.

Comme s'il avait compris le message, le bébé remua de plus belle, ce qui la fit sourire de tendresse. Puis, les larmes lui montèrent aux yeux, ce qui la contraria, car elle était d'ordinaire tout à fait maîtresse de ses émotions. Or, depuis quelque temps, pour son plus grand agacement, elle n'arrivait plus à les contrôler.

Un coup frappé à la porte l'incita à sortir de cette morosité. Agustin revenait, deux sacs en papier brun à la main, le manteau couvert de neige.

Sandrine alla le débarrasser pour amener les provisions à la cuisine.

— Tu vas bien ? demanda-t-il à Sharon, l'air réellement concerné.

Cette fois encore, Sharon sentit l'émotion l'envahir. Pourtant, il n'était pas question de sentiments entre eux. À quoi bon courir le risque d'avoir le cœur brisé ? Ils étaient parfaitement d'accord sur ce point. Gus l'avait clairement avertie ne pas vouloir de relation sentimentale avec elle, ce qui lui convenait très bien puisqu'elle n'en souhaitait pas non plus.

— Oui, très bien. Merci d'avoir apporté le repas.

Du regard, elle fit le tour de la pièce, comme pour graver dans sa mémoire le souvenir de cet instant de plénitude partagé avec Agustin, Sandrine et sa grand-mère. La bulle de bonheur éclaterait bien assez vite.

7

Debout devant la fenêtre, Sharon regardait la neige tomber quand elle aperçut Sandrine qui remontait la rue. Elle n'était pas seule, Diego l'accompagnait.

Diego, ce jeune homme qui déplaisait tant à Agustin. Heureusement, il ne les apercevrait pas ensemble, car il n'était pas encore de retour. Sandrine embrassa son copain avant d'entrer dans la maison de sa grand-mère. En effet, elle avait pris l'habitude de venir passer un moment avec elle tous les soirs en rentrant du lycée. Sharon s'en réjouissait pour elles deux, car la solitude de Sandrine lui faisait peine. Elle lui rappelait trop la sienne autrefois. L'adolescente lui paraissait être la réplique de ce qu'elle-même avait été un peu plus jeune.

— *Holà*, dit Sandrine. *Abuela* est réveillée ?

— Oui, elle sera contente de te voir. Comment s'est passée ta journée au lycée ?

— Super bien, répondit-elle en retirant son manteau et ses chaussures. On a parlé d'orientation professionnelle.

— Tu as une idée de ce qui t'intéresse ?

Sandrine haussa les épaules.

— Gus veut que je fasse des études de médecine...

— Qu'est-ce que tu penses de ce projet ?

— Je pense que les études sont trop longues. Diego veut devenir mécanicien et rester à Ushuaia.

Sharon commençait à comprendre les réticentes d'Agustin envers Diego qui avait certainement beaucoup d'influence sur

Sandrine. Pour faire médecine, il fallait partir à Buenos Aires alors que la mécanique était très bien enseignée ici même.

— Agustin craint peut-être que Diego ne te détourne de tes études ?

Sandrine rougit jusqu'à la racine des cheveux.

— Tu ne vas pas te mettre toi aussi à dire du mal de lui !

— Pas du tout. Je le trouve très sympathique et j'aimerais le connaître davantage.

— Ça te permettrait de découvrir à quel point il est gentil.

Mais pour l'instant, Sharon avait assez à faire avec les soucis qui l'accablaient. Étant donné l'énormité de la somme réclamée par les impôts, elle envisageait la nécessité de vendre la maison où elles habitaient en ce moment. D'après les renseignements qu'elle avait obtenus, la maison de Buenos Aires n'avait jamais été vendue, et le comptable avait disparu dans la nature avec les sommes d'argent qui auraient dû être versées aux impôts depuis des années. Les souvenirs d'*Abuela* étant plus que flous, Sharon avait du mal à obtenir les informations indispensables. Il lui faudrait probablement se rendre à Buenos Aires, car chaque province en Argentine dispose de sa propre législation.

Par ailleurs, le montant effarant de la somme exigée par le fisc la mettrait dans l'obligation de vendre la maison où elles résidaient actuellement à Ushuaia. Il leur resterait alors à peine de quoi acheter un petit appartement dans un quartier où l'immobilier était moins onéreux, et donc, à quitter celui où *Abuela* avait passé toute sa vie.

Comment s'y prendrait-elle pour annoncer ce bouleversement radical à sa grand-mère, si heureuse qu'Agustin et Sandrine fassent désormais partie de leur quotidien ?

Aucune de ces perspectives n'était très réjouissante... Une nausée souleva le cœur de Sharon. Comme sa vie était devenue compliquée depuis Barcelone !

Sa tante qui vivait à New York l'avait mise en relation avec un avocat compétent, mais entre son travail, sa grossesse et les soins dont elle entourait sa grand-mère, Sharon était sans cesse stressée et bousculée.

— Sharon, tu te sens bien ? lui demanda Sandrine qui avait remarqué sa pâleur.

— Non.

Et c'était vrai. Elle avait la migraine. Les nausées se faisaient de plus en plus violentes. Voilà qui devenait inquiétant. Elle alla prendre sa tension comme le lui avait recommandé le Dr Perez et constata qu'elle était beaucoup trop élevée.

Plusieurs scénarios apparurent dans son esprit, mais une chose était sûre et certaine : elle avait besoin de voir un médecin.

— Sandrine, appelle une ambulance, s'il te plaît. Je sens que je vais avoir un malaise.

— Tout de suite, répondit Sandrine, inquiète elle aussi.

Sharon chercha une chaise pour s'asseoir, car tout tournait autour d'elle. Un courant d'air froid la fit frissonner. Agustin venait d'arriver.

— Je viens d'appeler une ambulance, expliqua Sandrine.

— Va t'occuper de Teresa, ordonna Agustin en s'agenouillant près de Sharon.

— Je… j'ai la tête qui tourne, expliqua-t-elle.

Ce fut tout ce qu'elle put dire avant de sombrer dans le noir.

Agustin faisait les cent pas devant la porte de la chambre de Sharon à l'hôpital. Ces derniers temps, il s'était efforcé de garder ses distances en se plongeant dans le travail et en faisant appel à une autre infirmière pour le seconder. Sharon avait paru s'en accommoder. Depuis son malaise en salle d'opération, elle avait paru satisfaite de ne plus collaborer avec lui à la clinique. Leur situation paraissait donc se stabiliser, jusqu'à ce message que Sandrine venait de lui adresser.

Il vivait un cauchemar. On l'avait refusé dans l'ambulance parce qu'il ne faisait pas partie de la famille de la patiente. Il ne pouvait donc rien faire d'autre que de patienter en attendant qu'on lui donne des nouvelles.

Lorsque le Dr Perez sortit de la chambre, il se précipita vers elle.

— Alors ?

— La tension de Sharon est trop élevée, mais elle est sous

contrôle maintenant. Nous sommes en train de la réhydrater. Quand ce sera terminé, elle pourra rentrer chez elle pour se reposer quelques jours.

— Je peux entrer la voir ?

— Un instant seulement. Elle a besoin de calme.

— Je comprends, approuva Agustin en poussant la porte de la chambre.

Sharon avait le regard fixé sur le plafond.

— Comment te sens-tu maintenant ?

— Contrariée. Le Dr Perez m'a ordonné du repos.

— Ça me paraît normal !

— J'aime mon travail… C'est le seul domaine où j'ai le contrôle de ma vie. Tout le reste me dépasse.

— Oui, je comprends.

Elle abaissa son regard sur Agustin.

— J'ai parlé avec Sandrine tout à l'heure. Il paraît que tu veux qu'elle fasse des études de médecine ?

— Oui, elle est intelligente. Elle en est tout à fait capable. Et ce métier passionnant lui assurerait son indépendance.

Il se rapprocha d'elle.

— Et toi, pourquoi as-tu voulu devenir infirmière ?

— Pour être indépendante, bien sûr, mais aussi parce que j'aime aider les autres.

Un gros soupir lui échappa.

— Au fait, comment va ma grand-mère ? Mon départ en ambulance a dû la perturber.

— Sandrine s'occupe d'elle très gentiment. Elle a réussi à la calmer après sa crise de panique.

— Cette petite fait mon admiration, conclut Sharon.

À la suite de sa courte hospitalisation, Sharon avait dû prendre une semaine de congé, ce qui ne lui avait pas fait plaisir. Ensuite, à son retour à la clinique, son mécontentement ne s'était pas apaisé quand elle avait constaté qu'on ne lui confiait que des patients venus simplement pour des injections de botox ou des consultations. Agustin paraissait se tenir en retrait. C'était plutôt confortable, mais il lui manquait.

Elle était plongée dans la rédaction de ses rapports lorsque Agustin vint la chercher pour l'examen gynécologique prévu mais qu'elle avait complètement oublié. Elle se garda bien de l'avouer à Agustin.

Il lui tendit son manteau.

— Allez, on y va !

Le cabinet du Dr Perez se trouvait juste dans le bâtiment voisin, mais il faisait un froid glacial, et la neige tombait à nouveau. Elle glissa sur une plaque de glace. Heureusement, Agustin la rattrapa avant la chute. Malgré l'épaisseur du manteau, la chaleur de son étreinte la laissa troublée et mécontente de ressentir ce trouble.

— *Holà*, dit la jeune femme qui les accueillit. Je suis Mariposa, et c'est moi qui suis chargée de faire votre échographie. Sharon, vous avez bien bu la quantité de liquide recommandée ?

— Oh oui... je suis prête à éclater !

Mariposa se mit à rire.

— Toutes les patientes disent la même chose.

Sharon commença à se dévêtir pendant que la technicienne préparait son appareil.

— Vous en êtes à la vingt-troisième semaine, c'est bien ça ?

— Exactement, confirma Agustin.

— Nous verrons peut-être le sexe du bébé. Avez-vous envie de le connaître ?

Sharon regarda Agustin.

— Quel est ton avis ?

— J'aimerais bien. Et toi ?

— Moi aussi.

— Parfait. Je commence, expliqua Mariposa en déposant un peu de gel sur le ventre de Sharon.

Très vite, ils aperçurent les premières images du bébé, petit être pelotonné en rond dans son ventre. Pour la première fois de sa vie, Sharon sentit son cœur s'envoler dans sa gorge. Elle apercevait cet enfant qu'elle pensait ne jamais avoir !

— Il me paraît en pleine forme, déclara Mariposa en prenant les mesures habituelles.

Agustin ne disait rien. Son visage arborait une expression impénétrable, mais il prit la main de Sharon dans la sienne et la serra très fort. Une grande vague d'amour pour son bébé submergea Sharon. C'était suffisant pour remplir sa vie.

— Vous voulez savoir le sexe ? demanda Mariposa.

— *Sí*, répondit Sharon.

— C'est une petite fille. Félicitations !

Une larme glissa sur sa joue. Agustin s'agenouilla à côté d'elle et l'essuya d'une caresse de l'index. Leurs regards se croisèrent et ne se quittèrent pas d'un long moment. Sharon avait l'impression que son cœur allait éclater de bonheur.

— Je vais vous remettre à chacun une photo du bébé, déclara Mariposa.

Le moment de grâce venait de prendre fin.

Mariposa tendit une serviette en papier à Sharon pour lui permettre d'essuyer le gel étalé sur son ventre.

Ce fut Agustin qui se chargea de le faire.

— Je suis très heureux que ce soit une fille. Surtout si elle te ressemble, ajouta-t-il en chuchotant.

Cette remarque prit Sharon à l'improviste et la fit rougir.

— Si nous allions dîner en ville pour fêter cette bonne nouvelle ? poursuivit-il. Sandrine a prévu de passer la soirée avec ta grand-mère.

Sharon se mit à sourire.

— Ah, je vois... Tu avais planifié tout cela à l'avance, n'est-ce pas ?

— Oui, je l'avoue... On ne peut rien te cacher !

Ils se mirent à rire tous les deux.

— Viens, reprit Agustin, je connais un endroit superbe au-dessus de Beagle Channel où l'on nous servira un dîner délicieux.

— Tu veux conduire jusque là-bas ? Avec le temps qu'il fait ?

— C'est en train de s'arranger, et il est encore tôt. Profitons-en, ajouta-t-il en lui tendant la main pour l'aider à se lever.

Après tout, pourquoi pas ? se dit Sharon. On était vendredi, la clinique fermait le lendemain, et elle n'était pas de garde. Ce serait agréable de rouler en direction du parc national de Lapataia. La route était splendide et, en cette saison, ils ne seraient pas gênés par les touristes.

— Je ne suis pas habillée pour dîner dans un endroit chic, protesta Sharon.

— Tu verras, ce n'est pas un endroit chic. C'est seulement un site d'une beauté à couper le souffle.

Ensemble, ils regagnèrent le parking. La neige avait cessé, et le soleil commençait à peine à baisser.

À cette époque de l'année, c'était le moment de la journée que préférait Sharon. Malgré quelques nuances de gris et de noir qui annonçaient le froid des mois d'hiver, le ciel prenait des tons orangés par-dessus les montagnes qui séparent le Chili et l'Argentine.

— J'ai oublié ce que l'on ressent de vivre l'hiver au mois de juin, dit-elle en souriant. Et il faudra aussi que je m'habitue à fêter Noël en plein été.

— Moi, la chaleur ne me dérange pas, même à Noël !

— Tu as vécu longtemps à Buenos Aires ?

— Oui. Ma mère est originaire d'ici, mais elle est partie y vivre après son divorce. C'est là-bas que j'ai fait mes études, y compris à l'université. Je suis revenu à Ushuaia il y a seulement cinq ans.

— C'est toujours difficile de voir ses parents divorcer…

— Les tiens ont divorcé aussi ?

— Non, mais ce n'est pas mieux. Ma mère est morte quand j'avais neuf ans. Je suis restée avec mon père qui était dévasté de chagrin. Six mois plus tard, il a quitté notre appartement de New York en me demandant de l'attendre, mais il n'est jamais revenu. Quand les voisins se sont rendu compte que j'étais seule, ils ont fait intervenir la police qui a fait appel à ma tante Elisa qui m'a recueillie.

— Tu es restée longtemps seule ?

— Une semaine. Je n'étais pas vraiment seule parce que j'avais ma poupée chérie avec moi. J'ai mangé des céréales et des biscuits pendant une semaine. Mon père avait tout de même pensé à faire des provisions !

— Ma pauvre *Querida*...

Querida ?

Sharon frissonna.

Si Gus l'avait déjà appelée ainsi, elle n'y avait jamais prêté attention.

— Comment m'as-tu appelée ?

— *Querida*. C'est le mot qui convient, puisque tu es la mère de mon enfant. De ma fille.

C'est ainsi que tout le monde appelait Sharon dans sa famille. Est-ce qu'Agustin essayait d'en faire partie ?

— Ton père a été retrouvé ? poursuivit Agustin.

— Non. Ma tante a demandé et obtenu ma garde.

Elle s'interrompit un instant.

— Et pour Sandrine, est-ce qu'on a retrouvé sa mère ?

— Non. Elle l'a abandonnée, purement et simplement. Sandrine est restée avec mon père. Elle s'est occupée de lui à une époque où je ne me doutais pas de la gravité de sa maladie.

— Tu ne venais pas le voir ?

— Je ne lui ai jamais pardonné d'avoir quitté ma mère. Elle est plus généreuse que moi, car elle a accueilli Sandrine comme si elle était sa fille.

Tout à coup, Sharon se redressa sur son siège.

— Qu'est-ce que c'est que ça ?

Agustin ralentit.

— Il me semble apercevoir une voiture dans le fossé.

Il s'avança encore un peu et gara leur voiture derrière le véhicule accidenté. Un homme d'une trentaine d'années leur adressa de grands signes.

— Qu'est-ce qui ne va pas ? demanda Agustin en abaissant la vitre de sa portière.

L'homme parut ne pas comprendre.

— *No hablo español*, expliqua-t-il.

— Vous êtes américain ? demanda Sharon en anglais.

— Oui. Ma femme et moi sommes venus nous promener dans Lapataia, mais sur le chemin du retour, la voiture a dérapé et est partie dans le fossé. Nous ne sommes pas blessés, mais la frayeur a sans doute déclenché le travail de l'accouchement. J'ai appelé un dépanneur il y a plus d'une heure, mais personne n'arrive, et je n'ai plus de réseau pour appeler une ambulance.

Sharon expliqua la situation à Agustin en espagnol.

— Mon compagnon est médecin et, moi-même, je suis infirmière.

— Quelle chance ! s'exclama l'homme en anglais. Je m'appelle Kevin et ma femme, Dana.

Pendant qu'Agustin appelait une ambulance, Kevin et Sharon s'approchèrent de la jeune femme qui était sortie de la voiture. Elle haletait en se tenant pliée en deux devant la portière.

Une fois arrivée près d'elle, Sharon aperçut un enfant endormi sur le siège arrière.

— Vous avez un enfant avec vous ? Il n'a pas eu peur ?

— Il ne s'est rendu compte de rien, assura Kevin. Il dort comme une bûche.

Puis, s'adressant à sa femme dont la souffrance contractait le visage :

— Dana, Sharon est infirmière. Elle va s'occuper de toi en attendant que l'ambulance arrive.

— Vous avez des couvertures ? demanda Sharon.

— Bien sûr. Tout ce que nous possédons se trouve dans cette voiture. Nous sommes venus ici depuis l'Alaska.

— Dana a été suivie par des médecins au cours de votre parcours ?

— Non, intervint Dana entre deux contractions. C'est Kevin qui a mis Dylan au monde. Il sait faire.

— Tout de même, laissez-moi vous examiner.

Avec l'aide de Kevin, Sharon allongea Dana à l'arrière de la grosse voiture.

— Vous avez perdu les eaux ?

— Oui.

Agustin arriva sur ces entrefaites avec son kit de premiers soins et une torche allumée.

— L'ambulance arrive, mais ceci peut nous être utile d'ici là.

Il retira sa veste et ouvrit le sachet qui contenait du désinfectant et des gants jetables. Ce n'était pas grand-chose, mais c'était mieux que rien.

Sharon commença son examen pendant que Kevin tenait la main de sa femme. Elle sentit très bien la tête du bébé qui était tout proche.

— Je crois que vous allez pouvoir commencer à pousser, estima Sharon.

— Déjà ?

— Oui.

Sharon s'effaça pour laisser place à Agustin qui avait relevé ses manches. Il tendit la torche à Kevin pour que ce dernier dirige le faisceau lumineux et s'apprêta à accueillir le bébé.

— Dana, déclara Agustin d'une voix calme, poussez de toutes vos forces à la prochaine contraction, votre bébé est prêt à arriver.

Sharon traduisit aussitôt en anglais. Dana fit un signe de tête pour montrer qu'elle avait compris. Ensuite, Agustin encouragea la parturiente en espagnol, ce qui n'avait pas d'importance, car le bébé pressé de découvrir le monde ne se souciait guère de la langue dans laquelle on allait l'accueillir.

Au bout de trois poussées, il était là. Les épaules sortirent et le reste du corps suivit sans problème.

Mais il ne cria pas.

— Passez-moi une couverture, demanda Agustin.

Malgré sa voix calme, Sharon avait senti l'inquiétude percer.

— Pourquoi est-ce que le bébé ne pleure pas ? demanda Dana, inquiète elle aussi.

Agustin donnait des tapes dans le dos du bébé, le massait tout en s'efforçant de la maintenir au chaud.

— Il ne respire pas…, souffla Agustin à Sharon.

Il pencha la petite tête en arrière pour dégager les voies respiratoires et commença à lui faire la respiration artificielle. Très vite, ils virent la petite poitrine se soulever. Agustin débuta alors un massage cardiaque. Le bébé émit une sorte de gargouillement et se mit à hurler.

— *Bueno !* proclama Agustin en s'adressant aux parents soulagés.

— Vous avez un beau petit garçon ! déclara Sharon.

Dana sanglotait de bonheur en serrant son fils contre elle. Mais brusquement, son visage se crispa de douleur. Ce n'était pas normal. Agustin vérifia ce qui se passait.

— J'aperçois une autre tête...

— C'est bien possible, déclara Sharon. Dana n'a pas été suivie pendant sa grossesse, elle ne le savait pas.

Kevin prit son fils nouveau-né dans ses bras pendant que sa petite fille entrait tout aussi rapidement dans la vie. Immédiatement, elle se mit à hurler à pleins poumons.

Agustin sourit de soulagement tout en adressant un sourire plein de tendresse à Sharon. Elle-même était très émue. Ces bébés avaient été si pressés de naître sur le bord d'une route de la Terre de Feu ! Quand elle tendit la petite fille à sa mère, elle ne put s'empêcher de penser à la sienne qui naîtrait bientôt elle aussi.

À ce moment-là, ils entendirent la sirène d'une ambulance qui arrivait vers eux. Kevin, Dana, les nouveau-nés et maintenant le petit Dylan qui s'était réveillé étaient tous les cinq serrés les uns contre les autres dans le fond du fourgon.

Sharon les enviait.

Ils représentaient tout ce qu'elle souhaitait. Pas forcément un accouchement au bord de la route, mais une famille à elle, avec Agustin et leurs enfants.

Ils arrivèrent finalement au restaurant prévu pour leur dîner mais après avoir assuré ces accouchements improvisés, leurs tenues n'étaient réellement plus présentables. Ils préférèrent commander un panier-repas et partirent le manger dans un coin tranquille au bord de l'eau.

Agustin avait perdu sa tranquillité d'esprit. Quand il avait accueilli ce bébé qui ne respirait pas, le moment terrible où il avait perdu Luisa lui était revenu en mémoire. Et aussi la terreur qui s'était emparée de lui quand Sharon s'était évanouie.

Heureusement, le bébé allait bien. Sharon avait gardé son calme et lui avait été d'une aide précieuse. Ils avaient réellement été partenaires dans cette aventure.

Cette petite famille américaine, un peu bohème il est vrai,

paraissait unie par une grande affection. C'était beau à voir. Ce devait être heureux à vivre.

S'il cherchait bien dans sa mémoire, lui aussi avait connu ce genre de bonheur avant que ses parents se séparent. Pourquoi les avait-il enfouis pour ne garder que la rancune qu'il éprouvait envers son père ?

Lui aussi avait souhaité fonder une famille aimante. C'est pour cette raison qu'il avait épousé Luisa. Hélas, son projet n'avait pas pu voir le jour.

Il jeta un coup d'œil attendri sur Sharon qui mangeait son dîner dans une boîte en carton. Beaucoup d'émotions l'avaient traversé aujourd'hui depuis qu'il avait aperçu sur l'écran l'image de sa petite fille à naître. Il ne pouvait s'empêcher d'avoir peur.

C'était plus fort que lui.

Sans cesse lui revenait le souvenir de Luisa, si impatiente de subir cette échographie qui leur donnerait une première image de leur enfant. Elle n'avait pas eu le temps de la faire, elle était morte trop tôt.

Tout à l'heure, quand il avait vu Sharon aider Dana à accoucher, l'amour, le bonheur et la fierté de travailler avec elle l'avaient submergé. Elle était sa seconde chance de réaliser son rêve.

Sauf que...

Sharon voulait rester libre. Sharon ne voulait pas d'attaches...

— Tu es bien tranquille ? remarqua Sharon.

— Je crois que je suis encore sous le choc de cette double naissance. Je voulais t'offrir un superbe repas dans un cadre de rêve et voilà que nous nous retrouvons à manger dans une boîte en carton, assis dans la voiture.

— Ça m'est bien égal ! assura Sharon. En plus, tu m'as déjà invitée dans un endroit chic, tu te souviens ? À Barcelone, nous avons mangé des tapas et bu de la sangria une bonne partie de la soirée.

— Comment l'aurais-je oublié ?

— J'y pense encore souvent.

Tout en parlant, elle avait posé une main sur son ventre.

Agustin avait suivi son geste du regard.

— Tu me permets ?

— De toucher mon ventre ?

— *Sí*. Ça me ferait plaisir.

Agustin allongea le bras. Une petite vie se développait là, dans ce ventre à peine arrondi, et il en était le géniteur. Il en serait le père dans moins de vingt semaines.

C'est alors qu'il ressentit une petite poussée. Très légère. À peine perceptible. Sa fille était bien vivante. Réelle.

Bien sûr, il le savait déjà, mais la sentir remuer emplissait son cœur d'un amour immense.

— Tu l'as sentie ? demanda Sharon.

— Oui.

Sharon plaça aussi une main sur son ventre. Au mouvement suivant, ils se regardèrent en souriant.

— Tu vois, elle aime bien notre dîner elle aussi, déclara Sharon en riant.

— Ce qui prouve qu'elle a bon goût ! s'amusa Agustin. C'est tout de même un pique-nique haut de gamme que nous faisons.

Sharon ferma les yeux.

Elle était belle, autant et plus qu'à Barcelone.

Il déposa un baiser sur son front en murmurant.

— Merci, *Querida*...

— Merci pourquoi ?

— Merci de prendre soin de notre enfant.

Sharon lui sourit, se pencha vers lui et déposa un baiser sur ses lèvres. Un baiser léger, mais qui fit resurgir les baisers qu'ils avaient échangés à Barcelone.

Alors, il prit le visage de Sharon entre ses mains et l'embrassa passionnément. Il glissa sa langue dans la bouche de Sharon qui ne se déroba pas. Tout cela lui avait tellement manqué ! Pourtant, il s'écarta d'elle. À regret.

— Pardon, je n'aurais pas dû...

— C'est moi qui t'y ai incité. Moi aussi, j'ai été émue par ces naissances. Et puis, notre fille qui manifeste sa présence... c'est déstabilisant.

— Il ne faut pas recommencer.

— Non. J'y veillerai. Je souhaite que nous soyons amis et que nous travaillions ensemble sans être gênés.

— Moi aussi. Nous serons amis. Promis, juré.

Sharon retint un bâillement.

— Tu sais, j'aimerais rentrer maintenant. Je commence à me sentir fatiguée.

— Tu as raison. Il faut être raisonnables. J'ai passé une journée magnifique avec toi.

— Moi aussi.

Il remit le contact et reprit la route vers Ushuaia. Mais son corps et son cœur criaient famine. Il avait faim de Sharon. Pourquoi devait-il tout abandonner alors qu'il avait près de lui tout ce qu'il souhaitait ?

Une petite voix lui rappela que, une fois déjà, il avait tout eu et qu'il avait tout perdu.

Non, jamais il ne pourrait supporter ce supplice une seconde fois.

8

Lorsqu'ils arrivèrent à Ushuaia, Agustin était encore en train de lutter avec toutes ces émotions. La mort de Luisa lui causait une douleur aussi vive que si elle venait de se produire. Ce n'était pas ce qu'il avait prévu de vivre quand il était venu s'installer à Ushuaia. Ce changement de vie était destiné à lui rendre sa joie de vivre. Hélas, la présence de Sharon avait fait de ce projet une impasse.

Dès leur retour, Sandrine et *Abuela* les bombardèrent de questions. La perspective d'accueillir bientôt une petite fille les comblait de joie. Sharon était au diapason de leur bonheur alors que lui-même demeurait comme assommé, incapable de partager quoi que ce soit avec elles.

— Excusez-moi, j'ai un coup de fil urgent à passer, déclara-t-il en se retirant.

Il traversa le petit jardin qui séparait les deux maisons, entra chez lui et se dirigea tout de suite vers son bar pour se servir un petit verre d'alcool dans l'espoir que cela chasserait ses idées noires.

C'est alors que la sonnerie de son téléphone retentit.

Un coup d'œil jeté sur le cadran lui apprit que c'était sa mère qui l'appelait.

— *Holà*, *Mama* ! Tu m'appelles bien tard ! Tout au moins pour toi, à Buenos Aires. Tu devrais être au lit depuis longtemps. Tu vas bien ?

— Oui, mais je n'arrive pas à dormir.

— Je te connais bien, *Mama*, reprit-il en riant. Tu appelles parce que tu sais que Sharon a passé une échographie aujourd'hui, n'est-ce pas ?

Sa mère se mit à rire.

— C'est vrai. Je suis curieuse de savoir les résultats.

— Eh bien, le bébé est une petite fille en pleine santé.

— Excellente nouvelle ! Et toi ? Comment encaisses-tu cette nouveauté ? Je sais que comme ton père, tu as du mal à garder ton calme quand tu vis de grandes émotions.

Cette comparaison avec son père agaça Agustin. Il ne voulait pas ressembler à son père qui avait fait passer son travail avant tout le reste et avait fini par abandonner sa mère. Ce n'était pas un exemple qu'il souhaitait suivre.

Et pourtant... n'était-il pas en train de faire la même chose ? En train de fuir ses responsabilités en se réfugiant dans son travail à la clinique ?

Il n'eut pas le temps de s'appesantir sur ces interrogations, car son téléphone sonna à nouveau. C'était l'unité de soins postopératoires qui l'appelait.

— *Mama*, excuse-moi, je dois raccrocher, on m'appelle depuis la clinique à propos d'une de mes patientes.

— Pas de problème. Je t'appellerai plus tard dans la semaine. Je me réjouis de la bonne nouvelle que tu viens de m'annoncer et j'ai hâte de faire la connaissance de Sharon. Amène-la à Buenos Aires dès que possible. Je vous attends tous les deux avec impatience !

— Bonne nuit, *Mama* ! À bientôt.

Aussitôt, il passa à l'appel en provenance de la clinique.

— Agustin, c'est Pilar, l'infirmière de garde. Je vous appelle au sujet de votre patiente, Alondra. Elle a une forte fièvre. Nous n'avons pas réussi à la faire baisser, et ses points de suture sont en train de craquer. Nous avons besoin de vous, car sa famille refuse qu'un autre médecin s'occupe d'elle.

— J'arrive, répondit Agustin sans hésiter.

Il attrapa son manteau et, en ouvrant sa porte, eut la surprise de trouver Sharon sur le perron. Elle avait changé de vêtements et noué ses longs cheveux en tresse.

— Sharon ! Qu'est-ce que tu fais ici ?

— Je viens de la part de Sandrine. Elle commençait à se faire du souci en constatant que tu restais longtemps chez toi à téléphoner. Du coup, elle a préparé un gâteau pour passer le temps et elle t'invite à le partager avec nous.

— Désolé… on vient de m'appeler à la clinique pour une patiente qui ne va pas bien.

— Laquelle ?

— Alondra.

— C'est moi qui me suis occupée d'elle depuis son entrée en clinique. Est-ce que je peux t'accompagner ?

Agustin hésita un instant.

— Tu te sens assez en forme ?

— En pleine forme ! En plus, comme je te le dis, Alondra est une de mes patientes, c'est mon devoir de l'aider.

— Si tu y tiens… Va chercher tes affaires, je t'attends ici.

Ils firent le trajet dans la voiture d'Agustin. Dès leur arrivée à la clinique, chacun partit se changer avant de se mettre au travail.

Agustin était préoccupé. Les symptômes décrits par Pilar lui laissaient craindre une infection à la suite d'une abdominoplastie. Il avait hâte d'examiner la patiente pour voir si son diagnostic se confirmait.

Au chevet d'Alondra, il retrouva Pilar et Sharon.

— C'est en examinant la suture du pli de son estomac que je me suis aperçue que les points lâchaient, expliqua Pilar.

Agustin fronça les sourcils. Ce n'était pas un bon symptôme.

— Vous avez commencé à lui donner des antibiotiques ?

— Oui, mais son mari a exigé que vous veniez la voir vous-même. Il ne fait pas confiance à une simple infirmière.

Agustin hocha la tête. Il connaissait la réputation du mari d'Alondra. Il avait amené son épouse depuis Buenos Aires jusqu'à Ushuaia pour que ce soit le Dr Varela en personne qui s'occupe d'elle. Par moments, Agustin regrettait de ne pas travailler dans un hôpital où il n'effectuerait que des interventions bénignes, comme recoudre des cuirs chevelus ou des lèvres tuméfiées.

Depuis qu'il travaillait dans sa propre clinique, il n'avait que rarement l'occasion de travailler sur ce genre de cas. Par moments, il était las de ne recevoir que des gens privilégiés, même si assez souvent cela lui offrait l'occasion de pratiquer des reconstructions compliquées après qu'un cancer eut effectué ses ravages. Ces patients se montraient toujours très reconnaissants. Quant à lui, il était fier des batailles qu'il avait menées et gagnées avec eux.

Alondra faisait partie de ces clients privilégiés. Son mari n'était pas près de le lui faire oublier.

— Alondra, dit-il en pénétrant dans la chambre, Pilar m'a dit que vous ne vous sentiez pas très bien ?

— C'est le moins qu'on puisse dire ! intervint le mari sur un ton agressif.

Alondra fit une grimace de douleur.

— Docteur Varela, merci de vous être dérangé. Je... me sens vraiment mal.

Agustin se tourna vers Sharon.

— Allez chercher les résultats des analyses de la prise de sang que Pilar a faite tout à l'heure.

Puis, il s'adressa à Alondra, à demi consciente :

— Vous me permettez de contrôler l'incision ?

— Allez-y, je vous en prie.

Agustin retira les pansements. Les signes d'une infection lui apparurent clairement. Rougeur, points en train de lâcher, suintement... il y avait aussi des boursouflures qui ne présageaient rien de sain.

Il s'agissait sans aucun doute d'une infection qui nécrosait les tissus. L'important était de déterminer de quelle bactérie il s'agissait de manière à la combattre de manière adéquate.

— Alors ? demanda Max, le mari d'Alondra.

— Il s'agit bien d'une infection. Nous attendons les résultats de la prise de sang. Pour l'instant, l'infirmière lui a administré de la pénicilline qui a commencé à agir, et nous pourrons adapter le traitement de manière plus précise dès que nous aurons le résultat de l'analyse.

Ces explications parurent apaiser Max.

— Il faudra tout de même que je fasse une petite intervention complémentaire pour débrider la blessure.

À ces mots, Alondra se mit à protester faiblement.

— Ah non ! Encore une opération ?

— La bonne nouvelle, Alondra, c'est que cette infection a été découverte très tôt. Je vais rester cette nuit à la clinique pour vous surveiller. Mon infirmière Sharon va s'occuper de vos pansements tout de suite. Vous la connaissez déjà, il me semble ?

— Oui, elle est très gentille, je l'apprécie.

— Moi aussi, ajouta Max.

— Parfait, répondit Agustin en se retirant.

Il alla retrouver Sharon qui lui apportait les résultats attendus. Les suppositions d'Agustin s'avérèrent. Il s'agissait bien d'une infection qui provoque la nécrose des tissus. Ce n'était pas une bonne nouvelle mais, au moins, il savait à quel ennemi il avait affaire.

— C'est un staphylocoque doré. Étant donné les conditions d'hygiène draconiennes dans lesquelles nous travaillons, je ne comprends pas comment il a pu pénétrer ici.

Il s'interrompit un instant avant d'ajouter :

— Il est possible que la patiente ait été déjà porteuse de cette bactérie sans qu'elle se soit manifestée. Alondra est sous pénicilline en ce moment ?

— Oui.

— Passe-la sous vancomycine. Je vais faire préparer la salle d'opération. Il faut débrider et nettoyer la plaie avant que l'infection gagne d'autres tissus.

Il considéra Sharon avec attention.

— Est-ce que tu te sens assez bien pour m'assister au cours de cette intervention ?

— Oui. Tout à fait.

— Dans ce cas, va demander qu'on m'envoie un anesthésiste. J'interviendrai dès qu'elle aura reçu une dose suffisante de vancomycine. Ensuite, nous la ferons passer en caisson hyperbare.

— Il y en a un à la clinique ?

— Bien sûr ! Nous sommes une clinique haut de gamme, Sharon. Ce caisson de décompression est précieux car, en exposant les tissus à une pression supérieure à l'atmosphérique, il permet d'accroître leur oxygénation et donc d'activer la guérison.

— Je comprends. Je vais demander qu'on t'envoie un anesthésiste.

Il était important d'agir vite, car si l'infection gagnait le cœur, elle pouvait causer une endocardite, une inflammation de sa paroi interne, susceptible d'engendrer des complications mortelles.

Agustin s'inquiétait de découvrir comment Alondra avait pu attraper cette bactérie. Il devait aussi s'assurer que tout autour d'elle serait soigneusement désinfecté afin d'éviter qu'elle se propage chez d'autres patients.

Il avait apprécié que Sharon accepte de l'assister en salle d'opération. En fait, elle était la seule personne qu'il souhaitait avoir auprès de lui.

Cette fois, je ne vais pas m'évanouir…

Sharon répétait cette phrase comme un mantra en pénétrant dans la salle d'opération. À part une légère fatigue, elle se sentait en pleine forme. Elle n'avait pas mal à la tête et n'avait pas eu de nausées de toute la journée. Après avoir préparé Alondra pour l'intervention, elle s'accorda quelques instants de repos, jambes surélevées. Elle but un grand verre d'eau, comme le lui avait conseillé le Dr Perez, et grignota un encas. Le bébé, en pleine forme lui aussi, lui donnait de vigoureux coups de pied. Elle aurait aimé avoir le temps de profiter tranquillement de ce bonheur, mais ce n'était pas le moment.

Pourtant, elle revit le regard d'Agustin, étincelant de tendresse quand il lui avait posé la main sur le ventre en l'appelant « *Querida* ». Ils avaient même échangé un baiser brûlant qui lui avait mis les sens en feu. À tel point qu'elle avait été heureuse quand il y avait mis fin, car elle était prête à aller beaucoup plus loin qu'il ne fallait.

Depuis, elle avait remarqué qu'il paraissait avoir repris ses distances, comme si quelque chose le rongeait de l'intérieur. Malgré les relations difficiles qu'il avait entretenues avec son père, elle était persuadée que ce n'était pas de cela qu'il s'agissait.

Autre chose le troublait. Un chagrin plus profond, plus intime encore. Quel était-il ?

Cela ne te regarde pas !

C'était vrai et, pourtant, plus elle passait de temps avec Sandrine, plus elle désirait se rapprocher d'Agustin. Plus elle s'intéressait à lui, plus elle devait lutter contre ses sentiments.

Parfois, au creux de la nuit, quand les coups de pied du bébé l'empêchaient de dormir, elle se demandait si ce serait tellement terrible d'avoir une vraie relation avec lui. Elle le connaissait suffisamment maintenant pour savoir qu'il était un homme responsable. Est-ce que c'était suffisant pour lui faire confiance ? Sa mère aussi avait estimé que son père en était un, et pourtant...

Si elle n'était pas morte prématurément, Sharon en venait à penser que son père ne l'aurait pas abandonnée, elle, sa petite fille qu'il aimait jusque-là. À moins que sa présence lui soit devenue insupportable tant la ressemblance avec sa mère était grande ?

Sharon alla se désinfecter les mains et se dirigea vers la salle d'opération. Le Dr Nunez, l'anesthésiste, se trouvait déjà à pied d'œuvre auprès d'une Alondra terrifiée.

— Sharon, j'ai très peur ! J'avais déjà peur au moment de l'abdominoplastie, mais maintenant, avec cette complication, je suis carrément épouvantée.

— Vous avez tort de vous inquiéter, Alondra, répondit Sharon d'une voix apaisante. Vous ne pouvez pas être entre de meilleures mains que celles du Dr Varela. Tout va très bien se passer, et vous pourrez vite reprendre vos activités.

— J'ai hâte de retourner nager, mais je n'irai plus dans le lagon où je me suis baignée la dernière fois. Il ne m'inspirait pas confiance, mais il faisait tellement chaud que je n'ai pas pu résister.

— Vous vous êtes baignée dans de l'eau saumâtre ?

— Oui, répondit Alondra.

— Ma grand-mère m'a toujours recommandé de ne pas nager dans ce type d'eau..., se souvint Sharon. Il suffit d'avoir une petite lésion sur la peau pour attraper une infection.

— Est-ce que vous aviez une blessure ce jour-là, même petite ? demanda Agustin.

— Oui. Je m'étais entaillée avec un coupe-papier en ouvrant mon courrier. J'avais mis un sparadrap dessus pour arrêter le saignement. Tout allait bien.

— Vous aviez bien fait, mais cela ne suffisait pas pour empêcher une contamination, expliqua Sharon.

— Au moins, nous savons comment vous avez attrapé cette bactérie, constata Agustin.

C'était un grand soulagement pour lui de comprendre que l'infection venait de l'extérieur. L'hygiène de sa clinique n'était pas en cause.

— Maintenant, Alondra, demanda le Dr Nunez en plaçant un masque sur le visage de la patiente, vous allez compter à l'envers en partant de dix.

Alondra s'exécuta docilement mais, avant même d'avoir atteint le nombre sept, elle était profondément endormie. Après avoir intubé Alondra, Sharon s'apprêta à assister Agustin pour l'intervention.

— Quelle chance d'avoir découvert cette infection dès son début ! murmura-t-il. Elle n'a pas eu le temps de faire de dégâts en profondeur.

Sharon s'appliqua à se concentrer sur l'intervention. Elle ne voulait pas s'évanouir comme la dernière fois. Elle passait les instruments au fur et à mesure qu'Agustin les demandait, se contentant de serrer les lèvres quand le bébé se manifestait.

— Ça va toujours, Sharon ? demanda Agustin qui venait de remarquer sa mimique.

— Oui, très bien.

— Parfait. J'ai pratiquement terminé. Elle va rester en réanimation toute la nuit de manière à être bien surveillée. Il faut continuer à lui administrer de la pénicilline et de la vancomycine. Demain après-midi, je demanderai qu'on la place dans le caisson hyperbare.

— Tout s'est passé au mieux, n'est-ce pas ?

— En effet. Je suis content d'être intervenu à temps.

Sharon lui tendit le nécessaire pour suturer avant qu'il le lui ait demandé.

Agustin apprécia d'un signe de tête.

Une fois que tout fut terminé, Sharon rassembla les instruments qui devaient partir en stérilisation. Elle était fière d'avoir assisté Agustin jusqu'au bout. En même temps, la distance professionnelle la contrariait un peu. Leur relation était compliquée à mettre en place...

Ce n'était pas le moment de penser à tout cela.

Pour l'instant, l'important était d'aller se reposer. Elle avait bien fait son travail, sa sieste était bien méritée.

9

Ce fut une déception pour Sharon de ne pas pouvoir s'entretenir avec Agustin tout de suite après l'intervention réussie sur Alondra. Il était immédiatement reparti faire sa tournée. Ce que voyant, elle en avait fait autant. Le travail les avait à nouveau absorbés tous les deux.

Leur relation était redevenue identique à celle qu'ils avaient avant l'échographie. Ils s'étaient installés dans une routine plutôt agréable d'aller ensemble au travail et de faire de même au retour. Dans le fond, ils entretenaient une relation de bon voisinage, rien de plus. Pourtant, il arrivait parfois au travail que Sharon sente fixé sur elle le regard d'Agustin exactement comme il le faisait à Barcelone.

C'était peut-être une erreur de sa part, mais elle y lisait du désir. En tout cas, c'est ce qu'elle ressentait pour lui. Leur dernier baiser avait réveillé sa sensualité. Les souvenirs de leurs caresses la torturaient. Maintenant qu'elle avait connu cette plénitude, elle souffrait d'en être privée. Les retrouver était en train de tourner à l'obsession.

Ce sont les hormones qui me jouent des tours... Simple question d'hormones..., se répétait-elle.

Mais elle savait que c'était plus que cela. Son cœur la trahissait. Elle était en train de tomber amoureuse d'Agustin, et cela la contrariait vraiment.

Ce n'est pas ce qu'elle souhaitait.

Elle voulait préserver sa liberté.

L'idéal était de conserver des liens amicaux avec Agustin. Malheureusement, elle était en train de s'habituer à l'avoir auprès d'elle et constatait avec une contrariété certaine que leurs deux vies étaient en train de se tresser ensemble à leur insu.

La situation avec Agustin n'était pas la seule cause du stress qu'elle éprouvait de façon quasi permanente. La banque de Buenos Aires lui causait aussi beaucoup de souci. Ce rappel d'impôts causé par la malhonnêteté du comptable la rongeait. Finalement, elle prit la décision de partir passer quelques jours à la capitale pour tenter de résoudre le problème. Mieux valait ne pas attendre car, dans quelques semaines, son état serait difficilement compatible avec un tel déplacement.

Comme le lui avait conseillé le Dr Perez de le faire quand elle se sentait nerveuse, elle prit sa tension qui était un peu trop élevée. Elle s'y attendait et décida de s'allonger un moment sur le canapé, puisque c'était son jour de repos. Tout était calme dans la maison. Maria s'occupait dans la cuisine, *Abuela* se déplaçait à son gré grâce à son déambulateur et, dehors, Ushuaia était enveloppée d'un grand manteau blanc.

— Sandrine ne va pas tarder à rentrer, déclara *Abuela*. Je vais lui faire la surprise d'un nouveau puzzle.

— Je suis sûre qu'elle va être enchantée. Elle adore les faire avec toi. Il paraît que cette occupation la détend après le lycée.

Sharon avait parlé sans enthousiasme. L'idée de partir à Buenos Aires la contrariait beaucoup.

— *Querida*, tu es bien tranquille ? C'est le bébé qui te fatigue ?

— Non, c'est le froid et la neige. J'ai vécu trop longtemps dans l'hémisphère Nord pour que mon corps admette que le mois de juillet est le cœur de l'hiver.

Ce n'était pas tout à fait un mensonge, mais ce n'était pas le pire.

— Tu sais, *Abuela*, il se peut que j'aille à Buenos Aires une paire de jours pour vendre ta maison.

— Quelle maison ? demanda la vieille dame.

— Celle que tu pensais être vendue mais qui ne l'a pas été en réalité.

Parce que ton homme de confiance est parti avec l'argent qui devait revenir aux impôts et que le fisc a mis cinq ans avant de te retrouver, persuadé que tu ne les avais pas payés.

Évidemment, Sharon se garda bien d'expliquer tout cela à la vieille dame. Elle ne lui dit pas non plus qu'elle avait dû payer très cher pour obtenir cette information. À quoi bon donner du souci à sa grand-mère ? C'était déjà bien suffisant que son propre estomac se fasse des nœuds avec cette histoire compliquée.

Teresa parut contrariée.

— Je ne comprends pas...

— Ne t'inquiète pas, *Abuela*. C'est juste une simple histoire de paperasserie, mais je préfère m'en occuper maintenant tant que je peux prendre l'avion.

— Ça me contrarie que tu partes seule, *Querida*. Si tu demandais à Agustin de t'accompagner ?

— Agustin est mon patron, pas mon petit ami !

— Il est le père du bébé, ajouta Teresa avant de se diriger vers la table où elle commença à étaler le puzzle.

Sharon soupira.

Il valait mieux qu'elle informe Agustin de l'endroit où elle se rendait. Elle sortit la lettre du fisc de sa poche. La simple vision de l'enveloppe lui souleva le cœur.

Elle s'efforça de retenir la nausée.

Il fallait qu'elle explique à Agustin la raison de son voyage afin qu'il ne s'inquiète pas.

Au cours du mois précédent, elle avait réussi à maîtriser ses nausées et avait fini par se persuader qu'elles ne reviendraient pas la tracasser. Hélas, chaque fois qu'elle pensait à quelque chose qui la contrariait, elles se manifestaient et sa tension augmentait.

Mieux valait mettre fin à ce souci le plus rapidement possible. Sa décision était prise. Elle se leva du canapé pour aller retrouver Maria dans la cuisine.

— Maria, j'ai un service à vous demander...

— Bien sûr, qu'est-ce que je peux faire pour t'aider ?

— Eh bien... je dois aller passer deux ou trois jours à Buenos Aires pour régler quelques affaires. Est-ce que vous pourriez rester auprès de ma grand-mère pendant mon absence ?

Maria réfléchit un instant.

— Avec plaisir, je suis libre cette fin de semaine.

— Merci infiniment, vous me soulagez d'un gros souci.

Cela réglé, elle s'habilla pour aller à la clinique rencontrer Carmen, l'infirmière en chef chargée d'élaborer les plannings de travail. Ensuite, elle parlerait à Agustin et achèterait son billet.

— À tout à l'heure, *Abuela*. Je sors prendre l'air un moment.

Au grand soulagement de Sharon, Carmen ne fit aucune difficulté pour autoriser son absence. Deux problèmes importants étaient donc réglés : elle avait obtenu son congé, et Maria resterait auprès de sa grand-mère. Ouf ! Elle commençait à respirer plus librement.

En sortant du bureau de l'infirmière, elle croisa Agustin.

— Sharon ! Qu'est-ce que tu fais ici ? Je croyais que c'était ton jour de repos…

— En effet, mais je suis venue poser trois jours de congé auprès de Carmen.

— C'est le Dr Perez qui te les a ordonnés ?

— Non, pas du tout. J'ai besoin de m'absenter pour régler une affaire de ma grand-mère à Buenos Aires.

— Tu peux m'en dire davantage ?

— Bien sûr.

— Viens, allons dans mon bureau, nous pourrons parler tranquillement.

Une fois la porte refermée sur eux, Sharon expliqua de son mieux l'histoire compliquée de la fausse vente et du retard d'impôts augmenté de toutes sortes de pénalités.

— Je vais essayer de négocier une hypothèque sur la maison d'*Abuela* à Ushuaia. Si ça ne marche pas, je serai obligée de la vendre.

Elle tendit la lettre de la banque à Agustin qui en prit rapidement connaissance.

— Je peux vous aider en vous prêtant de l'argent…, avança-t-il.

— Non, il n'en est pas question. J'apprécie ta proposition, mais je tiens à régler cette affaire moi-même. Et après ce qui est arrivé, je veux aller rencontrer le banquier en personne pour m'assurer que je peux lui faire confiance.

— Donc, tu t'absentes ce week-end ?

— Oui. Maria a accepté de rester avec ma grand-mère. Si tu peux passer lui dire un petit bonjour ou demander à Sandrine de le faire, ça lui fera plaisir.

Agustin se mordillait les lèvres d'un air perplexe.

— Il se trouve que je vais moi aussi à Buenos Aires cette fin de semaine...

— Tu viens d'inventer ça ! s'écria Sharon.

— Pas du tout. J'ai retrouvé la trace de la mère de Sandrine, déclara-t-il sur un ton de mépris.

— Sandrine est au courant ?

— Non.

— Tu n'as pas l'intention de lui en parler ?

— Si, bien sûr, mais plus tard. Sa mère a décidé de me confier officiellement la garde de Sandrine. Je vais devenir son tuteur légal.

Sharon se laissa tomber sur une chaise.

— Quelle surprise !

— C'est à cause de toutes ces démarches que j'ai été si préoccupé ces derniers temps. Je pars ce soir et je reste jusqu'à lundi. Si tu veux, je peux venir te chercher à l'aéroport vendredi et te conduire à ton hôtel.

Sharon apprécia cette proposition qui lui éviterait beaucoup de fatigue.

— Nous pourrions profiter de ce séjour pour passer dire bonjour à ma mère... Tu serais d'accord ?

— Je ne veux pas la déranger.

— La déranger ? Tu ne la connais pas ! Elle est folle de joie à propos de la naissance.

— J'espère que tu lui as dit aussi que nous ne vivons pas ensemble...

— Bien sûr, mais cela n'empêche rien. Elle a envie de faire ta connaissance.

Sharon eut un demi-sourire.

— Elle doit me détester de gâcher la vie de son fils...

Agustin rit franchement.

— Elle est incapable de détester qui que ce soit.

— Bon, d'accord. Après tout, elle est la grand-mère de notre fille.

Satisfait de cet échange, Agustin ouvrit la porte du bureau.

— Maintenant, je dois reprendre ma tournée de visites. Toi, va vite acheter tes billets. Tiens-moi au courant de ton vol, je viendrai t'accueillir vendredi.

— Merci beaucoup !

Sharon avait maintes fois voyagé seule et savait se débrouiller sans l'aide de personne, mais la perspective de retrouver Agustin lui assurait une grande tranquillité d'esprit.

Quant à la rencontre qu'il souhaitait avec sa mère, pour l'instant, elle ne savait trop quel sens lui accorder.

À l'aéroport, assis dans sa voiture de location, Agustin attendait l'arrivée de Sharon. C'était encore l'hiver à Buenos Aires, mais la ville étant située bien plus au nord qu'Ushuaia, il y faisait beaucoup plus doux. Ce week-end de juillet était d'ailleurs plus chaud que la normale, et il appréciait de ne pas avoir à affronter le froid cruel de ces derniers jours.

La perspective d'être avec Sharon pendant ce séjour le tranquillisait beaucoup car, traumatisé par la mort de Luisa, il redoutait toujours d'apprendre une mauvaise nouvelle la concernant elle ou leur bébé.

Pourtant, Sharon n'était pas son épouse. Même pas sa fiancée. Elle n'était que la mère de son enfant. Mais plus le temps passait, plus il comprenait qu'il se mentait. Il se faisait croire que leur relation devait rester distante et platonique alors qu'il était tombé amoureux d'elle.

Depuis quelque temps, il considérait Sharon et sa grand-mère comme faisant partie de sa famille. Pour Sandrine, le pas était franchi depuis longtemps. Ce lien qui les unissait tous les quatre serait encore plus fort lorsqu'il serait devenu le tuteur légal de Sandrine.

Il allait devenir bien plus que son demi-frère.

La rencontre qu'il avait eue avec l'avocat de sa belle-mère le laissait pensif. Elle n'était pas venue assister à leur rencontre, et c'était sans doute mieux ainsi, mais il aurait aimé savoir pour quelle raison elle lui abandonnait son enfant. Lui qui en avait perdu un autrefois ne pouvait imaginer qu'une personne en arrive à ce point de détachement.

Face à tant d'indifférence, un vague espoir l'effleurait par moments. Malgré la façon peu conformiste qu'ils auraient de mener leurs vies, ils réussiraient peut-être à former une vraie famille ? Sharon avait prévu de rester à Ushuaia. Tout au moins pour l'instant, car elle était restée dans le vague à ce sujet.

Que se passerait-il si après la mort de sa grand-mère, elle acceptait un travail ailleurs ?

Le fait qu'elle puisse partir l'angoissait profondément et le confortait dans l'idée que mieux valait ne pas se lancer dans une relation avec elle.

Il en était là de ses ruminations lorsque Sharon apparut à sa portière.

— Tu n'as pas vu mon texto ?

— Heu... pardon... je rêvassais, je n'ai pas regardé mon téléphone.

Il se leva pour aller placer la valise de Sharon dans le coffre.

— Tu as fait un bon vol ?

— Oui, même si c'était un peu pénible de rester coincée pendant quatre heures dans un siège étroit pendant que le bébé donnait dans mon ventre des coups de pied d'attaquant ! La nourriture n'était pas terrible non plus, mais bon...

— Tu vas te rattraper ici. Dis-moi dans quel hôtel je te conduis.

— Hôtel Blanca, au centre-ville.

Agustin la conduisit où elle demandait d'un cœur léger. Il était heureux de la retrouver en pleine forme et de passer cette fin de semaine avec elle.

— Est-ce que tu as rencontré la mère de Sandrine ?

— Non, seulement son avocat. Elle a abandonné ses droits parentaux en ma faveur. Apparemment, elle part s'installer à Rio avec son nouveau mari et souhaite effectuer une coupure nette avec sa vie passée.

— Tu imagines ça ? En venir à abandonner son propre enfant

sous prétexte de faire « une coupure nette » avec son passé ? C'est abominablement triste. Et je suis bien placée pour le savoir.

Agustin hocha la tête avec compréhension.

— Tu n'as jamais eu de nouvelles de ton père ?

— Jamais. Je ne sais même pas s'il est mort ou vivant. Lui aussi sans doute souhaitait « une coupure nette ». Dans le fond, je m'en fiche un peu...

Agustin réfléchissait.

— Je ne sais pas trop comment je vais annoncer la nouvelle à Sandrine.

— Si tu sens qu'elle a besoin d'en parler à quelqu'un, je suis toute disposée à l'écouter.

— Tu ferais ça ?

— Bien sûr. Sandrine est la tante de notre enfant. Tu as vu combien déjà elle prend ce rôle au sérieux.

— Oui. Et je suis très content qu'elle aille tenir compagnie à ta grand-mère plutôt que de traîner avec son soi-disant copain. Il ne peut lui amener que des soucis.

— Tu exagères. Ce ne sont que des adolescents amoureux.

— C'est bien ça le problème.

— Pourquoi est-ce que tu ne l'aimes pas, ce garçon ?

— Parce que je ne veux pas que Sandrine prenne des décisions en fonction de lui. Surtout pas en ce qui concerne ses études !

— Oui, j'avoue que je te comprends.

Un silence s'installa entre eux.

— Écoute, reprit Agustin au bout d'un moment, si tu n'as rien de prévu ce soir, je t'invite à dîner. Je viendrai te prendre à l'hôtel vers 19 heures, et nous passerons chez ma mère dans le quartier de Recoleta.

— Waouh... c'est le quartier chic !

— Oui, mon beau-père est issu d'une riche famille.

Une fois arrivé dans le Microcentro, Agustin déposa Sharon devant son hôtel.

— Merci, Agustin. Je t'attendrai dans le hall à 19 heures.

Agustin qui séjournait chez sa mère se mit en route pour Recoleta à une vingtaine de minutes de là.

Une fois la voiture garée dans le garage en sous-sol, en attrapant sa veste qu'il avait laissée sur le siège arrière, il aperçut une lettre. Elle avait dû glisser de la poche de Sharon. Il la plia et la mit dans la sienne.

Les projets de vente et d'hypothèque dont lui avait parlé Sharon le contrariaient. Il n'imaginait pas qu'*Abuela* quitte un quartier où elle avait aidé tant de gens à naître. Si Sharon refusait son aide pour payer les frais d'avocat, peut-être accepterait-elle celle de la communauté ?

C'était une piste à tenter pour éviter à Sharon de s'en aller vivre loin de la maison où elle avait passé toutes les vacances de son enfance. Dès son retour à Ushuaia, il lancerait le projet, mais il allait déjà en parler à Sandrine.

Tu as donc envie de la garder près de toi ? Tu veux la convaincre de rester ?

Il n'en était pas certain.

Quant à Sharon, elle ne voulait pas de lui de façon permanente dans sa vie.

Alors ?

Alors, son cœur qu'il croyait définitivement brisé par la mort de Luisa lui disait pourtant qu'il était tombé amoureux de Sharon.

10

En fin de journée, Agustin vint attendre Sharon dans le hall de l'hôtel. Il était arrivé vingt minutes en avance et gardait la lettre dans la poche de sa veste de sport. Dès qu'il en aurait l'occasion chez sa mère, ni vu ni connu, il la replacerait dans le manteau de Sharon.

Il avait déjà utilisé son temps libre pour passer quelques coups de fil à Sandrine et à leur voisinage à Ushuaia afin de leur expliquer la situation dans laquelle se trouvait Sharon. Il avait eu la bonne surprise de découvrir que malgré leurs propres préoccupations, nombreuses étaient les personnes disposées à aider Sharon et sa grand-mère à rester dans leur maison. Pour l'instant, il était difficile d'évaluer quelle somme pourrait être récoltée, mais l'essentiel était que Sharon découvrirait que la solidarité n'est pas un vain mot.

En outre, elle aurait enfin l'esprit en paix et pourrait se préparer à la naissance en toute tranquillité. Il était certain que ce souci financier et la menace d'obliger sa grand-mère à quitter la maison qu'elle aimait la perturbaient énormément.

Il aurait aimé l'aider personnellement mais, étant donné la distance qu'elle souhaitait maintenir envers lui, la question d'argent ne pouvait que compliquer leur relation.

C'était vraiment compliqué de franchir toutes les barrières qu'elle avait érigées autour d'elle pour se protéger. Se protéger de quoi, d'ailleurs ? De ses mauvais souvenirs ? Oui, sans aucun doute.

En entendant la sonnerie de l'ascenseur, Agustin leva le nez.

Sharon en sortit, toute de rose vêtue. Ce n'était pas la robe qu'elle portait à Barcelone. Celle-ci paraissait être faite en lainage et, évidemment, elle avait une forme vague prévue pour dissimuler élégamment le *baby bump* qui ne pouvait plus passer inaperçu. Ses cheveux relevés en chignon lui conféraient une allure élégante qui lui plaisait énormément. Il la regarda s'avancer vers lui, plein de fierté, avant de réaliser que pareil sentiment était tout à fait déplacé. De quel droit l'aurait-il ressenti ? Alors qu'il avait tellement lutté pour ne pas en arriver là, aujourd'hui, il aurait aimé pouvoir penser qu'elle faisait partie de sa vie.

— Que tu es belle ! souffla-t-il en s'approchant d'elle.

Elle rougit.

— Tu sais, je ne me sens pas très à l'aise... À vrai dire, je suis même très nerveuse.

— C'est complètement inutile. Ma mère est une femme au grand cœur. Elle n'a jamais réussi à détester mon père malgré ce qu'il lui a fait. Elle considère Sandrine comme sa propre fille et elle fera la même chose avec toi.

Un petit sourire éclaira le visage de Sharon.

— Je ne sais pas... C'est la première fois que je me trouve dans ce genre de situation, ce qui est parfaitement normal, car je n'ai jamais fréquenté quelqu'un aussi longtemps que toi.

À ce mot, son visage devint cramoisi.

Agustin décida de ne pas y prêter attention.

— C'est normal, ne t'inquiète pas. Moi aussi, j'étais nerveux quand j'ai rencontré les parents de Luisa pour la première fois.

— Qui est Luisa ? demanda Sharon, surprise par ce commentaire.

Agustin estima qu'il était grand temps de donner quelques explications à Sharon.

— Luisa était mon épouse. Je suis veuf, Sharon.

C'était la première fois qu'il évoquait son mariage devant Sharon. D'ailleurs, il n'en parlait à personne à Ushuaia. Jamais. Comme il était arrivé là pour repartir à zéro, ses collègues de la clinique savaient seulement qu'il était veuf. Ils ne savaient pas que Luisa était enceinte au moment de sa mort et respectaient la discrétion d'Agustin. Le bébé qui n'était pas né était son secret.

— Tu ne m'en avais jamais parlé, remarqua Sharon.

— Je n'en parle à personne.

— Je suis désolée, déclara Sharon. Comment est-elle morte ?

— Dans un accident de voiture, en allant voir sa famille. Elle était partie seule parce que j'avais trop de boulot pour l'accompagner. J'avais fait passer mon travail avant elle...

— Ta présence n'aurait sans doute rien changé, déclara Sharon.

— C'est ce que je me dis parfois, mais tout de même...

Il ne souhaitait pas s'étendre davantage sur le sujet. La culpabilité continuait à le ronger.

— Allons retrouver ma mère, Sharon. Elle doit nous attendre avec impatience. Je suis sûr qu'elle guette notre arrivée.

Il prit la main de Sharon et sentit qu'elle tremblait.

— Viens, *Querida*, fais-moi confiance.

C'était assez contradictoire de lui demander de lui faire confiance alors qu'il gardait encore des secrets envers elle, mais il ne pouvait pas faire mieux pour l'instant.

Sharon avait du mal à assimiler ce qu'Agustin venait de lui apprendre. Maintenant qu'elle savait qu'il avait été marié et que sa femme était morte tragiquement, elle le comprenait un peu mieux.

Le chagrin transforme les gens. C'est ce qui s'était passé pour son père qui s'était replié sur lui-même et s'était coupé de toute affection au point de l'abandonner, elle, sa petite fille.

Mais une nouvelle angoisse venait de prendre forme dans son esprit. Est-ce qu'elle-même et le bébé réussiraient jamais à combler le vide demeuré béant dans le cœur d'Agustin ? Est-ce que le chagrin ne l'amènerait pas tôt ou tard à des comportements désespérés comme cela avait été le cas pour son père ?

N'allait-il pas rejeter sa fille qui lui rappellerait trop ce qu'il avait perdu autrefois ? Un autre motif d'anxiété s'ajoutait encore à ce dernier. S'il envisageait un jour de refaire sa vie, que ce soit avec elle-même ou avec une autre femme, n'aurait-il pas le sentiment cruel de trahir Luisa ?

Malgré tout, elle préférait qu'Agustin lui ait parlé de son passé.

Tout ce qu'elle éprouvait depuis était étrange et déstabilisant mais, malgré tout, elle préférait savoir. Elle avait même envie de voir dans cette confidence une preuve qu'il commençait à avoir confiance en elle.

Allons... tu as les nerfs à vif parce que tu vas rencontrer la mère d'Agustin qui habite dans le quartier le plus chic de Buenos Aires. Inutile d'en faire un drame !

C'était mieux de se dire cela que d'envisager qu'il allait l'abandonner, elle et son enfant, parce qu'il ne se remettait pas du chagrin d'avoir perdu Luisa.

Ou de se dire que plus le temps passait, plus il lui faisait battre le cœur comme elle l'avait constaté tout à l'heure en sortant de l'ascenseur quand elle l'avait découvert si séduisant dans son costume de ville.

Hélas, impossible de se mentir plus longtemps, elle était en train de tomber amoureuse de lui.

C'était la première fois que cela lui arrivait réellement. Cela lui faisait peur et en même temps l'exaltait.

Ils demeurèrent silencieux pendant le trajet. En pénétrant dans Recoleta, Sharon fut fascinée par toutes les maisons raffinées qui évoquaient un âge d'or révolu, lorsque Eva Peron était première dame d'Argentine et où tout n'était que paillettes, glamour et romance. C'était là tout au moins ce que Maria lui avait souvent raconté, mais Sharon la soupçonnait d'avoir un peu embelli ses souvenirs.

Ils empruntèrent l'ascenseur qui partait directement du garage souterrain où ils venaient de garer la voiture.

Agustin reprit la main de Sharon.

— Tu trembles encore, *Querida* ! Ma mère n'est pas un monstre. Je te jure que tu n'as aucune raison d'être émue.

— Tu crois vraiment ? Alors demande à l'enfant que je porte de cesser de m'administrer des volées de coups de pied !

L'ascenseur les amena directement dans l'appartement de la mère d'Agustin arrangé dans le style Art déco. Les immenses portes-fenêtres du salon donnaient sur l'océan Atlantique où l'on pouvait apercevoir des bateaux de croisière briller dans le soleil couchant.

— Quelle beauté ! s'exclama Sharon.

— C'est vrai, approuva Agustin en la débarrassant de son manteau et de son sac. On ne se lasse pas de cette vue.

Sa mère apparut sur ces entrefaites.

— Agustin, enfin tu me permets de faire la connaissance de cette jeune femme !

Ses cheveux argentés tirés en chignon sur la nuque, elle était mince et élégante dans ses vêtements de marque.

— Maman, je te présente Sharon. Sharon, voici ma mère, Ava.

Cette dernière tendit les bras à Sharon avec un sourire plein d'affection.

— Je suis tellement heureuse de vous rencontrer enfin !

Après avoir reculé d'un pas pour considérer la silhouette de Sharon, elle reprit :

— Vous ne pouvez pas imaginer à quel point je suis heureuse que vous fassiez de moi une *Abuela*. J'attends votre petite fille avec beaucoup d'impatience.

Sharon ne s'attendait pas à un accueil aussi chaleureux.

— Merci de m'accueillir dans votre belle maison.

— C'est un grand plaisir ! Venez, ajouta-t-elle en prenant Sharon par la main, je vais vous faire faire le tour du propriétaire. Tu viens avec nous, Agustin ?

— Pas tout de suite, je vous rejoins dans un moment. Est-ce que Javier a prévu de nous rejoindre ce soir ?

— Oui. Ton beau-père va arriver d'une minute à l'autre. Pour rien au monde il ne manquerait le bonheur de faire la connaissance de Sharon.

Elle se retourna vers Sharon.

— Allons-y ! Ensuite, nous nous installerons sur la terrasse. Il fait très doux pour la saison et, pour vous qui débarquez de la Terre de Feu, vous allez vous croire déjà en plein été.

Sharon ne pouvait s'empêcher de sourire. Ava avait l'élégance de la mettre à l'aise et paraissait fort peu se soucier que sa future petite fille soit une enfant illégitime. C'était une chance qu'elle soit si ouverte d'esprit.

Elles s'engagèrent dans un escalier en spirale pour atteindre l'étage.

— Les chambres se trouvent à ce niveau. J'ai décidé d'en réserver une pour le bébé, ce qui fait que quand vous viendrez me voir, vous aurez chacune la vôtre.

Ava fit halte devant une porte avant de l'ouvrir d'un air un peu confus.

— J'espère que vous ne m'en voudrez pas... J'ai été si contente d'apprendre la bonne nouvelle que j'ai commencé à décorer celle-ci, mais si ce n'est pas à votre goût, nous reverrons tout cela ensemble.

Sharon y pénétra à la suite d'Ava. Une lumière très douce régnait dans une grande pièce aux murs peints d'un rose tendre. Un berceau en fer forgé laqué de blanc occupait le centre de la chambre, accompagné d'une table à langer et d'une commode en bois peints en blanc également. Diverses peluches étaient posées par-dessus, attendant de prendre du service. C'était tout simplement une chambre de petite princesse.

Les yeux de Sharon s'emplirent de larmes.

C'était trop...

Quelle déception pour Ava si rien ne se passait comme elle l'avait prévu ?

— N'hésitez pas à me dire si cela ne vous plaît pas. Vous savez, je suis décoratrice d'intérieur, alors je me suis un peu laissée emporter en l'honneur de ma petite-fille... Je suis tellement heureuse pour Agustin. Comme vous savez, il a perdu sa femme et son enfant alors qu'il a toujours souhaité fonder une famille.

Le cœur de Sharon s'arrêta de battre.

Son enfant ?

Jamais Agustin n'avait mentionné l'existence d'un enfant. Quelle horreur il avait vécue ! Instinctivement, elle posa les mains sur son ventre. Elle allait lui donner ce que Luisa n'avait pas pu lui offrir. Peut-être lui en voulait-il ?

Une nouvelle source d'inquiétude commença à planer sur elle. Elle la chassa en souriant à Ava.

— J'aime beaucoup tout ce que vous avez eu la gentillesse de préparer, Ava. Vous êtes une personne extrêmement généreuse.

— Mais non ! Tout cela est du bonheur pour moi, voilà tout.

— *Mama*, appela Agustin avant d'entrer dans la chambre, le traiteur aimerait te voir !

— J'arrive ! Fais visiter le reste de la maison à Sharon.

Agustin trébucha dans un fil qui traînait sur le tapis, car l'électricien n'avait pas encore terminé son travail.

— Je crains que ma mère n'ait un peu trop laissé courir son imagination...

— Dis-moi si le résultat te plaît ! demanda Sharon.

— Oui, bien sûr.

Quelque chose dans le ton de sa voix alerta Sharon.

— Agustin, pourquoi ne m'as-tu pas parlé de ton autre enfant ?

— Comment...

— Ta mère vient de me mettre au courant.

Il passa la main dans ses cheveux, comme il avait l'habitude de le faire quand il était gêné.

— Parce que c'est trop douloureux.

— J'espère que tu ne lui en veux pas de l'avoir fait ?

— Non, c'est moi qui le lui ai demandé. J'ai seulement conservé deux ou trois bricoles que j'avais achetées à cette époque.

— Quoi, par exemple ?

Agustin alla chercher la poupée de chiffon posée sur la commode et la lui tendit. Une vive émotion s'empara de Sharon, car elle lui rappelait celle qu'elle avait gardée contre elle quand son père l'avait abandonnée.

— *Querida*, ne pleure pas... Je vais t'expliquer.

Sharon leva son visage vers lui, heureuse de voir qu'il acceptait enfin de se confier.

— Tout cela s'est passé il y a dix ans. Luisa était enceinte depuis peu de temps quand l'accident s'est produit. Sa disparition m'a écrasé de douleur. J'étais sûr depuis de ne pas vouloir d'enfants.

— Et maintenant ?

De l'index, il souleva doucement le menton de Sharon.

— Ce qui nous arrive n'a pas été prévu et ne peut être défait. Il ne nous reste plus qu'à prendre soin de notre petite fille.

Cela dit, il posa une main sur le ventre de Sharon.

Une grosse boule d'émotion et d'anxiété nouait la gorge de cette dernière. À cause d'elle, Agustin replongeait dans la situation qu'il avait connue autrefois. Qui sait si cela ne serait pas trop douloureux pour lui ?

Un grand coup de pied du bébé la fit sursauter. Agustin l'avait senti lui aussi. Il sourit.

— Elle a peut-être faim ?

— Elle, je ne sais pas, mais moi, oui !

— Descendons rejoindre Javier qui vient d'arriver. Je suis sûr qu'ils ont préparé l'apéritif. Il paraît qu'ils ont invité un couple de vieux amis qui souhaite faire ta connaissance. Ma mère ne m'en avait pas averti, j'étais seulement au courant de la décoration de la chambre. J'espère que cette initiative ne t'ennuie pas ?

— Mais non, ta mère est bien trop aimable pour que j'en sois contrariée !

— Tant mieux, car il n'y a guère moyen de les éviter.

Il prit Sharon par la main, mais ce geste tendre ne l'empêcha pas de penser au chagrin qu'il était sans doute en train de revivre. Cela s'ajoutait au souci que lui causaient la banque et le fisc. Elle avait trouvé un agent fiable qui allait mettre la maison de Buenos Aires en vente, mais le bâtiment n'était pas en bon état et exigerait des acheteurs des travaux assez importants. Étant donné les dettes d'*Abuela*, il n'était pas certain que la vente de la maison d'Ushuaia soit évitable.

Par contre, c'était très agréable de savoir qu'une jolie chambre attendait sa petite fille ici, chez Ava et Javier. À elle maintenant de créer un nid douillet pour le bébé dans sa propre maison. Elle y tenait absolument, et c'était une nécessité, car Agustin ne paraissait pas décidé à supporter leur présence dans sa vie.

11

Le dîner en compagnie d'Ava, Javier et leurs amis se déroula très agréablement. Sharon dut tout de même à plusieurs reprises chasser de son esprit les craintes qu'elle nourrissait à propos du deuil d'Agustin.

Par moments, elle commençait à avoir espoir en l'avenir. Et puis brusquement, cette fragile perspective s'évaporait. Que lui arrivait-il ?

L'amour..., suggéra une petite voix dans sa tête.

Non. C'était impossible, elle s'appliquait suffisamment à chasser ce mot de sa vie.

Une fois le dessert dégusté, Agustin demanda aux convives de les excuser pour reconduire Sharon à son hôtel.

Ils convinrent de se retrouver le lendemain pour déjeuner ensemble après son rendez-vous à la banque.

Sharon hésita un instant avant d'accepter. Était-ce bien raisonnable de le voir aussi souvent ? Mais comme la rencontre avec le banquier la stressait énormément, elle estima que ce serait réconfortant de pouvoir parler avec lui ensuite.

Pour l'instant, elle avait besoin d'une bonne nuit de sommeil. Malheureusement, son vœu ne fut pas exaucé. Tous ses soucis ne cessèrent de venir l'importuner. En particulier son inquiétude vis-à-vis d'Agustin. Si elle le replongeait trop intensément dans ses souvenirs, il risquait de la rayer de sa vie pour échapper aux fantômes de son passé.

Malgré tous ses efforts, elle ne réussit pas à trouver le repos et, pourtant, elle en avait tellement besoin !

Brusquement, une douleur violente la frappa dans le dos. Juste au milieu, avant de s'étendre tout autour de son ventre qui se contracta violemment.

Non... pas ça !

Elle se tourna dans son lit pour attraper le téléphone et appeler Agustin.

— *Querida ?* demanda-t-il d'une voix ensommeillée.

— Agustin, quelque chose ne va pas. J'ai très mal dans le dos et j'ai des contractions. Mon ventre devient dur, je suis très inquiète.

— J'arrive ! Je suis chez toi dans cinq minutes.

— Dépêche-toi, je vais demander au concierge d'appeler une ambulance.

Une nouvelle vague de douleur la submergea. Elle s'efforça de rester calme, comme elle le conseillait à tous ses patients mais, malgré elle, l'affolement commençait à la gagner.

Heureusement, Agustin ne tarda pas à arriver. Quelques secondes plus tard, ce furent les ambulanciers qui débarquèrent dans sa chambre. Agustin vint s'agenouiller près d'elle.

— Agustin, dit-elle en haletant, il est trop tôt... Je ne dois pas accoucher maintenant !

Occupé à donner des directives aux urgentistes, Agustin ne répondit pas. Il indiqua l'hôpital où il souhaitait que Sharon soit conduite et resta auprès d'elle pendant qu'on l'installait dans un fauteuil roulant afin de la conduire jusqu'à l'ambulance.

Une fois qu'elle y fut installée, elle murmura :

— Merci...

— Merci pour quoi ?

— Merci de m'accompagner.

Il lui caressa la joue.

— Où voudrais-tu que je sois ? Ma place est ici, répondit-il avec un sourire.

Agustin ne fut pas autorisé à pénétrer dans la chambre de Sharon pendant que le gynécologue l'examinait. Il avait beau être le père du bébé, il n'était pas le mari de la parturiente, point final. Le fait qu'il soit médecin lui aussi et chirurgien esthétique réputé ne changeait rien à l'affaire. Le règlement était incontournable. Cela l'irritait profondément.

Réfugié dans la salle d'attente, il ne pouvait rien faire d'autre que les cent pas. Et cela aussi le mettait en colère.

Cette situation désespérante lui rappelait l'autre salle d'attente dans laquelle il s'était retrouvé dix ans plus tôt, la salle où il attendait des nouvelles de Luisa alors qu'il savait déjà qu'elle était morte.

Tout à l'heure, au téléphone, la voix de Sharon, complètement affolée, lui avait fait l'effet d'un seau d'eau glacée reçu en plein visage. La terreur s'était emparée de lui. Heureusement qu'il se trouvait lui aussi à Buenos Aires !

S'il était arrivé quelque chose à Sharon et au bébé alors qu'il serait resté à Ushuaia, il ne se le serait jamais pardonné. Jamais il ne pourrait supporter la perte d'un nouvel enfant, ni celle de la femme qui avait pris place dans sa vie.

Il jeta un coup d'œil sur la pendule accrochée au mur de la salle d'attente. Cela faisait déjà trois heures que Sharon était hospitalisée.

Pourquoi est-ce si long ?

— Docteur Varela ? appela enfin le médecin qui s'était occupé de Sharon.

— *Sí !* répondit Agustin en s'avançant vers elle.

— Mlle Misasi va très bien, assura la gynécologue. Elle n'était pas en travail. Il s'agit de contractions de Braxton Hicks particulièrement fortes. Nous nous inquiétions de sa tension qui était très élevée, mais elle a bien baissé. C'était sans doute dû au stress provoqué par les contractions.

— Quelle bonne nouvelle ! s'exclama Agustin.

— Elle va pouvoir rentrer chez elle à condition de ne pas être seule, car nous lui conseillons une journée de repos total. Pensez-vous pouvoir rester auprès d'elle ?

— Bien sûr. Je vais m'occuper d'elle et je l'accompagnerai pour son retour à Ushuaia. À condition bien sûr qu'elle ait l'autorisation de voyager.

— Mlle Misasi était très contrariée par son hospitalisation. Elle s'inquiète pour sa grand-mère, mais mieux vaut attendre deux ou trois jours avant de prendre l'avion.

— Je comprends. Je vais organiser le nécessaire pour sa grand-mère.

— Parfait, docteur Varela. Vous pouvez entrer maintenant et ramener Mlle Misasi à son hôtel.

Sharon devait être contrariée de devoir prolonger son séjour à Buenos Aires, mais elle n'avait pas le choix. Il allait appeler Maria et Sandrine pour s'assurer qu'à elles deux, elles s'occuperaient de Teresa en attendant le retour de Sharon.

Le plus urgent maintenant qu'il était rassuré sur la santé de Sharon et celle du bébé était de prendre contact avec la banque pour lui demander de reporter le rendez-vous.

Agustin ouvrit la porte de la chambre.

— Sharon, j'ai l'autorisation de te ramener à l'hôtel. Quel soulagement !

Sharon soupira tristement.

— J'ai honte.

— Honte ? Mais pourquoi donc ?

— Les contractions de Braxton Hicks... Je connais ça par cœur !

Elle posa la main sur son ventre.

— Maintenant, je sais exactement de quoi il retourne.

Agustin hocha la tête en souriant.

— C'est vrai qu'entre lire les symptômes dans un manuel et les éprouver soi-même, il y a un abîme.

— Exactement ! Bref, maintenant que je suis coincée ici, je m'inquiète pour ma grand-mère.

— Ce n'est pas la peine. Je m'en occupe, et nous rentrerons ensemble lundi à Ushuaia.

— Tu es très aimable mais...

— Il n'y a pas de « mais ». Nous sommes amis, collègues et voisins. Et nous avons un bébé en commun, ce qui explique que nous soyons concernés tous les deux.

— Et la banque ?

— Une fois de retour à l'hôtel, tu appelleras ton avocat pour lui expliquer ce qui s'est passé. Personne ne peut t'en vouloir d'avoir manqué un rendez-vous pour des raisons de santé. Si tu te sens assez bien, nous pouvons le déplacer et le reprogrammer pour lundi. Mais pour le moment, la consigne est « Repos ! ».

— Oui, tu as raison.

Une infirmière entra leur apporter les documents de décharge. Pendant que Sharon les signait, un brancardier apporta le fauteuil roulant demandé par Agustin.

— Oh..., s'écria Sharon, je n'ai pas besoin de ça !

Elle regarda ses pieds.

— Mais je suis arrivée ici nu-pieds...

Agustin sourit gentiment.

— Si tu te contentais d'obéir aux consignes du médecin ?

Agustin accompagna Sharon jusqu'au taxi et la souleva dans ses bras pour l'y installer.

— C'est ridicule ! protesta Sharon.

— Je me contente de prendre soin de ma...

— De ta... quoi ? demanda Sharon, impitoyable.

Que répondre ? Agustin était bien embarrassé. Sharon n'était ni sa femme, ni sa fiancée, ni rien du tout officiellement...

De la femme dont tu es tombé amoureux ? suggéra la petite voix qui parlait dans sa tête.

— De la mère de mon enfant, se hâta-t-il d'ajouter.

Une expression de déception traversa le visage de Sharon, mais ce fut très fugitif.

— Très juste.

Elle s'installa avec lui à l'arrière du taxi et, une fois arrivés à l'hôtel, il la prit à nouveau dans ses bras pour l'amener dans l'entrée.

Il était 4 heures du matin.

Agustin était fatigué. Très fatigué.

Sharon eut la surprise de le voir s'avancer vers le fauteuil plutôt que vers la porte.

— Qu'est-ce que tu fais ?

— Je m'installe pour dormir. Le médecin a insisté pour que tu ne restes pas seule.

— Oui, je sais, mais pourquoi dans ce fauteuil inconfortable ? Viens dormir près de moi. Le lit est immense, nous ne nous dérangerons pas.

Le cœur d'Agustin battait la chamade, inquiet des conséquences que cette invitation risquait de provoquer. Néanmoins, il l'accepta et s'allongea sur le dos par-dessus les couvertures. Maintenant qu'il était tout près de Sharon, on aurait dit que sa fatigue s'était envolée. Il lui suffisait d'étendre le bras pour la toucher. Pourquoi ne le faisait-il pas ?

Très vite, il entendit la respiration régulière de Sharon. Elle s'était endormie immédiatement, et il s'en réjouissait.

Ce bonheur lui ayant été refusé, il demeurait là, les yeux clos, luttant contre son envie de se rapprocher d'elle et de la prendre dans ses bras.

Il s'éveilla en sursaut en sentant le matelas bouger. Sharon était debout devant la fenêtre.

— Pardon, je t'ai dérangé ? demanda-t-elle.

— Non. Comment te sens-tu ?

— Très bien.

— Quelle heure est-il ?

— 13 heures.

— Quoi ?

— Je me suis levée à 11 heures. J'ai appelé mon avocat...

L'air contrarié qu'elle arborait inquiéta Agustin.

— Et alors ?

— Eh bien, il se trouve que la maison que possède ici ma grand-mère est en trop mauvais état pour être hypothéquée. J'ai eu beau expliquer qu'elle a eu affaire à un agent malhonnête, cela ne change rien à l'affaire. Quant à essayer de retrouver le voleur, cela me coûterait une fortune.

Elle laissa échapper un gros soupir.

— Le plus simple, c'est de vendre la maison d'Ushuaia et de chercher un logement moins onéreux.

— Je peux t'aider...
— Non, je refuse.
— Mais pourquoi ?
— Parce que.
— Ce n'est pas une réponse !
— Parce que je veux régler ce problème toute seule, voilà tout.
— Comme tu voudras.

La discussion était close.

— Mais, reprit Agustin, puisque nous restons ici jusqu'à lundi, et que tu es rassurée à propos de ta grand-mère, pourquoi ne pas prendre un peu de bon temps ?

— Du bon temps ? Agustin, la dernière fois que ça m'est arrivé, je me suis retrouvée enceinte !

Agustin éclata de rire.

— D'accord, mais reconnais que je ne peux pas te rendre plus enceinte que tu ne l'es déjà ! Nous pouvons donc nous amuser sans risque, non ?

Sharon rit à son tour.

Tout heureux de la voir dans de meilleures dispositions, Agustin se hâta d'aller se préparer.

Sharon profita intensément du moment de détente que lui offrait Agustin. Elle avait beau être une femme indépendante, elle appréciait de ne pas être seule. C'est grâce à sa présence qu'elle avait pu dormir paisiblement la nuit précédente, et elle lui en était reconnaissante.

Dans un autre ordre d'idées, elle appréciait sa proposition d'aide, mais elle continuait à la trouver inacceptable. Elle ne changerait pas d'avis. Heureusement, cela ne l'empêchait pas de profiter du moment qu'ils étaient en train de vivre ensemble.

Confortablement assis à la terrasse d'un café qui dominait la mer, ils passèrent un long moment à parler de tout et de rien, heureux d'avoir écarté l'inquiétude de la veille.

— Sandrine m'a envoyé un texto d'Ushuaia, bougonna Agustin. Il paraît qu'il neige !

— Tu lui as bien recommandé de ne pas oublier de mettre un manteau avant de sortir ? se moqua Sharon.

— Quelle idée !

— C'est le rôle d'un grand frère, il me semble, non ?

— En fait, je suis plus son père que son grand frère maintenant…

— C'est parfait, approuva Sharon en posant une main sur son ventre. Ça te fait un bon entraînement !

— Spécialement en ce qui concerne les fréquentations des petits amis. Je suis mécontent de savoir qu'elle continue à voir ce garçon.

— Tu veux dire « Diego », pas « ce garçon ».

— Si ça te fait plaisir…

— Je ne comprends pas pourquoi tu lui en veux autant. Il paraît sympathique. Si tu braques Sandrine, elle risque de rompre avec toi. Ce n'est pas ce que tu souhaites ?

— Non.

Sharon détourna le regard pour observer un groupe d'adolescents qui faisaient du skate-board. L'un d'entre eux dévalait à toute vitesse les marches d'un grand escalier. Sharon sentit ce qui allait se passer avant que le jeune homme l'ait compris. Il fut projeté en l'air et atterrit violemment face contre terre. Une tache de sang se forma autour de sa tête.

— Bon Dieu ! s'exclama Agustin.

Sharon alla s'agenouiller auprès de l'accidenté, inconscient, et qui perdait beaucoup de sang.

Agustin se tourna vers ses amis.

— Je suis médecin. Passez-moi vite une serviette ou un sweat-shirt ! Vous avez un portable ?

— Oui.

— Appelez tout de suite une ambulance.

Agustin venait à peine de prononcer ces mots que la bande de jeunes disparut à grandes enjambées.

— Mais… qu'est-ce qui leur prend ? demanda Sharon, interloquée.

— Ils consommaient de la drogue… Je la sens sur les vêtements de celui-ci.

Il tendit la serviette à Sharon.

— Maintiens-la pressée sur la blessure. J'appelle l'ambulance.

Cela fait, il chercha sur le jeune homme des papiers d'identité, mais ne trouva rien. Impossible de savoir qui il était ni d'où il venait.

— Nous ne pouvons pas le laisser tout seul, déclara Sharon calmement.

— Tu as raison. Nous suivrons l'ambulance.

L'accidenté fut conduit dans un autre hôpital que celui qui avait accueilli Sharon la veille. Les urgences étaient débordées. Après lui avoir fait une prise de sang pour déceler s'il contenait de la drogue, l'infirmière l'envoya dans la salle de soins. Comme il avait repris conscience, il ne faisait pas partie des prioritaires.

Agustin se pencha sur lui.

— Quel est votre nom, jeune homme ?

— Pedro Gonsalves.

— C'est bon signe que vous vous en souveniez, dit Sharon gentiment.

— Vous vous souvenez de ce qui s'est passé ?

— Non, mais j'ai très mal à la tête.

— Vous pouvez nous donner le numéro de téléphone de vos parents ?

Sans rechigner, Pedro les communiqua à l'infirmière venue lui apporter des antalgiques.

Un peu plus tard, un médecin vint examiner Pedro.

— Il s'agit probablement d'une commotion cérébrale sans gravité. L'analyse de sang révèle une légère intoxication à la marijuana. Je vais envoyer une infirmière pour qu'elle pose les points de suture.

Une fois seul avec l'adolescent, Agustin demanda :

— Tu as quel âge, Pedro ?

— Seize ans.

— Tu sais très bien que tu ne dois pas fumer en général et particulièrement quand tu fais du skate. Tu aurais pu te blesser gravement.

— Oui, je sais, grogna l'adolescent. J'ai été idiot...

L'infirmière avait fini de recoudre la plaie lorsque les parents de Pedro arrivèrent dans la chambre. Très émus, ils remercièrent chaleureusement Agustin et Sharon qui, épuisés par cette aventure, décidèrent de rentrer à l'hôtel.

— Je me sens fatiguée, avoua Sharon. Une petite sieste me ferait sans doute du bien.

— À moi aussi, ajouta Agustin en la prenant par la main.

Une délicieuse onde de chaleur parcourut le corps de Sharon.

Délicieuse et inquiétante.

Inquiétante, car faire confiance à un homme était contraire à tous ses principes.

12

À peine de retour dans la chambre, ils se glissèrent tous les deux dans le lit. Agustin, sur le dos, les yeux clos, les mains sur la poitrine. Sharon, toute fatigue envolée, les yeux fixés sur le plafond.

Il lui arrivait quelque chose qu'elle n'avait jamais imaginé. Malgré tous ses efforts pour s'en protéger, la partie était perdue d'avance. Agustin était devenu pour elle bien plus que le père de sa fille.

— Merci d'être venu à mon secours la nuit dernière...

— Je suis content que tu m'aies appelé ! Cela prouve que tu commences à me faire confiance.

— C'est difficile pour moi. Depuis que mon père...

— Je ne suis pas ton père ! coupa Agustin.

— C'est vrai.

Peut-être réussirait-elle à le convaincre de rester avec elle ? Peut-être accepterait-il d'oublier le passé pour vivre ce qu'elle lui offrait ?

Alors, ils formeraient une vraie famille, avec le bébé, *Abuela* et Sandrine. La famille de ses rêves.

Elle se pencha vers lui et l'embrassa, pressée de retrouver les émotions et l'ivresse qu'elle avait connues à Barcelone. Tant pis si cela ne durait pas entre eux, elle voulait au moins une nouvelle nuit d'amour.

Son corps se pressa contre celui d'Agustin.

— Parfait ! Cela me convient très bien.

— Tu es sûre ?

— J'ai envie de toi, Agustin. Ici. Tout de suite.

Les lèvres d'Agustin se promenèrent le long de son cou, descendirent sur sa poitrine. Lorsqu'il prit la pointe de ses seins dans sa bouche, elle laissa échapper un petit cri de volupté.

Chacune des cellules de son corps réagissait aux caresses d'Agustin. Le souvenir des sensations grisantes qu'elles savaient provoquer revenait, chargé de tout le pouvoir érotique qui les accompagnait.

Gus glissa une main entre les jambes de Sharon pour caresser les plis soyeux de son intimité. Ce qu'il fit si bien qu'elle fut tout près d'atteindre un orgasme, le corps arqué de plaisir. Mais elle voulait le sentir en elle.

Leurs regards se rencontrèrent. Elle laissa échapper un cri de plaisir.

— Je te fais mal ?

— Non, surtout n'arrête pas !

Elle le voulait tout entier et elle le voulait pour toujours. C'était une folie de penser une chose pareille mais, pour l'instant, elle ne s'en souciait pas.

Elle enroula les jambes autour de la taille d'Agustin afin de mieux le serrer contre elle. Mais la rondeur de son ventre s'avéra gênante.

— Attends, *Querida*, nous allons nous y prendre autrement.

Il la fit pivoter sur elle-même et la prit par-derrière.

— Caresse-toi…, lui souffla-t-il à l'oreille.

Sharon obéit.

Très vite, le plaisir monta en elle tandis qu'Agustin accélérait son rythme, pris dans le même élan voluptueux. Ils crièrent leur extase d'une même voix et retombèrent l'un près de l'autre, épuisés et comblés.

— *Querida*…

Elle s'endormit, Agustin encore blotti contre son dos, une main sur son ventre qu'il caressait doucement, attentif au moindre mouvement du bébé.

Jamais depuis la mort de Luisa il n'avait espéré retrouver pareil bonheur. Un bonheur plus grand encore, puisqu'il sentait les coups de pied que donnait son enfant. Méritait-il cette seconde chance ?

Avec mille précautions, il se leva.

Sharon remua dans le lit.

— Je vais juste chercher mes affaires chez ma mère. Je suis de retour dans une heure.

Sharon se contenta de hocher la tête, sans ouvrir les yeux.

Lorsqu'il arriva chez Ava, il la trouva très inquiète.

— J'allais t'envoyer un message. Sandrine a été victime d'un accident causé par un glissement de terrain, à Ushuaia. Elle a été transportée à l'hôpital. C'est toi que l'on voulait prévenir, puisque tu es son tuteur désormais.

Agustin accusa le coup. Sandrine avait besoin de lui, et il était loin d'elle.

Quel genre de frère était-il ? Quel genre de responsable ?

Encore une fois, il n'avait pas été à la hauteur des circonstances.

Quand il avait annoncé la nouvelle à Sharon, elle avait immédiatement commencé à rassembler ses affaires. Elle aussi souhaitait rentrer à Ushuaia pour retrouver Sandrine le plus vite possible. Dans l'avion, elle s'endormit tout de suite. Bouleversé par la mauvaise nouvelle, Agustin la prit dans ses bras. Il lui semblait voir l'histoire se répéter. Lui, responsable de Sandrine, ne se trouvait pas auprès d'elle alors qu'elle avait besoin de lui. Dans cette série de catastrophes, il avait peur de perdre Sharon.

À l'arrivée, Sharon insista pour l'accompagner à l'hôpital.

— J'aime Sandrine, je veux l'aider si c'est possible.

Devant son air déterminé, Agustin fut obligé d'abandonner la partie.

Aux urgences, ils retrouvèrent le Dr Reyes, un ami d'Agustin, qui parut très soulagé de l'apercevoir.

— Ah, te voilà ! Sandrine est dans la chambre numéro trois, mais si tu peux venir me donner un coup de main, j'apprécierai ton aide. Il y a de nombreux blessés et plusieurs personnes sont sévèrement brûlées.

— Pas de problème. Je vais juste dire à ma sœur que je suis de retour et je te rejoins.

— Je peux être utile moi aussi ? demanda Sharon.

— Bien sûr !

Agustin aurait aimé l'envoyer se reposer, mais de quel droit l'aurait-il fait ?

Le cœur battant, il se hâta donc vers la chambre de Sandrine qu'il trouva allongée, un bras dans le plâtre.

— Agustin ? demanda-t-elle, très surprise de le découvrir. Tu t'es dérangé pour moi ?

— Bien sûr ! Tu comptes pour moi.

Les larmes montèrent aux yeux de la jeune fille.

— Depuis que mon père est mort, personne ne s'est plus jamais dérangé pour moi. J'ai été tellement seule, avoua-t-elle en sanglotant.

Agustin la prit dans ses bras.

— C'est fini tout ça... Tu vois, je suis là !

Il laissa Sandrine sangloter longuement avant de reprendre :

— Raconte-moi ce qui s'est passé.

— J'étais en voiture avec Diego...

— Je savais que ce Diego t'amènerait des ennuis..., coupa vivement Agustin.

Sandrine s'écarta de lui.

— Ce n'est pas Diego qui a causé l'accident. C'est l'éboulement. Il m'a sortie de la voiture qui avait pris feu. Sans lui, je serais avec tant d'autres, dans l'unité des grands brûlés !

Agustin regretta ses paroles.

— Où est-il ?

— Je ne sais pas. Il est resté sur place pour aider les sauveteurs à dégager les véhicules enfouis sous les rochers.

— Qu'est-ce que tu faisais dans cette voiture avec lui ?

— Nous revenions de la banque.

— De la banque ?

— Oui, nous étions allés y déposer l'argent que nous avons amassé pour permettre à Teresa de payer les dettes qu'elle a avec le fisc.

Sharon sursauta.

— Sandrine, qu'est-ce que c'est que cette histoire d'argent réuni pour Teresa ?

Agustin se retourna vivement.

— Je croyais que tu étais en train d'aider le Dr Reyes !

— C'est prévu, mais j'ai d'abord voulu passer voir Sandrine, répondit Sharon.

Puis, se tournant vers Sandrine.

— Sandrine, explique-moi, je n'y comprends rien ! Vous avez fait une cagnotte pour aider Teresa ?

— Oui. Tout le quartier a voulu contribuer.

— Mais...

Sharon était devenue toute rouge de confusion.

— Tu as refusé mon aide, intervint Agustin, alors...

— Mais je ne veux pas qu'on me fasse la charité ! répliqua Sharon, très contrariée.

Agustin s'adressa à Sandrine.

— Je vais discuter avec Sharon un moment dans le couloir, repose-toi pendant ce temps.

Une fois qu'ils furent seuls, Sharon laissa libre cours à son irritation.

— Si je comprends bien, tu as fait part des soucis financiers d'*Abuela* à tout le quartier ?

— En effet, répondit Agustin sans se laisser décontenancer. Teresa a besoin d'être aidée. Et toi aussi.

— Pas du tout !

— Bien sûr que si. Tu t'apprêtais à vendre la maison et à quitter le quartier. Personne n'a eu envie de vous laisser partir.

— C'est toi qui as lancé cette idée ?

— Oui.

— Mais je pouvais très bien me débrouiller toute seule ! Tu as fait ça pour avoir la conscience tranquille le jour où c'est toi qui partirais en me laissant ici.

— Désolé, Sharon, mais c'est toi qui avais pris la décision de t'en aller.

— Juste à un autre bout de la ville. Tu pourrais continuer à nous voir.

— C'est ce que tu dis aujourd'hui, mais que se passera-t-il lorsque ta grand-mère sera morte ? Tu reprendras ton métier d'infirmière mobile ?

— Et qu'est-ce qui se passera quand toi, tu en auras assez de ne pas pouvoir surmonter ton deuil et que tu nous quitteras comme l'a fait mon père autrefois ?

— Sharon, je ne suis pas ton père !

— Je suis désolée que Luisa soit morte, mais jamais tu n'arriveras à régler tes problèmes en fuyant.

— Regarde les choix que tu as faits toi aussi, Sharon ! Tu as choisi un métier où il est impossible de s'enraciner quelque part. Tu cherches à fuir ton chagrin. En ce moment, c'est toi qui me repousses en refusant que je t'aide.

— C'est faux !

— Alors accepte cet argent.

Sharon s'interrompit.

— Je te promets que je te rembourserai. Je rembourserai chacun de vous jusqu'au dernier centime !

Sur ce, elle pivota sur elle-même et disparut dans le couloir.

Désemparé, Agustin retourna auprès de Sandrine.

— Vous vous êtes mis d'accord ? demanda la jeune fille.

Instinctivement, Agustin passa la main dans ses cheveux.

— C'est compliqué...

Sandrine se redressa sur ses oreillers.

— Non, Agustin. Au contraire, c'est très simple. Tu es amoureux d'elle, tu le sais très bien. J'ai suffisamment connu Luisa pour t'assurer qu'elle voudrait que tu sois heureux.

— J'aime peut-être Sharon, mais elle ne m'aime pas. Si elle m'aimait, elle me ferait confiance.

— Ah... et comment sais-tu qu'elle ne t'aime pas ? Vous êtes logés à la même enseigne tous les deux. Elle aussi lutte pour surmonter son traumatisme.

— Comment sais-tu ça ?

— Sharon m'a raconté son enfance. Je la comprends parce que, toutes les deux, nous avons vécu la douleur d'être abandonnées.

— Elle ne m'a jamais dit qu'elle m'aimait.

— Tu le lui as demandé ?

Agustin baissa le nez. Non, jamais. Il s'était contenté d'entendre qu'elle ne voulait pas d'une relation suivie et avait interprété cette affirmation comme une preuve qui servait surtout d'excuse à sa propre peur de se lier.

Sa peur de tomber amoureux.

Sa peur de perdre la femme qu'il aimait.

Alors qu'il aimait Sharon, il était en train de tout gâcher.

— Allez, Agustin, reprit Sandrine, dépêche-toi d'arranger les choses ou tu auras affaire à moi.

Furieuse et blessée dans son orgueil, Sharon fit tout de même son possible pour aider les infirmières qui s'occupaient des nombreux blessés par l'éboulement. Les urgentistes continuaient à dégager les victimes des pierres et de la terre amoncelées sur les corps.

Mais tout en travaillant, maintenant que sa colère commençait à retomber, elle se remettait en question. Agustin avait voulu la soulager d'un énorme souci, et elle l'avait repoussé avec violence. Non seulement elle l'avait repoussé lui, Agustin, mais aussi toute la communauté qui lui avait manifesté son soutien ainsi qu'à *Abuela*.

Elle jeta un coup d'œil autour d'elle dans la salle de soins. Et que vit-elle ? Un grand nombre de personnes en train d'agir ensemble pour faire face à une tragédie. Pourquoi de son côté voulait-elle toujours se battre seule ? Elle refusait le soutien d'Agustin et, en même temps, elle était terrifiée à l'idée qu'il puisse la quitter. Elle le faisait fuir et elle voulait le garder…

On l'interpella.

— Il faut s'occuper de cette nouvelle victime. Homme, âgé approximativement de seize à dix-huit ans. Il a été retiré de sous une pile de rochers. Brûlé et blessé au visage et au cou. Il a de la chance d'être encore en vie, annonçait l'urgentiste en poussant un brancard devant lui.

Sharon s'avança pour aider. Et en regardant le blessé, son regard s'arrêta sur ses chaussures. C'étaient des tennis multicolores qu'affectionnait le copain de Sandrine et qu'il décorait lui-même.

Oh non…

— La victime porte des papiers d'identité. Il s'agit de Diego Santos. Il faut entrer en contact avec sa famille.

L'estomac de Sandrine se noua.

— Je le connais. C'est le petit ami de ma voisine.

— Son visage a été très amoché.

Agustin s'était avancé à son tour.

— Je peux intervenir, assura Agustin qui venait d'arriver.

Il examina rapidement le visage abîmé.

— Il faut opérer tout de suite. Préparez le bloc.

— Je t'accompagne, déclara Sharon.

— Tu crois ? L'intervention sera longue et délicate.

— J'y tiens.

La transpiration dégoulinait sous la blouse de Sharon. Elle commençait à ressentir la fatigue. Ses pieds lui faisaient mal dans ses chaussures devenues trop étroites. En fait, elle n'en pouvait plus.

— Tu devrais prendre une pause, proposa Agustin.

Elle ne se rebiffa pas.

— Abril, reprit Agustin, prends le relais de Sharon.

— OK.

Sharon quitta la salle d'opération. Un vertige s'empara d'elle, qu'elle maîtrisa assez rapidement.

Un peu remise de ce léger malaise, elle retourna dans la chambre de Sandrine.

— Tu as l'air fatigué, remarqua la jeune fille.

— J'étais en salle d'opération.

Elle n'en dit pas davantage. C'était à Agustin de donner à Sandrine des nouvelles de Diego.

— Et toi, Sandrine, comment te sens-tu ?

La jeune fille serra les lèvres en hochant la tête.

— Désolée… nous ne voulions pas te contrarier, ni toi ni *Abuela*.

Tout le quartier adore ta grand-mère, tu comprends, et toi aussi maintenant, tu fais partie de notre communauté.

Sharon sourit d'un air triste.

— Excuse-moi, j'ai eu une réaction idiote. Je ne sais pas pourquoi, je me suis toujours mis dans la tête que je ne devais accepter d'aide de personne. En fait, j'ai perdu foi en l'humanité après la trahison de mon père.

— Je comprends. Moi aussi, j'ai du mal à faire confiance depuis que ma mère m'a abandonnée.

— Tout cela crée beaucoup de ressemblances entre nous, tu ne trouves pas ? demanda Sharon.

Sandrine eut un grand sourire.

— Tu sais quoi ? J'en déduis que le destin a voulu que nous formions une famille.

Sharon avait envie de la croire, mais un doute continuait à hanter son esprit.

— Agustin aimait sa femme. Je ne suis pas sûre de suffire à le rendre heureux.

— Arrête, Sharon ! Il t'aime. Il veut ton bien, ne le repousse pas.

Brusquement, la chambre se mit à tourner autour de Sharon. Une migraine atroce au point de l'aveugler fondit sur elle. Elle porta la main à son front.

— Sandrine ! Appelle à l'aide...

Et elle s'évanouit.

Agustin sortait de la salle d'opération. Diego conserverait quelques cicatrices et aurait besoin de rééducation, mais il vivrait. Les témoins avaient rapporté que le jeune homme avait eu un comportement héroïque. Autrement dit, il s'était lourdement trompé sur son compte.

Maintenant il avait hâte de retrouver Sharon pour s'assurer qu'elle n'était plus en colère contre lui.

Comme elle n'était pas revenue en salle d'opération, il s'inquiétait un peu. Dans la salle où il se changeait après l'intervention, il retrouva le Dr Perez, la gynécologue de Sharon, qui s'habillait.

— On m'a dit que je vous retrouverais ici. Je suis venu m'occuper de Sharon.

— Que se passe-t-il ?

— Elle est en situation de prééclampsie. J'ai essayé de faire baisser sa tension sans y réussir. Le bébé est en danger, et elle aussi. Je suis en train de me préparer à lui faire une césarienne.

Le sol se déroba sous les pieds d'Agustin.

Non, l'histoire ne devait pas se répéter. Il venait de comprendre qu'il aimait Sharon, il ne pouvait pas la perdre elle aussi !

— Sharon n'en est qu'à la vingt-huitième semaine de grossesse, balbutia-t-il.

— Oui. Ce n'est pas le moment idéal pour accoucher, mais c'est déjà bien qu'elle en soit arrivée là. Nous lui avons fait des piqûres pour soutenir les poumons du bébé.

— Je peux aller la voir ?

Il fallait absolument qu'il puisse lui dire qu'il l'aimait avant l'opération.

— Très rapidement. Elle est déjà dans l'unité de soins préopératoires.

Agustin se hâta de s'y rendre. Il repoussa le rideau qui isolait le box.

Sharon pleurait silencieusement.

— Agustin ! Je... je suis tellement désolée de ce que je t'ai dit.

— Chut ! souffla-t-il en s'asseyant près d'elle et en lui prenant la main.

— J'ai peur... Elle est tellement petite encore !

— Mais elle est forte, comme sa mère, assura-t-il.

Il posa une main sur le ventre de Sharon.

Je t'en prie, ma petite fille, vis !

En son for intérieur, il priait le ciel de ne pas laisser s'envoler sa seconde chance de bonheur. Il était impossible qu'il perde Sharon.

Avant de se laisser emporter dans le sommeil de l'anesthésie, Sharon murmura :

— Je t'aime.

— Moi aussi, je t'aime !

Comme les infirmières venaient la chercher pour l'emmener au bloc, il lui embrassa la main avant de la regarder partir.

Il ne pouvait plus rien faire.

Lui qui s'était juré de ne plus jamais souffrir par amour se retrouvait le cœur brisé.

Bien qu'il soit chirurgien, on lui refusa la permission d'entrer au bloc parce qu'elle était sa compagne. Alors, il se contenta de faire les cent pas en attendant que l'intervention soit terminée.

Au bout d'un temps qui lui parut interminable, le Dr Perez vint le retrouver.

— Tout va bien. Elle a perdu beaucoup de sang, mais elle se rétablira vite.

— Et le bébé ? demanda Agustin, fou d'inquiétude.

— Entrez faire sa connaissance. On est en train de la préparer pour la transférer dans l'unité de soins intensifs de néonatalogie.

Agustin mit un masque avant de pénétrer dans le bloc opératoire. Sharon avait été amenée en salle de réveil, mais l'équipe pédiatrique s'occupait de sa fille.

On l'avait déjà placée dans une isolette, cette enceinte destinée à protéger les bébés prématurés des contraintes préjudiciables de l'environnement. Son petit corps était bardé de fils qui la reliaient à des machines. Il se pencha au-dessus de la vitre. Comme conscient de cette première rencontre, le bébé entrouvrit un œil. La gorge d'Agustin se serra.

— *Holà, Querida*..., murmura-t-il en regardant le bras si petit, si fragile de son enfant.

— Elle est forte, docteur Varela, assura l'une des infirmières.

— Et belle, comme sa mère, répondit-il.

Il ne pouvait quitter des yeux cette personne miniature qu'il avait créée avec Sharon et qui était tout pour lui désormais. Elle incarnait amour, espoir et famille. Tout ce qu'il avait toujours souhaité avoir et cru ne jamais posséder.

Sharon et ce minuscule bébé étaient son univers entier. Jamais il ne les abandonnerait.

Sharon s'éveilla. Elle avait mal, mais était incapable de se rappeler les raisons de cette souffrance. Brusquement, tout lui revint d'un coup.

Mon bébé... mon bébé est né...

Encore sous l'influence de l'anesthésie, elle avait beaucoup de mal à ouvrir les yeux. Elle s'assoupit à nouveau, puis se réveilla en sursaut, incapable une fois de plus de comprendre pourquoi elle était si fatiguée.

— Agustin ? appela-t-elle.

— Je suis à côté de toi. Ne t'inquiète pas, je ne te quitterai pas.

— Que s'est-il passé ?

— Tu étais en état de prééclampsie. Il a fallu te faire une césarienne en urgence.

Sharon secoua la tête.

— Non, je travaillais avec toi sur Diego.

— Il va bien. Il va se remettre de son accident.

Tout à coup, Sharon retrouva la mémoire de sa migraine, de ses vertiges, de son malaise...

— Une césarienne ? Et notre bébé ?

— Elle va bien.

— Tu l'as vue ?

— *Sí*. Et nous irons la voir ensemble quand tu te sentiras mieux.

— Tout de suite !

— Je vais demander un fauteuil roulant.

Malgré la douleur qui la tiraillait atrocement, Sharon voulait découvrir sa fille. Agustin l'aida à s'installer dans le fauteuil, enroula une couverture sur ses jambes et la roula jusqu'à l'unité de soins intensifs en néonatologie.

Et là, nichée dans l'isolette, criblée de fils, se trouvait un tout petit bébé.

Sa fille.

Minuscule, avec juste une petite mèche de cheveux bruns.

Sharon posa la main sur la vitre, désolée de ne pas pouvoir prendre son enfant dans ses bras.

L'infirmière qui faisait sa tournée les trouva tous les deux en contemplation devant leur bébé.

— Sharon, si vous souhaitez tenir votre bébé, je vous propose la méthode kangourou. Ce contact peau à peau marche très bien avec les prématurés.

— Oui, souffla Sharon.

Quel meilleur moyen pouvait-elle trouver de montrer à sa fille qu'elle n'était pas seule au monde ?

Pendant que Sharon écartait la chemise de l'hôpital, l'infirmière sortait délicatement le bébé de l'isolette, puis le plaça contre la peau de sa mère. Il y avait des fils partout, mais Sharon réussit à la placer contre son cœur.

L'infirmière souriait, heureuse de voir déjà le lien se tisser entre la mère et l'enfant.

— Il n'y a rien de mieux que cette méthode. Je vous laisse profiter tranquillement de votre enfant. Docteur Varela, quand Sharon voudra retourner dans sa chambre, appelez-moi, je viendrai remettre le bébé dans son lit.

Le regard brillant, Agustin s'agenouilla auprès de ses deux amours.

— Agustin, tu pleures ? demanda Sharon.

— *Sí.* C'est le plus beau jour de ma vie. Tu m'offres un bonheur que je pensais impossible. J'ai failli le détruire, mais je te promets de mieux faire à l'avenir. Je t'aime, Sharon. Je ne veux pas te perdre.

— Et ton deuil ? Et ton grand chagrin ?

— Mon seul but dans la vie désormais, c'est de m'occuper de toi, de notre bébé et de Sandrine. De ta grand-mère aussi, et de ma mère et de Javier. Luisa est partie depuis longtemps. Elle restera dans mon cœur, mais je sais maintenant qu'il y a de la place pour toi, pour notre amour.

— Je regrette de t'avoir repoussé ! J'avais tellement peur que tu me quittes que je faisais mon possible pour rester loin de toi.

Agustin s'éclaircit la voix.

— Sharon, est-ce que tu acceptes de m'épouser ?

Sharon n'eut pas une seconde d'hésitation.

— Oui. L'avenir me fait peur, mais j'ai encore plus peur d'un avenir dans lequel tu ne figurerais pas.

— C'est la même chose pour moi, *Querida.*

Ils se regardèrent longuement dans les yeux.

— Comment allons-nous appeler notre petite fille ?

— Qu'est-ce que tu penses de « Ava-Teresa » ? Comme ta mère et ma grand-mère, deux femmes puissantes et débordantes d'amour.

— Impossible de trouver mieux !

Sharon prit une profonde inspiration.

Pour la première fois de sa vie, elle se sentait totalement en paix. Il lui avait fallu beaucoup de temps pour en arriver là, mais elle avait enfin atteint son port d'attache.

Ici, au bout du monde.

À Ushuaia.

Épilogue

Debout devant la fenêtre, Sharon contemplait le jardin commun à la maison de sa grand-mère et à celle d'Agustin. Elles avaient été réunies par une construction qui évitait aux jeunes de sortir lorsqu'ils voulaient rendre visite à la vieille dame, maintenant tout à fait rétablie de sa chute.

Dans la maison de Teresa, bien trop grande pour elle seule, ils avaient aménagé un petit appartement de plain-pied, dans lequel elle évoluait en toute sécurité, et chaque soir, elle venait dîner avec eux.

Cet arrangement leur convenait à merveille. Teresa adorait son arrière-petite-fille, et Sandrine était enchantée que les deux maisons communiquent si facilement.

Il était prévu que l'année suivante la jeune fille parte commencer ses études de médecine à Buenos Aires où elle vivrait chez Ava et Javier. Elle avait décidé de devenir chirurgienne comme son grand frère, et cette fois-ci, c'était bien son choix à elle, non celui d'Agustin.

En ce moment, elle jouait avec sa petite nièce, petit château branlant, qui s'efforçait de marcher à quatre pattes sur une couverture. Assise sous la pergola qu'Agustin avait installée pour la protéger du soleil, Teresa regardait d'un œil attendri les efforts de son arrière-petite-fille.

La mère d'Agustin et Javier qui étaient venus leur rendre visite quelques jours profitaient eux aussi de cette belle journée d'été, enchantés de participer au pique-nique qu'ils allaient partager tous ensemble.

Sharon était au comble du bonheur. Jamais elle n'avait imaginé que le destin lui offrirait pareille joie, et pourtant ici, à Ushuaia, elle connaissait la vie de famille de ses rêves.

— Que fais-tu là, *Querida* ? demanda Agustin qui venait d'arriver derrière elle.

— Je regarde les tentatives opiniâtres que fait Ava-Teresa pour ramper.

— Dommage, je n'ai pas ma caméra.

— Ne t'inquiète pas, Sandrine a la sienne ! Elle fait un reportage consciencieux de tous les progrès de notre fille.

Agustin enlaça Sharon mais, au moment où il allait l'embrasser, la sonnette retentit.

— Ce doit être lui..., grogna Agustin.

— Je t'en prie, sois gentil ! conseilla Sharon. Tu lui as sauvé la vie, certes, mais n'oublie pas qu'il est un héros.

— Autrement dit, il faut que j'apprécie le copain de Sandrine ?

— Oui. D'autant plus qu'il a une vénération pour toi.

Agustin alla ouvrir à Diego qui lui adressa un sourire rayonnant quoiqu'un peu tordu, car son accident avait paralysé une partie des nerfs de son visage. C'était tout de même un beau sourire. Il boitait légèrement, mais depuis quelque temps il n'avait plus besoin d'utiliser ses béquilles.

— Ma mère vous envoie des empanadas, déclara-t-il en tendant un plat recouvert d'un torchon.

— Super ! s'écria Sharon. Je les adore, et Sandrine encore plus. Vous allez la trouver dans le jardin avec Ava et le reste de la famille.

Diego s'avança donc vers elles. Aussitôt qu'elle l'aperçut, Sandrine se leva pour l'embrasser. Ils étaient jeunes, certes, mais amoureux, c'était indéniable. Sandrine avait été anéantie en apprenant que Diego avait failli mourir, mais elle s'était montrée aussi courageuse que lui et avait su le soutenir dans les moments difficiles.

Agustin était revenu près de Sharon.

— Tu me parais bien mystérieuse ce matin...

Sharon tourna vers lui un visage rayonnant.

— C'est normal. J'ai un secret.

— Un secret ?

— Un secret très heureux que je veux partager avec toi.

— Tu veux dire que...

— Oui ! Le test que j'ai fait ce matin est positif. Je suis enceinte de six semaines. Que penses-tu de cette nouvelle ?

— Je pense que... que je suis fou de joie !

Sur ce, il embrassa Sharon passionnément et la souleva dans ses bras pour l'emmener dans l'escalier.

— Non..., protesta Sharon, nous avons des invités... Nous n'avons pas le temps...

— Mais si, *Querida*, nous avons tout le temps que nous voulons.

— Agustin, je ne sais pas te résister.

— Ça tombe bien, moi non plus, je ne sais pas te résister !

Une fois qu'ils furent seuls dans leur chambre, Agustin n'eut pas de peine à prouver à Sharon à quel point il était heureux.

Cette grossesse était encore une surprise, mais la plus belle du monde : leur famille allait avoir une nouvelle personne à aimer.

EMILY FORBES

Au risque de te perdre

Traduction française de
C. DUTEIL

BLANCHE

HARLEQUIN

Titre original :
FALLING FOR HIS BEST FRIEND

Ce roman a déjà été publié en 2018.

1

— Tu vas faire *quoi* ? demanda Mike, les yeux lui sortant pratiquement de la tête. Porter le bébé d'un autre ? Si tu imagines que je vais t'écouter tranquillement me raconter des choses pareilles...

— Je n'ai encore pris aucun engagement, répondit Kitty pour calmer le jeu. Je l'envisage, c'est tout.

Il perdait vite son sang-froid, elle détestait ce trait de sa personnalité.

— Eh bien, tu ferais mieux d'oublier ça tout de suite.

— Et ce ne serait *pas* le bébé d'un autre homme.

Elle aurait pu se taire, l'argument allait le contrarier encore plus, mais tant qu'à aborder la question, autant exposer son point de vue avant que la discussion ne dégénère en dispute.

— Ce sera mon bébé, peut-être ?

— Non. Celui de Cam.

— Donc le bébé d'un autre. Si tu veux des enfants, c'est avec moi que tu dois les avoir !

Vu son comportement, il était peu probable qu'elle décide un jour de le faire, mais elle garda cette pensée pour elle.

— Techniquement, ce ne sera pas non plus *mon* bébé, répondit-elle pour clarifier les choses. Je ne serai que la mère porteuse du bébé de Jess et Cameron.

— Pourquoi voudrais-tu endurer une grossesse pour quelqu'un d'autre ?

— Tu sais pertinemment pourquoi, répondit-elle calmement.

— En somme, Cameron et Jess auront un bébé, mais c'est toi qui grossiras.

— Je serai enceinte, pas grosse.

— Mais Cameron n'aura pas à supporter tes poussées hormonales, ta prise de poids, tes sautes d'humeur et tes envies bizarres, contrairement à moi !

— Cameron et Jess ont déjà subi beaucoup, on ne peut pas leur reprocher de chercher la solution de facilité.

La sœur et le beau-frère de Kitty avaient largement eu leur part de stress, tant physique qu'émotionnel, pourquoi auraient-ils dû revivre cela si elle pouvait le leur épargner ?

— Toi, peut-être, rétorqua Mike, mais au final, ils auront un bébé et moi, qu'est-ce que j'aurai ? Une petite amie avec des vergetures et des nichons flasques.

Elle était presque sûre qu'il y avait des moyens de stopper les montées de lait, et elle se moquait d'avoir quelques marques disgracieuses si cela permettait à sa sœur d'avoir l'enfant que celle-ci désirait tant, et dont sa famille avait tellement besoin.

Pourtant, Mike avait raison sur un point. Ils étaient censés être en couple, donc discuter ensemble des décisions importantes, et c'était précisément ce qu'elle essayait de faire. Mais s'il refusait de se montrer raisonnable et se comportait comme un enfant gâté... En vérité, leur relation tournait autour de Mike et de ses désirs, tout fonctionnait selon ses termes à lui.

Il était peut-être temps que cela change.

Kitty poussa la porte du Manly Pier Hotel. Après sa discussion avec Mike — qu'elle se refusait à qualifier de dispute —, il était allé à son dîner mensuel avec ses vieux copains de l'école de médecine. Elle l'avait vu partir avec soulagement. Elle n'aurait pas voulu poursuivre ce débat toute la nuit, mais n'avait pas non plus envie de rester seule chez elle. Elle avait besoin de voir un visage ami, et elle était sûre de le trouver au pub, lieu de réunion préféré du personnel du North Sydney Hospital et, plus généralement, des habitants de Manly Beach.

Le DJ était en train de chauffer la salle. Le jeudi soir, l'établissement ne désemplissait pas, l'endroit grouillait déjà de monde. Elle scruta la foule.

Les clients étaient en tenues décontractées mais chics. Dans sa hâte à sortir, Kitty ne s'était pas préoccupée de son look. Elle baissa les yeux sur son jean, son vieux T-shirt et ses baskets en toile. Le *dress code* n'était heureusement pas strict pour les femmes mais, avec son mètre soixante-trois, elle avait l'impression d'être une erreur de la nature parmi ces amazones glamours. Elle avait attaché ses cheveux bruns en une queue-de-cheval négligée sans même les brosser, et son maquillage léger du matin avait probablement disparu pour de bon, mais il était trop tard pour s'en soucier. D'ailleurs, ses amis et collègues n'étaient pas du genre à se mettre sur leur trente et un. Comparée aux blouses informes de l'hôpital, n'importe quelle tenue vestimentaire paraissait habillée.

En se faufilant dans la salle, Kitty repéra de nombreux visages familiers et salua plusieurs personnes sans s'attarder. Elle voulait voir quelqu'un en particulier, pas perdre son temps en bavardages futiles. Ce soir, elle n'était pas d'humeur particulièrement sociable.

Son regard glissa sur le DJ pour se poser sur l'avancée qui, derrière lui, donnait sur le port. Le ferry de Manly était à quai, ses hublots éclairés trouaient le crépuscule. Se découpant sur le ciel sombre, se trouvait la personne qu'elle cherchait.

Joe Harkness.

Sa haute silhouette athlétique d'un mètre quatre-vingt-cinq dominait le groupe de femmes qui, sans surprise, l'entourait. Avec ses courts cheveux bruns à la coupe savamment étudiée, il avait l'air de sortir de la douche et riait, les yeux brillants, la fossette de son menton ajoutant encore à son charme irrésistible aux yeux de ses adoratrices.

Il avait une bière à la main et l'autre bras passé autour des épaules d'une femme. Sans surprise, là encore. Joe avait une vie sentimentale compliquée, mais Kitty pouvait toujours compter sur lui. Il était beau, heureux, charmant, et les femmes se succédaient sans discontinuer dans sa vie, mais il avait toujours du temps pour elle et elle lui en était reconnaissante. Pourquoi aurait-elle voulu faire partie de sa ribambelle de conquêtes ? Ce qu'elle était lui convenait parfaitement : sa meilleure amie.

Ils se connaissaient depuis leur premier jour à l'école d'infirmières, dix ans auparavant. Kitty venait de quitter le lycée, Joe, son aîné de deux ans, avait pris quelques années sabbatiques avant d'entamer des études supérieures. Ils avaient décroché leur diplôme ensemble mais s'étaient orientés vers des voies différentes. Elle avait rapidement travaillé aux urgences du North Sydney Hospital ; Joe, lui, avait continué ses études puis décroché un poste d'auxiliaire médical aux soins intensifs du même établissement. Il était affecté au dépôt d'ambulances. Mais même s'ils avaient eu des lieux de travail différents, ils seraient restés amis, Kitty en était certaine. Tout le monde avait besoin d'un Joe, fiable et loyal. Il la comprenait et ne la jugeait jamais.

Elle s'interrogea. Qui était la fille qu'il tenait par le cou ? Une nouvelle passade ou une amie tout court ? Elle ne tenait pas à ce qu'il ait d'autres amies. Ses conquêtes ne partageaient jamais longtemps sa vie, et elle les tolérait volontiers. Elles ne lui disputaient pas son poste de favorite. Joe disait régulièrement ne pas être pressé de se caser, et, égoïstement, elle espérait qu'il le pensait. Il avait été marqué par le mariage de ses parents, qui n'avait pas été un modèle du genre, ni en termes de félicité ni de fidélité conjugale. Cette méfiance des histoires sérieuses convenait parfaitement à Kitty. Elle n'avait pas envie de le partager. S'il avait une relation durable, il n'aurait sans doute plus de place pour elle. Or, elle avait besoin de lui. Comment imaginer l'existence sans lui ?

Elle se fraya un chemin vers lui. Dès qu'il l'eut repérée, Joe sourit et lâcha l'épaule de sa compagne. Kitty éprouva une satisfaction perfide en le voyant venir vers elle. Nouvelle conquête ou pas, Kitty restait la plus importante pour lui.

— Salut, qu'est-ce que tu fais là ? demanda-t-il en souriant, ses yeux bleus pétillant dans son beau visage aux traits réguliers. Je croyais que tu ne pouvais pas venir ce soir. Où est Mike ?

— Sorti.

— Qu'est-ce qu'il y a ?

Cette sollicitude fit monter les larmes aux yeux de Kitty, mais pas question de s'expliquer devant des inconnues. Elle patienta pendant qu'il prenait congé de sa cour d'admiratrices.

— Viens, dit-il en lui passant le bras autour des épaules. Tu as l'air d'avoir besoin d'un verre.

Il l'entraîna au fond de la salle en continuant à parler pour lui laisser le temps de rassembler ses pensées.

— Mike sait que tu es là ?

— Non, répondit-elle en secouant la tête, délogeant deux grosses larmes qui roulèrent sur ses joues.

— Qu'est-ce qui s'est passé ? Il ne t'a pas frappée, j'espère ? demanda Joe en la dévisageant.

Elle devait avoir une tête à faire peur, avec ses cheveux ébouriffés, ses yeux rougis et son visage livide.

— Non ! Pas du tout, répondit-elle, consternée qu'il pût la croire victime de violence physique.

De violence émotionnelle, en revanche... Après des débuts idylliques, sa relation avec Mike était peut-être en train de changer. Et pas en mieux.

— On s'est disputés, dit-elle enfin.

— Ce ne sera sûrement pas la dernière fois.

— Ça pourrait l'être, si. C'est peut-être bien fini.

Quelle pensée effrayante ! Kitty n'aimait pas être seule. C'était même une hantise, et sa peur de la solitude la faisait souvent poursuivre des relations qui ne lui convenaient pas. Mais ce désaccord avec Mike annonçait probablement la fin de leur histoire. Comment rester avec lui s'il campait sur ses positions ?

Au début, elle avait apprécié qu'il veuille être tout pour elle. Seule et à la dérive, elle cherchait quelqu'un sur qui s'appuyer, qui prenne certaines décisions pour elle, mais voulait-il l'aimer uniquement à ses conditions ? L'aimait-il même seulement ? Il devait savoir combien cette décision de porter l'enfant de sa sœur et de son beau-frère était importante pour elle, à quel point elle avait besoin de son soutien. S'il persistait dans son attitude, il était peut-être temps de lui tenir tête. Rester avec lui pour ne pas être seule n'était plus une bonne raison. Pas alors qu'il y avait tant en jeu. Si elle ne se proposait pas rapidement comme mère porteuse, Jess et Cam n'auraient peut-être jamais le bébé qu'ils désiraient tant.

Kitty voulait être aimée, mais à *ses* conditions.

Elle devait passer à autre chose. Elle était plus forte maintenant. Elle pouvait être seule.

Elle voulait le faire.

Du reste, si ça marchait, elle ne serait pas seule. On ne se sentait probablement pas seule quand on portait un petit être. Un bébé remplirait les vides de son cœur, et satisferait son besoin d'être aimée et d'aimer en retour. Il pouvait être la réponse à beaucoup de prières, la solution à de nombreux problèmes.

C'était exactement ce dont sa famille avait besoin.

Guidant Kitty vers l'endroit du bar où il y avait le moins de monde, Joe réprima un sourire. Il n'avait jamais prétendu aimer Mike, qu'il tolérait uniquement pour Kitty, mais il n'allait pas jouer les éplorés parce qu'elle le quittait.

Il leva deux doigts à l'adresse du barman et attendit qu'il leur ait servi leurs bières.

— Raconte, dit-il en tendant un verre à Kitty.

Elle but une longue gorgée de bière ; sa main tremblait. Il l'avait déjà vue agitée, troublée, émotionnellement fragile, elle avait connu des drames dans le passé, mais ces derniers temps elle avait paru plus équilibrée, et il en avait déduit qu'elle allait bien.

— Jess et Cam veulent avoir un bébé, dit-elle de but en blanc.

— C'est possible ? demanda-t-il, surpris.

Trois ans plus tôt, un cancer de l'utérus avait été diagnostiqué à la sœur de Kitty, elle avait eu une chimiothérapie. Joe croyait même qu'on lui avait fait une hystérectomie.

— Jess a fait congeler ses ovules avant son traitement, et maintenant ils veulent avoir un bébé. Ils ont besoin d'une mère porteuse.

— Quel rapport avec Mike et toi ? Tu veux dire que ce serait toi ? demanda-t-il, lisant la réponse dans son regard.

Elle hocha la tête.

— Tu veux être leur mère porteuse ? Et ça ne plaît pas à Mike ?

— Il ne veut pas que je porte le bébé d'un autre homme.

Joe pouvait le comprendre. Si Kitty avait été sa petite amie, il aurait peut-être eu la même réaction. Mais il n'était pas question qu'il prenne le parti de Mike. Si celui-ci était prêt à renoncer à Kitty à cause de ça, il ne la méritait pas.

— Il ne comprend pas qu'il ne s'agit pas de *mon* bébé, dit-elle. Tu sais combien Jess compte pour moi. Elle est tout ce que j'ai. Je ne sais même pas si tout ça est possible, mais si je peux les aider, je le ferai. Il ne pourra pas m'en empêcher.

— Il a essayé ?

— Il m'a juste dit que si j'avais l'intention d'aller jusqu'au bout, il s'en irait. Je crois qu'il s'attend à ce que je le choisisse, mais je ne peux pas.

— Tu l'as quitté ?

— Pas encore. Nous avons besoin de temps, tous les deux. Il faut encore que je parle à Jess, et j'espère que Mike changera d'avis quand il réfléchira sérieusement à la question ; dans le cas contraire, je ferai le choix qui s'impose.

Joe voyait mal Mike revenir sur sa décision. C'était un chirurgien à l'ego surdimensionné qui allait de pair avec la profession. D'après Joe, il n'était pas follement épris de Kitty et devait considérer ce projet comme une atteinte à sa virilité. Si elle s'imaginait qu'il reviendrait sur ses positions, elle allait au-devant d'une déception.

— Qu'est-ce que je peux faire ? demanda Joe, prêt à tout pour elle, comme toujours.

— J'ai besoin d'un endroit où dormir. Si je reste chez Mike, il essaiera de me faire renoncer. J'ai besoin d'espace le temps de réfléchir à la meilleure façon de régler ça, et je ne peux pas demander à Jess. Si elle apprend ce qui s'est passé ce soir, elle voudra que je change d'avis, or je fais ça autant pour moi que pour elle et Cam. Est-ce que tu peux m'héberger ? Le canapé fera parfaitement l'affaire, je ne voudrais surtout pas te priver de ton confort.

— Bien sûr, répondit-il avec empressement, pas fâché que cette histoire se conclue potentiellement par une rupture avec Mike. Accessoirement, sache que je trouve ton geste fantastique.

— Merci, dit-elle. Je savais que tu comprendrais.

Ses grands yeux noisette brillaient encore de larmes contenues, mais au moins elles ne coulaient plus, même si elle semblait avoir bien besoin d'un câlin. Il lui ouvrit les bras et elle se blottit contre lui. Fermant les yeux, il inhala l'odeur familière de son shampooing à la vanille.

Il détestait la voir aussi bouleversée et se sentait prêt à tout pour la protéger. Il avait de nombreux amis, mais aucun ne lui était aussi proche que Kitty. Tous deux trouvaient dans cette amitié quelque chose que personne d'autre ne semblait pouvoir leur apporter. Ils se comprenaient sans avoir besoin de parler. Joe n'était pas proche de sa propre famille et il fuyait les histoires sérieuses, mais sa relation avec Kitty prouvait qu'il était capable d'entretenir des liens significatifs avec quelqu'un.

Qu'il n'était pas complètement inapte sur le plan sentimental. Qu'il pouvait aimer une personne et entretenir une relation durable, fût-elle platonique. Il n'était pas fait pour le mariage et l'engagement. La monogamie à long terme ne semblait résolument pas pour lui. Avec cinq mariages à eux deux, ses parents n'étaient pas des exemples de félicité conjugale. De toute façon, dès qu'une histoire durait plus de quelques mois, Joe s'ennuyait.

D'après certains de ses amis, il n'avait tout simplement pas encore rencontré la fille parfaite, mais lui doutait de son existence. La perfection elle-même avait une date de péremption. Pour autant qu'il puisse en juger autour de lui, les mariages se terminaient immanquablement de trois façons — le divorce, la mort, ou l'indifférence — et il n'en voyait pas l'intérêt. En l'absence d'autres relations, ses liens avec Kitty étaient d'autant plus importants, et il tenait farouchement à les préserver. Il serait toujours là pour elle.

— Mais si tu comptes mener ce projet à bien, tu dois le planifier sur le long terme, dit-il. Il va falloir prendre des décisions pour les prochains mois, pas seulement pour ce soir.

— Je sais, répondit-elle avec un soupir. Mais pour l'instant, ça me suffit.

2

— Doux Seigneur !

Kitty signait des papiers au bureau des infirmières des urgences quand l'exclamation de la secrétaire l'arracha à sa concentration. Lisa avait les yeux braqués sur la télévision fixée au mur.

Sur l'écran, un autobus brûlait.

De hautes flammes orange s'élevaient de l'arrière, et une épaisse fumée noire s'enroulait autour du car et des autres véhicules stationnés à proximité. En arrière-plan, Kitty distingua un pylône de grès et la lourde structure métallique de Harbour Bridge.

L'heure était affichée en bas de l'écran. 8 h 30. L'heure de pointe. C'était en train de se produire dans sa ville, à quelques kilomètres de l'hôpital, et les images étaient diffusées en direct depuis un hélicoptère.

Les battements du cœur de Kitty se précipitèrent. Que se passait-il ? Un attentat à la bombe ? Sur un pont ? En plein Sydney ?

Le son de la télévision était coupé, mais des informations écrites défilaient sous les images.

Autobus en feu.
Harbour Bridge fermé à la circulation.
Trafic matinal perturbé.
Changement d'itinéraire vivement recommandé.

La circulation était arrêtée, mais il n'y avait pas de précisions sur les raisons pour lesquelles l'autobus avait pris feu.

Kitty n'arrivait pas à détacher les yeux de l'effroyable spectacle qui se déroulait sur l'écran tandis que la caméra de l'hélicoptère zoomait sur la scène de chaos. Des conducteurs jaillissaient de leurs voitures, laissant leurs portières ouvertes pour se mettre à courir. Certains se précipitaient vers le bus en feu, d'autres s'enfuyaient. Un homme muni d'un extincteur aspergeait les flammes en un geste dérisoire pendant que des passagers descendaient du bus en titubant. Il fut rapidement rejoint par une demi-douzaine d'autres personnes équipées de vestes fluorescentes et de casques, et un couple s'approcha avec d'autres extincteurs. Mais pour autant que Kitty pouvait en juger, leurs maigres efforts n'avaient aucun impact sur l'incendie.

Le champ de la caméra s'élargit pour englober les véhicules d'urgence, les ambulances et les camions de pompiers, dont les lueurs rouges et bleues disparaissaient sous l'épais nuage de fumée noire alors qu'ils se frayaient un chemin entre les voitures à l'arrêt sur le pont.

Sur l'écran de télévision, les vues d'hélicoptère laissèrent la place à une journaliste en gros plan, un micro à la main, avec le brasier en arrière-plan. Comment diable avait-elle pu arriver jusque-là dans une telle pagaille ? Assises par terre autour d'elle, plusieurs personnes hébétées semblaient en état de choc. Des passagers de l'autocar, sans doute.

Attrapant la télécommande, Lisa mit le son.

« ... Sur Harbour Bridge, où un autobus de banlieue a pris feu près de la sortie nord. D'après les premiers témoins, entre vingt et trente passagers ont été évacués, mais il pourrait y avoir encore des personnes piégées à l'intérieur du véhicule... »

Kitty ne s'intéressait pas à la journaliste. Elle voulait que la caméra filme l'accident... Elle cherchait Joe. Mais la femme continuait à parler.

« Pour l'instant, on ignore encore la cause de l'incendie, des témoins disent avoir entendu une forte explosion. Derrière moi, vous verrez que toutes les vitres de l'autobus ont été soufflées. »

La caméra pivota vers le bus et zooma sur la scène de l'accident. Kitty scruta l'écran.

« La chaleur est intense, une épaisse fumée noire se dégage du véhicule, et l'odeur est pestilentielle. Des auxiliaires médicaux soignent actuellement des victimes ayant inhalé cette fumée toxique pendant que les pompiers s'efforcent de maîtriser l'incendie. »

Les yeux de Kitty passaient d'un uniforme bleu à l'autre, cherchant vainement Joe. Il travaillait ce matin, elle le savait, et les équipes de secours attachées au North Sydney Hospital étaient les plus proches du lieu du sinistre. Peut-être avait-il été appelé ailleurs ? Du moment qu'il était en sécurité... Soudain elle se figea. Une silhouette familière était apparue à la limite de l'écran. La fumée assombrissait l'image, mais Kitty reconnut sa façon de se mouvoir.

Joe.

Courant droit vers le bus, il surgit au centre de l'écran. À la portière du car, un homme tournait le dos à Joe. Penché en avant, il semblait peiner sous l'effort, et Kitty comprit qu'il était en train d'extraire quelqu'un du véhicule en flammes. Joe le rejoignit, rapidement suivi par deux de ses collègues.

L'homme s'écarta pour leur laisser le champ libre et les secouristes jetèrent une couverture sur le blessé avant de le hisser sur un brancard.

Son sauveur titubait. Au moment où il allait s'effondrer, Joe le rattrapa au vol et l'allongea sur le sol.

Le champ de la caméra se rétrécit et la journaliste reparut, masquant la scène. Kitty distinguait l'homme étendu par terre, mais pas Joe. Il n'était quand même pas monté dans le bus ? C'était le travail des sapeurs-pompiers. Mais était-il suffisamment éloigné du brasier ? Et s'il y avait une autre explosion ?

« Les pompiers s'efforcent d'éteindre l'incendie qui a éclaté dans un autobus de banlieue sur Harbour Bridge », répétait l'envoyée spéciale. « Toutes les voies du pont sont fermées à la circulation jusqu'à ce que tout danger soit écarté. À l'heure où je vous parle, il semblerait qu'on ait évacué tous les passagers de l'autocar, et que deux hommes, le chauffeur et un passager, soient traités pour des brûlures. Mais à ce stade, on ne déplorerait aucun décès, et nous n'avons toujours aucune information concernant la cause du sinistre. »

Kitty remarqua une activité fébrile en arrière-plan, et la caméra abandonna la journaliste pour revenir au véhicule en feu. Les ambulances apparurent, portes ouvertes et gyrophares clignotant on chargeait un blessé à l'arrière de l'une d'elles.

Et Joe était de retour. Elle ne voyait pas son visage, mais n'en avait pas besoin. Elle le reconnaissait aisément à la largeur de ses épaules, la forme de son crâne, sa façon de se mouvoir. Déterminé, calme. Imperturbable, posé. Dans le chaos qui l'entourait, il dégageait un sang-froid étonnant. Contrairement à elle. S'il n'était pas là pour l'ancrer dans la réalité, elle se sentait souvent perdue. Il avait été là pour elle aux pires moments, mais jamais lui n'avait paru avoir besoin de son soutien.

Penché sur une des victimes de l'accident, il semblait dangereusement proche du bus en feu. Trop proche. Kitty, impuissante, sentit son cœur s'affoler. Et s'il lui arrivait malheur ?

Elle s'efforça de chasser cette pensée en le regardant étendre son patient sur une civière. Elle ne supportait pas l'idée qu'il puisse arriver quelque chose à Joe. C'était une présence constante, solide, rassurante, le calme au milieu de ses tempêtes, elle ne concevait pas l'existence sans lui. Il sortit du cadre de l'écran et elle détourna les yeux, priant pour qu'il quitte rapidement les lieux avant que quelque chose tourne mal.

Il devait être en route, maintenant. Elle savait qu'il viendrait dans cet hôpital. Elle avait besoin de le voir en personne pour se rassurer, savoir qu'il allait bien.

Lisa baissa le son de la télévision, et Kitty se concentra sur la tâche qui les attendait. Les ambulances allaient arriver. Il fallait que le North Sydney Hospital soit prêt à accueillir les blessés. Il n'était peut-être pas le plus proche du lieu du sinistre, mais se trouvait du bon côté du pont, donc rapidement accessible. Et il disposait d'un service de grands brûlés. Le temps était primordial pour les victimes de brûlures.

Kitty attrapa des tabliers et laissa Lisa prévenir les personnes qui patientaient en salle d'attente que l'équipe avait une urgence grave à traiter avant de pouvoir s'occuper d'eux.

Davina, l'infirmière en chef, rassemblait déjà ses troupes et les affectait à des équipes. Kitty vit arriver Mike, nouant son tablier sur sa tenue de chirurgie. Elle ne l'avait pas revu depuis qu'elle avait quitté la maison trois jours plus tôt. Elle n'avait pas travaillé avec lui et n'avait pas pris ses appels, se contentant de répondre à ses messages. Elle n'était pas prête pour une nouvelle discussion qui dégénérerait immanquablement en dispute. Elle devait d'abord mettre au point son argumentation.

Elle apprit avec un soupir de soulagement qu'elle n'était pas affectée à l'équipe de Mike, et bénit silencieusement Davina. Elle avait besoin de se concentrer, ce n'était pas le moment de s'inquiéter des états d'âme de Mike.

— D'après mes informations, deux brûlés sont en route. Priorité n° 1. Mike, tu prendras le premier, ses blessures sont plus graves et tu es le plus expérimenté. Anna, ton équipe s'occupera de second, dit Davina à l'autre médecin alors que la première ambulance s'immobilisait devant l'entrée. Nous ferons le triage des autres patients au fur et à mesure de leur arrivée.

Kitty enfila une paire de gants en latex et scruta les auxiliaires médicaux qui accompagnaient le blessé.

Pas de Joe.

— Homme jeune. Non réactif. Brûlures aux jambes et aux bras, annonça un secouriste pendant que le chariot transportant le patient traversait le hall à toute allure.

Mais Kitty se tournait déjà nerveusement vers l'entrée pour guetter la prochaine ambulance.

Pourvu qu'elle amène Joe ! Kitty avait pu compter sur lui quand ses parents avaient été tués dans un accident de la route et, de nouveau, lors du diagnostic du cancer de Jess et durant son traitement. Comment ferait-elle face s'il lui arrivait malheur ?

Elle secoua la tête pour chasser ces pensées tandis qu'une

nouvelle ambulance s'immobilisait devant les urgences. Anna ouvrit le hayon arrière et Joe en jaillit, arrachant un soupir à Kitty. Épaules athlétiques, longues jambes, cheveux en pétard. Fort, solide. Il attrapa la civière et la tira hors de l'ambulance, se penchant vers son patient pour lui parler d'une voix calme et rassurante.

Kitty s'approcha pendant que le collègue de Joe refermait le hayon et l'aidait à pousser le chariot.

L'uniforme de Joe était maculé de suie, d'une saleté repoussante, et il empestait la fumée, le diesel et la gomme brûlée. Mais au moins, il était en un seul morceau.

— Salut ! Je pensais bien te trouver ici, dit-il comme elle lui emboîtait le pas.

— Tu vas bien ? demanda-t-elle avec un coup d'œil par-dessus son épaule. Il y a encore combien de victimes ?

— Seulement deux blessés graves. Les autres souffrent d'intoxication à la fumée et de lésions orthopédiques qui ne mettent pas en jeu leur pronostic vital.

Cela aurait pu être pire. Bien pire. Elle avait vu la scène de ses yeux. Aucun décès, deux victimes de brûlures, des intoxications et quelques fractures, ils s'en sortaient plutôt bien.

— C'est Carlos, le chauffeur du bus, cinquante-trois ans, brûlures au second degré aux mains et aux bras. Il a inhalé de la fumée toxique, mais ses voies respiratoires ne semblent pas endommagées.

Elle considéra le blessé. Le drap qui lui couvrait à demi le torse dissimulait ses membres supérieurs, mais elle remarqua un badge sur sa poche poitrine avec le logo de la société d'autocars. Comme celle de Joe, sa chemise était noire de suie, et un masque à oxygène recouvrait son nez et sa bouche par mesure de précaution.

Poussant le chariot, ils pénétrèrent en salle d'examen, et Joe retira le drap qui protégeait les bras de Carlos des contaminations bactériennes. Il avait les mains rose vif, la peau cloquée, et des brûlures sur une grande partie des avant-bras. On lui avait posé un cathéter au creux du coude, mais aucune perfusion n'y était encore fixée.

Kitty prépara une planche. Elle attendit qu'Anna et l'autre auxiliaire médical aient délicatement roulé le blessé du brancard sur le chariot pour, assistée de Joe, glisser la planche sous lui.

Le transfert effectué, Joe et son collègue s'écartèrent et enlevèrent la civière, laissant Kitty et Anna travailler. Joe adressa un clin d'œil à son amie et s'en alla.

Kitty ne perdit pas de temps. Pendant qu'Anna découpait la chemise du patient, elle lui remit son masque à oxygène et installa les moniteurs. Elle aimait faire équipe avec Anna, une femme médecin urgentiste expérimentée, méthodique et consciencieuse.

— Carlos, je suis le Dr Lewis. Kitty et moi allons nous occuper de vous. Avez-vous des antécédents médicaux que nous devrions connaître ? Problème cardiaque, diabète, ou autre ?

Carlos secoua la tête.

— Je vais vous retirer le masque à oxygène pour ausculter vos voies respiratoires, annonça doucement Anna.

Pendant qu'Anna procédait à un examen complet du patient, Kitty nota son rythme cardiaque, sa tension artérielle et sa fréquence respiratoire. Puis elle remplaça le masque par des lunettes à oxygène, plus légères, et enregistra le niveau d'oxygène.

— Nous allons vous placer sous perfusion pour compenser les fluides que vous avez perdus, puis nous nettoierons vos brûlures, dit Anna. Je vais vous donner quelque chose pour la douleur.

Les deux femmes travaillaient vite pour remédier au plus urgent. Certaines blessures comme les brûlures étaient évidentes, mais les lésions pulmonaires, moins faciles à repérer, pouvaient causer des problèmes graves d'ici un jour ou deux. Elles devaient évaluer les priorités.

Anna fixa une poche de solution saline au cathéter pour réhydrater le blessé pendant que Kitty le questionnait sur sa famille.

— Pouvons-nous prévenir quelqu'un pour vous ?

— Les ambulanciers ont appelé ma femme. Elle va se faire conduire à l'hôpital, mais donnez-moi des nouvelles du garçon, demanda Carlos, la respiration sifflante.

Kitty fronça les sourcils. Carlos délirait-il ? Elle jeta un coup d'œil aux moniteurs. Il avait de la température, mais rien d'inquiétant.

— Quel garçon ?

— Celui que j'ai sorti du car. Il s'en est tiré ?

Il parlait de l'autre victime. Leur premier patient.

Elle revit mentalement la scène diffusée à la télévision. L'homme plié en deux pour arracher un corps au brasier, et, son acte courageux accompli, vacillant sous le coup d'un malaise, avant que Joe le rattrape in extremis.

C'était donc Carlos.

— C'est comme ça que vous vous êtes brûlé ?

Il acquiesça.

— Quand le feu s'est déclaré, il y avait juste un peu de fumée, dit-il. J'ai arrêté l'autobus et demandé à tout le monde de descendre, mais le garçon a dit quelque chose à propos de son sac. Il est retourné dans le car avant que je puisse l'en empêcher. Puis il y a eu une explosion. Les vitres du bus ont éclaté, et le gosse a été pris dans les flammes. Je ne pouvais pas l'abandonner.

Kitty et Anna échangèrent un regard. Dès que le comportement héroïque de Carlos serait connu, l'hôpital allait grouiller de reporters en mal de sensationnel.

D'un accord tacite, les deux femmes décidèrent de prendre leur temps pour le soigner et le laisser récupérer avant de lui demander s'il voulait faire une déclaration.

— Il était mal en point, dit Carlos, qui semblait plus inquiet pour le jeune homme que pour lui-même. Vous savez comment il va ?

— Il est ici, répondit Kitty. Il a été amené juste avant vous. On est en train de s'occuper de lui.

— Alors il est vivant ?

— Pour autant que je sache, dit-elle, laconique.

Même si elle avait eu des informations, elle aurait dû les garder pour elle.

Elle assista Anna qui nettoyait la peau brûlée et débridait les cloques des bras et des mains de Carlos, appliquant une crème antibiotique avant de séparer soigneusement les doigts pour les bander individuellement.

— Votre femme pourra s'occuper de vous à la maison ? demanda-t-elle quand ce fut fini. Nous allons devoir vous garder quelques heures sous surveillance, mais si vos constantes sont normales, vous pourrez rentrer chez vous. Vous aurez toutefois besoin d'un suivi sur le plan pulmonaire, et nous vous prendrons aussi rendez-vous dans quelques jours au service des grands brûlés de l'hôpital. Quelqu'un pourra vous amener ?

— Ma femme ne conduit pas.

— Ce n'est pas grave, répondit Kitty. J'informerai votre employeur qui fera le nécessaire pour que vos déplacements soient pris en charge, puisqu'il s'agit d'un accident du travail. Ça vous convient ?

Carlos hocha la tête.

— Bon. Nous allons vous installer confortablement, et j'irai voir si votre épouse est arrivée.

Pendant que Carlos passait un moment avec sa femme, Kitty décida d'aller se détendre dans la cuisine du personnel. Les autres victimes de l'accident étaient en bonnes mains, et elle avait besoin de recharger son organisme en caféine. Comme prévu, la salle d'attente était maintenant envahie par les journalistes qui voulaient interviewer Carlos, mais la décision n'appartenait qu'à lui.

Elle ajoutait du sucre dans son café quand Mike pénétra dans la cuisine.

Il paraissait fatigué. Les choses avaient-elles mal tourné pour son patient, le garçon sauvé des flammes par Carlos ? Elle oublia qu'elle ne lui avait pas adressé la parole depuis leur querelle. Au travail, elle n'avait aucun mal à mettre ses problèmes personnels de côté. Elle avait appris à compartimenter sa vie, l'hôpital lui offrait même souvent une échappatoire. Si dure qu'ait parfois été son existence, son travail lui rappelait constamment qu'elle n'était pas la seule à souffrir et la détournait de ses soucis.

Pour l'heure, son désaccord avec Mike semblait dérisoire comparé aux événements qu'ils venaient de vivre.

— Comment ça s'est passé ? demanda-t-elle.

— Il est en vie, mais il a des brûlures sur environ 30 % du corps et ses voies respiratoires sont touchées. On l'a transféré à l'unité des grands brûlés, dit-il, se passant la main dans les cheveux. Tout ça parce qu'il avait laissé son ordinateur portable dans le bus…

Cela paraissait ridicule, bien sûr ; le garçon n'avait à l'évidence pas réfléchi aux conséquences ni évalué les risques, et il était désormais trop tard. Ce qui était fait était fait. Elle savait mieux que personne qu'on ne pouvait pas revenir en arrière. Il était impossible de modifier le passé.

Mike remplit un verre d'eau.

— Quand rentres-tu à la maison ? demanda-t-il par-dessus son épaule.

— Ça dépend, éluda-t-elle.

En toute honnêteté, elle ne pensait pas revenir.

— Tu as changé d'avis à propos de mes projets ? demanda-t-elle.

— Non.

En d'autres termes, il présumait qu'*elle* était revenue sur sa décision.

— Eh bien, moi non plus, dit-elle.

— Il est hors de question que je sois cocu sous mon propre toit, déclara-t-il d'une voix ferme.

C'était une partie de leur problème. Même si elle s'était installée chez lui six mois après leur rencontre et vivait avec lui depuis cinq mois maintenant, c'était toujours sa maison *à lui*. Pas la leur. Il détenait toujours toutes les cartes, contrôlait toujours tout.

— Ce n'est quand même pas la même chose, dit-elle.

— Pour moi si, répondit-il, vidant son verre. Tu seras enceinte d'un autre homme.

— Mais tu peux sûrement comprendre mes raisons ?

Il secoua la tête.

— Je n'arrive pas à imaginer ce qui te pousse à faire ça. Jess a d'autres options.

— Mais c'est ma sœur !

Une autre partie du problème. Il ne comprenait pas le besoin qu'elle avait de sa famille. Son désir farouche de se cramponner à ce qu'il en restait.

— Une FIV est impossible, dit-elle.

Il le savait déjà. Le cancer de Jess avait été diagnostiqué trois ans auparavant, et après avoir fait prélever et conserver ses ovules, elle avait subi une hystérectomie totale.

— Ça ne leur laisse que deux possibilités, adopter ou faire appel à une mère porteuse. Ils ont peu de chances d'obtenir l'agrément pour une adoption, étant donné les antécédents médicaux de Jess, et trouver une autre mère porteuse pourrait prendre des mois, voire des années.

En Australie, la maternité de substitution était très encadrée sur le plan légal. Chaque État avait ses propres lois, et, si la Nouvelle-Galles du Sud était un peu plus souple que d'autres régions, les mères porteuses n'étaient pas autorisées à recevoir un paiement en contrepartie. Elles avaient droit au remboursement de leurs frais médicaux, mais ne pouvaient pas percevoir de bénéfices financiers. Les futurs parents devaient donc trouver une personne disposée à les aider par pure bonté d'âme. Ce n'était pas comme garder le chien pour les vacances. Le couple en mal d'enfant demandait à une femme de leur prêter son corps entre quarante et cinquante semaines et de se soumettre à divers tests et procédures dans le but d'exaucer leurs rêves. Cela n'avait rien de facile.

Fermant les yeux, Kitty imagina Jess tenant un bébé dans ses bras. *Son* bébé.

Elle ouvrit les yeux et regarda Mike.

C'était à elle de faire un choix. Mike, ou le bébé de sa sœur.

— Tu ne peux pas être leur seule solution, dit-il.

— Peut-être pas, mais je suis la meilleure qu'ils aient.

Le biper de Mike sonna et il le détacha de sa ceinture pour lire le message. Il leva les yeux, et Kitty comprit qu'il allait partir, mais qu'il voudrait avoir le dernier mot.

— Si tu veux faire ça, dit-il sans surprise, tu devras te débrouiller sans mon aide.

Sans attendre sa réponse, il tourna les talons et quitta la pièce.

Elle resta figée un moment, s'efforçant d'analyser ce qui venait de se passer. Ce qu'elle était en train de faire. Les choses auxquelles elle allait renoncer. Pourquoi le bonheur de sa sœur comptait-il plus que le sien ?

Elle partagerait le bonheur de Jess. Si elle offrait à sa sœur l'opportunité d'avoir une famille, elle en profiterait aussi, et se ferait le plus beau des cadeaux. Elle désirait fonder une famille plus tard, mais pas avec Mike. Elle devait s'accrocher à l'idée que son heure viendrait un jour ; en attendant, elle exaucerait le vœu le plus cher de Jess et en tirerait un grand bonheur. Pour porter l'enfant de sa sœur, elle devrait renoncer à Mike, un sacrifice qu'elle était toute prête à faire.

Elle était encore plantée au milieu de la cuisine quand Joe entra.

— Tout va bien ? demanda-t-il.

Il avait enfilé une tenue propre et s'était débarbouillé. Le bleu faisait ressortir la couleur de ses yeux, cela lui allait bien. Mais l'uniforme lui donnait aussi un air responsable, qu'il portait bien. Il dégageait une impression de force, de compétence, de fiabilité, que sa tenue accentuait encore.

— Dure journée ? demanda-t-il.

— Pas pire que d'habitude, répondit-elle. Je réfléchissais.

Il sourit malicieusement.

— Je m'inquiète tout de suite ou j'attends un peu ?

Elle pouffa. Il avait vraiment le chic pour l'arracher à ses idées noires.

— Je ne sais pas, dit-elle.

— Qu'est-ce qui se passe ?

— Tu viens juste de manquer Mike.

— Et ? Tu n'envisages pas de te réinstaller chez lui, si ?

Elle secoua la tête.

— Non. Mais nous avons eu une nouvelle discussion au sujet de la maternité de substitution. Je n'y étais pas préparée et je n'ai pas été très convaincante, mais il persiste à en faire une affaire personnelle.

Comme toujours, faillit-elle ajouter. Mais c'était injuste. Au travail, Mike faisait passer ses patients en priorité. Il était déterminé et dévoué — peut-être ses efforts sur son lieu de travail l'incitaient-ils justement à croire qu'il méritait d'occuper le premier rôle dans sa vie privée, mais parfois elle aurait aimé sentir qu'elle comptait autant pour lui qu'il comptait pour lui-même.

— Il ne s'agit pas de lui, ni même de moi, dit-elle. C'est Jess et Cam que ça concerne. Pourquoi refuse-t-il de comprendre ça ?

Joe haussa un sourcil.

— Tu veux vraiment connaître ma réponse à cette question ?

— Non, j'imagine que non, répliqua-t-elle avec un pâle sourire. Mais j'en ai marre d'avoir l'impression que mon opinion n'a pas d'importance.

— Quelle est la prochaine étape ?

— Il faut que je parle à Jess et Cam.

— Alors tu vas le faire ?

— Oui, répondit-elle en souriant.

Elle avait pris sa décision et se sentait beaucoup mieux. C'était la bonne, elle le savait. Elle détestait être seule, mais elle était prête à sacrifier sa relation avec Mike pour donner un bébé à sa sœur. La famille était ce qu'il y avait de plus important au monde pour elle. Elle avait déjà perdu tellement de proches. Il y avait d'abord eu sa petite sœur, morte alors que Kitty avait cinq ans puis, quatorze ans plus tard, ses deux parents. Offrir à Jess et Cam le bébé qu'ils désiraient compenserait un peu ces pertes cruelles.

— À condition que Jess et Cam soient d'accord, dit-elle.

— Je ne peux pas imaginer qu'ils refusent.

— Non, fit-elle avec un sourire. C'est parfait. La famille a besoin de se projeter, d'avoir un objectif positif après tout ce qui s'est passé. J'irai les voir aujourd'hui après le travail, puis je vais devoir trouver un nouveau logement.

— Tu peux rester chez moi aussi longtemps que tu voudras, tu sais.

— Merci, mais je ne veux pas te voler ton lit.

Il avait déjà passé les deux nuits précédentes sur son canapé pour lui laisser son lit, mais ce n'était pas une solution durable.

— Tu l'as dit toi-même, j'ai besoin de planifier les choses sur la durée. Je trouverai quelque chose.

3

Kitty empila les assiettes sales et les emporta dans la cuisine. Elle s'était invitée à dîner chez Jess et Cam et avait promis de faire la vaisselle, mais elle voulait d'abord aborder la question qui lui tenait à cœur.

Le moment était venu.

— Il y a quelque temps, vous m'avez dit que vous envisagiez de vous renseigner sur la maternité de substitution en utilisant vos embryons congelés, dit-elle de but en blanc en revenant à table. Vous avez avancé dans vos démarches ?

— Pas officiellement, répondit Cam. Nous avons fait des recherches, mais c'est compliqué. Nous aimerions choisir nous-mêmes notre mère porteuse, mais sans savoir comment procéder. Si nous ne la trouvons pas, il faudra faire passer une annonce, c'est délicat, mais nous n'avons pas les moyens d'aller à l'étranger. Ça ne va pas être facile.

— Mais on doit essayer, ajouta fermement Jess.

— Je sais que c'est complexe, dit Kitty.

Elle avait parfois l'impression de se voir dans un miroir quand elle regardait Jess. Elles étaient manifestement sœurs. Elles avaient les mêmes yeux sombres et les mêmes cheveux châtains, même si ceux de Jess étaient plus courts et frisés depuis sa chimiothérapie. Le visage de Jess était ovale ; celui de Kitty, plus rond, lui donnait l'air très jeune, mais elle était assez adulte pour savoir ce qu'elle faisait. Elle prit une profonde inspiration et soutint le regard de sa sœur.

— J'aimerais le faire pour vous, annonça-t-elle.

— Quoi ?

— Je voudrais être votre mère porteuse.

— Vraiment ?

— Vraiment.

— Tu es sérieuse ?

Kitty acquiesça, et Jess sourit jusqu'aux oreilles. Elle était vraiment jolie quand elle souriait. Jess bondit de sa chaise pour serrer Kitty dans ses bras.

— Je n'arrive pas à le croire ! Merci ! Merci !

— Pourquoi veux-tu faire cela ? demanda Cam.

Cette réaction prit Kitty par surprise. Elle avait naïvement cru qu'ils seraient fous de joie, mais si Jess était visiblement ravie et reconnaissante, Cameron montrait plus de réserve.

— Qu'importe la raison, Cam, fit Jess. Tout ce qui compte, c'est la proposition de Kitty.

Elle pleurait en étreignant sa sœur. Les larmes ruisselaient sur ses joues, mouillant le chemisier de Kitty. Des larmes de bonheur, Kitty n'en doutait pas.

— Ce n'est pas que je n'apprécie pas ta proposition, Kitty, dit Cam quand Jess consentit à lâcher sa cadette. C'est très généreux de ta part, mais ce n'est pas aussi simple que tu pourrais le croire. Nous aurons tous des questions, et la première qui me vient est « pourquoi ? »

Jess ne semblait pas s'interroger. Kitty la savait beaucoup trop sentimentale, trop submergée par la joie de devenir mère pour s'inquiéter des subtilités et des détails de procédure. Mais Cam méritait une réponse.

— Jess et toi êtes ma seule famille, répondit-elle en guise d'explication. Vous êtes tout ce que j'ai. Si je peux vous donner le bébé que Jess désire tant, ma famille s'agrandira. Pour le plus grand bonheur de tous.

— Mais tu peux avoir tes propres enfants, lui fit remarquer Cam. Tu as vingt-sept ans, cette histoire pourrait te prendre les deux prochaines années de ta vie. Et ce n'est pas comme si tu allais être enceinte demain. Il y aura des réunions, des consultations, des aspects légaux à régler. Crois-moi, je sais de quoi je parle, on a fait le tour de la question. Ce n'est pas un parcours simple, et ça prendra du temps. Imagine que tu veuilles avoir un bébé à toi dans l'intervalle ?

— Je ne veux pas être mère pour le moment.

— Mais ça pourrait changer au cours des deux années qui viennent. Et Mike là-dedans ? Il est plus âgé que toi, suppose qu'il veuille avoir des enfants plus tôt ?

Kitty secoua la tête.

— Je doute fort que ce soit le cas.

Qu'importait l'opinion de Mike, elle n'aurait pas d'enfants avec lui, de toute façon. Elle savait maintenant qu'elle ne voulait pas de lui comme père de sa future progéniture. Il était trop sérieux. Trop dominateur. Elle voulait quelqu'un de drôle. Qui mette de la fantaisie dans sa vie et celle de ses enfants. Elle avait une petite tendance dépressive, il lui fallait du rire et de la lumière dans son existence. C'est la raison pour laquelle elle aimait tant être avec Joe.

Elle ne précisa pas qu'elle avait rompu avec Mike. Si Jess avait connu la cause de leur rupture, elle aurait décliné sa proposition. Or, Kitty tenait absolument à ce qu'elle ait ce bébé qu'elle désirait tant. La nouvelle de sa séparation avec Mike pouvait attendre.

— Je veux faire ça pour vous, dit-elle d'un ton assuré. Nous pourrions au moins nous renseigner sur la procédure à suivre ?

— Bien sûr, répondit aussitôt Jess.

Sa proposition était acceptée, elle le sut. Cam n'aurait pas le cœur d'opposer un refus à sa femme, il était prêt à tout pour elle. Leur projet était réalisable. Et ils allaient faire l'impossible pour que cela marche.

Kitty prit le stylo et apposa sa signature sur la ligne en pointillé à côté de celles de Cam et Jess. Le notaire attesta de leur authenticité et mit le tampon de son étude sur les pages. La signature de l'agrément était l'avant-dernière étape de la procédure. Leur demande allait ensuite être réexaminée par le comité d'éthique de la FIV et, si elle était acceptée, Kitty deviendrait mère porteuse. Pas « si », corrigea-t-elle mentalement, mais « quand ». Il n'y avait pas de raison pour qu'on leur oppose un refus.

Au cours des deux mois précédents, elle avait été sondée, questionnée, titillée, examinée, testée, mais cela importait peu. Les tests avaient révélé qu'elle était une bonne candidate. La clinique aurait préféré qu'elle ait déjà porté des enfants pour limiter le risque de problèmes durant la grossesse et l'accouchement, mais ce n'était pas exigé en Nouvelle-Galles du Sud, contrairement à d'autres régions du pays. Elle était en parfaite santé, il n'y avait donc aucune raison pour qu'elle n'ait pas une grossesse normale. Elle était convaincue qu'il n'y aurait pas de problèmes et, une fois tous les tests réalisés, ce fut également la conclusion du rapport.

En tant que femme seule, Kitty aurait accès aux soins médicaux dont elle aurait besoin comme mère porteuse. Et Jess et Cam étaient d'accord pour régler les dépenses imprévues, qui pouvaient se révéler importantes. Tous trois étaient passés devant une commission médicale d'évaluation à la clinique de la fertilité qui suivait Jess et Cam, où ils avaient assisté aux séances sociopsychologiques obligatoires. Heureusement, on leur avait épargné les consultations psychiatriques privées. Le notaire les avait informés de leurs droits et de leurs obligations, et avait rédigé l'agrément. Il ne leur restait qu'une étape à franchir, et Kitty croisait les doigts pour que leur demande soit acceptée par le comité d'éthique.

— Kitty Nelson ?

Elle leva les yeux vers l'infirmière de l'unité de fertilité. On y était.

Elle allait être mère porteuse. Le comité d'éthique avait validé leur demande et maintenant, si tout se passait bien, elle accoucherait dans neuf mois d'un bébé en bonne santé qui serait aimé de Jess et Cam, et d'elle.

Les ovules de Jess avaient été fécondés, les embryons créés. Il ne restait plus qu'à les lui implanter.

Kitty se leva et Jess l'imita. Cette journée était chargée

d'énormément d'espérance, et Kitty constata avec surprise que ses jambes tremblaient. C'était la première fois qu'elle prenait conscience de la pression qui pesait sur elle. Elle ne pouvait pas maîtriser grand-chose, mais maintenant que le moment était venu, elle espérait de tout son cœur être la mère porteuse idéale pour un bébé parfait.

— Tu es sûre que tu ne veux pas que je t'accompagne ? demanda Jess d'un ton implorant.

Kitty avait pris sa décision et resterait ferme sur ce point.

Elle chercha la main de sa sœur.

— Je ne te regarde pas faire un bébé avec Cam, pas question que tu m'observes pendant qu'on me fécondera.

Planté près de la fenêtre donnant sur les rues de la ville plusieurs étages plus bas, Cam faisait les cent pas, comme un futur papa attendant la naissance de son bébé.

— Cam et moi n'avons pas fait ce bébé de façon traditionnelle, dit Jess.

— Je sais, mais ça ferait bizarre que tu sois dans la pièce.

— Mais tu es heureuse que nous soyons là à la naissance ?

Kitty acquiesça.

— Bien sûr !

Même si elle avait quelques règles, là aussi. Par exemple, Cam devrait rester à l'écart à la fin, mais ils en discuteraient plus tard. Pour l'heure, sa priorité était de tomber enceinte.

— Très bien, dit Jess en l'étreignant. Bonne chance.

Kitty sentit ses os en la serrant contre elle. Sa sœur était encore beaucoup trop maigre.

— Tout ira bien.

— Je n'arrive pas à croire que, dans quelques minutes, tu pourrais être enceinte. Je vais être maman…

À condition que tout se passe comme prévu, mais Kitty n'osa pas formuler cette pensée à haute voix. Il fallait qu'elle garde un état d'esprit positif. Qu'elle y croie. Une nouvelle vie, un nouveau membre de la famille à aimer, c'était tout ce qu'il leur fallait. Après la noyade de leur petite sœur à l'âge de deux ans, la perte de leurs parents dans un accident de la route alors que Kitty avait dix-neuf ans, et le choc du cancer de Jess trois ans plus tôt, ils avaient besoin de ce merveilleux projet pour aborder l'avenir.

Elle embrassa la joue de Jess.

— À bientôt.

Les yeux rivés à la pendule, Joe priait pour ne pas avoir d'appel de dernière minute avant la fin de sa garde de nuit. Il avait été très occupé, ce qui n'était pas rare. Les permanences du samedi soir étaient toujours frénétiques, entre les bagarres d'ivrognes, les overdoses, les accidents de la circulation, les attaques cardiaques ou les indigestions sérieuses... La relève allait arriver d'un instant à l'autre ; si les téléphones restaient silencieux encore cinq minutes, il partirait à temps et arriverait peut-être à voir Kitty.

Sa compagnie lui manquait. Plusieurs mois auparavant, il l'avait hébergée quelques jours mais il s'était habitué à sa présence et, depuis son départ, les semaines s'étiraient interminablement. Au moins, elle n'était pas retournée avec Mike. Elle s'était installée chez Cam et Jess ; ils avaient décidé que c'était là qu'elle serait le mieux pendant le déroulement de la procédure qui, espéraient-ils, aboutirait à une grossesse réussie. Ainsi, Jess se sentait impliquée à chaque étape du processus. Ils partaient du principe que la transplantation ne pouvait pas échouer, ce que Joe comprenait tout en redoutant leur réaction le cas échéant.

Kitty avait suffisamment souffert comme cela.

Il l'avait à peine vue depuis son déménagement. Elle était absorbée par son projet de maternité de substitution et, à l'hôpital, leurs chemins se croisaient peu. Même s'il était basé au dépôt d'ambulances jouxtant le North Sydney Hospital, leurs horaires coïncidaient rarement, voire pas du tout, quand il amenait des patients aux urgences ou s'octroyait une pause.

À son grand soulagement, sa permanence s'acheva à l'heure prévue, et il put se rendre aux urgences avant que Kitty ne quitte l'hôpital.

— Salut, fit-il comme elle franchissait les portes du service.

— Joe ! s'écria-t-elle avec un grand sourire. Tu as terminé ton service ?

— Oui.

— Eh bien, le timing est parfait, dit-elle en lui prenant le bras. Il faut que je te parle, et je meurs de faim. Tu as le temps de prendre un petit déjeuner ?

— Bien sûr.

Ils se rendirent à leur café habituel sur Manly Beach et s'installèrent sur la terrasse avec vue sur la mer. Le soleil était encore bas dans le ciel, mais il savait qu'après une nuit enfermée à l'hôpital, Kitty préférerait être dehors.

Il commanda son gargantuesque petit déjeuner habituel pendant que Kitty optait pour des fruits frais, du yaourt et du müesli. Assise au bord de sa chaise, elle ne tenait pas en place.

— Tu crois pouvoir rester tranquille assez longtemps pour manger ? demanda-t-il, pince-sans-rire.

— Pas tant que je ne t'aurai pas appris la nouvelle.

— Je t'écoute alors, dit-il comme la serveuse apportait un café pour lui et un thé vert pour elle.

— J'ai fait un test de grossesse hier.

— Déjà ?

Kitty hocha la tête.

— Il y aura bientôt deux semaines depuis la procédure.

Il le savait. Il avait tout suivi. Il n'avait pas besoin de lui demander le résultat du test, il le voyait dans ses yeux.

Elle le lui dit pourtant.

— Il était positif !

— Tu sais qu'à ce stade, ça pourrait être un faux positif.

Il ne voulait pas jouer les rabat-joie, mais des recherches lui avaient appris que les cliniques de fertilité déconseillaient à leurs patientes de faire le test chez elles, et préféraient qu'elles attendent l'analyse de sang officielle. Sans doute, supposait-il, parce que les faux positifs étaient fréquents.

— Je sais, dit-elle, mais je n'ai pas pu résister. Je *sens* que ça a marché. Mes seins sont sensibles…

Elle se toucha la poitrine et il détourna les yeux pour ne pas être surpris en train de reluquer ses seins.

— Il *fallait* que je sache, ajouta-t-elle pour clore le sujet.

— À qui d'autre en as-tu parlé ?

Elle fronça les sourcils.

— Personne. L'examen sanguin officiel est dans deux jours, je ne dirai rien à Jess d'ici là, mais j'avais besoin de partager ça avec quelqu'un.

Il était conscient de ce que cela représentait pour elle, il aurait dû se réjouir. Il appréciait qu'elle partage la nouvelle avec lui mais, à sa grande surprise, il éprouvait une autre émotion inattendue, au goût aigre.

De la jalousie.

Il n'avait jamais vraiment réfléchi à ce qui se passerait quand Kitty s'établirait et aurait des enfants. C'était ce qu'elle voulait, mais il n'avait pas envisagé les répercussions, la réalité des choses. Au fait qu'elle aurait de nouvelles priorités, un être qui compterait plus que lui dans sa vie.

Elle allait vivre cette expérience sans lui et il en souffrait. Il n'en ferait pas partie, sinon dans le rôle d'observateur. Certes elle ne garderait pas ce bébé pour elle, mais il venait de prendre conscience qu'elle finirait fatalement par avoir un enfant à elle. Qu'arriverait-il alors ? Quelles seraient les conséquences pour eux ?

Pour lui ?

Ravalant sa jalousie, il leva sa tasse de café pour porter un toast en s'efforçant de trouver la bonne réplique.

— Félicitations, dit-il avec un sourire forcé.

Kitty, assise face à Cam et Jess, s'agitait sur son siège en s'obligeant à avaler le contenu de son assiette. Elle était sur des charbons ardents depuis deux jours, précisément depuis le test de grossesse qu'elle avait fait chez elle. Elle avait naïvement cru que partager la nouvelle avec Joe rendrait son excitation plus supportable, mais elle mourait d'envie d'annoncer les résultats à Jess et Cam.

Même si son instinct lui soufflait que la procédure avait marché, elle n'en avait pas parlé de peur de susciter de faux espoirs chez sa sœur. Mais, forcée d'attendre l'analyse officielle, elle avait senti le doute s'insinuer en elle. Et s'ils avaient échoué ? Si le test qu'elle avait fait avait *vraiment* donné un faux positif ? Si les symptômes qu'elle avait développés n'étaient que le résultat de son imagination débordante, la manifestation d'un vœu pieux ? La vie ne pouvait quand même pas être à ce point cruelle ?

Regardant la serveuse débarrasser leurs assiettes, elle posa les coudes sur la table et se pencha en avant, meurtrissant ses seins contre ses avant-bras. L'extrême sensibilité de ses mamelons voulait sûrement dire quelque chose. Avec les tests à domicile, les faux positifs étaient improbables, et les faux négatifs plus fréquents, elle le savait. Et puis elle avait arrêté le café ; elle avait réduit sa consommation de caféine avant même l'implantation embryonnaire, et commencé à prendre des comprimés d'acide folique — tout était bon pour mettre toutes les chances de son côté. Mais, désormais, elle ne supportait même plus le *goût* du café, qu'elle trouvait trop amer, et elle n'avait aucun mal à s'en passer.

Ses doigts s'agitaient nerveusement, triturant le pansement sur son coude gauche. L'analyse de sang officielle était en cours, et elle tuait le temps avec Jess et Cam en attendant de regagner la clinique pour connaître les résultats. Elle ne tenait plus en place.

Enfin, Cam régla la note et ils quittèrent le restaurant.

— Bien, dit la spécialiste quand ils eurent pris place dans la salle de consultation. Nous avons testé l'HCG, la gonadotrophine chorionique, dans votre sang. Toute augmentation de cette hormone chez une mère potentielle indique une grossesse positive, mais le dosage est significatif. Plus il est élevé, mieux c'est. Un taux important est signe de grossesse viable. À ce stade, à savoir deux semaines après l'implantation embryonnaire, nous nous attendons à trouver des niveaux supérieurs à cinquante milli-unités internationales par millilitre, précisa-t-elle tandis que Kitty trépignait d'impatience. Mais nous espérons des chiffres plus proches de cinq cents.

La doctoresse baissa les yeux vers la feuille posée sur son bureau. Quand elle releva le regard, elle souriait.

— Vos chiffres sont de quatre cent cinquante. Félicitations, vous êtes enceinte.

— Oh ! mon Dieu, tu as réussi ! s'écria Jess, bondissant de sa chaise pour serrer Kitty dans ses bras. Merci ! Merci ! Je n'arrive pas à le croire...

Les joues baignées de larmes, elle se tourna vers son mari.

— Nous allons avoir un bébé ! dit-elle en se jetant à son cou.

Un sourire jusqu'aux oreilles, Cam l'embrassa et étreignit sa belle-sœur. Kitty était au bord des larmes. Elle avait certes senti que la procédure avait marché, mais elle n'avait pas osé y croire, et son soulagement était immense.

La spécialiste laissa passer les effusions. Quand ils se furent un peu ressaisis, la consultation reprit.

— Je vais maintenant passer les prochaines étapes en revue avec vous.

Maîtrisant leur émotion, Kitty, Cam et Jess prêtèrent une oreille attentive à ses explications.

— Si tout se passe comme prévu, dit la doctoresse à Kitty, votre taux d'HCG devrait doubler toutes les quarante-huit heures. Nous espérons une hausse rapide du dosage qui augure d'une heureuse issue de la grossesse. J'aimerais vous faire faire une analyse de sang dans deux jours pour vérifier où il en est. Selon les résultats, nous pourrions alors programmer de nouveaux tests sanguins, mais je vous prévoirai aussi une échographie dans une quinzaine de jours.

— Pourrons-nous voir notre bébé si tôt ? demanda Jess.

— À ce stade, il ressemble encore à un petit pois, mais nous devrions pouvoir entendre le rythme cardiaque fœtal, répondit la doctoresse.

Kitty ne devait pas se rappeler grand-chose de la suite, et Jess encore moins. Bouleversées par la nouvelle, elles laissèrent Cam s'occuper des aspects pratiques et noter les rendez-vous à venir pendant que leur esprit vagabondait fébrilement autour de la petite vie qui venait de commencer.

Un bébé.

— Kitty, ambulance en approche, annonça Davina en passant la tête dans la salle d'examen où Kitty remettait de l'ordre. Femme de vingt-neuf ans souffrant de douleurs abdominales. Les médecins sont occupés, tu peux l'accueillir ?

Kitty installa un drap propre sur la table d'examen et fourra le linge souillé dans la panière de linge sale en sortant. Elle franchit les portes au moment où l'ambulance s'immobilisait devant l'entrée. Joe en jaillit, tirant la civière derrière lui.

— Salut, lança-t-il avec son sourire à cent mille volts. Kitty, voici Talia. Douleurs abdominales aiguës. Tension artérielle à 14/9. Rythme cardiaque 110. Température 39 °C. Pas d'antécédent médical significatif, mais elle a fait un test de grossesse positif chez elle. Des nausées, mais pas de vomissements.

Talia avait les yeux ouverts. Elle transpirait et avait le teint grisâtre.

— Son mari est en route, il nous suit de près, dit le collègue de Joe.

— Les médecins ? articula silencieusement Joe tandis qu'ils poussaient le brancard à l'intérieur.

Kitty secoua la tête.

— Occupés, murmura-t-elle.

Comme ils tournaient à l'angle du couloir, elle avisa Anna qui sortait d'une salle d'examen.

— Anna ! J'ai besoin d'une consultation, si vous êtes libre.

Elle laissa Joe résumer la situation pendant qu'ils transféraient Talia sur un lit où Anna et elle procéderaient à l'examen.

Kitty ouvrit un dossier qu'elle tendit à Anna avant de relier Talia aux différents moniteurs. Anna enregistra les symptômes et leur sévérité, ainsi que les activités de Talia au cours des dernières vingt-quatre heures et ses antécédents menstruels. D'après ses dires, Talia devait être enceinte de huit semaines.

— Nous allons avoir besoin d'un prélèvement d'urine pour confirmer la grossesse, Talia. Kitty, vous pouvez arranger ça ? Je m'absente un moment pour demander une échographie pelvienne.

Anna s'était à peine éloignée que Talia poussa un hurlement de douleur. Roulée en boule, elle agrippait son ventre et son rythme cardiaque grimpait en flèche. Elle transpirait abondamment, son visage était d'une pâleur de cendre.

— Anna ! dit Kitty, rappelant le médecin.

Talia n'étant pas prédisposée aux calculs biliaires, la cause la plus probable de sa souffrance était probablement un éclatement de l'appendice ou une rupture de la trompe de Fallope. Voire une méchante gastro-entérite.

Regagnant la salle d'examen, Anna observa la patiente.

— J'ai besoin d'une consultation gynécologique, et qu'on prépare une salle d'opération, dit-elle.

Pendant qu'on emmenait Talia au bloc opératoire, Kitty jeta ses gants dans la corbeille à déchets et rangea la salle d'examen. Puis, après s'être assurée qu'il n'y avait plus personne en salle d'attente, elle profita du calme pour aller grignoter quelque chose. Elle n'avait pas chômé pendant cette garde, et si elle ne mangeait pas régulièrement, elle était assaillie par des nausées matinales dues à la faim, aussi ne manquait-elle pas une occasion de se sustenter.

Elle trouva Joe en train de se préparer un café dans la cuisine.

— Je t'en fais un ? demanda-t-il.

— Non merci, je n'en bois plus, répondit-elle.

Son corps rejetait déjà tout ce qui pouvait être vaguement considéré comme toxique, de l'alcool au café en passant par les fromages forts et le poisson cru, aspirant à des aliments sains comme les fruits et les légumes frais. Elle s'était toujours efforcée de manger correctement, mais maintenant qu'elle était enceinte elle ne pouvait pas faire autrement car elle avait souvent l'estomac barbouillé.

— Comment ça s'est passé avec Talia ? demanda Joe en avançant une chaise à Kitty.

— Pas terrible, répondit-elle en déballant un sandwich au thon dont elle prit une bouchée. Elle est au bloc. Anna soupçonne une rupture de trompe de Fallope. Talia peut s'estimer heureuse que ça se soit passé ici et pas chez elle.

Le front plissé, elle semblait vraiment inquiète. Pourquoi ? Elle ne connaissait pas Talia, et ce n'était pas la première patiente à être envoyée au bloc en urgence.

— Qu'est-ce qui se passe ? demanda-t-il.

— Je pensais à Talia. Elle était toute excitée par cette grossesse… C'était sa première, tu le savais ?

Il secoua la tête. L'équipe ambulancière n'avait eu ni le temps ni l'obligation d'aborder ce genre de détail. La situation aurait évidemment été différente si la patiente était entrée en travail.

— Elle nageait dans le bonheur, et bientôt, si le diagnostic d'Anna se confirme, elle aura perdu son bébé, et s'estimera chanceuse s'ils sauvent ses trompes…, reprit sombrement Kitty. Jess et Cam sont fous de joie au sujet de ma grossesse et ils ont hâte de connaître leur enfant, mais je ne peux pas m'empêcher de penser à tout ce qui pourrait mal tourner…

C'était donc ça, le problème. Elle se laissait emporter par son imagination, comme d'habitude. Elle redoutait toujours qu'un problème vienne tout chambouler.

— Je crois que je vais demander à Anna de me faire une échographie dès maintenant, dit-elle.

— Pourquoi ?

— Juste pour vérifier que tout va bien. Je me sentirai mieux.

— Tu n'as aucune raison de redouter un souci. Tu es nauséeuse, tu as arrêté le café… Tu présentes tous les bons symptômes. As-tu fait faire une nouvelle analyse de sang ?

— Oui. Mon taux d'HCG grimpe toujours.

— C'est bon signe, non ?

— Si.

— Quand est programmée l'échographie ?

En parfait meilleur ami, il faisait l'impossible pour juguler ses émotions négatives. Mais depuis que Kitty lui avait confirmé sa grossesse, il se demandait pourquoi la nouvelle l'avait plongé dans les affres de la jalousie. Et il venait d'avoir la réponse à cette question.

Il n'avait jamais envisagé d'être père — dans son esprit, il ne méritait pas d'engendrer des enfants s'il n'était pas capable d'engagement envers une femme — mais quand Kitty lui avait annoncé sa grossesse, il s'était aperçu avec surprise qu'il *avait envie* d'avoir des enfants. Il ne lui en voulait pas d'être enceinte, loin de là ; cela n'aurait pas dû affecter sa capacité à la soutenir et il n'aurait pas dû être jaloux, mais la réalité était un peu différente de la théorie. Il prenait conscience qu'un jour, bientôt peut-être, Kitty pourrait avoir des enfants à elle et tourner le dos à leur belle amitié.

Mais c'était *son* problème, il le réglerait en temps utile. En attendant, il veillerait à lui apporter un soutien indéfectible. Endosser le rôle d'oncle de substitution pour les rejetons de Kitty lui suffirait peut-être.

— Dans huit jours, répondit-elle.

— Alors, tu devrais attendre. Imagine comme ce sera excitant. Tu ne veux pas partager ça avec Jess et Cam ? Tu ne vas quand même pas les priver de cette joie en ayant déjà tout vu avant eux ?

Elle soupira.

— Tu as raison.

— Bien. Tout se passera comme sur des roulettes, tu verras.

— Comment se fait-il que tu saches toujours quoi dire ?

Il rit.

— À toi, peut-être, parce que je te connais bien.

— Merci, Joe, dit-elle en se levant.

Elle jeta l'emballage de son sandwich à la poubelle et l'étreignit.

Il aimait sentir ses bras autour de lui. Elle était encore menue. Dans combien de temps sentirait-il son petit ventre ? Il s'interrogeait aussi sur les changements que cette grossesse allait opérer en elle. Elle s'inquiétait en ce moment, ses angoisses allaient-elles aller en empirant au fil de la grossesse, ou finirait-elle par accepter les choses et se détendre ? Quoi qu'il arrive, il serait là pour elle, il l'aiderait à faire face. Il avait toujours été son roc, cela ne changerait pas, il se le promit. Quoi qu'il éprouve.

Kitty commençait à redevenir elle-même. Les nausées matinales s'estompaient et, à vingt-deux semaines de grossesse, elle avait enfin l'impression d'être ce qu'elle était censée être, une femme enceinte épanouie. Elle n'avait pas pris beaucoup de poids, seuls ses seins avaient grossi et ces formes voluptueuses la faisaient se sentir très féminine pour la première fois de sa vie. Elle savait que c'était hormonal, mais elle pensait constamment au sexe. Elle n'avait pas eu de rapports depuis bientôt sept mois, et elle allait sûrement devenir folle si elle ne remédiait pas au problème.

Elle n'était apparemment pas la seule, car quand elle passait la soirée au Manly Pier Hotel avec Lisa et ses collègues infirmières, la conversation tournait immanquablement autour des hommes, ce qui était le cas en ce moment même.

Kitty passait un bon moment. C'était agréable de sortir et de penser à autre chose qu'à sa grossesse durant quelques heures. À la maison, avec Jess et Cam, c'était l'unique sujet de conversation, et elle aimait retrouver ses bonnes vieilles discussions avec ses amies. Le pub était bondé, les clients s'agglutinaient autour du bar. C'était à Kitty d'offrir sa tournée, mais elle n'avait pas envie de jouer des coudes pour aller passer la commande. Ce fut alors que, tel un preux chevalier, Joe apparut et proposa de s'en charger.

— Vous n'êtes pas en couple, Joe et toi ? demanda une infirmière en le regardant se frayer un chemin dans la foule en direction du bar.

— Non, nous sommes juste amis.

— Avec des avantages en nature ? demanda Victoria.

— Non, répondit Kitty.

— Il est canon.

Kitty feignit l'indifférence mais, de fait, Joe était très séduisant ce soir. Il portait son jean favori — celui qu'elle préférait aussi — qui moulait son postérieur et rehaussait ce qu'elle considérait comme un de ses meilleurs atouts. Avec son T-shirt blanc épousant son torse ferme, il mettait parfaitement son corps en valeur. Un corps athlétique et musclé à la démarche assurée, qu'elle suivit des yeux tandis qu'il s'accoudait au bar. Avec sa coupe de cheveux faussement négligée, il ne semblait pas avoir fait beaucoup d'efforts pour se coiffer, mais cette décontraction lui allait à merveille et, combinée à un sourire effronté, elle faisait des ravages parmi la gent féminine.

Kitty ne pouvait qu'être d'accord avec Victoria. Joe était canon, mais il y avait longtemps qu'elle avait appris à l'ignorer. Ils étaient amis avant tout, et elle avait trop peur de gâcher les choses pour tester les limites de cette amitié. Elle avait besoin de lui comme ami, et il n'était pas question de mettre en péril leur relation privilégiée en brouillant les codes.

— Il est célibataire ? reprit Victoria comme Joe revenait vers leur table.

— Oui, répondit Kitty à contrecœur.

Il posa leurs verres sur la table avec un sourire qui fit ressortir sa fossette au menton, et Kitty remarqua que Victoria n'arrivait pas à en détacher les yeux. Puis il les quitta pour retrouver ses copains sur la terrasse, sous le regard songeur de Victoria.

Toutes ces discussions sur les hommes — et sur Joe en particulier — avaient mis Kitty dans tous ses états. Elle ne pouvait pas penser à lui à lui et au sexe en même temps. Elle s'était entraînée à dissocier les deux, et d'ailleurs, il n'avait jamais montré la moindre velléité de franchir cette ligne.

Mais si cela arrivait ? Que ferait-elle ?

Elle secoua la tête.

Elle aurait été folle de seulement l'envisager. Elle n'était pas prête à risquer l'amitié d'une vie pour une étreinte sans lendemain. Même si ses hormones lui menaient la vie dure, il y avait d'autres façons de calmer ses ardeurs. Kitty vida son verre d'eau et se leva tandis que le DJ lançait son premier morceau. Le pub grouillait de séduisants jeunes gens, Joe n'était pas le seul bon parti du coin. Elle entraîna Lisa sur la piste de danse.

De son poste d'observation sur la terrasse, Joe voyait Kitty s'agiter sur la piste de danse. Elle était particulièrement belle ce soir. Malgré les nausées matinales, sa grossesse lui donnait un éclat particulier ; le soir, elle était visiblement au top. Elle avait les cheveux épais, brillants, la peau lumineuse. Elle dansait bien, avec la grâce naturelle de qui ne se sait pas observé, et il en profitait pour la contempler.

Elle était mince, mais la grossesse avait remodelé son buste et ses hanches avec de douces courbes. Il suivait du regard son bassin qui ondulait au rythme de la musique. Ses mouvements avaient quelque chose de sensuel, de manière presque hypnotique.

Il détourna les yeux. Il n'était pas habitué à penser à elle en ces termes et se sentait mal à l'aise, vulnérable. Bien sûr, il avait déjà remarqué certaines choses chez elle, la profondeur de son regard noisette, la courbe de ses lèvres, les fossettes mutines qui creusaient ses joues, mais jamais il ne l'avait considérée comme un être sexué ; il la cantonnait strictement au rôle d'amie.

Pour chasser l'image troublante de ses hanches, il se tourna vers Lisa et remarqua deux hommes qui venaient de rejoindre les deux amies. Des inconnus. Kitty pouvait danser avec qui elle voulait, cela ne le concernait pas, mais il sentit malgré lui se réveiller son instinct de protection, pour ne pas dire de possession.

Kitty dansa encore un moment, et quand Lisa fut rejointe par son petit ami, elle les laissa pour gagner le bar, suivie par un des nouveaux venus. L'instinct de protection de Joe monta d'un cran. Si ce gars voulait tenter sa chance avec elle, il allait devoir lui passer sur le corps.

Jouant des coudes, Joe la rejoignit au moment où le type lui demandait si elle buvait quelque chose.

— Elle prendra de l'eau, répondit Joe.

Le regard de l'homme glissa sur lui.

— Ce n'est pas à vous que je m'adresse.

— Mais c'est moi qui réponds, répondit Joe.

Kitty n'avait pas besoin qu'un inconnu lui offre un verre, et comme l'intrus l'ignorait pour se tourner vers elle, Joe ne résista pas à l'envie de préciser :

— Elle est enceinte. Elle boira un verre d'eau.

Le regard du type glissa sur le ventre de Kitty. Sa grossesse n'était pas encore visible, sauf pour ses proches. Joe savait que ses seins avaient grossi et qu'elle était un peu plus ronde, plus voluptueuse, mais elle portait un haut lâche sur son jean. On ne pouvait que remarquer la taille de ses seins. Et Joe ne voulait pas que d'autres la remarquent.

Elle avait une peau lumineuse. Elle était très belle. Et très fâchée contre Joe qui fit semblant de ne rien voir.

L'inconnu s'adressa à Joe.

— Vous êtes le père ? demanda-t-il avec agacement.

— Non.

— Alors en quoi ça vous regarde ?

— C'est le bébé de son beau-frère, répondit Joe, impassible.

L'expression de l'homme fut impayable. Si Kitty n'avait pas foudroyé Joe du regard, il aurait éclaté de rire. L'inconnu, visiblement horrifié, détala sans demander son reste.

— À quoi tu joues, là ? demanda-t-elle à Joe.

— À quoi *tu* joues ? répondit-il du tac au tac.

— Je bavardais avec lui. Il était mignon, dit-elle en regardant son chevalier servant disparaître. Il doit croire que je suis complètement folle, maintenant.

— Il n'était pas « mignon », fit Joe. Et il avait dans les dix-huit ans. Pas étonnant qu'il se soit enfui.

— Joe, je n'ai couché avec personne depuis bientôt sept mois, mes hormones me travaillent et je ne vais pas tarder à exploser de frustration. Je n'allais pas épouser ce type, tu sais. C'était juste sexuel.

Juste sexuel.

Joe vit rouge.

Le sang battant dans ses tempes, il éprouva soudain un désir irrépressible de frapper quelqu'un.

Il ne voulait pas imaginer Kitty faisant l'amour avec un inconnu. Cette seule idée lui donnait envie de vomir.

Conscient que d'autres hommes la regardaient avec intérêt et écoutaient leur conversation, il lui prit le bras et l'entraîna vers un coin calme de la terrasse.

— Je ne faisais que parler avec lui, dit-elle sur le ton de la protestation, remettant de l'huile sur le feu. C'est quoi, ton problème ?

— Tu lui parlais mais tu pensais au sexe ! Tu ne sais rien de lui, répliqua-t-il, conscient que sa réaction était irrationnelle et disproportionnée.

Elle leva les yeux au ciel avec exaspération.

— Si tu ne l'avais pas fait fuir, j'aurais pu en apprendre plus sur lui. C'est comme ça qu'on fait des rencontres, Joe. On se voit, on discute, on décide si on se plaît.

— Et on couche ensemble.

— C'était le plan.

— Mais tu es enceinte.

— Et alors ? Tu crois qu'on ne fait plus l'amour quand on est enceinte ?

Il refusait de l'imaginer faisant l'amour, enceinte ou pas. Surtout avec des inconnus.

Elle souriait maintenant, les yeux pétillants. Il n'avait pas envie qu'elle se moque de lui. Il voulait qu'elle le prenne au sérieux. Il était furieusement tenté de lui proposer ses services, mais se retint in extremis.

Ses grands yeux bruns fixés sur lui, elle guettait sa réponse, et il avait de plus en plus de mal à se rappeler pourquoi c'aurait été si terrible de coucher avec elle.

— Je ne tiens pas à discuter de tes coucheries dans ton état, dit-il, s'efforçant de ne pas imaginer le goût de ses lèvres, ni la douceur de ses seins sous ses paumes.

— Pourquoi ?

Ils étaient tout proches, et la rumeur du bar s'estompait tandis qu'elle le défiait de son regard sombre.

Pourquoi quoi ? Il ne se rappelait plus ce qu'il avait dit. Il n'arrivait pas à réfléchir quand elle le fixait comme ça.

Il baissa les yeux, s'arrêta sur ses lèvres. Il avait envie de l'embrasser à perdre haleine, pour qu'elle sache ce que c'était qu'être embrassée par quelqu'un qui la connaissait bien, qui tenait à elle. Pour lui montrer que c'était beaucoup mieux qu'embrasser un parfait inconnu. Pourquoi ne l'avait-il jamais embrassée ?

Le bruit ambiant, la foule, le tintement des verres s'évanouirent, et il n'y eut plus qu'eux deux.

Il chercha frénétiquement une raison de ne pas le faire, mais il en avait trop envie, et il se sentait incapable de résister.

Il s'inclina vers elle.

Elle leva la tête vers lui.

4

Kitty avait les lèvres entrouvertes, et Joe distinguait le bout de sa langue rose entre ses dents. Attendait-elle un baiser ?

Il écarquilla les yeux en la voyant se lécher les lèvres.

Le sang battait sourdement dans ses veines.

Voulait-elle qu'il l'embrasse ?

Comment savoir ?

Peut-être était-il le seul à penser que c'était une bonne idée. Non… Une très *mauvaise* idée.

Il devait résister. Bien que… cela pourrait être un moyen de l'empêcher de coucher avec des inconnus… Mais où cela les mènerait-il ?

Indécis, partagé entre désir et raison, il n'arrivait pas à réfléchir de façon cohérente. Et Kitty recula d'un pas.

C'était probablement la bonne réaction. La meilleure.

Il devait l'imiter avant de faire une bêtise. Il avait bu quelques bières, il était un peu éméché. L'embrasser était sûrement la dernière chose qu'elle avait en tête, et elle l'aurait sans doute giflé s'il s'y était aventuré. À juste titre.

Il fit un pas en arrière. Entre les hormones de Kitty et son alcoolémie, ils avaient failli commettre l'irréparable.

— Je suis fatiguée, je crois que je vais rentrer, dit-elle avant qu'il ait pu ouvrir la bouche.

Et elle s'en alla.

Mais c'était mieux ainsi. Assurément l'issue la plus raisonnable.

Les jambes en coton, il la regarda s'éloigner en s'efforçant de rassembler ses esprits.

— Où est Kitty ? lui demanda Lisa quand il regagna la salle.

— Elle est partie. Elle était fatiguée.

Une jeune femme du groupe se leva et il reconnut une infirmière de l'hôpital, une dénommée Victoria, si sa mémoire était bonne.

— Vous dansez ? demanda-t-elle d'une voix suave.

Il dut se pencher pour l'entendre. Avait-elle fait exprès de chuchoter ? Elle avait posé la main sur son bras et le scrutait de son regard intense.

Joe ne dansait pas, et il avait assez bu.

— J'ai une meilleure idée. Si on partait ? dit-il.

Il ne fut pas étonné de la voir acquiescer.

Victoria était blonde et mince, aux antipodes de Kitty. Exactement ce qu'il fallait pour lui faire oublier ce qui venait de se passer.

— Kitty et Anna, patient à l'arrivée dans trois minutes, annonça Davina. Un surfeur ramassé par un garde-côte, en hypothermie et déshydraté. C'est tout ce que je sais.

Kitty prit une blouse, des gants propres et gagna le quai des ambulances où patientait déjà le Dr Anna Lewis.

L'ambulance pila devant l'entrée et Joe en jaillit.

Kitty prit une profonde inspiration. Elle ne l'avait pas vu depuis plusieurs jours — depuis qu'il avait failli l'embrasser — mais elle savait que leurs chemins finiraient par se croiser. Elle avait appris qu'il avait quitté le pub avec Victoria ce soir-là. Victoria n'en avait pas fait mystère quand les deux jeunes femmes avaient fait équipe ensemble.

Kitty enrageait encore. Elle était furieuse contre lui, et s'en voulait. Elle n'attachait généralement pas d'importance aux aventures de Joe, mais cette histoire avec Victoria la tracassait, et travailler avec celle-ci compliquait encore les choses. Sans doute parce qu'elle avait sottement cru que Joe allait l'embrasser. Mais il n'en avait rien fait. Il avait probablement autre chose en tête, lui demander si Victoria était libre, peut-être. Son entourage croyait-il qu'elle allait jouer les entremetteuses, maintenant qu'elle attendait un bébé ? Pourquoi n'imaginait-on même pas qu'*elle* pouvait avoir envie de faire l'amour ? Elle était enceinte, que diable, pas morte !

Elle s'était enfuie du pub pour que Joe ne puisse pas lire en elle. Il devinait toujours ce qu'elle pensait, et elle n'aurait pas pu lui cacher qu'elle attendait fébrilement un baiser. Qu'est-ce qui ne tournait pas rond, chez elle ? Un tel comportement était le plus sûr moyen de détruire leur amitié.

Elle regrettait néanmoins qu'il ait jeté son dévolu sur Victoria, ce qui ne faisait que remuer le fer dans la plaie. Victoria était grande, mince et blonde, tout ce qu'elle n'était pas. Les savoir ensemble la contrariait au plus haut point.

Mais elle ne pouvait pas y faire grand-chose.

Joe poussa la civière vers elles et Kitty se plaça de l'autre côté pour éviter son regard, l'écoutant distraitement résumer la situation pendant qu'ils emmenaient le patient en salle d'examen.

L'homme, asiatique et de corpulence mince, avait de graves coups de soleil sur le nez et les épaules. D'après Joe, il était japonais.

— Il s'appelle Toshi. Il s'est battu avec les vagues hier, et a passé la nuit à dériver sur sa planche de surf.

Impressionnée par sa mésaventure, Kitty reporta son attention sur le patient.

— Il est déshydraté et brûlé par le soleil, mais en relativement bonne forme au vu des circonstances. On lui a donné un litre de sérum physiologique en IV et il en a entamé un deuxième. Son anglais est meilleur que mon japonais, mais je crois que vous devriez appeler un interprète.

Toshi put se hisser tout seul du brancard à la table d'examen, et Joe sourit à Kitty avant de sortir en emportant le chariot. La froideur qu'elle lui avait manifestée ne semblait pas le perturber outre mesure. Il ne s'était probablement même pas aperçu qu'il l'avait contrariée ; du reste, elle n'aurait pas dû l'être. Joe était égal à lui-même, et en aucun cas responsable de ses bouleversements hormonaux.

Kitty accrocha la poche de sérum au pied à perfusion et fixa des électrodes à la poitrine et au doigt de Toshi pour enregistrer ses signes vitaux. Anna le brancha par précaution à l'arrivée d'oxygène, mais l'évaluation de Joe semblait correcte. Toshi paraissait en bon état physique, même si dériver toute une nuit sur l'océan Pacifique agrippé à une planche de surf devait fatalement influer sur le mental. Kitty aurait été terrifiée à sa place, elle se serait vue encerclée par des requins et autres féroces créatures marines prêtes à bondir. C'était le genre de situation susceptible de provoquer un syndrome post-traumatique.

— Vous pouvez lui trouver quelque chose à manger ? demanda Anna après avoir fini l'examen. Un repas simple, avec de la soupe, une salade et un jus de fruits ?

— Bien sûr, répondit Kitty.

— Et il faudra essayer d'avoir un interprète au téléphone s'il ne s'en présente pas un rapidement. Nous contrôlerons ses signes vitaux toutes les demi-heures quand il aura mangé, à condition qu'il garde ce qu'il ingurgite.

Kitty fit préparer un plateau, et alla prendre sa pause en attendant que celui-ci soit prêt. Dans la cuisine du personnel, la télévision était allumée sur la chaîne d'informations, et elle reconnut l'entrée des urgences de l'hôpital en arrière-plan. Une reporter se tenait sur le quai des ambulances et s'adressait à la caméra. Une équipe de télévision avait-elle suivi l'ambulance qui avait déposé Toshi ?

Derrière la jeune femme, les portes des urgences coulissèrent et Joe apparut. Kitty monta le son en voyant la reporter lui tendre le micro. Lui avait-on demandé de parler aux médias ? Cela n'aurait rien eu de surprenant puisqu'il appartenait à l'équipe médicale qui avait amené Toshi, et qu'il était plutôt photogénique. En dépit des néons peu flatteurs qui lui tiraient les traits, il paraissait bronzé et en pleine forme, et ses yeux bleus brillaient à la lumière artificielle.

— J'ai près de moi un des ambulanciers qui ont conduit le surfeur japonais au North Sydney Hospital après les seize heures de supplice qu'il a passées en mer, déclara la jeune femme à la caméra avant de se tourner vers Joe. Monsieur Harkness, que pouvez-vous nous dire sur l'état de cet homme ? Est-ce qu'il va se remettre ?

Elle connaissait le nom de Joe, l'hôpital avait donc dû le charger de parler à la presse. Si les journalistes n'avaient rien à se mettre sous la dent, ils étaient capables d'assiéger l'hôpital toute la nuit.

— Il souffrait de déshydratation et de graves coups de soleil, mais il a bon moral compte tenu de l'épreuve qu'il vient de traverser, répondit Joe.

Il semblait frais et dispos, personne n'aurait pu deviner qu'il terminait une garde de douze heures. Il sourit à la jeune journaliste, accentuant sa fossette au menton dont Kitty ne connaissait que trop les effets sur la gent féminine.

— Comment se fait-il qu'il se soit trouvé avec sa planche de surf dans une voie de navigation à six kilomètres de la côte orientale australienne ? demanda la reporter dont Kitty remarqua les joues empourprées.

— À notre connaissance, il a été entraîné au large par un courant sagittal et incapable de revenir vers la côte car les vagues étaient trop grosses.

— Comment est-il arrivé dans votre ambulance ?

— Il a été repéré par l'équipage d'un porte-conteneurs qui a pu le secourir. Heureusement sa planche était jaune, donc bien visible. Les garde-côtes l'ont récupéré, puis nous l'avons pris en charge. Il a eu énormément de chance.

La journaliste posa encore quelques questions, mais Kitty, les yeux fixés sur Joe, n'écoutait plus. Elle qui connaissait bien son langage corporel, elle voyait que l'interview commençait à lui peser. Elle avait passé beaucoup de temps avec lui, et ses mouvements, son port de tête, la courbe de sa joue, et même sa fossette, n'avaient pas de secret pour elle. Sa colère contre lui se dissipait, et elle était surtout furieuse contre elle-même. Il n'était pas responsable de ses poussées hormonales, après tout.

Une palpitation dans son ventre la fit tressaillir, lui rappelant ses priorités. La famille. Les amis. Joe comptait pour elle. Elle devait faire la paix avec lui.

Elle n'avait pas à choisir avec qui il passait son temps. Cela le regardait et, de toute évidence, il n'avait pas voulu l'embrasser *elle*. Heureusement qu'elle ne lui avait pas tendu ses lèvres ce soir-là, elle ne se serait pas remise de cette humiliation. C'était déjà assez moche qu'il ait craqué pour Victoria. L'avait-il prémédité ?

Il n'avait pas paru apprécier qu'elle évoque ses aspirations sexuelles de femme enceinte. Trouvait-il que sa grossesse la rendait moins séduisante ? Moins désirable ?

Avait-elle juste *imaginé* qu'il allait l'embrasser ? Avait-elle eu envie qu'il le fasse ?

Oui. Indéniablement.

Mais il valait mieux qu'ils en restent là. Elle avait besoin de lui et ne pouvait se permettre de mettre leur précieuse amitié en danger.

Pour commencer, elle devait arrêter cette fixette sur Victoria. Elle n'était pas obligée de les fréquenter en couple, mais elle devait renouer avec Joe.

Même Jess avait remarqué que Joe brillait par son absence, ces derniers jours. L'anniversaire de Kitty tombait la semaine suivante ; elle l'avait toujours fêté avec Joe, et Jess et Cam insistaient pour qu'elle l'invite à dîner. Elle examina le planning du service pour savoir quelles nuits Victoria travaillait. Elle pouvait inviter Joe et feindre d'ignorer que Victoria était de garde.

Elle gagna le quai des ambulances pour voir Joe avant qu'il ne reparte. Soudain, il lui semblait important d'arranger les choses avec lui. De se comporter en adulte.

Elle attendit que l'équipe de télévision commence à ranger le matériel pour se diriger vers lui.

— Joe ? Je peux te parler ?

Il se retourna en souriant. Il semblait heureux de la voir. Absorbé par Victoria, il n'avait probablement même pas remarqué qu'elle l'évitait. Elle chassa cette pensée. Elle ne voulait pas songer à Victoria plus qu'il n'était nécessaire.

— Comment vas-tu ? demanda-t-il. Et notre patient ?

— Il est affamé, répondit-elle, lui rendant son sourire.

— C'est bon signe.

— En effet. J'ai vu ton interview.

— Et tu viens me dire que j'ai été nul ?

— Tu sais bien que non. Je voulais te demander si tu étais libre demain soir. Cam prévoit de faire un barbecue pour fêter mon anniversaire avec un peu d'avance. Tu veux venir ?

— Avec plaisir.

— Tu peux amener Victoria si tu veux, dit-elle hypocritement.

— Merci, mais nous n'en sommes pas encore là, elle et moi.

Elle ravala un cri de triomphe. Tout avait marché comme sur des roulettes. Il n'avait même pas songé à vérifier l'emploi du temps de Victoria.

— À demain 7 heures, alors.

Parfait. Il ne semblait pas fâché contre elle. Elle ne voulait pas lui donner de raison de tourner le dos à leur amitié, de l'abandonner. Tout le monde finissait par la lâcher, et elle tenait vraiment à garder Joe dans sa vie aussi longtemps que possible. Elle avait besoin de lui.

Ce fut Kitty qui ouvrit la porte à Joe. Elle portait une robe qu'il ne lui connaissait pas ; le rose lui allait à ravir. Elle resplendissait, et il ne put s'empêcher de s'interroger. Avait-elle couché avec quelqu'un ? Était-ce *cela* qui illuminait son regard et donnait cet éclat à son teint ?

Il ne voulait pas l'imaginer dans les bras d'un autre que lui. Mais ils ne feraient jamais l'amour ensemble, et y songer ne servait à rien.

— Nouvelle robe ? demanda-t-il, l'embrassant sur la joue et lui tendant les cadeaux qu'il avait apportés.

— J'ai dû faire les boutiques, je n'entrais plus dans mes vêtements, répondit-elle, l'invitant à la suivre dans la maison.

Il regarda ses hanches se balancer voluptueusement devant lui. La grossesse avait épanoui son corps, arrondissant joliment son derrière et éveillant en lui un désir trouble.

Il salua Jess et Cam et tendit un pack de bière à Cam en s'efforçant de réprimer ces pulsions importunes.

— Merci mon vieux, dit Cam, ouvrant deux bouteilles et lui en tendant une. Je vis dans une maison d'abstinents, ces temps-ci. Je les soutiens, mais ce n'est pas drôle de boire seul. Jess a arrêté l'alcool, elle aussi.

— Je me montre solidaire de Kitty, dit Jess.

— À combien de semaines es-tu, Kitty ? demanda Joe. Vingt-deux ?

— Vingt-quatre.

Il avait posé la question pour faire la conversation. Il savait très exactement où elle en était.

— Nous avons fait une échographie aujourd'hui, dit Jess.

Il trouva ce « nous » bizarre. Le bébé était génétiquement le sien et elle avait évidemment des liens forts avec lui, mais c'était Kitty qui était enceinte.

— Tu veux voir les images ? proposa Jess.

— Bien sûr.

— Je ne pense pas que Joe porte le même intérêt que nous à notre bébé, dit Cam.

— Mais si, dit Joe avec un enthousiasme forcé.

Jess alla chercher un cliché noir et blanc fixé au réfrigérateur par un aimant et le lui tendit.

Pas de panique. Il avait déjà vu des tas d'échographies. C'était juste un bébé. Tant qu'il ne le tenait pas pour responsable des modifications physiques de Kitty et du changement de perception qu'il avait d'elle, tout irait bien. À ce stade, il ressemblait à n'importe quel fœtus en train de sucer son pouce.

— Vous savez si c'est un garçon ou une fille ?

— On n'est pas d'accord là-dessus. Je voudrais savoir, mais Cam...

— Je préfère avoir la surprise, dit Cam comme elle était prise d'une quinte de toux.

Il alla lui chercher un verre d'eau qu'elle but à petites gorgées, avant de pouvoir parler de nouveau.

— J'aimerais connaître le sexe car je veux décorer sa chambre et si on ne fait ça qu'une seule fois, je voudrais avoir du temps pour m'y préparer.

Qui des deux finirait par avoir gain de cause ? Techniquement,

Kitty était la mère. Qu'en pensait-elle ? Il n'avait pas envie de lui poser la question.

— Une seule fois, dis-tu ?

— Je serai heureux avec un seul enfant, dit Cam. Nous ne pensions même pas avoir cette chance.

— J'aimerais en avoir plus, mais je ne veux pas être trop gourmande, dit Jess.

— Que cet enfant naisse déjà en bonne santé.

— Tu as raison. Mais j'ai adoré grandir avec une sœur, et je n'en serais pas là sans elle, dit Jess en serrant Kitty dans ses bras. Et j'aimerais que mes enfants connaissent ça.

Joe avait des demi-frères et des demi-sœurs, mais il n'avait pas avec eux le lien fort qui unissait Jess et Kitty.

— Rien ne dit qu'ils s'entendraient, dit-il. J'ai cinq demi-frères et demi-sœurs, et je ne suis pas spécialement proche d'eux.

En fait, il avait toujours considéré Kitty plus comme sa sœur que ses sœurs de sang. Du moins jusqu'à la semaine précédente, où il avait commencé à avoir pour elle des pensées pas du tout fraternelles.

— J'ai du mal à le croire, dit Cam. Moi qui étais persuadé que tu t'entendais avec tout le monde.

Joe rit.

— Ça en dit peut-être plus sur moi que sur eux.

— Il y a une grande différence d'âge entre vous, et vous n'avez pas vraiment grandi ensemble, dit Kitty, venant à son secours. Ça change tout.

— J'ai pratiquement grandi comme un enfant unique, et, sur bien des plans, j'ai eu une enfance plus heureuse de ce fait.

Son adolescence avait été moins idyllique, sans doute parce qu'il était assez grand pour se rendre compte qu'il n'avait pas sa place dans ses différentes familles. Son père et sa mère étant incapables de rester mariés, son cadre et son mode de vie changeaient constamment, échappant à son contrôle. Cette existence déstabilisante en avait fait un adolescent rebelle, difficile à vivre. Pas seulement pour ses parents, mais aussi pour ses frères et sœurs.

— J'ignorais que tu avais cinq frères et sœurs, dit Jess.

— Deux demi-frères et sœurs, et trois par alliance. J'aurais pu en avoir encore plus. J'avais quatre ans quand mes parents ont divorcé. Maman était la seconde femme de papa, et ils ont tous deux été mariés trois fois. Ça fait beaucoup de parents à concilier, avec des dynamiques différentes. Je crois que je préférais être seul. Ça rendait la vie plus facile.

Joe n'avait pas une haute opinion de la cellule familiale type, il avait trop vu son père et sa mère se battre pour sauver leurs mariages. Quoique le verbe « se battre » fût plutôt mal choisi, aucun d'eux n'ayant fait beaucoup d'efforts pour préserver leurs couples, préférant baisser les bras et passer à autre chose. Joe savait que Kitty et Jess avaient grandi dans une famille stable, du moins jusqu'à la mort tragique de leurs parents alors que Kitty avait dix-neuf ans, et il comprenait qu'elles aspirent au même équilibre. Mais pour lui, c'était un rêve impossible.

— Je propose qu'on procède par étapes, dit Cam en embrassant sa femme. Un bébé à la fois. On verra comment on se débrouille.

C'était une logique pragmatique et sensée. Il y avait beaucoup d'inconnues dans l'avenir de Cam et Jess. Le nouveau bébé n'en était qu'une parmi d'autres.

Le dîner venait de s'achever : steak arrosé d'un verre de vin rouge pour Cam et Joe, poisson et eau pétillante citronnée pour Jess et Kitty. Cam débarrassa les assiettes.

— Viens boire une bière avec moi pendant que je nettoie le barbecue, dit-il à Joe.

Joe le suivit dehors, une bière à la main.

— Tu crois que cette maternité de substitution est une bonne chose ? demanda Joe en le regardant gratter la grille.

Cam prit son temps pour répondre.

— J'aime ma femme. Je souhaite son bonheur, et c'était son vœu le plus cher. Je n'avais pas la même envie dévorante d'avoir des enfants. Ne te méprends pas, je ne suis pas contre, mais ne pas en avoir ne m'aurait pas gêné. Seulement Jess aspirait à être mère. Alors je le fais pour elle. C'est ça, l'amour.

Malgré lui, le regard de Joe fut attiré par Kitty. Il la voyait par la fenêtre, en train de prendre des tasses sur une étagère.

— À propos, dit Cam, concentré sur le récurage du barbecue, Kitty m'a dit que tu voyais quelqu'un. C'est sérieux ?

Joe faillit s'étrangler avec sa bière.

— Grands dieux non. J'évite ça comme la peste.

— Peut-être simplement parce que tu n'as pas encore rencontré la femme idéale, répondit Cam, en écho aux commentaires qu'on servait souvent à Joe.

— Personne n'est parfait. Et rien n'est éternel. Je ne vois pas l'intérêt de commencer quelque chose qui ne durera pas.

Pour Joe, même la relation de Jess et Cam, aussi idéale qu'elle parût, avait ses aspects obscurs. Le cancer de Jess et sa stérilité étaient loin de son idée de la perfection.

— Et Kitty ? dit Cam.

— Quoi Kitty ?

— C'est si dur à imaginer ? Toi et elle ? Tu dois bien l'aimer.

— Évidemment que je l'aime bien, c'est ma meilleure amie.

Depuis qu'il avait failli succomber à la tentation de l'embrasser, il s'efforçait constamment de se le rappeler. Il se répétait qu'il était content d'avoir résisté. Que cela aurait été désastreux.

— Tu crois que nous n'en avons jamais parlé avec Jess, Joe ? Vous iriez bien ensemble, tous les deux.

Joe n'en était pas si sûr. Si tenté qu'il ait pu l'être de franchir le pas, une partie de jambes en l'air avec Kitty était le plus sûr moyen de détruire leur amitié. Ce qui ne l'empêchait pas d'y penser. Mais y penser était une chose, passer à l'acte en était une autre, et il avait de multiples raisons de garder ses distances. À commencer par la plus évidente : Kitty et lui n'attendaient pas les mêmes choses d'une relation amoureuse.

— Je ne suis pas l'homme qu'il lui faut, dit-il. Kitty cherche quelqu'un qui soit prêt à s'engager, qui lui promette de ne jamais la quitter. Moi, je ne crois pas aux contes de fées. Nous sommes incompatibles.

— Tu crois ?

Joe hocha la tête. Il y avait beaucoup réfléchi, ces deux dernières semaines, et même s'il le déplorait, il savait qu'il n'était pas celui dont Kitty avait besoin.

— Fais-moi confiance, je ne suis pas l'homme qu'il lui faut, et je ne tiens pas à ruiner notre amitié.

Cam éclata de rire.

— L'amitié entre homme et femme n'existe pas. Les hommes la gâchent toujours en voulant du sexe.

Cam avait marqué un point, mais Joe ne pouvait pas être d'accord avec lui. Il avait hâte de mettre fin à cette conversation avant d'être poussé dans ses retranchements.

— Vouloir et avoir sont deux choses différentes, mon ami, répondit-il, et c'est l'*avoir* qui gâte tout. Il vaut mieux que Kitty et moi préservions notre relation actuelle, qui nous réussit plutôt bien jusqu'ici.

— À ta guise, mon vieux, répondit Cam d'un air sceptique, couvrant le barbecue avant de déboucher deux nouvelles bières.

Cam avait des doutes, et Joe ne pouvait l'en blâmer. Lui-même manquait de conviction, mais il ne pouvait pas céder à ses désirs, au risque de laisser ses idées saugrenues mettre en danger son amitié avec Kitty. Avec le temps, il finirait par oublier ces sentiments ridicules et la vie reprendrait comme avant.

Vingt-huit semaines. Il n'en restait plus que douze.

Kitty ne pensait plus à sa vie en termes de jours de la semaine ni même en mois de l'année ; tout se réduisait aux semaines de grossesse et aux événements marquants qui y étaient associés. À vingt-huit semaines, elle avait déjà fait les deux-tiers. Le bébé prenait du poids, elle aussi, et elle ne tenait plus en place.

La semaine précédente, elle s'était portée volontaire pour une consultation échographique destinée aux étudiants, et avait demandé à connaître le sexe du bébé. Elle allait avoir une petite fille.

Elle ne l'avait dit à personne. Forcée de tout partager de sa grossesse avec Jess et Cam, elle jouait le jeu, mais elle aimait l'idée de garder quelque chose pour elle seule. Elle se sentait un peu coupable et devait veiller à ne pas dire « elle » quand elle parlait du bébé, mais elle ne voyait aucun mal à conserver jalousement ce petit secret.

Du reste, Cam ne voulait pas connaître le sexe du bébé. Ce qui n'avait pas empêché Jess de commencer à décorer la chambre d'enfant. Elle avait choisi un camaïeu de blanc avec de jolies touches vert tendre qu'elle pourrait toujours associer à du rose ou du bleu marine, en fonction du sexe de l'enfant.

Le bébé remua dans le ventre de Kitty, comme s'il savait qu'elle pensait à lui. Elle posa une main sur son abdomen et sourit. Elle était heureuse. Elle faisait plaisir à sa sœur en lui offrant un beau bébé, et elle s'était même réconciliée avec Joe depuis son dîner d'anniversaire. À sa connaissance, il voyait toujours Victoria, mais elle s'efforçait de ne pas y penser. Depuis ce soir-là, elle évitait de sortir avec ses collègues de l'hôpital. Elle prétextait qu'elle était fatiguée et qu'elle ne buvait plus, mais elle ne voulait pas risquer de rencontrer Joe et Victoria. Tant qu'elle ne les voyait pas ensemble, elle pouvait feindre que leur relation n'existait pas.

Et son travail l'épuisait. Rester de longues heures debout l'éreintait, les six kilos qu'elle avait pris pesaient lourdement sur son ossature légère. Pendant ses gardes de nuit, elle ne perdait pas une occasion de s'étendre sur le canapé de la salle de repos.

Depuis qu'elle était enceinte, elle veillait à se reposer les pieds chaque fois qu'elle le pouvait. Le moment de sa pause arrivé, elle alla chercher un sandwich et une pomme dans son vestiaire et sortit prendre l'air.

Joe était assis sur le muret séparant le jardin d'agrément du quai des ambulances, et Victoria se tenait devant lui, le dissimulant partiellement. Kitty s'efforça d'ignorer la jalousie qui lui mordait le ventre. Elle avait ce sentiment en horreur, mais détestait encore plus les voir ensemble. Elle gardait le goût amer du baiser que Joe ne lui avait pas donné.

Elle s'était comportée comme une idiote. Elle avait failli détruire leur amitié. Bien sûr qu'il avait hésité. Elle avait dépassé les bornes. Elle était soulagée qu'il ne lui en tienne pas rigueur, mais elle n'arrivait pas à oublier l'incident, et brûlait de savoir ce qu'elle éprouverait s'il l'embrassait vraiment. Elle en rêvait. Ses recherches sur Internet lui avaient confirmé qu'à ce stade de la grossesse, les hormones d'une future maman échappaient à tout contrôle, mais ce n'était pas qu'une histoire d'hormones, elle en était persuadée. Elle n'avait aucun fantasme à propos d'autres hommes. Uniquement de Joe.

Elle envisagea un instant de regagner l'hôpital, mais elle avait besoin d'air frais. Croquant dans sa pomme, elle prit la direction opposée. Joe ne l'avait pas remarquée, et elle ne voulait pas les voir ensemble. Elle fut saisie d'un douloureux sentiment de solitude, qui ternit son bonheur. Jess avait Cam, Joe avait Victoria, mais elle n'avait personne…

Comme pour lui prouver le contraire, le bébé s'agita en elle. La petite fille était particulièrement active, ce soir. Elle lui tenait compagnie, mais ne serait pas à elle longtemps. Kitty voulait avoir un compagnon un jour. Être aimée. Fonder une famille à elle. Pour le moment, toutefois, elle devait se concentrer sur sa grossesse en espérant que son heure finirait par arriver.

Elle termina son sandwich et enveloppa le trognon de pomme dans le papier d'emballage puis, avec un dernier regard en direction de Joe, elle regagna l'hôpital. Après avoir jeté ses déchets dans une poubelle, elle alla se laver les mains et regarda autour d'elle. Le vaste hall d'attente des urgences était vide, le service étrangement silencieux. Seule Lisa était visible, ce qui signifiait que leurs autres collègues s'affairaient en salle de soins ou prenaient leur pause. Comme Kitty se dirigeait vers le bureau, les portes d'entrée s'ouvrirent et un homme décharné entra. Débraillé, il portait un jean et un T-shirt crasseux et avait les bras couverts de croûtes qu'il grattait nerveusement. Les yeux écarquillés, les pupilles dilatées, il regarda autour de lui en s'agitant fiévreusement. Kitty connaissait ces symptômes. L'homme était sous méthamphétamines.

Il posa les yeux sur elle, se mit à hurler, et fonça vers elle d'une démarche brusque, fébrile.

— Aidez-moi ! Ils me poursuivent, ils vont me tuer !

Il se grattait toujours férocement, ses bras saignaient.

Le bureau d'accueil était séparé de la zone d'attente par une vitre, on y accédait par une double porte qui s'ouvrait grâce à un code. Comme dans une banque. Lisa était en sécurité derrière la vitre, mais Kitty se sentait exposée, vulnérable. Elle brûlait de se mettre à l'abri, mais le moindre mouvement de sa part pouvait faire réagir l'homme.

Glissant lentement la main dans la poche de sa blouse, elle sortit une paire de gants chirurgicaux qu'elle enfila calmement, les yeux fixés sur Lisa qui n'allait pas manquer d'appeler à l'aide.

Elle tendit la main vers l'homme en une supplique silencieuse.

— Tout va bien, personne ne vous fera de mal ici. Vous êtes en sécurité.

Il s'immobilisa mais continua à jeter des regards affolés autour de lui. Il s'était arrêté au niveau de la porte par laquelle elle aurait pu s'échapper. S'il avançait d'un pas dans sa direction, elle était coincée.

Elle devait courir le risque. Dès qu'elle serait assez près, Lisa presserait le bouton d'ouverture et la ferait entrer. Kitty la regarda. Lisa hocha la tête et tendit la main vers le bouton tandis que Kitty faisait un pas vers la porte. Vers l'homme.

— Vous approchez pas !

Kitty se figea. Il la voyait comme une menace.

Elle leva les mains pour lui faire comprendre qu'elle ne lui voulait aucun mal. Le cœur au bord des lèvres, elle sentait l'adrénaline accélérer ses pulsations cardiaques. Elle voulait fuir, mais n'avait aucune échappatoire. L'homme lui barrait le chemin, sa seule protection était son ventre de femme enceinte.

Terrifiée, elle avait peur de lui tourner le dos, mais n'avait pas le choix. Elle était piégée. Elle ne pouvait pas avancer.

Elle recula d'un pas, et il bondit vers elle.

— Qu'est-ce que vous faites ? hurla-t-il.

Que faire ? Elle ne voulait pas l'irriter. Il était drogué, imprévisible, dangereux. Qui savait de quoi il était capable ?

Elle détacha un instant les yeux du forcené pour voir si l'aide tant espérée arrivait. Il y avait plusieurs minutes que Lisa avait déclenché l'alarme, non ? Où étaient-ils tous ?

L'homme l'observait de ses yeux chassieux.

— Qui est là ? C'est eux ?

Il tourna la tête pour regarder derrière lui, et Kitty en profita pour reculer, mais elle ne fut pas assez rapide. Il s'était retourné et avait surpris son geste.

Il fonça vers elle en glissant la main dans son dos. Elle s'immobilisa, pétrifiée, terrifiée.

La main de l'homme reparut, et les yeux de Kitty s'agrandirent. Il tenait un grand couteau dont la lame, menaçante, étincela.

Incapable de réagir, Kitty ne pouvait plus bouger.

Il bondit, et elle fut surprise par son agilité et la puissance de son corps osseux. Elle reçut un coup violent dans la poitrine qui lui coupa le souffle. Elle se sentit tomber. La dernière chose qu'elle vit fut la lumière du plafonnier qui se reflétait sur la lame du couteau…

5

Joe avait vu Kitty sortir de l'hôpital. Elle avait jeté un regard dans sa direction avant de s'éloigner. Leurs rapports avaient été un peu tendus, ces dernières semaines. Précisément depuis le soir où il avait failli l'embrasser.

Aucun d'eux n'en avait reparlé, il devait être le seul à y penser. À considérer l'épisode comme une occasion manquée. Il doutait qu'elle ait seulement su combien il avait été tenté. À sa connaissance, elle avait complètement oublié l'incident, ce qui n'expliquait pas pour autant son comportement inhabituel.

Quand elle l'avait invité à son dîner d'anniversaire, il avait cru que leur relation reprendrait son cours normal, mais une tension palpable subsistait entre eux. De toute évidence, Kitty l'évitait, prétextant sa grossesse, la fatigue, ou un rendez-vous. Cela n'avait pas forcément un rapport avec ce baiser manqué, mais quelque chose clochait.

Peut-être aurait-il dû l'embrasser. Cela aurait réglé le problème une bonne fois pour toutes. Il avait beaucoup pensé à cette occasion manquée, il avait même cru que la meilleure façon de la chasser de son esprit était de sortir avec une autre. Mais cela n'avait pas l'effet escompté.

Oh ! pourquoi lui avait-elle parlé de ses désirs sexuels ? C'était son grand regret. Son dérèglement hormonal de femme enceinte lui avait donné envie de coucher avec le premier venu, c'était le déclic qui avait conduit Joe à la considérer autrement. Il déplorait que leur relation ait changé, mais il n'arrivait plus à penser à elle de façon platonique. Et depuis sa conversation avec Cam, une question l'obsédait : cela pourrait-il marcher ? Pourtant il savait que non, qu'une aventure avec elle ruinerait définitivement leur amitié.

Ce qui ne l'empêchait pas de rêver, de fantasmer. D'observer Kitty de loin quand elle mangeait son sandwich dans son coin.

Il savait qu'elle l'avait vu, et lui ne l'avait pas lâchée des yeux pendant qu'il s'efforçait de faire comprendre à Victoria que leur relation était vouée à l'échec sans lui donner d'explication valable. Mais il ne pouvait décemment pas continuer à coucher avec elle alors qu'il ne pensait qu'à faire l'amour à une autre, même si c'était un rêve impossible.

Il regardait encore Kitty quand Victoria l'avait traité de tous les noms et accablé de reproches.

Kitty avait terminé son sandwich et regagné l'hôpital. Comme il laissait son regard s'attarder sur l'entrée des urgences, un grand échalas dépenaillé avait franchi les portes en parlant tout seul. Alerté par son comportement bizarre, Joe l'avait suivi.

En pénétrant dans le hall, il s'était trouvé confronté à son pire cauchemar.

Dans le vaste espace presque vide, des cris fusaient. Puis un mouvement sur sa droite avait capté son attention.

Quelqu'un tombait. Il vit sa tête heurter le mur, son corps s'effondrer lourdement sur le sol.

Kitty !

Le type qu'il avait suivi s'agitait au-dessus d'elle. Sans réfléchir, Joe se rua vers eux, enregistrant machinalement que l'individu était drogué.

Il connaissait les effets dévastateurs de la méthamphétamine. Il avait vu la fureur qu'elle provoquait chez un homme, les épisodes psychotiques et la violence physique qui s'ensuivaient, et il ne pensait qu'à protéger Kitty. Que faire ? Il fallait plusieurs costauds pour maîtriser un toxico sous méth, à qui la drogue donnait une force surhumaine. Mais pas question de laisser ce malade faire du mal à Kitty.

— Hé ! hurla-t-il pour détourner son attention.

L'homme se retourna et Joe tendit la main en un geste d'apaisement, ne songeant qu'à l'éloigner de Kitty.

— Qu'est-ce que vous faites ?

— Vous approchez pas de moi !

Le drogué avait l'haleine rance, et les pupilles si dilatées que ses yeux ressemblaient à deux trous noirs dans son visage blême. Son bras se tendit, assénant un coup à Joe qui sentit une douleur fulgurante lui transpercer la main. Il vit la lumière se refléter sur la lame.

Un couteau.

Il n'avait pas prévu ça.

Il voulut s'immobiliser mais, emporté par son élan, il fonça droit vers la lame.

Une souffrance sourde à l'abdomen. Comme s'il avait reçu un coup de poing dans le ventre. Bizarre, il croyait qu'on ressentait une douleur aiguë quand on était poignardé. Il repoussa de toutes ses forces son agresseur qui recula en titubant. Joe baissa les yeux. La douleur était supportable. Il n'avait peut-être pas été poignardé ?

Il posa la main sur son ventre et la retira couverte de sang. Il le sentait maintenant, chaud, poisseux, détrempant son uniforme bleu marine.

Par-dessus l'épaule du type, quatre employés de la sécurité de l'hôpital accouraient, suivis par un médecin des urgences. Ils lancèrent un filet sur le forcené, qui rua et se débattit comme un animal sauvage. Ils ne furent pas trop de quatre pour le plaquer au sol.

Comme l'homme s'agitait en hurlant, empêtré dans le filet, Joe vit des lueurs rouge et bleu clignoter sur les murs des urgences, donnant à la scène un caractère surréaliste. Des voitures de police s'immobilisèrent devant les portes du service. Des policiers s'engouffrèrent dans le hall, le *taser* à la main, le revolver prêt à servir dans l'étui dégrafé. Ils étaient habitués à ce genre d'incident et connaissaient la procédure.

Les employés de la sécurité avaient réussi à maîtriser le forcené qui continuait à se débattre, les mains attachées dans le dos. Deux policiers les aidèrent à l'immobiliser pendant que le médecin lui administrait un sédatif. Six malabars et un médecin pour maîtriser un seul toxicomane. Et Kitty, inerte, gisait toujours contre le mur. Personne ne s'était approché d'elle, personne ne lui avait jeté un regard. Ils étaient tous occupés ailleurs.

Sauf Joe.

Il devait lui venir en aide.

Il fit un pas vers elle, mais ses jambes cédèrent sous lui et il se retrouva agenouillé sur le sol, dans une mare de sang.

Il était plié en deux, respirer lui faisait mal. La main gauche pressée contre son estomac, juste sous les côtes, il sentait ses poumons se dilater et se dégonfler. Son ventre était douloureux et sa main droite l'élançait, mais il était en vie et il respirait. Kitty n'avait toujours pas bougé.

Prenant appui sur sa main gauche, il comprima sa blessure abdominale de son bras droit et commença à ramper vers Kitty, laissant une traînée sanglante dans son sillage.

Affalée contre le mur, Kitty était pâle, les yeux clos. Sa poitrine se soulevait au-dessus de son ventre rond. Il laissa échapper un soupir de soulagement. Elle respirait.

Il s'agenouilla près d'elle et posa sa main valide sur son épaule en réprimant une grimace de douleur.

— Kitty, tu m'entends ? Ouvre les yeux, dit-il d'une voix forte en lui touchant doucement l'épaule, laissant une empreinte sanglante sur sa blouse. Kitty ?

Pas de réaction.

— J'ai besoin d'aide ici ! cria-t-il par-dessus son épaule, sa voix résonnant dans le grand hall où tout le monde s'affairait dans un brouhaha indescriptible.

Personne ne répondit.

Quelques secondes seulement s'étaient écoulées depuis son arrivée, même si elles lui avaient paru durer une éternité, mais Kitty avait besoin de soins. Il lui fallait un médecin.

Repérant Anna au fond de la salle, Joe l'appela. Elle se tourna vers lui, vit le sang, et accourut.

— Pas moi, dit-il comme elle s'agenouillait devant lui. Auscultez Kitty. Elle ne réagit pas.

Il avait besoin de soins médicaux, mais Kitty plus encore. Elle vivait pour deux.

— Kitty, tu m'entends ?

Joe ?

Surprise par l'éclat lumineux, elle leva la main pour se protéger les yeux et la lumière disparut, pour revenir après quelques instants. Ses paupières se fermèrent, la lueur s'éteignit.

— Pupille gauche peu réactive.

— Kitty ? Vous m'entendez ? C'est Anna Lewis.

Anna ? Elle était sûre d'avoir entendu la voix de Joe. Que se passait-il ?

— Kitty, ouvrez les yeux.

Elle obéit, Anna était accroupie devant elle. Que faisaient-elles par terre, toutes les deux ?

Anna parlait, Kitty s'efforça de se concentrer sur ses paroles.

— Vous êtes tombée et vous vous êtes cogné la tête. Nous allons vous conduire en salle d'examen sur un brancard.

Kitty fronça les sourcils. Que se passait-il, à la fin ? Elle sentit une pression sur son bras, quelqu'un lui enfilait un brassard de tensiomètre. Elle tourna la tête, et réprima une grimace. Une vive douleur l'élança derrière les yeux. Elle porta la main à sa tête. Elle avait une grosse bosse derrière le crâne et une affreuse migraine.

Elle ferma les yeux ; la bile lui brûla la gorge.

— Je crois que je vais vomir…

Quelqu'un lui tendit un haricot juste à temps, et elle rendit tout le contenu de son estomac.

La nausée passée, elle releva la tête mais la douleur était toujours là, et son crâne palpitait d'élancements intolérables. Du coin de l'œil, elle aperçut un homme immobilisé par des gardes, mais n'osa pas tourner la tête. Elle referma les yeux. La pression augmentait sous son crâne. Comme si sa tête allait exploser. Le chaos régnait dans le hall. Les gens hurlaient, couraient dans tous les sens. Elle aspirait au silence et au calme. Elle voulait juste dormir.

Elle sentit qu'on lui enlevait le tensiomètre.

— Tension artérielle 16/10, dit une voix.

— Kitty ? Je veux que vous ouvriez les yeux. Vous devez rester éveillée, dit Anna.

Elle ne voulait pas ouvrir les yeux, mais elle se força à soulever une paupière, puis l'autre. Ça semblait important.

Son regard se posa sur une flaque de sang près d'elle. D'où venait ce sang ? Était-ce le sien ?

Puis elle se souvint.

Le bébé !

— Anna ? bredouilla-t-elle, la bouche sèche, le cœur battant, les tempes palpitantes. Le bébé ?

— Ne vous inquiétez pas, ce n'est pas votre sang.

— Mais à qui… ?

— C'est celui de Joe.

Kitty fut prise d'une nouvelle vague de nausée, des taches noires dansèrent devant ses yeux et sa vision se brouilla. Le sang de Joe ? Que s'était-il passé ? Qu'était-il arrivé à son ami ? Il fallait qu'elle sache comment il allait. Où il était. Elle voulut regarder autour d'elle mais c'était trop douloureux. Sa nausée s'intensifiait, les taches noires se multipliaient, ses oreilles bourdonnaient. Oubliant la cohue ambiante, elle s'abandonna, succombant à l'épuisement.

Des images se succédaient dans le cerveau de Kitty, comme un dessin animé, mais sans schéma cohérent, brouillées, absurdes, fugaces. Impossibles à capter, à déchiffrer. Il y avait des bribes de conversation, des éclairs de lumière, une sensation de chute, mais rien n'avait de sens. Son crâne palpitait, son corps souffrait. Elle avait l'impression d'être passée dans une essoreuse sans comprendre pourquoi.

Son coude gauche était douloureux. Elle ouvrit les yeux, elle avait une perfusion dans la veine.

— Salut. Je me demandais quand tu te réveillerais, dit Lisa, plantée au pied du lit. Tu nous as fait peur.

— Vraiment ? Que s'est-il passé ? Qu'est-ce que je fais là ?

— Tu ne te rappelles pas ?

Kitty secoua la tête avant de se rendre compte que c'était une mauvaise idée.

— Non, répondit-elle.

— Un type a fait irruption aux urgences, shooté à la méth et complètement parano, hurlant qu'on en avait après lui. Il t'a bousculée, tu es tombée et tu t'es cogné la tête, puis Joe est arrivé, tel un ange vengeur, et...

— Joe ? répéta Kitty, se souvenant vaguement qu'on lui avait dit quelque chose à son sujet.

— Oui. Il a réussi à détourner l'attention du gars, mais l'autre l'a agressé. Il avait un couteau.

Un couteau ! Le cœur de Kitty s'emballa, elle revit le sang. Tout ce sang. Celui de Joe.

— Est-ce qu'il va bien ? Joe ? Il va bien ?

— Si tu l'avais vu, Kitty, il a été fantastique ! Il t'a sauvé la vie.

Kitty sentait sa migraine empirer. Elle avait besoin de calme, mais d'abord, il lui fallait une réponse.

— Lisa, est-ce que Joe va bien ?

— Il a été poignardé, répondit Lisa en acquiesçant. Au ventre. Il a fallu l'opérer, mais il est sorti du bloc, maintenant.

Kitty exhala un profond soupir.

— Tu peux m'emmener le voir ? demanda-t-elle, impatiente de voir son ami malgré son épuisement.

— Je ne crois pas que tu aies le droit de te déplacer, dit Lisa au moment où Anna pénétrait dans la chambre.

— Il faut vous reposer, Kitty, déclara le médecin.

— Je veux voir Joe.

— Il va se remettre. Et il vous faut du repos.

Elle ne pourrait pas se reposer tant qu'elle n'aurait pas vu Joe.

— Jess et Cam sont en route pour l'hôpital, dit Anna, et le bébé a besoin que vous vous reposiez. Pas de discussion.

— Le bébé...

— Il va bien.

Kitty s'aperçut qu'elle avait instinctivement posé la main sur son ventre. C'était devenu une habitude. Elle la laissa là, attendant, espérant, guettant un mouvement.

— Vous êtes sûre ?

— Nous avons fait une échographie. Le fœtus va bien, disait Anna à l'instant où Kitty sentit un vigoureux coup de pied confirmant le diagnostic. Vous devez rester sous surveillance. Votre tension est encore élevée. Si elle ne baisse pas, je vais devoir vous mettre sous hydralazine. Et je prévois de vous faire passer un scanner de la tête. Vous voulez que le bébé continue à aller bien, n'est-ce pas ?

Kitty hocha lentement la tête. Seulement pour le bébé, alors.

Joe ouvrit les yeux. La pièce était plongée dans l'obscurité, et ce n'était pas sa chambre.

Était-ce le matin ? La nuit ?

Il ne se rappelait pas où il était.

Il entendait le bip d'appareils électroniques. Il tourna la tête. Des moniteurs près du lit.

Un lit d'hôpital.

Il essaya de s'asseoir, mais une douleur fulgurante lui traversa les abdominaux, lui coupant le souffle. Il posa la main droite sur son estomac et étouffa un nouveau cri de souffrance. Sa main était parcourue d'élancements.

Il baissa les yeux, et vit qu'elle était bandée. Les souvenirs lui revinrent. Le toxicomane. Le couteau. Kitty !

Il tenta de se redresser. Il fallait qu'il sache si Kitty allait bien, mais son abdomen atrocement douloureux lui interdit tout mouvement. Il souleva le drap de sa main gauche, un pansement lui enveloppait le ventre. Il laissa retomber sa tête sur l'oreiller.

Il avait été imprudent. Il avait vu de nombreux toxicomanes en crise et savait d'expérience la force surhumaine que leur donnait la drogue. Mais il n'avait pas réfléchi, il n'avait pensé qu'à Kitty. N'avait *vu* que Kitty, gisant inerte sur le sol, tandis que le forcené fondait sur elle.

L'horloge du moniteur indiquait 6 h 30, et la pâle clarté sous le store laissait penser que c'était le matin, mais de quel jour ? Depuis quand était-il là ?

Une sonnette était fixée à gauche de son lit. Il pressa le bouton d'appel.

— Bonjour. Bienvenue dans le monde des vivants, lui dit l'infirmière en pénétrant dans la chambre.

Joe déchiffra son badge : Paula. North Sydney Hospital.

Il n'était pas allé loin. Il était juste monté en médecine générale. Il fronça les sourcils.

— Depuis quand je suis là ? Et qu'est-ce qu'on m'a fait ?

— On vous a transféré ici depuis la salle de réveil hier soir. Vous aviez une profonde blessure par arme blanche sur le côté droit de l'abdomen. Vous avez été opéré en urgence.

— Et ma main ?

— C'est le Dr Clark, spécialiste de la chirurgie de la main, qui s'en occupe. Elle en discutera avec vous. À présent, que puis-je faire pour vous ? Vous avez besoin de plus d'antidouleur ? dit-elle en redressant la tubulure de la pompe à antalgique.

— Non merci, mais j'aimerais que vous vous renseigniez sur une infirmière qui travaille ici. Kitty Nelson. Elle a été blessée aux urgences en même temps que moi. Savez-vous si elle va bien ?

— Vous êtes de sa famille ?

— Non, répondit-il, la gorge serrée. Qu'est-ce qui lui est arrivé ?

— Je ne peux pas vous parler des autres patients, vous savez.

— S'il vous plaît, dit-il d'un ton suppliant.

Il fallait qu'il sache si Kitty allait bien. Si elle s'en était sortie.

Paula était une professionnelle confirmée, et il doutait que son charme opère sur elle. Une jeune infirmière aurait sûrement été mieux disposée.

— J'ai été blessé en essayant de la protéger. Je dois savoir si elle va bien.

Paula portait une alliance, avec un peu de chance elle était heureuse en ménage, avec un époux prêt à tout pour la protéger.

Elle le scruta, et il sourit.

— Très bien, je vais voir ce que je peux apprendre, dit-elle.

Paula était partie quand il prit conscience qu'il aurait aussi dû demander des nouvelles du bébé. Mais en toute honnêteté, ce n'était pas cela qui l'inquiétait. C'était Kitty.

Pendant l'heure qui suivit, la chambre de Joe ne désemplit pas. Il reçut d'abord la visite de la spécialiste des membres supérieurs qui prévoyait de lui opérer la main, la lame du couteau ayant traversé le tendon fléchisseur de son auriculaire. Il devrait porter une attelle pendant six semaines, et l'intervention était fixée à l'après-midi.

Un policier vint ensuite lui demander une déposition, mais Joe n'avait pas d'explication à donner sur son comportement. Il avait seulement réagi. Sans réfléchir.

Il n'avait pensé qu'à Kitty. On lui avait appris à évaluer le danger avant d'intervenir, mais il n'en avait pas eu le temps. Il avait vu Kitty allongée par terre et avait foncé, oubliant tout ce qu'on lui avait enseigné, jusqu'à sa propre sécurité.

Même s'il n'avait pas respecté le protocole, les policiers voulaient savoir s'il souhaitait porter plainte. Mais Joe n'en voyait pas l'intérêt, il n'avait aucune envie de perdre son temps en paperasses. Il voulait que tout le monde sorte de sa chambre et le laisse se reposer, sauf s'ils apportaient des nouvelles de Kitty.

Paula fit mieux. Cinq minutes après le départ des policiers, elle pénétra dans la chambre en poussant un fauteuil roulant. Kitty !

Le cœur de Joe fit un bond dans sa poitrine. Kitty avait des cernes noirs sous les yeux, mais elle souriait.

— Kitty ! Tu vas bien ?

Elle acquiesça lentement.

— J'ai un traumatisme crânien, la migraine, des vertiges et deux ou trois ecchymoses, mais sinon ça va, répondit-elle tandis que Paula sortait, les laissant seuls un moment.

— Et le bébé ?

— Lui aussi, dit-elle, se levant prudemment pour s'approcher du lit et embrasser Joe sur la joue. On dirait que je suis en meilleure forme que toi.

— Je vais bien.

Et c'était vrai, il se sentait beaucoup mieux maintenant qu'il l'avait vue de ses yeux.

— Lisa dit que tu as été poignardé.

— Des estafilades, dit-il en lui montrant sa main droite. Une entaille à la main, et une autre au ventre.

— Elle dit aussi que tu m'as sauvé la vie.

— C'est très exagéré.

Elle n'en était pas si sûre. Elle préférait croire la version de Lisa. Celle où Joe avait volé à son secours comme un preux chevalier. Personne n'avait jamais fait cela pour elle. C'était terriblement romanesque, mais elle savait qu'elle le gênerait si elle insistait là-dessus. Mais c'était important pour elle.

— Merci, en tout cas, dit-elle, l'embrassant de nouveau avant de s'asseoir au bord du lit. Combien de temps vas-tu rester ici ?

— Seulement jusqu'à demain, j'espère. On m'opère la main cet après-midi.

— On t'opère ?

— On va me réparer un tendon, et je devrai porter une attelle six semaines, mais je n'ai pas besoin d'être hospitalisé tout ce temps.

— Ça veut dire que tu ne travailleras pas pendant un mois et demi ? demanda-t-elle.

Il allait s'ennuyer à mourir.

— Je pourrai faire du travail de bureau. Les ambulanciers ont souvent des accidents de travail et on trouve toujours de quoi les occuper. Je suis sûr qu'on me dénichera quelque chose. Sinon, j'irai chez Cam et Jess peindre la chambre du bébé.

— De la main gauche ?

— Bien sûr.

Elle sourit.

— Jess ne te laissera jamais approcher. Elle planifie ça depuis des lustres !

Jess était décoratrice d'intérieur, et la chambre du bébé était le grand projet de sa vie. Elle avait déjà passé des heures à choisir la couleur des peintures, des tissus et des meubles, pour que tout soit parfait.

— Tu vas être sur la touche un moment. Tu vas avoir du mal à te doucher et t'habiller, sans parler de cuisiner... Tu auras peut-être besoin que Victoria te donne un coup de main à ton retour chez toi ?

— Victoria ?

— Oui, vous n'êtes pas ensemble, tous les deux ?

— On s'est vus deux ou trois fois, c'est tout. Je l'ai prévenue que ça ne pouvait pas être sérieux entre nous, je ne lui demanderai sûrement pas son aide.

Joe n'était jamais sorti sérieusement avec une femme, et ses aventures amoureuses étaient toujours éphémères. Kitty trouva soudain sa journée moins maussade.

— Qu'est-ce que tu vas faire ?

— Aucune idée, répondit-il. Je trouverai.

— Je peux te donner un coup de main, si tu veux.

— En quoi ? Il n'est pas question que je te laisse porter du poids alors que tu es enceinte de sept mois.

— Pourquoi ? Ce sera sûrement plus facile que ce que j'affronte au travail. Pas de patients drogués agressifs, pour commencer. Et on ne m'autorisera pas à reprendre le travail tant que mon état ne sera pas stabilisé. Nous pouvons nous tenir compagnie pendant notre convalescence, conclut-elle comme Paula revenait pour la ramener à sa chambre. Tu devrais y réfléchir. Je repasserai te voir après ton opération. Tu n'auras qu'à me donner ta réponse à ce moment-là.

— Alors que je serai ensuqué par l'anesthésie et que je n'arriverai pas à penser clairement ?

— Quelque chose comme ça, répondit-elle avec malice, l'embrassant sur la joue et reprenant sa place dans le fauteuil roulant. Mais ne crois pas que cette discussion est close...

Cam regarda Jess se lever une nouvelle fois pour aller chercher un verre d'eau au distributeur de la salle d'attente de l'oncologue. Il lui avait proposé de s'en charger car sa toux ne se calmait pas, mais sa femme ne tenait pas en place.

Elle était sur les nerfs. Elle s'attendait toujours au pire avant ces rendez-vous, et il se sentait impuissant, ne sachant que faire pour l'aider. Aujourd'hui, c'était encore pire avec le stress supplémentaire dû à l'agression de Kitty.

— Je suis sûr que ça va aller, dit-il, s'efforçant de la rassurer tout en sachant que c'était impossible.

Depuis que, trois ans auparavant, elle avait subi une hystérectomie après son cancer de l'utérus, Jess avait eu une consultation de contrôle tous les trois mois d'abord, puis tous les six mois, ce qui était bon signe. Six mois plus tôt, tout allait bien, il n'y avait aucune raison de penser qu'il n'en serait pas de même cette fois. Mais Jess ne raisonnait pas comme lui.

— Après l'examen, nous irons chercher Kitty, reprit-il.

Il espérait que la distraction ferait du bien à Jess. Kitty quittait l'hôpital aujourd'hui, ils devaient passer la prendre après la consultation. Si Jess pensait à Kitty, elle ne s'appesantirait pas sur sa propre situation en attendant son tour. L'attente était toujours le pire moment. Plus tôt ils verraient l'oncologue, plus tôt elle aurait de bonnes nouvelles, et plus vite leur vie reprendrait son cours.

Il lui pressa la main. Elle le regarda, et il lui sourit. Elle lui rendit son sourire avec effort, et le cœur de Cam se serra. Il aurait tant voulu soulager ses angoisses ! Il l'aimait tendrement et détestait la voir inquiète et se sentir aussi impuissant. Il aurait préféré avoir le cancer à sa place. Souffrir plutôt que la regarder souffrir. Il aurait tout donné pour lui épargner ce fardeau.

— Jess ? dit le Dr Tennant depuis son cabinet.

Prise d'une nouvelle quinte de toux, Jess vida son gobelet et le remplit avant de passer devant Cam qui lui tenait la porte.

— Alors, comment vous sentez-vous aujourd'hui ? demanda la spécialiste pendant qu'ils s'asseyaient.

— Fatiguée, répondit-elle.

Le cœur de Cam bondit. Elle ne lui avait rien dit.

— Je décore la chambre du bébé, reprit-elle avec un sourire en guise d'explication, et Cam se détendit. Les démarches dont je vous ai parlé à notre dernier rendez-vous ont abouti. Nous attendons un bébé. C'est ma sœur qui le porte.

— Félicitations ! De combien est-elle enceinte ?

— Vingt-huit semaines, répondit Jess avant d'être prise d'une nouvelle quinte de toux.

Le Dr Tennant l'observait attentivement, elle nota quelque chose dans le dossier de Jess.

— Est-ce l'unique raison de votre fatigue ? demanda-t-elle.

Jess haussa les épaules.

— Je ne dors pas très bien. Cette toux me gêne.

L'inquiétude de Cam revint en force. La toux réveillait Jess la nuit — les réveillait tous les deux — mais il croyait qu'elle arrivait à se rendormir.

— Depuis quand toussez-vous ?

— Je ne sais pas trop. Quelques semaines ?

Cam acquiesça, puis réfléchit.

— Peut-être plus, dit-il à regret.

Il s'y était habitué, comme Jess, et il était incapable de dire quand cela avait commencé. Avec l'excitation autour de la grossesse, ils n'y avaient pas prêté attention, mais l'expression de la cancérologue le tourmentait. Elle semblait attacher de l'importance à ce problème.

— Montez sur la balance, dit le Dr Tennant.

Jess obéit, puis se rechaussa et revint s'asseoir.

— Vous avez perdu du poids, remarqua l'oncologue.

Cam sentit sa poitrine se comprimer sous l'effet d'une indicible angoisse.

6

Jess savait qu'elle avait perdu du poids récemment. Elle avait essayé de manger davantage pour remédier au problème, mais elle n'avait pas beaucoup d'appétit et finissait rarement son assiette.

— D'autres changements à signaler ? demanda la praticienne. Migraine ? Douleur thoracique ? Saignement inhabituel ? Souffle court ?

— J'ai mal à la tête.

— Mal à la tête ? fit Cam, interloqué.

Jess ne lui avait rien dit, sans doute pour ne pas l'inquiéter.

— Juste quelques migraines, dit Jess.

Si elle avait été honnête, cela ressemblait plus à une migraine constante, diffuse, qui empirait occasionnellement avant de s'assourdir de nouveau.

Le Dr Tennant glissa les embouts d'un stéthoscope dans ses oreilles et ausculta la poitrine de Jess.

— Respirez à fond, dit-elle. Pas de température ?

Jess secoua la tête.

— Votre toux est grasse ?

Jess acquiesça.

— Bon. J'aimerais faire analyser un échantillon d'expectoration, et vous envoyer faire un scanner thoracique.

— Qu'est-ce que vous cherchez ?

— De quoi s'agit-il, d'après vous ?

Jess et Cam avaient parlé en même temps. Soucieuse, Jess glissa sa main dans celle de son mari, cherchant son contact.

— Je ne me hasarderai pas à poser un diagnostic sans informations supplémentaires. Nous allons procéder à des analyses, et je discuterai des résultats avec vous dès que je les aurai.

Elle fit une prise de sang à Jess ainsi qu'un prélèvement d'expectoration, puis imprima une ordonnance pour le scanner. Jess prit le document d'une main tremblante.

Cam garda sa main dans la sienne quand ils quittèrent le cabinet de l'oncologue.

— Tu veux manger quelque chose avant qu'on passe chercher Kitty ? proposa-t-il.

Elle secoua la tête.

— Non, je n'ai pas faim. Et s'il te plaît, ne lui parle pas des examens, dit-elle comme ils prenaient l'ascenseur pour gagner l'étage où les attendait Kitty. Elle n'est pas encore complètement remise de son agression, je ne veux pas l'inquiéter alors que ce n'est peut-être rien.

Cela n'empêchait pas ses mains de transpirer et son cœur de battre la chamade. Elle s'efforçait de garder son calme. Elle ne voulait pas affoler Cam et Kitty, mais elle s'inquiétait. Soucieuse depuis quelque temps déjà, elle tentait d'ignorer ses symptômes en se concentrant sur la grossesse de Kitty et sur le bébé, mais en vérité, elle ne se sentait pas bien du tout. C'était la raison pour laquelle elle était plus nerveuse que d'habitude aujourd'hui ; elle s'attendait à de mauvaises nouvelles. Elle n'était pas encore fixée, mais les propos de la cancérologue ne l'avaient pas rassurée. Le Dr Tennant n'avait pas besoin de lui faire un dessin. Jess savait qu'elle était en sursis.

Kitty descendit de la voiture de Cam devant l'immeuble de Joe. Après avoir quitté l'hôpital, elle avait passé une nuit chez sa sœur, et réussi à convaincre Joe qu'elle pouvait s'occuper de lui. Elle le regarda se déplier avec précaution pour s'extraire du siège arrière. L'hôpital n'était qu'à dix minutes de route de chez lui, mais les démarches de sortie l'avaient éprouvé, à en juger par les plis de souffrance à la commissure de ses lèvres. Elle devait l'installer rapidement et lui administrer ses antalgiques.

Elle était contente qu'il ait accepté son aide. Elle se réjouissait aussi que son histoire avec Victoria soit terminée, mais mieux valait ne pas penser au genre d'amie qu'elle était pour prendre plaisir à cette rupture. En tout cas maintenant, elle pouvait l'avoir pour elle toute seule.

Cam monta la petite valise de Kitty à l'appartement de Joe au troisième étage, pendant qu'elle surveillait anxieusement son ami. La main gauche posée sur son ventre, Joe gravissait les marches lentement mais d'un pas sûr.

— Tu es certain que tu ne veux pas venir t'installer chez nous, Joe ? demanda Cam quand ils furent devant sa porte. Nous n'avons pas d'escalier à monter.

— J'apprécie ton offre, mon vieux, mais après deux nuits d'hôpital, j'aspire à retrouver mon lit.

— Je comprends, mais l'offre tient toujours, et si tu changes d'avis…

— Ça n'ennuie pas Jess que j'habite chez Joe quelque temps ? demanda Kitty comme ils pénétraient dans l'appartement. Elle ne croit pas que je l'abandonne, j'espère ?

Cam hésita un instant avant de répondre.

— Tu vas lui manquer, mais elle comprend. Ne reste pas trop longtemps quand même, du moins tant que tu es enceinte. Elle suit mieux la grossesse si tu es sous notre toit.

— Je sais. Ce ne sera pas long, dis-le-lui, répondit Kitty.

Rien ne durait jamais dans son existence, de toute façon.

— Où est-ce que je pose ta valise ? demanda Cam.

— Mets-la dans ma chambre, répondit Joe.

— Pose-la là, dit Kitty en même temps. Je dormirai sur le canapé.

— Tu plaisantes, j'espère ? s'écria Joe.

— Pourquoi ? Je l'ai déjà fait.

— C'est différent, aujourd'hui. Tu es enceinte.

— Bon, je vous laisse régler ça. Je rentre retrouver Jess, dit Cam en se dirigeant vers la porte.

— Merci de nous avoir déposés, dit Kitty. Dis à Jess que je passerai la voir demain.

Cam parut sur le point d'ajouter quelque chose, mais il changea apparemment d'avis, inclina la tête et sortit. Elle regarda la porte se refermer derrière lui et haussa les épaules.

— Avec tes blessures, il vaut mieux que tu dormes dans ton lit, fit-elle, revenant à Joe. Je croyais que tu avais hâte de le retrouver ?

— C'est vrai. Mais on pourrait le partager.

— Le partager ?

— Oui. C'est un *king size*, il y a largement la place pour deux.

Peut-être avant, songea Kitty, *avant que j'aie envie de t'embrasser. Avant que mes hormones de femme enceinte fassent de moi une obsédée sexuelle. Avant que je brûle de t'arracher tes vêtements…*

Comment les choses se passeraient-elles ? Comment s'imaginer dormir paisiblement à côté de lui avec son actuelle libido débridée ? Mais il était blessé et n'avait eu aucun geste ambigu, cela devrait l'aider à refréner ses ardeurs. Et ça pouvait durer six longues semaines…

— Pardon, Joe, tu disais ?

— J'apprécie ton assistance pour les prochaines semaines, mais j'accepte uniquement à condition que tu couches dans mon lit. Si je pensais pouvoir dormir sur le canapé du salon, je le ferais, mais mon lit est assez grand pour deux. Si toutefois c'est un problème pour toi, je peux faire appel à une infirmière à domicile une fois par jour pour avoir un coup de main.

La nouvelle Kitty savait que cette situation allait la mettre à l'épreuve, mais elle avait proposé son aide à Joe ; que cela lui plaise ou non, elle devait refouler ses fantasmes.

— Bien sûr qu'on se débrouillera, dit-elle en installant Joe sur le canapé.

Elle s'attaqua aux tâches ménagères, changeant les draps du lit et mettant le linge sale dans la machine à laver. Puis elle alluma la bouilloire et prépara un repas simple — omelette et salade — en se comportant comme si tout était parfaitement normal.

Après le dîner, il reprit sa place sur le canapé. Elle avait mal à la tête, conséquence probable de l'activité fébrile qu'elle avait déployée pour éviter de s'asseoir avec lui. Elle aurait dû se reposer et le payait maintenant. Il était temps de prendre du paracétamol et de filer au lit.

Elle bâilla et s'étira.

— Je crois que je vais aller me coucher. Tu peux te déshabiller tout seul ?

— Ça ira.

Il portait un pantalon de jogging et un T-shirt qu'il pourrait aisément enlever d'une seule main. Peut-être même valait-il mieux qu'il ne se déshabille pas du tout...

Elle enfila un grand T-shirt et avala deux comprimés d'antalgique. Si elle avait su qu'elle partagerait le lit de Joe, elle aurait apporté un pantalon de pyjama, mais sa taille s'était épaissie et elle avait du mal à entrer dans ses affaires, ces temps-ci. Notant qu'il y avait un chargeur de téléphone et des livres sur l'une des tables de chevet, elle s'installa de l'autre côté du lit et remonta le drap sur elle.

Kitty s'éveilla blottie contre Joe. Il avait le bras gauche autour d'elle, posé sur son ventre. Il était tout chaud, confortable, et elle ne vit aucun mal à savourer un peu son contact. Elle croyait sentir son cœur battre contre son dos. Dormait-il ? Elle dressa l'oreille à l'écoute de sa respiration. Elle était tentée de se retourner. Pour voir ce qu'il portait.

Elle sentait son souffle sur son cou, et sa barbe naissante était rêche contre sa peau. Elle aimait cette sensation. Elle avait conscience de tout. Même de ses doigts sur son ventre à travers son T-shirt. C'était bon de reposer dans ses bras. Trop bon.

Que se passerait-il si elle se retournait ?

L'embrasserait-il ? Reculerait-il si elle prenait l'initiative ?

Le bébé remua en elle, la ramenant au présent dans un sursaut. Il donnait des coups de pied. Contre la main de Joe.

— C'était le bébé ?

Il était réveillé.

Elle eut soudain une conscience aiguë de la position dans

laquelle ils se trouvaient, confortable quand elle le croyait endormi, mais si intime à présent. Il était toutefois un peu tard pour s'en soucier.

Elle sentait le bébé pousser vers le côté, distendant son ventre. Qu'aurait fait l'ancienne Kitty dans cette situation ? Enlaçant les doigts de Joe, elle les déplaça légèrement et les posa sur le pied du bébé.

— Elle fait sa gymnastique matinale, dit-elle.

Joe n'avait pas prévu de se réveiller dans cette position, mais ne s'en plaignait pas. Comme toujours, Kitty s'ajustait parfaitement à ses bras, même si la situation était loin d'être habituelle.

Il était réveillé depuis plusieurs minutes et restait tranquille, goûtant le plaisir de la tenir contre lui. L'occasion ne se représenterait peut-être jamais.

Elle sentait délicieusement bon. Fermant les yeux, il respira son odeur familière de vanille. Son parfum était comme son contact, doux, chaud, exquis. Il voulait s'enfouir en elle. L'inhaler, la respirer, ne plus jamais la lâcher.

Il s'attendait à ce qu'elle s'arrache à ses bras à son réveil, embarrassée, outragée. Il n'avait pas prévu cette intimité troublante.

Les hanches pressées contre les siennes, il sentait son érection entre ses fesses, mais Kitty ne semblait pas l'avoir remarqué. Trop distraite par l'agitation du bébé, sans doute. Il n'arrivait pas à croire qu'elle vivait cette expérience plusieurs fois par jour. Qu'un petit être grandissait en elle.

Il redoutait toujours les conséquences futures de cette grossesse sur leur amitié. Mais pour l'instant, il était reconnaissant au bébé de gigoter. Sans lui, Kitty se serait prestement arrachée à ses bras à peine réveillée, alors que là, elle somnolait doucement, détendue, apparemment heureuse.

Son corps était tout chaud sous son T-shirt. Une vraie bouillotte. Lui aussi avait la fièvre et il savait pourquoi, envahi par un désir brûlant.

Ils étaient dans une situation extrêmement intime. Sensuelle.

Il s'imagina s'éveillant chaque matin dans cette position. Que ressentirait-il ? Il n'avait pas l'habitude de penser à l'avenir. Il vivait l'instant présent, il ne se projetait jamais dans une relation amoureuse. C'était un de ses principaux défauts : une incapacité pathologique à s'engager.

Ses parents n'en avaient jamais été capables. Pourquoi aurait-il été différent ? Pour la première fois, cependant, l'idée de se réveiller chaque matin dans les bras d'une femme ne lui faisait plus peur.

Avec Kitty, il voulait être un homme meilleur. Essayer d'être celui dont elle avait besoin.

Était-ce seulement possible ? Pouvait-il être cet homme ? Qu'en penserait Kitty ? Était-il prêt à courir le risque de le savoir ?

Avant qu'il n'ait le temps d'y réfléchir, elle s'était libérée de son étreinte.

— Aïe ! Le bébé vient de me donner un coup de pied dans la vessie, s'écria-t-elle, rabattant le drap et sautant du lit.

L'air frais du matin s'engouffra entre les draps. Kitty avait emporté sa chaleur, le laissant seul avec sa frustration face à cette occasion manquée.

Sans un regard pour lui, elle se précipita dans la salle de bains. Le bébé lui avait-il vraiment donné un coup de pied mal placé, ou avait-elle pris ce prétexte pour s'éloigner de lui ?

Kitty regrettait de ne pas avoir eu le courage de saisir sa chance. De ne pas s'être retournée avant que le bébé ne lui donne ce malencontreux coup de pied dans la vessie, la propulsant hors du lit.

Mais c'était peut-être mieux ainsi. Elle referma la porte derrière elle. Elle ne supporterait pas d'être de nouveau rejetée, alors qu'elle venait à peine de retrouver son équilibre après leur baiser manqué.

Elle avait besoin de temps pour se calmer, rassembler ses pensées. Tournant les robinets de la douche, elle se glissa sous le jet, imaginant le bras de Joe autour d'elle, sa main sur son ventre.

Elle passa ses mains savonneuses sur ses seins, rêvant que

c'était celles de Joe. Que ses doigts touchaient ses seins, que sa langue titillait ses mamelons...

Dieu, qu'elle avait envie de lui !

Elle prit une profonde inspiration, luttant pour recouvrer son sang-froid. Elle avait trop d'imagination.

Devait-elle revenir sur la proposition qu'elle lui avait faite ? Elle avait été idiote de croire qu'elle pouvait gérer la situation. Pour ce matin, en tout cas, il était trop tard. Elle devrait se débrouiller au moins une journée, et maîtriser ses pulsions avant qu'elles lui attirent des ennuis.

Les mains à plat sur le carrelage frais du mur, elle laissa l'eau ruisseler entre ses omoplates en s'efforçant de faire le vide dans son esprit.

Elle sortit de la cabine de douche, se sécha, et remit son T-shirt. Elle n'avait pas d'autre vêtement sous la main, et elle ne pouvait décemment pas reparaître enveloppée dans une serviette.

Elle regagna la chambre.

Joe n'avait pas bougé, il était toujours allongé dans le lit à la place où elle l'avait laissé. Son torse nu avait un beau bronzage doré. Elle sentit son pouls s'accélérer, ses joues s'empourprer.

Malgré elle, son regard glissa sur son corps, de son sternum à ses abdominaux, avant de s'arrêter sur le drap qui dissimulait ses hanches. Était-il nu ? Sûrement pas. Il ne pouvait pas s'être couché près d'elle sans rien sur le dos. Dommage.

Mais ce n'était pas avec ce genre de pensée qu'elle allait pouvoir se contrôler. Elle devait trouver quelque chose pour s'occuper l'esprit.

— Tu veux prendre une douche ? suggéra-t-elle. J'emballerai ton bras pour le protéger de l'eau, si tu veux.

— Bonne idée, répondit-il en se levant.

Elle retint son souffle quand le drap glissa et que ses longues jambes jaillirent du lit.

Elle ne put s'empêcher de baisser les yeux.

Il portait un boxer.

La déception de Kitty fut un peu tempérée par le renflement impressionnant de son boxer.

Elle déglutit et recula d'un pas pour mettre instinctivement de l'espace entre eux. De la distance physique. Sa semi-nudité la rendait nerveuse. Comment combattre ses pulsions s'ils étaient aussi proches pendant plusieurs semaines d'affilée ?

Elle alla chercher un sac en plastique et du ruban adhésif pour protéger l'attelle du bras de Joe. Elle aurait mieux fait de se protéger elle-même. Elle ne pouvait pas se permettre de franchir la limite. L'amitié de Joe comptait trop pour elle.

Elle s'assit à côté de lui sur le lit. Pour ce qui était de garder ses distances... La chaleur irradiait de lui, et elle sentit l'odeur familière de son corps lui taquiner les narines.

Leurs genoux se frôlèrent quand elle se tourna vers lui et installa le sac en plastique sur l'attelle. Ils s'étaient déjà trouvés dans cette situation, mais jamais dans une chambre. Jamais dans une telle intimité. Elle couvrit soigneusement le bras de Joe en touchant sa peau le moins possible et fixa le tout avec du ruban adhésif.

— Tu pourras te débrouiller pour le reste ? demanda-t-elle.

Elle espéra qu'il dirait non tout en souhaitant à moitié le contraire. Qu'il fasse le premier pas pour lui ôter la responsabilité de cette décision. S'il prenait l'initiative, elle ne pourrait pas résister. Elle n'aurait pas la volonté nécessaire.

— Oui, répondit-il.

Il l'observait attentivement, ses yeux bleus étaient plus sombres. À cause de la somnolence, ou du désir ?

Pendant qu'il prenait sa douche, elle resta assise, immobile. Elle aurait dû s'habiller, mais ses jambes pesantes lui refusaient tout service.

— Kitty ? Tu peux me donner un coup de main ?

Elle prit conscience que l'eau de la douche ne coulait plus.

Elle pénétra dans la salle de bains.

Joe avait réussi à enlever le sac en plastique protégeant son attelle et était complètement nu. Elle sentit le sang battre dans ses veines. Elle n'était pas préparée à ça. Elle croyait bien le connaître, mais elle ne l'avait jamais vu nu.

Heureusement, ou malheureusement — elle ne savait trop — il lui tournait le dos. Il avait de larges épaules bronzées, et elle distinguait le contour de ses muscles au-dessus de ses omoplates. Elle avait terriblement envie de promener ses doigts le long de sa colonne vertébrale, mais devait se contenter de le dévorer des yeux. Son regard glissa vers ses fesses fermes, musclées, joliment arrondies, légèrement plus claires que le reste de son corps. Elles devaient être lisses et fraîches au toucher, comme le marbre, et elle brûlait de sentir sa peau sous sa paume.

Il tenait une serviette, manifestement incapable de s'en envelopper d'une seule main. Elle lui prit la serviette et la lui enroula autour de la taille, en calant l'extrémité à l'intérieur à hauteur de sa hanche gauche. Alors, il se retourna, et elle se trouva face à lui. Elle l'avait vu maintes fois torse nu, mais aujourd'hui ce spectacle l'intimidait terriblement.

Elle avait souvent posé la tête contre son torse, et ne comptait plus le nombre de fois où il l'avait serrée dans ses bras, mais jamais torse nu, et elle en profita pour le reluquer à la dérobée. Il avait la peau encore humide, de petites gouttes d'eau s'accrochaient dans la fine toison qui moussait au-dessus de ses abdominaux.

L'air semblait chargé d'électricité, Kitty avait du mal à respirer. C'était peut-être dû à la vapeur qui stagnait dans la pièce. L'air chaud et humide était lourd, elle se sentait un peu étourdie. Elle devait sécher Joe, l'habiller, et sortir de là sans attendre.

Elle recula et baissa les yeux vers la toison brune qui disparaissait sous la serviette. Son regard s'arrêta sur le pansement étanche qu'il avait au-dessus de la hanche droite. Il avait reçu ce coup de couteau en la protégeant. Regrettait-il de s'être interposé ?

— Je le referais, dit-il.

Elle leva les yeux et soutint son regard bleu marine qui ne cillait pas.

— Tu ferais quoi ?

— Je le referais sans hésiter. Pour te protéger.

Il avait la voix grave, posée ; un frisson d'excitation traversa Kitty.

Elle détourna les yeux pour rompre le charme et promena ses doigts sur les bords du pansement. Contre toute attente, la peau de Joe était chaude alors qu'elle aurait dû être fraîche maintenant. Au contact de ses doigts froids, le ventre de Joe se couvrit de chair de poule.

— Pardon, j'ai les mains froides ?

— Non, répondit-il d'une voix rauque, les yeux brillants.

Elle suspendit son geste et le regarda. Tout en lui dégageait une dureté, une intensité troublante — son corps, son regard, ses intentions, son désir — et elle sentit son cœur s'affoler.

Que devait-elle faire ? Lui tendre la main ? Lui dire ce qu'elle ressentait ? Hésitante, elle recula au moment où il avançait d'un pas.

Il lui prit le menton, et elle réprima un frisson.

Murmurant son nom, il lui releva la tête et elle ferma les yeux, attendant le baiser qui allait venir, elle le savait.

Les lèvres de Joe se posèrent sur les siennes, tièdes et douces, mais ses intentions étaient claires. Elle ouvrit la bouche, avide de le goûter. Quand son bras gauche l'enlaça, elle soupira et noua les bras autour de son cou. Il avait les cheveux encore humides.

Elle sentait son érection à travers la serviette. Son sexe était dur, et elle ne pensa plus qu'à le sentir plonger en elle. Les unissant comme ils ne l'avaient encore jamais été. Les genoux flageolants, elle s'agrippa à Joe. Bientôt, elle ne pourrait plus revenir en arrière.

Elle ne voulait pas s'arrêter là, mais Joe était blessé, ses points de suture pouvaient se déchirer et rouvrir ses blessures.

— Attention, chuchota-t-elle. Tu es blessé, tu te rappelles ?

Il glissa la main dans son dos, agrippant ses fesses et la plaquant durement contre lui.

— Je vais bien, gronda-t-il.

Elle caressa son torse. C'était vrai qu'il semblait aller bien. Sa peau était sèche maintenant, contrairement à son T-shirt mouillé à elle, plaqué contre sa poitrine. En s'écartant de lui, elle eut presque froid. Ses mamelons pointaient sous le tissu, et ils durcirent quand le regard de Joe glissa sur ses seins.

Il ramena sa main devant et taquina une pointe dure à travers le T-shirt.

Elle sentit son corps s'embraser.

— Oh ! Seigneur, Joe..., bredouilla-t-elle d'une voix enrouée par le désir.

— Tu es sûre de vouloir ?

— Je n'ai jamais été plus sûre de quoi que ce soit, répondit-elle, lui prenant la main pour l'entraîner dans la chambre.

Au pied du lit, il la tourna vers lui. Arrachant sa serviette, il se campa devant elle dans tout l'éclat de sa nudité. Kitty le contempla avec gourmandise, scrutant ses larges épaules, ses aréoles brunes, et la toison sombre qui partait de son nombril, attirant son regard sur son orgueilleuse érection.

La main de Joe glissa sur sa nuque pour l'immobiliser et il couvrit son cou de baisers. Renversant la tête, elle lui offrit sa gorge.

Il voulut lui retirer son T-shirt, mais c'était impossible d'une seule main, et elle lui facilita la tâche en le passant par-dessus sa tête.

— Tu es magnifique, murmura-t-il, aspirant un sein dans sa bouche.

Elle crut mourir sous l'exquise caresse. Il promena sa main sur son ventre rond et la glissa entre ses cuisses, en quête de sa chaleur.

Il s'assit au bord du lit, et elle enleva son slip.

Elle se mit à califourchon sur lui, lui donnant accès à ses secrets les plus intimes.

Ses jambes cédèrent sous elle quand, reprenant son sein dans sa bouche, il commença à la caresser intimement. Elle prit appui sur ses épaules pour ne pas tomber, laissant la magie de ses doigts opérer. S'il la mettait dans cet état d'une seule main, que ne pourrait-il pas faire avec les deux ?

Des étoiles éclatèrent derrière ses paupières et elle ferma les yeux. Elle haletait maintenant, sentant venir l'orgasme, mais elle ne voulait pas que ça se passe comme ça.

Elle ouvrit les yeux.

— Attends.

— Qu'est-ce qui ne va pas ?

— Rien... Je veux juste te sentir en moi.

Il sourit, soulagé, les yeux brillants de désir.

— Pour ça, il va falloir que tu montes sur moi.

Pas de problème. Pour toute réponse, elle le poussa doucement pour l'allonger sur le dos.

— Il y a des préservatifs dans le tiroir, dit-il.

Sur le point de lui rappeler qu'elle était enceinte, elle songea aux autres raisons qu'ils avaient de se protéger. Elle aurait dû le remercier de se montrer responsable, mais elle ne voulait pas savoir pourquoi il gardait des préservatifs dans sa table de chevet. Elle ne voulait pas penser aux femmes avec lesquelles il avait pu coucher dans ce lit. Aujourd'hui, c'était son tour, elle ne devait penser qu'à lui et au plaisir qu'ils allaient partager.

Elle sortit un petit sachet du tiroir. Agenouillée au-dessus de lui, elle prit son sexe dans sa main et le sentit palpiter sous ses doigts. Il ferma les yeux.

— Kitty, s'il te plaît..., haleta-t-il.

Elle déchira l'emballage avec les dents et lui enfila le préservatif. Autre tâche impossible à réaliser d'une seule main. Ouvrant les yeux, il la regarda se baisser lentement pour prendre son sexe en elle. Elle prit son temps, savourant le moment où ils s'unissaient enfin.

Elle se pencha vers lui. Levant la tête, il prit un sein dans sa bouche pendant qu'elle le chevauchait. Leurs hanches remuaient en parfaite harmonie, les coups de reins de Joe s'accordant à son rythme, comme s'ils avaient fait cela une centaine de fois. En même temps, il caressait son intimité, et elle se cambrait pour mieux l'accueillir en elle dans un tourbillon de volupté.

— Maintenant, Joe, maintenant !

Il la rejoignit dans le plaisir et s'abandonna, leurs années d'amitié culminant en quelque chose d'infiniment plus puissant, plus excitant que tout ce qu'ils avaient pu connaître jusqu'ici.

Vidée de ses forces, elle l'écouta respirer, blottie dans ses bras. Elle se sentait délicieusement détendue, satisfaite, et cela l'étonnait. Elle aurait cru éprouver de la gêne, mais non, elle avait l'impression d'être à sa place. Une sensation étrange, mais merveilleuse.

7

Kitty serra Jess dans ses bras. La maigreur de sa sœur ne l'inquiéta pas. Jess avait toujours été mince, surtout depuis sa chimio, et c'était encore plus évident à côté de Kitty qui avait largement entamé son dernier trimestre de grossesse.

— Comment tu te sens ? demanda Jess.

— Épuisée, répondit Kitty en la suivant dans la maison.

— Tu aurais pu venir plus tard, tu sais.

À l'évidence, Jess croyait que sa fatigue était due à son traumatisme crânien. Devait-elle lui dire qu'elle venait de passer les deux dernières heures au lit avec Joe, à faire travailler des muscles dont elle ne se rappelait même pas l'existence ?

— Non, non, ça va. J'avais envie de te voir.

Kitty passa la tête dans la chambre de bébé pour voir où en étaient les travaux. Étourdie par son coup à la tête, elle n'avait pas pensé à regarder la veille, et elle s'aperçut que la chambre était presque finie. La partie basse des murs était tapissée d'un beau papier peint à rayures vert pâle et blanc, et de charmants mobiles pendaient au-dessus de la table à langer et du berceau. Dans un coin de la pièce, un confortable fauteuil vert d'eau invitait à la détente, devant une petite bibliothèque et une lampe de lecture.

— Je vois que tu as été bien occupée.

— J'avais le temps et j'étais pressée de finir, répondit Jess. Ça faisait bizarre d'être à la maison sans toi. Et sans le bébé. Travailler dans cette chambre m'a permis de garder le lien avec vous deux, mais je n'ai que le mérite d'avoir choisi la déco et habillé le berceau. Je suis impatiente de voir mon bébé, et j'ai l'impression que préparer sa chambre accélérera sa venue au monde. En tout cas, moi je me sens prête.

— Du calme, j'ai encore du temps devant moi !

Kitty n'était pas prête à voir sa grossesse s'achever. La naissance était prévue dans dix semaines, elle n'était pas encore disposée à abandonner le bébé.

— Je sais, mais j'avais besoin de m'occuper. Comment ça se passe, là-dedans ? demanda Jess en posant la main sur le ventre de sa sœur.

Kitty avait l'habitude qu'on lui touche le ventre sans demander la permission, les gens semblant croire qu'il était indépendant d'elle, mais Jess n'avait pas besoin de son autorisation. Après tout, le bébé était à elle.

— Tu es sûre que tu t'es remise de l'agression ? Que vous allez bien, tous les deux ?

Kitty acquiesça.

— Absolument sûre. J'ai encore quelques ecchymoses et un fond de migraine, mais le bébé est en pleine forme.

— Ta silhouette a changé, dit Jess en retirant sa main. Ça semble s'être fait si vite...

Kitty surprit sur son visage une expression qu'elle n'eut pas le loisir d'interpréter. De la tristesse ? Du regret ? De l'anxiété ? De l'affliction ?

Elle se rappela avoir vu une expression similaire la veille sur le visage de Cam. S'installer chez Joe n'était peut-être pas une bonne idée. Jess avait besoin de se sentir associée à la grossesse. Kitty ne savait plus que faire. Peut-être devrait-elle rester ici ? Mais Joe avait besoin d'elle aussi. Elle n'avait pas l'habitude que tant de monde dépende d'elle.

— Tout va bien, Jess ? Tu veux que je revienne m'installer ici ? Joe peut faire appel à une infirmière à domicile.

Pourvu que Jess refuse ! Comment savoir qui avait le plus besoin d'elle ? Sa migraine empirait à cette seule pensée.

— Non, ne sois pas ridicule, dit Jess, retrouvant son

pragmatisme légendaire en l'entraînant dans la cuisine où elle alluma la bouilloire.

Kitty réprima un soupir de soulagement. Elle s'était probablement imaginé la détresse de sa sœur. Elle décida d'ignorer l'incident pour le moment. C'était plus facile que de faire un choix. Entre Joe et Jess, qui choisir ? Tous deux comptaient beaucoup pour elle. Ils étaient les personnes les plus importantes de sa vie. Avec le bébé.

— Alors, comment va Joe ? demanda Jess, versant de l'eau bouillante sur du thé vert qu'elle laissa infuser.

Kitty s'aperçut qu'elle avait envie de lui raconter ce qui s'était passé avec Joe. Elle était trop excitée pour garder cela pour elle. Elle avait couché avec Joe, fait l'amour avec lui, et c'était aussi bon qu'elle l'avait imaginé ces dernières semaines. Même mieux.

— Pourquoi ce sourire ? reprit Jess.

Kitty ne s'était même pas rendu compte qu'elle souriait.

— J'ai couché avec Joe, avoua-t-elle.

— Quoi ! Oh ! mon Dieu ! dit Jess, laissant tomber le paquet de biscuits qu'elle avait à la main. Eh bien, il était temps ! Comment c'était ? Inoubliable, j'espère.

— Comment ça, « il était temps » ?

— Il y a longtemps que Cam et moi attendons ça, on commençait à désespérer.

— Vous avez parlé de ça ?

— Bien sûr, répondit Jess en disposant les biscuits intacts sur une assiette. On adore Joe. Vous seriez parfaits ensemble, mais on craignait que vous soyez destinés à être éternellement amis, et seulement amis.

Kitty redoutait d'avoir détruit cette amitié.

— Tu crois qu'on peut coucher ensemble et rester amis ?

— Évidemment. Cam et moi sommes amis.

— Vous êtes amis maintenant, mais vous ne l'étiez pas quand vous avez commencé à sortir ensemble.

— C'est vrai. Mais Joe et toi vous vous connaissez depuis longtemps. Vous n'avez pas à vous découvrir. Tu sais déjà que tu l'aimes beaucoup. Commencer par être amis n'est pas un problème. Sauf si tu en fais un.

Jess connaissait bien sa sœur et ses travers. Elle savait que Kitty appréhendait toujours le pire. Le hic, c'était que le pire arrivait souvent.

— Je ne veux pas que ce soit un souci, dit-elle tandis que Jess lui tendait une tasse de thé. J'aimerais croire que ça pourrait marcher, mais si ce n'est pas le cas ?

— Qu'est-ce qui serait pire, faire un essai et découvrir que c'est la meilleure décision que tu aies jamais prise, ou t'inquiéter de ce qui pourrait mal tourner au point de passer complètement à côté ? J'ai l'impression que tu as déjà choisi la première option.

— Tu oublies la troisième.

— Qui est ?

— Me lancer courageusement dans une aventure qui finirait par un désastre.

— Regrettes-tu d'avoir couché avec lui ?

Comment aurait-elle pu le regretter ? C'était les plus merveilleux ébats qu'elle ait jamais connus.

Elle secoua la tête. Elle ne regrettait rien, mais ses doutes menaçaient sérieusement de ternir l'expérience.

— Et il ne semble pas le regretter non plus ? demanda Jess.

Kitty fit signe que non.

— Est-ce que tu es heureuse ?

Fermant les yeux, elle revit le visage de Joe. Sentit ses mains sur son corps. Ses lèvres sur sa peau.

— Oui, répondit-elle.

— Alors détends-toi. Ne réfléchis pas trop, amuse-toi... Comment était-il ? ajouta Jess avec un sourire malicieux.

Kitty soupira, perdue dans ses souvenirs.

— Il était parfait.

En regagnant l'appartement, Kitty trouva Joe étendu sur le canapé du salon. Il était torse nu, et elle sentit sa libido se réveiller.

Elle avait acheté une pizza, et il se redressa quand elle posa le carton sur la table basse. La main sur sa blessure abdominale, il grimaça, et elle se souvint qu'elle n'avait pas eu le temps de changer son pansement avant de partir.

— Tu es revenue.

— Bien sûr, dit-elle, les sourcils froncés. Pourquoi ne serais-je pas revenue ?

— J'avais peur que tu penses qu'on avait fait une erreur ce matin.

Il la connaissait bien, sa remarque le prouvait. Elle s'était effectivement inquiétée, elle avait craint que les antalgiques ne les aient rendus irresponsables au point de détruire leur amitié. Elle pensait toujours à ce qui pouvait faire échouer les choses, jamais à ce qui pouvait les faire marcher.

— Tu crois qu'on a commis une erreur ? demanda-t-elle.

— Non, répondit-il en l'attirant près de lui sur le canapé.

— Tu ne penses pas que ça risque de ruiner notre amitié ?

— J'aime croire que nous pourrons toujours être amis.

— Avec certains avantages en nature ?

Le sourire de Joe accentua sa fossette au menton, et l'estomac de Kitty fit des bonds.

— J'en déduis que tu as apprécié ? murmura-t-il en glissant un doigt sur sa joue, redessinant le contour de ses lèvres.

Elle sentit la chaleur qui émanait de lui et son cœur s'accéléra.

— Tu sais bien que oui.

Il posa la main sur sa nuque.

— Je te promets que nous serons toujours amis. Qu'il n'y aura pas de gêne entre nous.

Il pouvait difficilement lui faire cette promesse mais, pour l'heure, elle était incapable de résister à ses avances. Coucher une fois avec lui ne lui suffisait pas.

Il l'attira à lui et l'embrassa passionnément, oubliant la pizza dans son carton.

Kitty se demanda brièvement si ce qu'ils faisaient allait à jamais modifier leur relation, mais c'était un risque qu'elle était prête à courir. Puis elle ne pensa plus à rien et s'abandonna.

— Bonjour, Jess, Cameron. Comment allez-vous ?

Le Dr Tennant les invita à s'asseoir et attendit qu'ils soient installés pour prendre la parole. Jess remarqua que les deux chaises étaient rapprochées, comme si l'oncologue savait qu'ils allaient avoir besoin de se réconforter, et elle sut ce qu'elle allait dire.

— Je crains de ne pas avoir de bonnes nouvelles à vous annoncer.

Le cœur au bord des lèvres, Jess eut l'impression que la pièce se mettait à tournoyer autour d'elle. Elle ferma les yeux, chercha la main de Cam. Elle sentit ses doigts se refermer sur les siens et put de nouveau respirer. Elle prit une profonde inspiration, ouvrit les yeux, et attendit.

— Le cancer a gagné vos poumons, vous avez aussi des métastases au cerveau.

Jess refoula ses larmes. Elle avait instinctivement senti que quelque chose n'allait pas, elle s'attendait à de mauvaises nouvelles et s'était promis d'être forte. Pour Cam. Mais c'était dur, presque impossible.

Elle n'était pas forte du tout.

— Qu'est-ce qu'on va faire ? demanda Cam.

— Côté traitement, nos options sont très limitées.

— Qu'est-ce que ça signifie, très limitées ?

Il valait mieux que Cam pose les questions car Jess, pétrifiée d'angoisse par ses perspectives d'avenir, ne pouvait pas parler. Mais elle n'avait pas besoin d'interroger la cancérologue. Elle savait.

— C'est difficile de traiter les endroits touchés, dit-elle.

— Pouvez-vous faire quelque chose ? Pouvez-vous opérer ?

L'oncologue secoua la tête.

— C'est inopérable. Le cancer a gagné à la fois les poumons et le cerveau. Ça veut dire que le traitement visera essentiellement à soulager les symptômes de Jess, mais nous ne pourrons pas le guérir. Je suis désolée. Le mieux que nous puissions faire est d'essayer de ralentir sa propagation.

— De quelle façon ?

— Par la chimiothérapie ou la radiothérapie. Mais tout traitement sera uniquement palliatif.

— Pour me donner du temps ? demanda Jess d'une voix à peine audible. C'est tout ce que vous pouvez faire ?

La spécialiste hocha la tête.

— Oui. Je regrette infiniment.

Jess l'entendait à peine. Elle avait juste compris que le cancer était revenu et qu'elle était désormais en sursis.

— Combien de temps me reste-t-il ?

— Avec ou sans traitement ?

— Sans traitement.

— Jess...

Elle coupa la parole à son mari.

— Non, Cam, je t'en prie, écoute-moi. Il n'y a pas de remède, pas de combine, et je ne crois vraiment pas pouvoir supporter une nouvelle chimiothérapie. J'ai besoin de savoir quelles sont mes options.

En tant que future mère, elle ferait ce qu'il fallait pour tenir son enfant dans ses bras, mais elle ne voulait pas que la chimio la rende malade au point de l'empêcher de savourer ce moment. Le Dr Tennant avait dit que le traitement serait uniquement palliatif. Il ne lui permettrait pas de vivre plus longtemps, elle devait en peser soigneusement les avantages et les inconvénients.

— Mon choix dépendra de ce que m'apportera un traitement. Mais c'est à *moi* de décider.

Elle se tourna vers le Dr Tennant.

— Combien de temps me reste-t-il à vivre ?

— C'est difficile à dire. Le cancer se propage rapidement. Des semaines certainement. Peut-être des mois.

Des semaines.

Kitty était enceinte de plus de sept mois. Ce n'était pas le moment de baisser les bras.

— Vous devez me maintenir en vie encore deux mois. Il faut que je voie mon bébé.

Sa voix se brisa et elle fondit en larmes, tremblant de tous ses membres.

— J'ai besoin de le tenir dans mes bras. S'il vous plaît. Même une seule fois. Dites-moi ce que je dois faire.

— La radiothérapie thoracique est votre meilleure option, répondit la cancérologue.

— La radiothérapie ? Pas la chimio ? demanda Cam.

— La chimio est une possibilité, mais pas la meilleure pour vous, dit le médecin à Jess. La dose serait élevée, donc encore plus toxique. Ça pourrait aller si vous alliez bien par ailleurs, mais vous avez d'autres symptômes. Dans votre cas, la radiothérapie est plus appropriée.

— Et les effets secondaires ? s'enquit Cam.

Le traitement palliatif en aurait forcément, même s'il soulageait la douleur de Jess.

— L'essoufflement peut s'aggraver, répondit le Dr Tennant. Et les patients ont souvent du mal à avaler, ce qui rend leur alimentation difficile. De plus, si le malade est irradié près de l'estomac, il peut avoir des nausées. Mais des études ont montré que son niveau de confort et sa qualité de vie peuvent être améliorés d'environ cinquante pour cent. Je ne peux vous donner aucune garantie, mais la radiothérapie est votre meilleure chance d'être soulagée.

— Donc un possible soulagement mais pas d'espérance de vie ? conclut Jess, se demandant si cela en valait la peine.

Le Dr Tennant secoua la tête.

— Non. Le temps est une chose que je ne peux malheureusement pas vous donner.

— J'ai besoin de réfléchir, dit Jess. Ai-je le temps ?

— Oui. La radiothérapie ne changera pas l'issue. Je ne peux que vous procurer du soulagement. À vous de voir quand vous en aurez besoin.

— Qu'est-ce qu'on va dire à Kitty ? demanda Cam quand Jess et lui quittèrent l'hôpital, blottis l'un contre l'autre.

— Rien, répondit Jess. Pas encore.

Elle tremblait encore et avait conscience d'être en état de choc. Elle avait besoin de la force de Cam et s'accrochait à son bras. Elle n'avait pas le courage d'affronter cela sans lui, et priait silencieusement pour qu'il soutienne aussi sa décision au sujet de Kitty.

— Nous ne pouvons pas garder ce secret pour nous.

Jess s'en rendait compte, mais il lui fallait du temps pour

digérer la situation et savoir comment l'apprendre à sa sœur. Elle avait toujours apprécié la franchise du Dr Tennant, qui traitait de faits. Mais Jess n'avait pas envie qu'on lui parle de faits. Elle connaissait maintenant la signification du terme « dure réalité », et devait décider de quelle façon l'affronter.

— Je t'en prie. J'ai besoin de temps pour savoir quoi lui dire. Tu sais comment Kitty réagit aux mauvaises nouvelles. Et je m'inquiète pour le bébé.

— Tout ira bien pour lui. Elle est à plus de sept mois.

— Je sais, mais elle a encore besoin de manger, se reposer, entretenir ses forces. Il faut qu'elle se concentre sur le bébé, pas sur moi. Juste encore un peu. S'il te plaît... Et puis, si elle apprend la nouvelle maintenant, elle voudra revenir à la maison pour être avec moi au lieu d'être avec Joe. Leur relation est toute jeune, je ne veux pas qu'elle soit mise en danger à cause de moi. Kitty va avoir besoin du soutien de Joe.

— Très bien, dit Cam. Mais si tu décides de commencer une radiothérapie, nous préviendrons Kitty.

Jess hocha la tête. Elle acceptait ses conditions maintenant pour arriver à ses fins, elle s'inquiéterait du reste plus tard.

Kitty glissa la clé dans la serrure et pénétra dans l'appartement. Elle mourait de faim, et une délicieuse odeur de cuisine planait dans l'immeuble. Elle rentrait de son premier jour de travail depuis sa reprise, et elle avait hâte de voir Joe. Ces deux dernières semaines, ils avaient passé chaque nuit et la plus grande partie de chaque journée ensemble, et il lui avait manqué aujourd'hui. C'était bon de rentrer chez soi.

Chez soi.

Elle n'était pas chez elle, ici. Même si l'endroit lui était familier et qu'elle y avait passé beaucoup de temps. Même si elle commençait à s'y sentir chez elle.

Était-ce possible ?

Non. Elle referma la porte derrière elle. Joe n'était pas le genre d'homme à se fixer. Il ne croyait pas à l'engagement durable.

Une fois de plus, elle se demanda s'ils n'avaient pas commis une erreur en couchant ensemble. Avaient-ils compliqué leur relation ? Mettait-elle en péril leur amitié pour ce qui n'était peut-être qu'une aventure éphémère ? Joe ne s'engagerait pas à long terme. Ni pour elle ni pour une autre, et c'était pourtant ce qu'elle désirait plus que tout. Si leur amitié n'y résistait pas, elle ne s'en remettrait pas. Il comptait trop pour elle. Comment cela se passerait-il ? Qui partirait le premier ?

Il valait mieux ne pas y penser.

Comme elle laissait tomber son sac dans le fauteuil de l'entrée, Joe apparut. Il souriait, et elle en oublia ses inquiétudes.

— Bonsoir, comment était ta journée ? demanda-t-il, l'accueillant avec un baiser.

— Le travail ça allait, mais tu m'as manqué, répondit-elle avec franchise.

— Toi aussi.

Posant la main sur ses reins, il enfouit son visage dans son cou et couvrit sa gorge de baisers.

— Qu'est-ce que tu as fait, toute la journée ?

— J'ai appelé le boulot pour voir quand je pouvais reprendre du service.

Elle le regarda fixement.

— Tu te rappelles que le chirurgien a dit six semaines d'arrêt minimum, n'est-ce pas ? Il n'y en a que deux de passées.

— Oui, mais je pensais que je pourrais faire du travail de bureau. Je vais devenir fou si je reste coincé seul ici maintenant que tu as repris le travail.

Elle se réjouissait de lui manquer ; elle était contente qu'il se sente seul sans elle. Cette relation pouvait peut-être marcher.

— Mon congé de maternité commence dans quatre semaines. Après, je passerai mon temps ici, ma présence pourrait même te peser.

— Je ne crois pas, non, répondit-il en l'attirant à lui pour l'embrasser. Mais à la société d'ambulances, ils trouveront à m'occuper à condition que la chirurgienne soit d'accord, alors j'ai pris rendez-vous avec elle mardi prochain. J'ai pensé que tu pourrais me conduire au travail et à l'hôpital ce matin-là. J'ai vérifié ton emploi du temps, tu commences tôt.

— Bien sûr, dit-elle au moment où son estomac affamé grondait bruyamment.

Joe glissa un bras autour de ses épaules et l'entraîna à l'intérieur.

— J'ai préparé le dîner.

— Le dîner ? Comment ? demanda-t-elle, fixant son bras en écharpe.

— Bon, j'avoue, je ne l'ai pas cuisiné, je l'ai commandé. Ce sont des plats indiens que j'ai gardés au chaud dans le four.

— C'est donc notre repas qui sent si bon ?

— Oui. Agneau *rogan josh*, pain indien à l'ail, et riz basmati.

Kitty s'était gavée de cuisine indienne pendant sa grossesse. Elle avait découvert que la viande était plus appétissante quand elle était difficile à identifier. Le bébé aurait-il aussi le goût du curry en grandissant ?

— Tu as été bien occupé, dis donc.

Il lui adressa un grand sourire.

— Certes, mais ça ne m'a pas empêché d'imaginer tout ce qu'on pourrait faire ensemble quand tu serais rentrée.

Il passa derrière elle et lui embrassa l'oreille, glissant sa main sous son chemisier pour caresser ses seins.

Elle sentit son corps s'enflammer, ses mamelons durcir sous ses doigts. Elle oublia le travail. Elle oublia le bébé. Elle oublia le dîner, et toutes ses craintes pour l'avenir. Elle n'avait plus faim que de Joe.

8

Le service des urgences était calme aujourd'hui, et Kitty s'en félicitait. Presque trois semaines après son agression, elle souffrait encore de migraines et de fatigue. Les maux de tête se manifestaient par une douleur sourde derrière les yeux, mais elle évitait de prendre des médicaments à cause du bébé. Elle ignorait toujours si sa fatigue était liée au traumatisme crânien, à la grossesse, ou à ses nuits écourtées par ses gardes et la libido de Joe. Cela dit, elle était autant à blâmer que lui. Elle ne pouvait pas lui résister, et leurs retrouvailles du soir illuminaient ses journées.

Ce matin-là, en se rendant à son travail, elle l'avait déposé à la station d'ambulances, et ils avaient convenu de se retrouver pour déjeuner, après le rendez-vous de Joe avec la chirurgienne qui l'avait opéré de la main. Kitty comptait les heures en priant pour qu'un soudain afflux d'urgences ne vienne pas tout compromettre ; elle était impatiente de connaître l'opinion de la spécialiste sur une éventuelle reprise de Joe.

Il s'ennuyait à mourir chez lui, et elle espérait qu'on l'autoriserait à faire de menues tâches. Mais d'un point de vue purement égoïste, elle s'inquiétait de l'impact que cela aurait sur leur relation. Ce premier pas de Joe vers l'indépendance retrouvée marquerait peut-être le début de la fin de leur jeune histoire. S'il arrivait à travailler, il croirait peut-être pouvoir se débrouiller sans elle. Et ce n'était qu'une question de temps avant qu'il n'ait plus besoin d'elle.

— Kitty, Anna, une ambulance arrive dans deux minutes, annonça Davina, interrompant ses réflexions.

Elle se dirigea vers le comptoir de triage. Il fallait qu'elle apprenne à profiter du bonheur présent. Elle essayait, mais cela ne lui était pas naturel.

— Bambin de deux ans sorti d'une piscine de jardin, expliqua l'infirmière. Ranimé sur place.

Kitty blêmit.

— Je ne peux pas, Davina. Tu n'as personne d'autre ?

Davina connaissait son histoire. Kitty était toujours la dernière à être appelée sur ce type d'incident.

— Je regrette, Kitty, mais je n'ai personne. J'enverrai quelqu'un te relayer dès que je pourrai.

Quand Kitty avait entendu qu'on avait sorti le petit patient d'une piscine, le terrible souvenir d'enfance était remonté avec la violence d'une gifle.

Aux urgences, tout le monde avait son talon d'Achille. Celui de Kitty était les noyades.

Anna lui tendit un tablier et glissa un bras autour de ses épaules.

— Ça va aller. Concentrez-vous sur moi, je vous dirai de quoi j'ai besoin. Vous pouvez y arriver.

Kitty en doutait, mais elle n'avait pas l'habitude de laisser ses collègues tomber, et encore moins les patients. Luttant contre la nausée, elle enfila une paire de gants, sortit une couverture de l'armoire chauffante et suivit Anna dehors en espérant que l'air frais lui ferait du bien.

L'ambulance s'immobilisa sur le quai, et Kitty chercha Joe des yeux avant de se rappeler qu'il n'avait pas repris le travail.

Elle ne connaissait pas l'auxiliaire médical qui sauta du véhicule. Il sortit le chariot en donnant rapidement les informations aux deux jeunes femmes.

— Garçonnet de vingt-six mois. Sorti d'une piscine privée. La mère pense qu'il a été immergé moins de dix minutes. Aucune réaction. Arrêt cardiaque et respiratoire. Réanimation réalisée sur place. Sujet ranimé mais instable. Saturation en oxygène toujours basse à 86 %. Température corporelle remontée à 36°.

L'enfant avait un petit masque à oxygène sur le nez et la bouche, une perfusion dans le bras, et il avait été recouvert d'un plaid pour faire remonter lentement sa température corporelle. Kitty étendit la couverture chauffante sur le petit corps inerte en s'efforçant de détourner les yeux.

— Il va falloir lui faire les gaz du sang, dit Anna comme ils poussaient le chariot à l'intérieur des urgences. On l'intubera si ses constantes ne s'améliorent pas.

Le garçonnet était apathique, le bord de ses lèvres bleuâtre.

Kitty évitait de le regarder, mais ce fut impossible quand ils l'étendirent sur la table d'examen. Elle se mit à trembler de façon incontrôlable ; des taches noires dansaient devant ses yeux. Elle crut qu'elle allait s'évanouir, mais elle se mit à transpirer abondamment et fut prise de nausée. Elle eut juste le temps d'attraper un haricot sur le chariot avant de vomir, secouée de spasmes.

— Davina ! cria Anna comme l'auxiliaire médical repartait avec sa civière. J'ai besoin d'aide ici !

Davina accourut et vit Kitty plantée au milieu de la salle, pétrifiée, le haricot dans les mains.

— Kitty, va faire une pause, dit Davina. Je m'en occupe.

Kitty alla rincer le haricot et prit la direction des vestiaires. Elle ouvrit son casier, mais ignora la salade qu'elle avait préparée pour son déjeuner. Le cœur au bord des lèvres, elle était incapable d'avaler quoi que ce soit. Elle prit son téléphone et pressa la touche préenregistrée pour appeler Joe.

— C'est moi, dit-elle quand il décrocha. On peut se retrouver un peu plus tôt ?

— Bien sûr. Quand ?

— Maintenant, répondit-elle, au bord des larmes.

Entendre sa voix la faisait craquer. Elle avait besoin de le voir. De sentir ses bras autour d'elle. C'était le seul moyen pour qu'elle se sente en sécurité.

— Tout va bien ?

Elle ne pouvait pas lui parler au téléphone. Elle voulait le voir. Le sentir, l'entendre lui dire que tout irait bien.

— Il faut que je te voie. Tu peux me retrouver sur le quai des ambulances ?

Kitty était assise sur le muret, recroquevillée sur elle-même. Elle semblait minuscule, fragile. Blessée. Joe savait que les apparences pouvaient être trompeuses, mais en entendant sa voix trembler au téléphone, il avait immédiatement compris que quelque chose n'allait pas.

Ses épaules se soulevaient et s'abaissaient sous les profondes inspirations qu'elle prenait. Il posa la main sur son épaule et elle sursauta. Elle tremblait comme une feuille, et sa peau était froide sous le mince tissu de sa blouse. Elle leva vers lui des yeux hagards, le visage marqué par l'angoisse.

— Kitty, qu'est-ce qu'il y a ? Tu es blessée ? demanda-t-il, la scrutant sans rien voir d'anormal.

Elle se leva et se jeta dans ses bras.

Il la serra contre lui comme si sa vie en dépendait.

— Je me fais du souci pour le bébé…

Joe fronça les sourcils. Elle s'inquiétait certes plus que la moyenne des gens, mais il devait y avoir autre chose pour la mettre dans cet état.

— Qu'est-ce qui se passe ?

— Les ambulanciers viennent d'amener un petit garçon de deux ans qui a failli se noyer.

Il commençait à comprendre. Kitty était la deuxième d'une fratrie de trois sœurs, et sa cadette, Eliza, s'était noyée à l'âge de deux ans. Kitty en avait alors six et ne s'en était jamais remise.

— Il m'a fait penser à Eliza…

— Bien sûr, c'est compréhensible, murmura-t-il en lui caressant le dos.

— Mais je m'angoisse aussi pour tout ce qui peut mal tourner. Et s'il arrive quelque chose au bébé ? dit-elle en posant une main protectrice sur son ventre.

— Kitty, ne te tourmente pas avec de telles pensées.

Il comprenait son anxiété, mais elle n'aurait pas à s'inquiéter pour le bébé quand il serait né. Ce serait la responsabilité de Cam et de Jess. Elle oubliait parfois que le bébé n'était pas le sien, et le moment était mal choisi pour le lui rappeler.

— Je sais que tu as connu des drames, mais tu dois rester positive, dit-il en l'entraînant vers le jardin ensoleillé. Ton corps réagit au stress, et le bébé n'a pas besoin de ça.

Il la berça doucement contre lui jusqu'à ce qu'elle arrête de trembler.

— Ça va aller ? demanda-t-il tendrement.

Elle était livide, mais elle carra les épaules et lui adressa un pâle sourire.

— Oui, répondit-elle. Ça va aller. Merci d'être là.

— Je serai toujours là, dit-il en lui baisant le front.

Il espérait qu'elle allait surmonter cette crise. Il se remémora ses paroles en la regardant s'éloigner. Que lui avait-il promis exactement ? Serait-il vraiment toujours là pour elle ? En tant qu'ami ou amant ?

Il ne s'engageait jamais à long terme, mais comment auraient-ils pu revenir en arrière ?

Kitty étendit ses jambes devant elle et se débarrassa de ses chaussures. Ses pieds commençaient à enfler à la fin de ses gardes.

— Quelle couleur aimerais-tu ? demanda Jess en lui montrant un assortiment de vernis à ongles.

Cam disputait une partie de golf, et les deux sœurs avaient décidé de passer l'après-midi à se bichonner.

— Celui-là, répondit Kitty, désignant un rose pâle.

— Joe travaille, aujourd'hui ? reprit Jess, secouant le petit flacon avant de l'ouvrir.

— Oui. C'est sa dernière semaine dans un bureau. On doit lui enlever l'attelle la semaine prochaine, et il espère être autorisé à reprendre son travail d'ambulancier en renfort.

— Ça veut dire qu'il pourra se débrouiller seul chez lui ?

— Oui.

— Il t'a demandé de rester ?

Kitty secoua la tête.

— Non. Je n'aurai plus de raison de m'attarder quand on lui aura retiré son attelle.

Mais elle aurait aimé rester. Un comble pour elle qui partait toujours avant qu'on l'abandonne. Mais elle était encore au début de sa relation avec Joe, et elle était heureuse. Elle n'avait pas été vraiment heureuse depuis bien longtemps.

— Qu'est-ce que tu en penses ? demanda Jess. Tu espérais qu'il te le demanderait ?

— Oui, répondit honnêtement Kitty, évitant le regard de sa sœur occupée à lui vernir les ongles de pied. Je comptais revenir ici jusqu'à la naissance et Joe le savait, mais j'aurais aimé qu'il me le demande.

Elle s'était habituée à vivre — et à dormir — avec lui, elle n'avait plus envie de partir.

— Tu devrais peut-être aborder la question avec lui, dit Jess.

Kitty secoua la tête. Joe n'avait rien dit. Il n'avait pas fait la moindre allusion à la direction que prenait leur relation. Ce n'était pas surprenant pour quelqu'un qui refusait toute histoire sérieuse. Mais cela la tracassait. Elle se sentait bien avec lui, comme elle ne l'avait jamais été avec personne. Mais Joe n'y croyait pas. Il ne croyait pas au couple idéal, ni aux contes de fées qui finissent bien. Il ne s'engagerait pas, et elle devait l'accepter en espérant simplement qu'ils resteraient amis.

— Même si tu reviens t'installer ici jusqu'à la naissance, où aimerais-tu vivre quand le bébé sera là ? Nous serons ravis de t'accueillir, bien sûr, dit Jess, avant d'être prise d'une violente quinte de toux.

— Merci, mais je ne crois pas que ce soit une bonne idée.

Kitty commençait à se rendre compte qu'elle allait avoir du mal à renoncer au bébé, et être sous le même toit rendrait les choses encore plus difficiles. Elle devait garder en tête que l'enfant n'était pas le sien, ce qui serait plus facile si elle prenait ses distances avec lui.

— Cam et toi allez avoir besoin de passer du temps seuls avec votre bébé, pour vous habituer à devenir une famille.

Jess toussait toujours, et Kitty alla lui chercher un verre d'eau dans la cuisine. Cette toux l'inquiétait depuis quelque temps déjà, et elle voulait lui en parler, mais quand elle abordait le sujet Jess détournait toujours la conversation.

Revenant avec le verre d'eau, elle la trouva recroquevillée sur elle-même.

— Ça ne va pas ? demanda-t-elle en lui frottant le dos.

Jess leva vers elle des yeux agrandis par la peur, et elle s'aperçut qu'elle avait du mal à respirer.

— Oh ! mon Dieu, tu t'es coincé quelque chose dans la gorge ? Tu peux te redresser ?

Jess secoua la tête.

— Fait mal...

Voyant que ses lèvres bleuissaient, Kitty sortit son téléphone et composa le numéro des secours.

— J'ai besoin d'une ambulance. Pour ma sœur. Elle ne peut plus respirer, dit-elle à l'opératrice. Non, il n'y a pas obstruction des voies respiratoires. Je suis infirmière. Dépêchez-vous, je vous en prie.

Elle mit son téléphone sur haut-parleur et elles attendirent. Elle alla allumer la bouilloire en se disant que l'air chaud et humide aiderait peut-être Jess à mieux respirer, puis elle s'empressa de regagner le salon pour ne pas la laisser seule. Posant deux doigts sur son poignet pour lui prendre le pouls, elle sentit des battements rapides.

Vite, vite...

— L'ambulance sera bientôt là, annonça l'opératrice. Vous entendez la sirène ?

— Oui.

— Bon. Vous pouvez raccrocher. Allez leur ouvrir.

Kitty attendit que la sirène soit coupée, signe que l'ambulance était arrivée, et laissa Jess le temps d'aller ouvrir la porte.

— Par ici, dit-elle aux ambulanciers. Ma sœur est en détresse respiratoire.

— Elle prend des médicaments ?

— Je ne sais pas, répondit Kitty, désespérée par son impuissance. Elle a été traitée pour un cancer des ovaires.

— Ce genre d'incident est déjà arrivé ?

— Je ne crois pas.

Elle téléphona à Cam pendant que les auxiliaires médicaux s'occupaient de Jess. Elle était au bord des larmes mais devait tenir le coup.

Un coup de pied dans son ventre la fit tressaillir. La petite fille réagissait-elle à sa détresse ? Elle devait garder son calme. Elle posa une main protectrice sur son ventre.

— Ça va aller, bout de chou, murmura-t-elle. Ta maman va se remettre.

C'était la première fois qu'elle admettait vraiment que sa sœur était la mère du bébé. Elle l'avait dit à d'autres, mais ne l'avait jamais formulé pour elle à voix haute. Elle ignorait si Jess allait se remettre, mais elle voulait se calmer autant qu'apaiser le bébé. Il *fallait* que Jess aille mieux. Ils avaient tous besoin d'elle.

Les ambulanciers avaient mis un masque à oxygène à Jess, et ils l'allongèrent sur une civière pendant que Kitty prévenait Joe. Elle attrapa ses clés, son sac et celui de Jess, s'affairant pour ne pas s'effondrer.

Elle monta à l'avant de l'ambulance pendant qu'on chargeait Jess à l'arrière, et elle rongea son frein pendant qu'ils roulaient, toutes sirènes hurlantes, vers l'hôpital.

L'ambulance se gara devant l'entrée des urgences. Kitty avait l'habitude d'être là en tant qu'infirmière, pas comme proche d'un malade. Elle était habituée à avoir le contrôle, à garder son calme, réconforter, évaluer et soigner les patients et les victimes. Mais cette fois, elle n'avait aucune maîtrise sur la situation et elle était folle d'angoisse.

Elle fut soulagée de voir qu'Anna et Victoria les attendaient. Elle avait retrouvé des relations normales avec Victoria qui ne semblait pas lui garder rancune.

Elle eut juste le temps de leur dire que Jess était sa sœur avant que les ambulanciers ne sortent le chariot du véhicule en donnant toutes les informations utiles à Anna.

Kitty suivit sa sœur jusqu'à la salle d'examen et se mit dans un coin pour ne pas gêner. Victoria remplaça le tuyau d'oxygène avant de glisser le tensiomètre au bras de Jess et de fixer l'oxymètre à son doigt.

— Pouvez-vous lui poser les électrodes pour un électrocardiogramme ? demanda Anna, serrant le garrot pour prélever du sang à Jess. Kitty, est-ce que Jess a fait sa chimio dans cet hôpital ? D'accord… Victoria, pouvez-vous sortir son dossier ?

Victoria finit d'installer l'électrocardiographe et pressa les boutons pour enregistrer la fréquence cardiaque de Jess avant d'aller à l'ordinateur consulter le dossier informatisé de Jess.

Anna se tourna vers Kitty.

— Elle a des métastases aux poumons ?

— Quoi ? s'exclama Kitty, interdite. Non… Il doit y avoir une autre Jess McIntyre. Vérifiez la date de naissance.

Victoria lut les informations qu'elle avait sous les yeux. La date de naissance coïncidait, pas le diagnostic.

— C'est sûrement une erreur, bredouilla Kitty, affolée.

Anna vérifia les données affichées sur l'écran.

— C'est le bon dossier. Vous ne saviez pas ?

Kitty secoua la tête. Des métastases ! Le cancer s'était étendu. Pourquoi n'était-elle pas au courant ?

— Il faut faire une radio thoracique.

Anna ne perdait pas de temps. Avec l'aide de Victoria, elle conduisait Jess à la radio quand Cam arriva, complètement paniqué.

— Où l'emmènent-elles ? demanda-t-il.

— Faire une radio. Anna pense qu'elle a peut-être une obstruction au poumon… Tu savais qu'elle avait des métastases ?

Cam acquiesça en silence.

— Depuis quand le sais-tu ?

— Nous en avons eu la confirmation il y a trois semaines.

— Trois semaines ! Pourquoi ne m'avez-vous rien dit ?

— C'est Jess qui l'a décidé, répondit-il, passant la main dans ses cheveux ébouriffés. Elle trouvait que tu t'inquiétais assez comme ça, et elle voulait que Joe et toi ayez du temps ensemble pour vous consacrer l'un à l'autre. Elle savait que tu te ferais du souci et que tu voudrais revenir chez nous si tu étais au courant.

— Quel est le pronostic ? demanda Kitty avec angoisse, s'attendant au pire.

Cam posa sur elle un regard hébété. Il devait être en état de choc, elle n'aurait pas dû le harceler ainsi, mais il fallait qu'elle sache. Ils n'auraient pas dû lui cacher ça.

— L'oncologue parle de semaines, au mieux de quelques mois.

Kitty se laissa choir sur une chaise de la salle d'attente et enveloppa son ventre de ses bras. Elle n'aurait pas cru que cette journée atroce puisse être pire. Elle se trompait.

Les joues baignées de larmes, Cam pleurait en silence.

— Nous espérons simplement qu'elle sera encore là pour voir le bébé.

— Elle suit un traitement ?

Cam secoua la tête.

— Il n'y a rien à faire, sinon l'option palliative. On lui a proposé la radiothérapie, mais elle n'y tient pas.

Kitty était assommée. Choquée.

— Je n'arrive pas à croire que vous ne m'ayez rien dit.

— Je suis désolé, Kitty, Jess a insisté. Elle ne voulait pas que tu t'inquiètes, répondit-il comme Anna revenait.

Kitty se leva pour faire les présentations.

— Anna, voici Cam, le mari de Jess. Cam, le Dr Lewis.

— Comment va-t-elle ? demanda Cam, trop soucieux pour se soucier de mondanités.

— Ça va.

Pour le moment, pensa Kitty.

— Elle a un épanchement pleural. J'ai appelé son oncologue, nous allons drainer le fluide en espérant améliorer sa respiration.

— Je peux la voir ? demanda-t-il.

— Brièvement, répondit Anna en hochant la tête.

Cam la suivit, laissant Kitty seule. Même le bébé ne bougeait plus, accentuant encore son sentiment d'isolement. Dormait-il ou était-il en état de choc, comme eux tous ? Kitty, submergée par l'émotion, ne savait plus rien. Elle s'inquiétait pour sa sœur mais lui en voulait aussi. Comment avait-elle pu choisir de la tenir à l'écart ? Pourquoi avait-elle fait cela ? L'explication de Cam ne la satisfaisait pas. Jess était sa sœur, Kitty méritait de savoir.

Elle était effondrée sur l'inconfortable chaise en plastique lorsque Joe entra.

À peine avait-il franchi la porte qu'elle fondit en larmes.

Il se précipita vers elle et la prit dans ses bras.

— Qu'est-ce qui s'est passé ?

Ravalant ses larmes, elle le mit au courant des derniers événements.

Comme elle finissait de parler, Cam entra, blanc comme un linge. Kitty se leva vivement, mais il la rassura.

— Tout va bien. Ils vont commencer à aspirer le fluide dans ses poumons.

Joe resta au côté de Kitty jusqu'à ce que la procédure soit terminée.

— Ça s'est bien passé, annonça Anna en entrant dans la pièce. Jess dort, maintenant. Vous pourrez la voir plus tard.

L'attente reprit. Assis à côté de Kitty, Joe lui tenait la main en silence. Absorbée par ses pensées, elle puisait de la force dans sa présence. Comme toujours, il était là pour elle en période de crise.

Cam alla voir Jess lorsqu'elle se réveilla. En revenant chercher Kitty il paraissait plus détendu.

— Elle te demande, dit-il.

Quand Kitty pénétra dans la chambre, Jess était encore pâle mais elle respirait mieux.

— Comment tu te sens ? demanda-t-elle avec douceur, sa rancœur oubliée. Tu souffres beaucoup ?

— Pas plus que ça.

— Cam dit que tu aurais pu avoir de la radiothérapie. Pourquoi avoir refusé ?

— Ça ne me guérira pas.

— Je sais, mais ça pourrait améliorer ton confort.

Jess eut un pâle sourire.

— Je croyais gérer. Je voulais attendre d'en avoir vraiment besoin. Mais mon oncologue ne me laisse plus le choix. Elle veut que je commence le traitement. La toux, je pouvais gérer, mais cette sensation d'étouffement m'a terrifiée. Je ne veux plus repasser par là si je peux l'éviter.

— Bon. Si tu peux maîtriser la douleur, tu te sentiras mieux, répondit Kitty.

Elle essayait de se concentrer sur ce qui pouvait être fait au lieu de ce qui échappait à leur contrôle. Ce n'était pas facile. Elle versa de l'eau dans le verre de Jess avant de poser la question qui lui brûlait les lèvres.

— Pourquoi ne m'as-tu rien dit, Jess ?

— J'allais le faire, mais j'attendais encore. J'essayais de te protéger, comme Cam.

Kitty fronça les sourcils.

— Il dit que vous le savez depuis plusieurs semaines. Comment pouvais-tu le protéger s'il était déjà au courant ?

— La présence de métastases a été confirmée il y a trois semaines, mais je me sentais mal depuis un moment déjà.

— Et tu n'en as pas parlé ? Pas même à ton mari ?

Jess secoua la tête.

— L'implantation venait d'avoir lieu. Je ne voulais stresser personne avec mes soucis, surtout pas toi. Quelque chose aurait pu mal tourner. Et je craignais que Cam change d'avis.

— Pour la maternité de substitution ?

Jess acquiesça.

— Oh ! Jess, dit Kitty en lui prenant la main, je suis sûre que ça n'aurait rien changé ! Il t'adore, il ferait n'importe quoi pour toi. Et moi aussi.

Elle aurait tant aimé que quelqu'un l'adore, elle aussi, comme Cam adorait sa femme.

Il n'était peut-être pas trop tard pour cela.

Elle ne doutait pas que Joe l'aimait, mais seulement comme il l'avait toujours fait. Il n'avait jamais montré qu'il la voyait autrement que comme une amie, avec en prime certains avantages en nature. Il n'y aurait jamais plus entre eux, puisque Joe refusait l'engagement. Or, elle attendait un engagement absolu, elle n'offrirait son cœur qu'à celui qui en serait capable. Elle voulait être aimée pour toujours. Et « toujours » ne faisait pas partie du vocabulaire de Joe.

— Je sais, répondit Jess, mais j'ai pensé que le comité d'éthique et les médecins n'approuveraient pas la procédure s'ils soupçonnaient que ma santé se détériorait. Et je craignais que Cam change d'avis s'il savait que j'allais mal, qu'il voudrait se concentrer sur ma santé plutôt que sur la grossesse. Mais je n'irai pas mieux, alors...

— Mais tu l'ignorais, à ce moment-là ! dit Kitty. Peut-être que si tu avais réagi plus tôt...

— Je ne pouvais affronter qu'une chose à la fois, et je ne pensais qu'à avoir un bébé. Je veux que Cam garde quelque chose de moi quand je serai partie. Je ne suis pas optimiste, mon sixième sens me disait que ça allait mal. La grossesse m'a donné quelque chose à quoi m'accrocher, à attendre avec impatience.

Kitty pleurait. De grosses larmes coulaient sur ses joues. Elle avait compris le message. Elle allait perdre Jess, elle aussi.

— Tu trouves que je suis égoïste ? demanda Jess.

— Non. J'aurais fait la même chose.

En proposant d'être leur mère porteuse, Kitty *avait* fait la même chose, et elle comprenait sa sœur. La famille comptait beaucoup pour elles. Jess essayait simplement d'offrir à Cam une famille à lui.

— J'espère qu'avoir un enfant n'empêchera pas Cam de trouver le bonheur plus tard, dit Jess. J'ai fait ce qu'il fallait, n'est-ce pas ?

— Oui, répondit Kitty, soucieuse de ne pas ajouter la culpabilité au lourd fardeau de sa sœur. Est-ce que je peux faire quelque chose pour toi ?

— Je n'aime pas demander, mais pourrais-tu revenir à la maison maintenant ? Uniquement jusqu'à la naissance. Je déteste te séparer de Joe et je comprendrai que tu refuses, mais j'ai l'impression de ne plus suivre cette grossesse et il n'y en a plus que pour quelques semaines. Je ne veux plus en manquer un seul instant. Je ne sais pas combien de temps il me reste, mais j'ai l'intention d'être là quand mon bébé viendra au monde. Je veux le tenir dans mes bras.

— Bien sûr que je vais revenir, répondit Kitty sans hésiter. À propos, c'est une petite fille...

— Vraiment ? s'exclama Jess avec un sourire radieux.

Kitty prit conscience qu'il y avait longtemps que sa sœur n'avait pas paru vraiment heureuse. Comment avait-elle pu ne pas s'en apercevoir ?

— Oui. Désolée, je sais que Cam voulait avoir la surprise, mais j'avais envie que tu saches.

Combien de temps Jess avait-elle encore à vivre ? Elle avait le droit de connaître le sexe de son bébé si elle le souhaitait. Jess et Cam lui avaient caché la gravité de l'état de Jess, mais Kitty refusait d'avoir des secrets. À Jess de décider si elle voulait le dire à son mari, ou pas.

— J'ai fait une échographie à une consultation d'étudiants et je leur ai demandé de me dire. C'est une fille.

— Merci, murmura Jess, les larmes aux yeux, comme l'infirmière entrait pour dire à Kitty que Jess avait besoin de se reposer.

Kitty étreignit sa sœur et quitta la chambre. Dans le couloir, Joe et Cam interrompirent leur conversation pour la regarder approcher.

— De quoi parliez-vous ? demanda-t-elle.

— Je crois que tu devrais te réinstaller chez Jess et Cam, répondit Joe. Elle a besoin de toi, et tu t'inquiéteras trop si tu es loin d'elle.

Elle le savait déjà. Elle avait honte de ne pas avoir remarqué que la santé de Jess se détériorait. Elle la trouvait trop maigre et n'aimait pas sa toux, mais n'en avait pas parlé avec elle. Était-elle trop préoccupée par sa petite vie et son bonheur avec Joe pour voir ce qui crevait les yeux ? Ce n'était pas une raison pour négliger sa sœur. Elle retournerait volontiers s'installer chez Jess et Cam, mais entendre Joe le proposer lui faisait mal. N'attendait-il que cela ?

— Tu veux te débarrasser de moi ? demanda-t-elle, ne plaisantant qu'à moitié.

Joe glissa le bras autour d'elle et l'attira à lui.

— Pas du tout. Mais je sais que tu regretteras de ne pas avoir passé ce moment avec Jess, dit-il avec raison, conscient que Jess n'avait plus longtemps à vivre. J'en ai parlé à Cam et il est d'accord. C'est à toi de décider.

— Mais comment vas-tu te débrouiller ?

— Je trouverai. On devrait m'enlever l'attelle la semaine prochaine, et si je reprends mon travail comme renfort, je ne passerai plus beaucoup de temps chez moi, de toute façon.

Était-ce un avertissement ? La préparait-il à la suite ? Elle savait que ses relations amoureuses ne duraient jamais. En avait-il assez d'elle ?

Elle avait l'habitude de toujours partir la première, pour ne pas connaître ce sentiment de trahison et de perte. Mais elle ne pouvait pas affronter cela maintenant. Jess avait besoin d'elle, elle ne la laisserait pas tomber. Elle devait laisser Joe, donner la priorité à l'essentiel. Mais malgré elle, elle pensait aux choses que Joe n'avait pas dites. À tout ce qui pouvait mal tourner entre elle et lui. Était-ce le premier pas vers la fin ?

Joe avait cru bien agir en renvoyant Kitty chez Jess et Cam, mais il l'avait à peine vue ces derniers temps, et il restait encore trois semaines avant la naissance. De toute façon, il savait qu'elle resterait avec sa sœur aussi longtemps qu'elle pourrait. Sans doute jusqu'à la fin.

Il comprenait la situation. Jess était sa seule parente, elles n'avaient plus beaucoup de temps à passer ensemble, et il savait combien la famille comptait pour elle. Mais il souffrait qu'elle ait si peu de temps pour lui, et il s'étonnait de voir à quel point son absence lui pesait. Elle lui manquait. Il avait apprécié leur changement de relation, mais il n'était pas de sa famille, et il avait conscience que, s'il voulait être une priorité pour elle, il devrait lui faire des promesses qu'il n'était pas sûr de pouvoir tenir.

Et il ne pouvait pas faire cela.

Et s'il était incapable de lui donner ce qu'elle voulait, il allait la perdre. Elle finirait par rencontrer un homme capable de lui offrir tout ce qu'elle désirait… De l'amour, un avenir, une famille à elle. *De l'engagement.*

Il ne pouvait pas être cet homme.

Il allait devoir la laisser partir.

9

— Bravo, Kitty, vous vous en sortez très bien ! Je vois la tête du bébé. À la prochaine contraction, vous pourrez pousser.

Kitty serra les dents. Comment un accouchement pouvait-il être aussi douloureux ? Mais le travail avait progressé rapidement pour un premier enfantement, et il était presque fini. Du moins l'espérait-elle. Elle se concentrait de toutes ses forces sur le moment où on lui mettrait le bébé dans les bras. Pour ne pas penser à la douleur.

— Tu peux y arriver, Kitty.

— Tu y es presque.

Cam se tenait d'un côté du lit et Jess était assise de l'autre, trop faible pour rester debout pendant toute la durée de l'accouchement. En un sens, Kitty était soulagée. Jess allait pouvoir tenir son bébé dans ses bras, et la souffrance était un faible prix à payer pour offrir ce bonheur à sa sœur.

Joe patientait devant la porte. Cam l'avait prévenu quand le travail avait commencé, mais Kitty ne voulait pas de lui en salle d'accouchement. Elle avait besoin de toute son énergie pour la naissance.

— Très bien, Kitty, poussez ! C'est ça, dit l'obstétricienne alors que Kitty, tordue par une nouvelle contraction, avait l'impression d'être écrasée par un dix-tonnes. Reposez-vous, maintenant.

Kitty arrêta de pousser. Jess lui parlait, mais elle ne comprenait pas ce qu'elle disait. Elle était fatiguée, meurtrie, focalisée sur le bas de son corps.

— On y est presque, Kitty. Une dernière fois. Poussez !

Agrippant les mains de Jess et de Cam, Kitty poussa de toutes ses forces. Elle sentit la libération quand le bébé fut expulsé, et poussa un soupir en l'entendant crier.

— Félicitations à tous, dit l'obstétricienne, vous avez une belle petite fille.

Dans un état second, Kitty regarda le nouveau-né qu'on lui tendait. La sage-femme ouvrit le col de sa chemise de nuit pour poser le nourrisson contre sa peau, et il se calma immédiatement.

Jess glissa son doigt dans la main minuscule et sourit.

— Cameron, vous coupez le cordon ? demanda la sage-femme en clampant le cordon ombilical et en lui tendant les ciseaux.

Cam coupa le cordon, puis la sage-femme emmaillota la petite fille avant de la tendre à Jess.

Ils étaient une famille.

Une famille que Kitty avait aidé à construire. Un accomplissement qui aurait dû la rendre heureuse et fière, alors qu'une tristesse sourde lui serrait le cœur. Un sentiment de perte. Mais elle n'en montra rien et, s'efforçant de sourire, elle dit ce qu'on attendait d'elle en regardant Jess et Cam câliner son bébé.

Pas *son* bébé. *Leur* fille, Eliza Kate, qui portait les prénoms des deux sœurs de Jess — Eliza et Kitty — et qu'ils surnommaient déjà Lizzie.

Kitty leur avait fait ce cadeau, une famille à eux, mais elle n'était pas encore tout à fait prête à lâcher prise. C'était beaucoup plus dur qu'elle l'avait imaginé. Et elle ne voulait pas renoncer à qui que ce soit. Ni à Lizzie ni à Jess.

Et Joe alors ?

Joe lui avait donné de l'espace, du temps à passer avec sa sœur, mais il lui manquait. Il avait pris de ses nouvelles, l'avait appelée pour lui dire qu'il était là pour elle, mais il lui manquait physiquement. Il manquait à son corps. Si elle appréciait son soutien moral et affectif, elle voulait davantage, maintenant. Elle voulait tout, même si elle savait qu'il ne pouvait pas le lui donner. Leur relation était en train de changer… avait changé. Elle avait une date de péremption, Joe fonctionnait ainsi. Elle ne savait simplement pas si elle y était préparée. Il était son meilleur ami, son amant, mais il ne pouvait pas — ou ne voulait pas — être son partenaire, et elle devrait le laisser partir tôt ou tard. Ou accepter qu'il s'en aille.

Elle essuya une larme. Elle ne devait pas penser à Joe maintenant. Lizzie et Jess avaient besoin d'elle.

Joe s'inquiétait pour Kitty. Il lui avait rendu visite à l'hôpital tous les jours depuis l'accouchement, et il sentait que quelque chose n'allait pas. À chacune de ses visites, Jess était avec elle, et bien qu'en phase terminale, elle paraissait heureuse. Pas Kitty.

Il savait que la période post-partum serait difficile pour elle, que sa grossesse lui manquerait, qu'être la maman de son bébé lui manquerait, et il craignait qu'elle ne le vive comme une nouvelle perte. Il avait vu la tristesse dans ses yeux sombres et avait envie de l'effacer, mais comment trouver les mots ? Il voulait être là pour elle, lui offrir son soutien sans faille, comme il l'avait toujours fait. Il voulait mettre un sourire sur son visage, lui promettre que son avenir serait heureux, à l'image de ses rêves, mais les mots restaient coincés dans sa gorge.

Il frappa doucement à la porte entrouverte pour ne pas la déranger, mais elle était réveillée. Elle nourrissait le bébé et ne l'entendit pas entrer. Elle avait l'air si paisible. Il était décontenancé. Il n'avait jamais songé à ce qui se passerait quand le bébé serait né, sans doute avait-il pensé qu'il serait nourri au biberon. La première surprise passée, la vue de Kitty maternant le nourrisson le touchait profondément.

Pétrifié, il sentit une vague d'émotion le submerger. Et si c'était son bébé à lui qu'elle tenait ainsi ?

Il fut pris d'une envie presque douloureuse. Pour la première fois de sa vie, il arrivait à imaginer un avenir où il n'était pas seul. Et si c'était son futur ? Kitty, et une famille à eux ?

Il était toujours figé dans l'embrasure de la porte quand Kitty s'aperçut de sa présence.

— Tu arrives à point nommé, dit-elle en détachant la petite fille de son sein et en se rajustant.

En la regardant, il ressentit de nouveau cette bouffée d'envie. Pas sexuelle, mais viscérale. Il voulait Kitty. Il voulait la faire sienne. Il ne voulait plus vivre sans elle. Ne *pouvait* plus vivre sans elle.

— Ça ne t'ennuie pas de tenir Lizzie pendant que je prends une douche ?

Elle se leva et, sans attendre sa réponse, ignorant les pensées qui se bousculaient en lui, lui tendit le nourrisson.

Il baissa les yeux vers le petit paquet emmailloté dans ses bras, imaginant que c'était leur bébé à eux. Il prit soudain conscience que c'était ce qu'il souhaitait. Il voulait que Kitty porte ses enfants. Qu'elle fasse partie de sa vie entière. Il voulait caresser son ventre gonflé de femme enceinte et savoir qu'une part de lui grandissait en elle.

— Je ne peux pas la recoucher tout de suite après la tétée, dit-elle en guise d'explication. Et je dois me préparer.

— Te préparer pour quoi ?

— Je rentre à la maison aujourd'hui.

— La maison ?

— Chez Jess et Cam. Je vais tirer mon lait pour Lizzie, et il est logique que nous soyons tous ensemble. Lizzie doit vivre avec Cam et Jess au moins trente jours avant qu'ils puissent faire une demande de transfert de parenté.

Joe se rembrunit. Il avait vu Jess, elle ne vivrait probablement pas assez longtemps.

— Ils n'ont pas envie de passer du temps ensemble, juste tous les trois ? demanda-t-il.

Kitty s'assombrit et il comprit qu'il l'avait blessée.

— Jess a besoin de moi sur place, dit-elle d'un ton sec, le regard douloureux. Elle est trop mal pour se débrouiller seule. Je ne serai pas là uniquement pour Lizzie, mais aussi comme infirmière en soins palliatifs pour Jess. Elle veut passer du temps avec sa famille, dont je fais partie.

Joe souffrait pour elle et tous ceux qu'elle avait perdus et allait perdre. Il souffrait pour l'avenir de Kitty. Et le sien. Allait-elle le quitter avant qu'il ne se décide à le faire ?

Il ne l'avait pas vu venir. Il s'était imaginé qu'ils pourraient tout régler, mais il avait été naïf. À moins de prouver à Kitty qu'il pouvait être l'homme dont elle avait besoin, il allait la perdre.

Il l'aimait, il voulait construire un avenir avec elle. Un avenir et une famille, et il n'y avait qu'une façon de s'y prendre.

La vie de Kitty était devenue une longue suite de rendez-vous. Elle avait l'impression de passer ses journées à attendre. Chez le pédiatre, l'obstétricienne, l'oncologue, à patienter pendant les séances de radiothérapie de Jess. Et cela ne lui était d'aucune aide.

Elle refusait de l'admettre, mais elle attendait la mort de sa sœur. Ils l'attendaient tous. Jess luttait chaque jour davantage. Contre la douleur, pour respirer, pour parler, pour manger. Elle dépérissait sous leurs yeux, et Kitty ne pouvait plus le supporter. Jess ne semblait en paix que lorsqu'elle tenait sa fille dans ses bras.

Le rendez-vous de la veille avait été différent. Ils étaient allés au tribunal, où la parenté de Lizzie avait été légalement transférée de Kitty à Jess et Cam. Kitty n'était plus officiellement sa mère. Jess avait vu se réaliser son vœu le plus cher, elle avait une fille.

Mais Kitty avait peur. Jess avait tenu le coup en se battant courageusement pour réaliser son rêve et passer toutes les étapes : maternité de substitution, grossesse, transfert officiel de parenté de Lizzie. À présent elle était mère. Elle avait donné une fille à Cam, fondé une famille. Elle pouvait s'en aller, maintenant…

En regardant le cercueil de Jess descendre lentement dans la fosse, Kitty vacilla. Joe resserra son étreinte autour d'elle, mais il n'était pas sûr qu'elle ait conscience de sa présence. Après la mort de Jess, une semaine plus tôt, elle n'avait pas cherché de réconfort auprès de lui, elle s'était enfermée avec Cam et le bébé. Joe commençait à croire qu'elle était à jamais perdue pour lui. Comme si elle l'avait définitivement rayé de sa vie.

Elle était restée silencieuse pendant toute la durée du service funèbre. De grosses larmes roulant sur ses joues, elle avait étreint des gens, hoché la tête en réponse à leurs condoléances, mais elle n'avait pas dit un mot.

Quand il avait proposé de la conduire au cimetière, elle l'avait regardé et il s'était presque attendu à ce qu'elle refuse, mais elle l'avait suivi en silence jusqu'à sa voiture et s'était assise à côté de lui. Cam et Lizzie étaient montés avec les parents de Cam arrivés la veille de Nouvelle-Galles du Sud. Joe se réjouissait d'avoir Kitty pour lui seul. Mais il ne s'attendait pas à ce qu'elle soit aussi différente, comme si elle était désormais un fragile fantôme de celle qu'elle avait été. Elle avait perdu du poids ces dernières semaines, et pas seulement ses kilos de grossesse. Son visage avait perdu ses rondeurs, ses yeux s'étaient voilés de chagrin, ses joues pâles s'étaient creusées. Elle n'était plus que l'ombre d'elle-même.

Joe avait l'impression qu'elle tenait à peine debout. Il garda son bras autour d'elle tandis que Cam confiait sa fille de six semaines à sa mère pour s'avancer vers la tombe. Il se pencha pour ramasser une poignée de terre et, murmurant un dernier adieu à sa femme, il ouvrit les doigts.

Puis Cam se tourna vers ses parents et sa fille. Il avait sa famille, mais Kitty n'avait plus personne, et le cœur de Joe saignait pour elle.

Étouffant un sanglot, elle enfouit son visage contre son épaule tandis que le bruit sourd de la terre frappant le cercueil résonnait dans la fosse. Elle l'avait exclu de sa vie ces six dernières semaines, ne consentant à quitter la maison que pour accompagner Jess quelque part, mais toute occasion était bonne pour la tenir dans ses bras. Elle devait se sentir très seule, et voir Jess enterrée près de ses parents et de sa jeune sœur renforcerait encore ce sentiment. Mais Kitty l'avait, lui. Elle l'avait toujours eu, et il serait là pour elle. Elle allait encore avoir besoin de lui.

Les parents et amis avaient commencé à regagner leurs voitures en silence, et Kitty n'avait pas bougé. Elle se tenait immobile et regardait fixement le sol.

Tout le monde devait se retrouver chez Cam après les obsèques.

Kitty n'avait pas dit si elle comptait s'y rendre, mais où pouvait-elle aller ? Après tout, c'était là qu'elle vivait.

— Kitty ? murmura-t-il.

— Tu m'accordes une minute ? demanda-t-elle, s'écartant de lui.

Il la lâcha. Elle n'était qu'à quelques centimètres de lui, mais il avait l'impression qu'affectivement un gouffre les séparait. Quand l'avait-il vue sourire, entendue rire pour la dernière fois ? Elle lui manquait, désespérément. Quelque chose s'était éteint en lui, et son cœur souffrait pour elle et tout ce qu'on lui avait volé.

Il avait besoin qu'elle revienne. Besoin de la retrouver. Pour elle, et pour lui.

Il patienta pendant qu'elle faisait le tour des tombes de sa mère, de son père, et de sa petite sœur. Joe remarqua qu'elles étaient fraîchement fleuries et comprit qu'elle était passée au cimetière dans la journée y déposer des fleurs.

À distance, il la regarda se pencher pour prendre une fleur sur chaque tombe. Elle n'avait pas sollicité son soutien, mais il attendait, le cœur près de se briser. Kitty avait toujours semblé fragile, et il craignait que la mort de Jess ne l'achève, ne la brise irrémédiablement. Il était prêt à tout pour la protéger, mais ne s'était jamais senti aussi impuissant. Il ne pouvait que rester à proximité, être là au cas où elle aurait besoin de lui.

S'agenouillant devant la tombe fraîche, elle laissa tomber une fleur après l'autre dans la fosse, sur le cercueil de Jess.

Elle resta là plusieurs minutes, puis se releva et revint, les yeux rougis, vers lui.

— On y va ? dit-il en lui tendant un mouchoir fraîchement repassé sorti de sa poche.

Il ne lui demanda pas si elle était prête à partir. Ni si elle allait bien. La réponse était non aux deux questions, mais elle ne pouvait pas rester là éternellement. Tout le monde l'attendait chez Cam. Elle n'aurait peut-être pas envie de leur parler, et si c'était le cas, Joe la protégerait, lui inventerait des excuses, mais il savait qu'elle voudrait être auprès de Lizzie. Pour garder le lien avec Jess.

Elle acquiesça et lui abandonna sa main.

Chez Cam, il se chargea de ce que personne n'avait l'énergie de faire. Il distribua des dizaines de tasses de thé et de café, s'entretint avec le traiteur, remplit les verres vides et débarrassa les assiettes sales.

La présence du bébé était une distraction bienvenue pour tous, mais Joe remarqua la nervosité de Kitty en voyant la mère de Cam monopoliser la fillette. Joe comprenait cette femme dont Lizzie était le premier, et peut-être le seul petit-enfant, mais Kitty avait avec le nourrisson un lien unique que personne d'autre n'aurait jamais.

Comme les amis de Cam et Jess commençaient à prendre congé, Joe convainquit Kitty de sortir se promener avec lui. Elle avait sûrement besoin d'espace, et il devait lui parler. Ils n'allèrent pas plus loin que le parc au coin de la rue mais, assis sur un banc dans le calme du crépuscule, ils purent bavarder sans être dérangés.

— Le père de Cam m'a dit qu'ils comptaient rester quelque temps à Sydney pour soutenir leur fils. Quels sont tes projets ? demanda-t-il négligemment, les yeux fixés sur un gommier dont les feuilles tremblaient dans l'air du soir.

— Je ne peux pas en faire, répondit-elle d'un ton morne.

Elle semblait contrariée, perdue, et il s'inquiéta, conscient des efforts que lui demandait cette épreuve.

— Si tu veux revenir t'installer chez moi, tu es la bienvenue. Pour laisser Cam profiter de sa famille et du bébé.

— Moi aussi je suis de sa famille. Je suis la mère de Lizzie.

— Tu es sa *tante*, Kitty.

Les papiers avaient été signés, faisant officiellement de Cam et Jess les parents de Lizzie. Kitty l'avait mise au monde, mais n'avait plus aucun droit sur elle.

Kitty secoua la tête.

— Je ne peux pas la laisser. Elle est tout ce qui me reste.

Il aurait dû s'en douter. Il savait que Kitty avait la hantise d'être abandonnée. Elle avait d'abord perdu sa sœur cadette, puis ses parents, et maintenant Jess. Il avait conscience qu'elle voyait Lizzie comme une partie d'elle. Et en un sens, elle l'était, mais pas pour la garder. Comment n'avoir pas deviné ce qui allait se passer ? N'aurait-on pas dû anticiper sa réaction lors des entretiens préalables aux démarches qui allaient faire d'elle une mère porteuse ? Il comprenait qu'un bébé satisfasse le besoin de Kitty d'avoir quelqu'un à aimer, quelqu'un qui ne l'abandonnerait pas. Mais Lizzie ne réglerait rien. Kitty devait aller de l'avant. Se construire une vie à elle. Une famille à elle. Elle ne pouvait pas garder celle de Jess.

— Je compatis à ta peine, Kitty, je sais que tu souffres, mais tu ne peux pas remplacer Jess. Cam et Lizzie étaient *sa* vie. *Sa* famille. Tu dois avoir la tienne.

— Tu crois comprendre, Joe, mais tu ne sais pas ce que c'est de perdre tous ses proches. Je ne veux pas les quitter.

— Je peux t'aider, Kitty. Reviens vivre chez moi.

— Il ne s'agit pas de toi, Joe. Je suis incapable de penser à toi en ce moment.

Elle se leva et commença à marcher.

Il la suivit en silence. Ce qu'elle traversait lui échappait peut-être, mais il la comprenait, *elle*. Cependant il ne pouvait se défaire de l'impression qu'elle s'éloignait de lui. Il avait toujours été là pour elle, prêt à ramasser les morceaux épars de sa vie, mais peut-être ne voulait-elle plus de cela.

Peut-être ne voulait-elle plus de lui.

Il n'était pas préparé à la laisser partir. Elle était bouleversée, mais il ne pouvait pas, ne voulait pas, l'abandonner. C'était sa plus grande peur, et il ne la quitterait pas comme les autres l'avaient fait. Mais cela ne dépendait pas que de lui.

Si Kitty choisissait de partir, il ne pourrait pas faire grand-chose.

Joe manquait à Kitty, mais elle se cramponnait désespérément à sa famille, du moins ce qu'il en restait. Il lui manquait terriblement, mais elle n'arrivait pas à se résoudre à abandonner Lizzie et Cam. Elle avait besoin d'eux, et elle était certaine qu'ils avaient besoin d'elle. Ils seraient toujours une famille. Jusqu'à la mort. Seule la mort avait pu la séparer des siens. Elle s'accrocherait à eux de toutes ses forces. Même si elle devait renoncer à Joe. Il n'avait pas besoin d'elle. Pas comme Lizzie. Elle devait rester forte pour Lizzie.

En temps normal, elle comptait sur Joe pour lui communiquer cette force, mais elle ne voulait plus dépendre de lui. Il ne serait pas éternellement là pour elle. C'était long, l'éternité. Tôt ou tard, elle devrait se débrouiller sans lui, autant s'y habituer dès maintenant. Leur relation n'était pas sérieuse. Elle ne durerait pas. Il ne s'engagerait jamais ; ils espéraient des choses différentes de la vie, et elle ne pouvait pas lui demander d'attendre. À un moment ou un autre, il se lasserait d'elle ou trouverait mieux ailleurs. C'était ainsi que fonctionnaient ses parents, et il était convaincu d'être fait du même bois. Ses relations éphémères semblaient le confirmer.

Et elle ne valait pas mieux.

Elle avait détruit leur amitié en couchant avec lui, mais cette réalité était trop dure à affronter en plus de la mort de Jess. Elle devait mettre Joe de côté. Elle s'occuperait des conséquences plus tard, quand elle serait plus forte.

Il lui manquait, mais elle ne voulait pas le voir.

Chaque fois qu'ils se croisaient, elle devait se faire violence pour ne pas se précipiter dans ses bras. Chaque fois, elle avait l'impression que son cœur se brisait, et mettait du temps à s'en remettre. Elle ne savait pas ce qui faisait le plus mal, de la perte de Jess ou de celle de Joe. Elle l'avait délibérément écarté de sa vie, mais le chagrin finirait par s'estomper. Du moins l'espérait-elle.

Cela passerait. Il le fallait.

Elle se pencha pour embrasser le duvet soyeux sur la petite tête de Lizzie. Elle rajusta ses vêtements en respirant sa douce odeur de bébé. Elle lui avait donné le sein, puis la fillette s'était endormie et il était temps de la remettre dans son berceau. Personne ne savait qu'elle la nourrissait encore. Elle tirait son lait pour que Cam puisse donner le biberon à sa fille, mais Kitty adorait l'intimité qui l'unissait à Lizzie quand elle lui donnait le sein. Incapable d'y renoncer, elle était volontaire pour la tétée de nuit, pour partager ce moment avec la fillette quand toute la maisonnée dormait. Elle en profitait pour lui confier ses pensées en chuchotant.

Elle ne pouvait plus parler à Jess. Ni à Joe. Son seul confident était désormais ce petit bébé d'à peine dix semaines. Si elle n'était plus officiellement la mère de la petite Lizzie, elle était ce qui y ressemblait le plus.

Jusqu'à ce que Cam se remarie.

Kitty ne supportait pas l'idée que Cam pût remplacer Jess, mais elle avait conscience que c'était une possibilité. Cam était encore jeune. Il avait toute la vie devant lui.

Elle essuya une larme. Elle pleurait sur tous ceux qu'elle avait perdus. Joe compris.

Elle se leva, coucha Lizzie et la borda dans son berceau. Elle ne voulait pas penser à Joe. Elle n'en avait pas la force. Cam remplacerait peut-être Jess, mais Joe remplacerait sûrement Kitty, et elle préférait ne pas penser à ce qu'elle ressentirait alors. Il y avait des limites à ce qu'elle pouvait supporter en ce moment.

Malgré sa peur de le perdre, elle l'avait repoussé et était partie, et elle se sentait encore plus malheureuse, encore plus seule qu'avant...

10

Kitty avait repris le travail mais vivait toujours chez Cam. Joe ignorait combien de temps elle projetait d'y rester. Avait-elle l'intention de déménager ? En tout cas, elle l'évitait. Il ne la voyait plus qu'au travail. Elle n'était plus que l'ombre d'elle-même, son grand sourire s'était éteint, ses fossettes avaient disparu, ses formes aussi. Elle s'était complètement repliée sur elle-même et l'avait exclu de sa vie.

Plusieurs fois, il était passé chez Cam prendre de leurs nouvelles et s'assurer qu'ils s'en sortaient, s'arrangeant pour venir les jours de repos de Kitty dans l'espoir de la voir, mais chaque fois, elle avait trouvé une excuse pour l'éviter.

Cependant il refusait de renoncer à elle.

Il ne la laisserait pas saboter leur relation. Elle comptait trop pour lui. Leur avenir était trop important.

Alors il avait fait appel à Cam. Ils s'étaient arrangés pour qu'il soit à la maison pour garder Lizzie afin que Kitty n'ait aucune excuse, et s'étaient assurés que Kitty ne serait pas à son travail.

Il alla frapper chez Cam et invita Kitty à prendre un brunch avec lui.

— J'ai quelque chose à te dire, dit-il dans l'espoir que sa curiosité vaincrait sa résistance.

— Ça tombe mal, Joe.

Il comprit immédiatement que quelque chose l'avait bouleversée et son instinct de protection se réveilla.

— Viens marcher sur la plage avec moi. Nous parlerons. Tu me diras tout.

Elle hésita un moment. Il se préparait déjà à plaider sa cause quand, à sa grande surprise, elle accepta.

— Bon, d'accord.

Il attendit qu'elle enfile ses chaussures et prenne ses clés, et l'entendit prévenir Cam qu'elle s'absentait un moment.

— Raconte-moi ce qui s'est passé, dit-il comme ils arrivaient sur la plage.

— Cam a reçu une lettre de la clinique de la fertilité, ils lui demandent ce qu'il compte faire des embryons congelés restants.

Joe ignorait même qu'il y avait un excédent d'embryons.

— Quelles sont ses options ?

— Il peut les détruire, en faire don à un couple qui en a besoin, ou les garder pour les utiliser plus tard.

— Qu'est-ce qu'il veut faire ? demanda-t-il.

Ainsi, c'était la cause du désarroi de Kitty.

La décision de Cam ne correspondait peut-être pas à ce qu'elle souhaitait. Joe refoula une bouffée de panique. Kitty envisageait-elle d'endosser de nouveau le rôle de mère porteuse ? Il savait qu'elle voudrait tout ce qu'elle pourrait avoir de Jess, y compris un nouveau bébé, mais si elle s'engageait dans cette voie, elle mettrait de nouveau sa vie entre parenthèses, et sa vie à lui aussi. Il l'aimait, mais était-il prêt à l'attendre éternellement ?

— Qu'est-ce que tu veux, *toi*, Kitty ? reprit-il, le cœur battant.

C'était le fond du problème. Que voulait-elle ?

Une vie avec lui, ou une vie avec les enfants de sa sœur ?

Elle devait choisir.

Joe avait manqué à Kitty. Tout lui manquait en lui. Sa gentillesse, son sourire, ses mains sur son corps, ses lèvres sur les siennes, son aptitude à l'écouter sans la juger, sa capacité à l'apaiser. C'était bon de le retrouver. De se confier à lui.

Elle avait envie de glisser sa main dans la sienne en marchant. De se sentir en connexion avec quelqu'un d'autre, même si elle n'était pas sûre qu'ils le puissent encore. Elle ne savait pas trop où en était leur amitié. L'avaient-ils complètement détruite ? Par sa faute à elle ?

Elle fourra les mains dans les poches de son short et lui emboîta le pas sur le sable.

Il lui avait demandé ce qu'elle voulait.

— Je veux retrouver ma famille, répondit-elle honnêtement, consciente que c'était impossible.

— Kitty...

— Je sais que ce n'est pas possible, dit-elle, mais c'est ce que je voudrais.

— C'est pour ça que tu vis toujours chez Cam ? Parce qu'ils sont ta famille maintenant ? C'est ça que tu veux ? La famille de Jess ?

— Ils sont aussi ma famille, protesta-t-elle. Lizzie a besoin de moi.

— Je ne le conteste pas, mais elle n'est pas ta fille. C'est l'enfant de Cameron. La fille de ta sœur. Ta nièce. Et tu l'aimes, bien sûr, mais tu dois avoir des enfants à toi. Une famille à toi. Je sais que c'est ce que tu souhaites.

Elle secoua la tête.

— Ça n'arrivera pas. Tout le monde finit toujours par me quitter.

— Je peux faire en sorte que ça arrive.

— Toi ?

— Oui. Moi. Où est ma place, dans ton existence ? Est-ce qu'il y en a seulement une pour moi ? Pour nous ?

— Nous ? Il y a un « nous » ?

— Bien sûr que oui. Rien n'a changé.

Elle aurait dû être heureuse de l'entendre. Mais en un sens c'était ce qu'elle craignait. Que rien n'ait changé. Et elle ne le voulait pas. Elle ne voulait pas qu'ils soient juste amis. Elle aspirait à davantage. Elle l'aimait, mais elle tenait à l'engagement de toute une vie, et elle ne l'aurait pas avec Joe.

Il s'arrêta de marcher et se tourna vers elle. Son visage était grave, ses yeux bleus solennels.

— Tu mérites de trouver ton propre bonheur, avec un homme

qui t'aime. Tu mérites une famille à toi, un mari et des enfants à toi, et je veux te donner tout ça.

— Qu'est-ce que tu dis ?

— J'ai promis de toujours être là pour toi. J'étais là quand tes parents sont morts, quand Jess nous a quittés… Mais je ne veux pas l'être uniquement quand ça va mal, je veux l'être toujours. Être auprès de toi dans les bons moments comme dans les pires. Je t'aime, Kitty, et je veux te donner une famille à toi. Avec moi. Construisons ensemble la vie que nous souhaitons. Épouse-moi.

— Mais tu ne veux pas te marier…

— Si, répondit-il en prenant ses mains dans les siennes, calmant instantanément les palpitations affolées de son cœur. Je craignais de ne pouvoir t'offrir cet engagement auquel tu aspirais tant, mais ces derniers mois j'ai compris que j'avais envie d'essayer. Je sais que tu es la femme qu'il me faut. Tu l'as toujours été. Ces derniers temps, je me suis rendu compte combien ma vie était meilleure avec toi, à quel point j'étais plus heureux. Tu m'as terriblement manqué, et je ferai tout ce qui est en mon pouvoir pour que ça marche. Je veux que tu sois ma femme. Je compte ne me marier qu'une fois, et le faire bien, et je sais qu'avec toi, je ne me tromperai pas. On peut y arriver. Ensemble. Je peux être l'homme qu'il te faut. Et j'ai besoin de savoir si je suis l'homme que tu désires.

Elle l'aimait, éperdument, pourtant elle doutait encore.

— J'ai peur, Joe.

— De quoi ?

— De te perdre.

Elle avait perdu tous ceux qu'elle aimait, elle ne supporterait pas de le perdre aussi. Son cœur n'y résisterait pas. Elle avait déjà perdu trop de monde.

« Mais tu l'aimes. Je sais que tu l'aimes. »

La voix de Jess résonna dans sa tête ; elle entendait ses paroles comme si elle se tenait près d'elle.

« Tu dois faire un choix. Tu peux l'aimer maintenant et tenter ta chance, ou tu peux le repousser en sachant que tu le perds définitivement. Fais ton choix, mais une seule option t'apportera le bonheur auquel tu aspires. Le bonheur que tu mérites. C'est un homme bien, et il t'aime. »

— Je t'aime.

La voix de Joe se mêlait à la voix dans sa tête. Jess et Joe, les deux êtres qu'elle aimait le plus au monde, lui disaient la même chose.

Mais un seul était encore là.

Il continuait à parler :

— J'ai toujours refusé de m'engager parce que je croyais que je ne trouverais jamais la bonne personne. Je n'ai pas compris qu'elle était devant moi depuis le premier jour. Cette personne, Kitty, c'est toi. Je veux être à tes côtés, rester toute ma vie avec toi... Mes parents ont passé leur temps à chercher leur prochain partenaire, ils n'étaient jamais satisfaits de ce qu'ils avaient, mais c'était toi que je cherchais sans le savoir, et toi seule. Je ne pourrai jamais être vraiment heureux sans toi, et je veux consacrer le reste de mes jours à te prouver mes sentiments. À être à toi. Si tu veux de moi.

— Tu ne me quitteras pas ?

— Jamais.

Elle pleurait sans retenue à présent.

— Est-ce que tu m'aimes ? demanda-t-il.

Elle hocha la tête.

— Oui, je t'aime.

Il s'agenouilla dans le sable, leurs mains s'enlacèrent, leurs doigts se mêlèrent.

— Kitty, je t'aime de tout mon être. Je veux partager mon existence avec toi, pour l'éternité. Je promets de t'aimer, de t'adorer, de ne jamais te quitter. Je veux te rendre heureuse, te faire rire, et pas seulement comme un ami. Je veux qu'on soit partenaires, amants, parents. Qu'on soit une famille. Je t'aime et je veux être ton mari. Acceptes-tu d'être ma femme ? Consens-tu à m'épouser ?

Elle devait faire un choix. Elle devait tenter sa chance. Sinon elle perdrait tout.

Elle n'avait déjà que trop perdu.

Elle courrait le risque. Elle choisirait l'homme qu'elle aimait.

Elle l'aimait depuis des années et n'avait aucune envie de vivre sans lui. Elle avait besoin de lui, mais le désirait aussi. Il était son meilleur ami, son amant, et elle voulait qu'il soit son époux. Qu'il lui donne une famille à elle. Elle le croyait quand il promettait de ne jamais la quitter, car il avait toujours été là quand elle avait besoin de lui. Il avait déjà prouvé qu'il était capable de s'engager pour elle. Elle lui faisait confiance... et elle l'aimait.

Elle le releva et l'attira à elle. Elle s'essuya les yeux. Il devait savoir qu'elle pleurait de bonheur, il la connaissait si bien. En cas de doute, le ridicule petit sourire qu'elle affichait en disait long sur ses sentiments.

— Je t'aime, dit-elle, nouant ses bras autour de son cou pour le serrer contre elle. Et je veux passer le reste de mes jours avec toi.

Il inclina la tête et ses lèvres effleurèrent les siennes.

— Ça veut dire oui ? murmura-t-il contre sa bouche.

Elle acquiesça vivement.

— Oui, mon amour, j'accepte de t'épouser. Je jure de t'aimer toujours, d'être ta famille, ta femme, et la mère de tes enfants, maintenant et toujours.

Il essuya tendrement une larme égarée sur sa joue et l'embrassa, scellant leur engagement d'un long baiser.

Après ces heures si sombres, elle sourit à l'avenir lumineux qui s'ouvrait à elle.

Elle croyait de nouveau aux contes de fées.